সূচী

০১. শ্যামা প্রথমবার মা হইল

সাত বছর বধূজীবন যাপন করিবার পর বাইশ বছর বয়সে শীতলের দ্বিতীয় পক্ষের স্ত্রী শ্যামা প্রথমবার মা হইল। এতকাল অনুর্বরা থাকিয়া সন্তান লাভের আশা সে একরকম ছাড়িয়াই দিয়াছিল। ব্যর্থ আশাকে মানুষ আর কতকাল পোষণ করিতে পারে। সাত বছর বন্ধ্যা হইয়া থাকা প্রায় বন্ধ্যাত্বের প্রমাণেরই শামিল। শ্যামাও তাই জানিয়া রাখিয়াছিল। সে তার মায়ের একমাত্র সন্তান। একমাত্র সন্তান না হইয়া তার উপায় অবশ্য ছিল না, কারণ সে মাতৃগর্ভে থাকিতেই তার বাবা ব্রহ্মপুত্রে নৌকাডুবি হইয়া মারা যায়। তারপর তার আর ভাইবোন হইলে সে বড় কলঙ্কের কথা হইত। শ্যামার যেন তাহা খেয়াল থাকে না। সে যেন ভুলিয়া যায় যে, তার বাবা বাঁচিয়া থাকিলে সাতভাই চম্পার একবোন পারুলই হয়তো সে হইত, বোনও যে তাহার দু-পাঁচটি থাকি না, তাই বা কে বলিতে পারে? তবু, একটা যুক্তিহীন ছেলেমানুষি ধারণা সে করিয়া রাখিয়াছিল যে, সে নিজে যখন এখন এক মার এক মেয়ে, দুটি একটির বেশি ছেলেমেয়ে তারও হইবে না। বড় জোর তিনটি। গোড়ার কয়েক বছরের মধ্যেই এরা আসিয়া পড়িবে, এই ছিল শ্যামার বিশ্বাস। তৃতীয় বছরেও মাতৃত্বলাভ না করিয়া সে তাই ভীত হইয়া উঠিয়ছিল। তার পরের চারটা বছর সে পূজা, মানত, জলপড়া, কবচ প্রভৃতি দৈব উপায়ে নিজেকে উর্বরা করিয়া তুলিতেই একরকম ব্যয় করিয়াছে। শেষে, সময়মতো মা না হওয়ার জন্য এবং দৈব উপায়ে মা হইবার চেষ্টা করিবার জন্য নানাবিধ মানসিক বিপর্যয়ের পর তার যখন প্রায় হিষ্টিরিয়া জন্মিয়া যাওয়ার উপক্রম হইয়াছে, তখন ফাল্গুনের এক দুপুরবেলা ঘরের দরজা-জানালা বন্ধ করিয়া শীতলপাটিতে গা ঢালিয়া ঘুমের আয়োজন করিবার সময় সহসা বিনাভূমিকায় আকাশ হইতে নামিয়া আসিল সন্দেহ। বাড়িতে তখন কেহ ছিল না। দুপুরে বাড়িতে কেহ কোনোদিনই প্রায় থাকিত না, থাকিবার কেহ ছিল না। আত্মীয় অথবা বন্ধু। সন্দেহ করিয়াই শ্যামার এমন বুক ধড়ফড় করিতে লাগিল যে, তার ভয় হইল হঠাৎ বুঝি তার ভয়ানক অসুখ করিয়াছে। সারাটা দুপুর সে ক্রমান্বয়ে শীত ও গ্রীষ্ম এবং রোমাঞ্চ অনুভব করিয়া কাটাইয়া দিল। সন্দেহ প্রত্যয় হইল একমাসে। কড়া শীতের সঙ্গে শ্যামার অজ্ঞাতে যাহার আবির্ভাব ঘটিয়াছিল, সে জন্ম লইল শরৎকালে। জগজ্জননী শ্যামা জগতে আসিয়া মানবী শ্যামাকে একেবারে সাতদিনের পুরাতন জননী হিসাবে দেখিলেন।

শ্যামার বধূজীবনের সমস্ত বিস্ময় ও রহস্য, প্রত্যাশা ও উত্তেজনা তখন নিঃশেষ হইয়া আসিয়াছে। নিঃশেষ হইবার আগে ওসব যে তাহার খুব বেশি পরিমাণে ছিল তা বলা যায় না। জীবনে শ্যামার যদি কোনোদিন কোনো অসাধারণত্ব থাকিয়া থাকে, সে তাহার আত্মীয়স্বজনের একান্ত অভাব। জন্মের পর জগতে শ্যামার আপনার বলিতে ছিল মা আর এক মামা। এগার বছর বয়সে সে মাকে হারায়। মামাকে হারায় বিবাহের এক বছরের মধ্যে। মামার কিছু সম্পত্তি ছিল। প্রকৃতপক্ষে, উত্তরাধিকারীবিহীন এই মামাটির কিছু সম্পত্তি না থাকিলে শীতল শ্যামাকে বিবাহ করিত কিনা সন্দেহ।

মৃত্যুর মধ্যে মামাকে হারাইলে সম্পত্তি শ্যামা পাইত সন্দেহ নাই। কিন্তু শ্যামার বিবাহের পর একা থাকিতে থাকিতে মামার মাথার কি যে গোলমাল হইয়া গেল, নিজের যা-কিছু ছিল চুপিচুপি জলের দামে সমস্ত বিক্রয় করিয়া দিয়া একদিন তিনি উধাও হইয়া গেলেন। একা গেলেন না। শ্যামার মামাবাড়ির গ্রামে আজীবন সন্ন্যাসী-ঘেঁষা প্রৌঢ়বয়সী ব্রহ্মচারী মামাটির কীর্তি এখনো প্রসিদ্ধ হইয়া আছে। প্রসিদ্ধ হইয়া আছে এই জন্য যে, শ্যামার মামা সামান্য লোক হইলেও আসল কলঙ্ক যাদের, তাদের চেয়ে বনেদি ঘর আশপাশে দশটা গ্রামে আর নাই। এই গেল শ্যামার দিকের হিসাব। স্বামীর দিকের হিসাব ধরিলে বিবাহের পর শ্যামা পাইয়াছিল শুধু একটি বিবাহিতা রুগ্ন ননদকে।

সে মন্দাকিনী।

প্রথমবার স্বামীগৃহে আসিয়া শ্যামা কোনোদিকে তাকানোর অবসর পায় নাই। মন্দাকিনী তখন সুস্থ ছিল। নিজের নানাপ্রকার বিচিত্র অনুভূতি, প্রতিবেশিনীদের ভিড়, বৌভাতের গোলমাল সব মিলিয়া তাহাকে একটু উদ্ভ্রান্ত করিয়া ফেলিয়াছিল। মামার কাছে ফিরিয়া যাওয়ার সময় সে শুধু সঙ্গে লইয়া গিয়াছিল কয়েকটা হৈচৈ ভরা দিনের স্মৃতি। ছমাস পরে এক আসন্ন-সন্ধ্যায় আবার এ বাড়িতে পা দিয়া চোখে সে দেখিয়াছিল অন্ধকার। একি অবস্থা বাড়িঘরের বাড়িতে মানুষ কই? লণ্ঠন দুটো ধোঁয়া ছাড়িতেছে, উঠানে পোড়া কয়লা, ছাই ও হাজার রকম জঞ্জালের গাদা, দেয়ালে দেয়ালে ঝুল, পায়ের তলে ধুলাবালির স্তর। আর এক ঘরে মরমর একটি মানুষ।

সে মন্দাকিনী। শীতল বলিয়াছিল, সব দেখেশুনে নাও। এবার থেকে সব ভার তোমার।

বলিয়া সে উধাও হইয়া গিয়াছিল। বোধহয় খাবার কিনিতে–এ বাড়িতে রান্নার কোনো ব্যবস্থা আছে, শ্যামা তাহা ভাবিতে পারে নাই। সেইখানে, ভিতরের রোয়াকে তাহার ট্রাঙ্কটার উপর বসিয়া, ভয়ে ও বিষাদে শ্যামার কান্না আসিতেছে, এমন সময় সদরের খোলা দরজা দিয়া বাড়িতে ঢুকিয়াছিল লম্বা-চওড়া জোয়ান একটা মানুষ।

সে রাখাল। মন্দাকিনীর স্বামী।

এই রাখালের সাহায্য না পাইলে শ্যামা তাহার নূতন জীবনের সঙ্গে নিজেকে কিভাবে খাপ খাওয়াইয়া লইত, জানিবার উপায় নাই, কারণ রাখালের সাহায্য সে পাইয়াছিল। শুধু সাহায্য নয়, দরদ ও সহানুভূতি। এতদিন রাখাল যেসব ব্যবস্থা করিতে পারি কিন্তু করে নাই, এবার শ্যামার সঙ্গে সমস্তই সে করিয়া ফেলিল। প্রথমে বাড়িঘর সাফ হইল। তারপর আসিল কুকারের বদলে পাচক, ঠিকা ঝি-র বদলে দিবারাত্রির পরিচারিকা। হাট-বাজার রান্না-খাওয়া সব অনেকটা নিয়মিত হইয়া আসিল।

মন্দার চিকিৎসার জন্য রাখাল আরো পাঁচ-ছয় মাস এখানে ছিল। সে সময়টা শ্যামার বড় সুখে কাটিয়াছিল। সে সময়মতো স্নানাহার করে কিনা রাখাল সেদিকে নজর রাখিত, হাসিতামাশায় তাহার বিষণ্ণতা দূর করিবার চেষ্টা করিত, শ্যামার বয়সোচিত ছেলেমানুষিগুলি সমর্থন পাইত তারই কাছে। শীতলের মাথায় যে একটু ছিট আছে এটা শ্যামা গোড়াতেই টের পাইয়াছিল। শীতলকে সে বড় ভয় করিত, পুরোনো হইয়া আসিলেও এখন পর্যন্ত সে ভয় তাহার রহিয়া গিয়াছে। শীতলের না ছিল নেশার সময়-অসময়, না ছিল খেয়ালের অন্ত ও মেজাজের ঠিক-ঠিকানা। প্রথম। ছেলেকে কোলে পাইয়া শ্যামা পূর্ববর্তী সাতটা বছরের ইতিহাস আঁতুড়েই অনেকবার স্মরণ করিয়াছে যেসব দোষের জন্য শীতল তাহাকে শাস্তি দিয়াছিল তাহা মনে করিয়া জ্বলিবার জন্য নয় শীতল সম্পূর্ণভাবে উপেক্ষা করিয়াছিল নিজের এমন একটিমাত্র লঘু অপরাধের কথা যদি মনে পড়িয়া যায়, এই আশায়। শীতলের কাছে তাহার কোনো ত্রুটির মার্জনা না থাকাটা ছিল এত বড় নিরেট সত্য। কেবল রাখালের কাছেই শ্যামার অপরাধও ছিল না, ত্রুটিও ছিল না। রাখালের এই সহিষ্ণুতা শ্যামার কাছে আরো পূজ্য হইয়া উঠিবার অন্য একটি কারণ ছিল। সে মন্দার গালাগালি। মন্দার অসুখটা ছিল মারাত্মক। স্বভাবও তাহার হইয়া উঠিয়াছিল মারাত্মক। মন্দার পান। হইতে চুনটি শ্যামা কখনো খসাইত না বটে পান মন্দা খাইত না, কারণ পান খাওয়ার ক্ষমতা তাহার ছিল না–অনুরূপ তুচ্ছ অপরাধে চি চি করিয়া

সে এত এবং এমন সব খারাপ কথা বলিত যে, শ্যামার মন তিক্ত হইয়া যাইত। শীতলের কোলে গরম চা ফেলিয়া [ভয়ে] গালে একটা চড় খাওয়ার পরক্ষণেই বার্লি দিতে পাঁচ মিনিট দেরি করার জন্য [গালে চড় খাইলে মিনিটপাঁচেক না কাঁদিয়া সে পারিত না] মন্দার গাল খাইয়া নিজেকে যখন শ্যামার বিনামূল্যে কেনা দাসীর চেয়ে কম দামি মনে হইত, রাখাল তখন তাহাকে কিনিয়া লইত দুটি মিষ্টি কথা দিয়া।

শুধু সান্ত্বনা ও সহানুভূতি নয়, রাখাল তাহার অনেক লাঞ্ছনাও বাচাইয়া চলিত। কতদিন গভীর রাত্রিতে শীতল বাড়ি ফিরিলে (বন্ধুরা ফিরাইয়া দিয়া যাইত রাখাল তাহাকে বাহিরে আটকাইয়া রাখিয়াছে, শ্যামার কত অপরাধের শাস্তি দিতে আসিয়া শীতল দেখিয়াছে রাখাল সে অপরাধের অংশীদার, শ্যামাকে শাসন করিবার উপায় নাই। শীতলের কত অসম্ভব সেবার আদেশ রাখাল যাচিয়া বাতিল করিয়া দিয়াছে।

স্বামীর বিরুদ্ধে এভাবে স্ত্রী পক্ষ অবলম্বন করা বিপজ্জনক, বিশেষ স্ত্রীটির যদি বয়স বেশি না হয়। স্বামী নানারকম সন্দেহ করিয়া বসে। কিন্তু রাখাল ছিল অত্যন্ত বুদ্ধিমান, চালাকিতে সংসারে শ্যামা তার জুড়ি দেখে নাই। যেসব আশ্চর্য কৌশলে শীতলকে সে সামলাইয়া চলিত, শ্যামাকে আড়াল করিয়া রাখিত, আজো মাঝে মাঝে অবাক হইয়া শ্যামা সেসব ভাবে। মন্দা সুস্থ হইয়া উঠিলে রাখাল তাহাকে লইয়া চলিয়া গিয়াছিল বনগাঁ। কলিকাতার এত আপিস থাকিতে বনগাঁয়ে তাহার চাকরি করিতে যাওয়া শ্যামা পছন্দ করে নাই। একদিন, রাখালদের চলিয়া যাওয়ার আগের দিন, ওই কথা লইয়া রাগারাগিও সে করিয়াছিল। বয়স তো শ্যামার বেশি ছিল না। জগতে কারো স্নেহে যে কারো দাবি জন্মে না এটা সে জানি না। আকুল আগ্রহে বিনা দাবিতেই স্বামীর চেয়ে আপনার লোকটিকে সে ধরিয়া রাখিতে চাহিয়াছিল। রাখাল চলিয়া গেলে সে দু-চারদিন চোখের জল ফেলিয়াছিল কিনা আজ প্রথম সন্তানের মা হওয়ার পর শ্যামার আর তাহা স্মরণ নাই। সমস্ত নালিশ সে ভুলিয়া গিয়াছে। সেই উদ্ভ্রান্ত দিনগুলিকে হয়তো সে রহস্যে ঢাকিয়া রাখিতে ভালবাসে, কারণ তাহাই স্বাভাবিক। যতই আপনার হইয়া উঠুক, রাখালকে শ্যামা এক ফোঁটা বুঝি না, লোকটার প্রকাণ্ড শরীরে যে মনটি ছিল তাহা শিশুর না শয়তানের কোনোদিন তাহা সঠিক জানিবার ভরসা। শ্যামা রাখে না। তখন দ্বিপ্রহরে গৃহ থাকিত নির্জন, সন্ধ্যার পর দুটি ভাঙা লণ্ঠনের আলোয় বাড়ির অর্ধেকও আলো হইত না। শীতল যেদিন রাত্রে দেরি করিয়া বাড়ি ফিরিত, দাওয়ায় ঠেস দিয়া বসিয়া তাহার প্রতীক্ষা করিতে করিতে নিয়মাধীন জীবনযাপন স্বভাবতই শ্যামার

কাছে অবাস্তব হইয়া উঠিত–বয়স তো তাহার বেশি ছিল না। সুতরাং রাখালকেও তাহার মনে হইত নির্মম, মনে হইত লোকটা স্নেহ করে, কিন্তু স্নেহের প্রত্যাশা মিটায় না।

শীতলের তখন নিজের একটা প্রেস ছিল, মন্দ আয় হই না। তবু অভাব তাহার লাগিয়াই থাকিত। শীতলের মাথায় ছিট ছিল রকমারি, অর্থ সম্বন্ধে একটা বিকৃত উদাসীনতা ছিল তার মধ্যে সেরা। তাহার মনকে বিশ্লেষণ করিলে যোগাযোগ খুঁজিয়া পাওয়া যায় সন্দেহ নাই, কেবল, সে চেষ্টা করিবার মতো অসাধারণ মানসিক বৈশিষ্ট্য ইহা নয়। টাকার প্রতি মমতার অভাবটা অনেকেই নানা উপায়ে ঘোষণা করিয়া থাকে। শীতলের উপায়টা ছিল বিকারগ্রস্ত তাহা ভীরুতার ও দুর্বলতার বিষে বিষাক্ত। যেসব বেকার-দল চিরকাল বুদ্ধিমানদের ভোজ দিয়া আসিয়াছে, সে ছিল তাদের রাজা। বন্ধুরা পিঠ চাপড়াইয়া তাহার মনকে গড়ের মাঠের সঙ্গে তুলনা করি, তাই পাছে কেহ টের পায় যে, মন তাহার আসলে বড়বাজারের গলি, এই ভয়ে সর্বদা সে সন্ত্রস্ত হইয়া থাকিত। ফেরত পাইবে না জানিয়া টাকা ধার দিত সে, থিয়েটারের বক্স ভাড়া করিত সে, মদ ও আনুষঙ্গিকের টাকা আসিত তাহারই পকেট হইতে। বিকালের দিকের প্রেসের ছোট আপিসটিতে হাসিমুখে সিগারেট টানিতে টানিতে দু-চারজন বন্ধুর আবির্ভাব হইলে ভয়ে তাহার মুখ কালো হইয়া যাইত। পাগলামি ছিল তাঁহার এইখানে। সে জানিত বোকা পাইয়া সকলে তাহার ঘাড় ভাঙে, তবু ঘাড় ভাঙিতে না দিয়াও সে পারিত না।

শেষে, শ্যামার বিবাহের প্রায় চার বছর পরে, শীতলের প্রেস বিক্রয় হইয়া গেল। আবোলতাবোল যেমনি খরচ করুক, আয় ভালো থাকায় এতকাল মোটামুটি একরকম চলিয়া যাইত, প্রেস বিক্রয় হইয়া যাওয়ার পর তাহাদের কষ্টের সীমা ছিল না। বাড়িটা পৈতৃক না হইলে মাঝখানে কিছুদিনের জন্য হয়তো তাহাদের গাছতলাই সার করিতে হইত। এই অভাবের সময় শ্যামার মামার সম্পত্তি হইতে বঞ্চিত হওয়ার শোক শীতলের উথলিয়া উঠিয়াছিল, সব সময় শ্যামাকে কথার খোঁচা দিয়াই তাহার সাধ মিটিত না। শ্যামার গায়ে তার প্রমাণ আছে। প্রথম মা হওয়ার সময় শ্যামার কোমরের কাছে যে মস্ত ক্ষতের দাগটা দেখিয়া বুড়ি দাই আফসোস করিয়াছিল এবং শ্যামা বলিয়াছিল, ওটা ফোড়ার দাগ, ছড়ির ডগাতেও সেটা সৃষ্টি হয় নাই, ছাতির ডগাতেও নয়। ওটা বঁটিতে কাটার দাগ। বঁটি দিয়া শীতল অবশ্য তাহাকে খোঁচায় নাই, পা দিয়া পিঠে একটা ঠেলা মারিয়াছিল। দুঃখের বিষয়, শ্যামা তখন কুটিতেছিল তরকারি।

তরকারি সে আজো কোটে। সুখে-দুঃখে জীবনটা অমনি হইয়া গিয়াছে, সিদ্ধ করিবার চাল ও কুটিবার তরকারি থাকার মতো চলনসই। অনেকদিন প্রেসের মালিক হইয়া থাকার গুণে একটা প্রেসের ম্যানেজারির চাকরি শীতল মাসছয়েক চেষ্টা করিয়াই পাইয়াছিল। শ্যামা প্রথমবার মা হওয়ার সময় শীতল এই চাকরিই করিতেছিল।

বিবাহের সাত বছর পরে প্রথম ছেলে হওয়াটা খুব বেশি বিস্ময়ের ব্যাপার নয়। অমন বিলম্বিত উর্বরতা বহু নারীর জীবনেই আসিয়া থাকে। শ্যামার যেন সব বিষয়েই বাড়াবাড়ি। প্রথম ছেলেকে প্রসব করিতে সে সময় লইল দুদিনেরও বেশি এবং এই দুটি দিন ভরিয়া বার বার মূর্চ্ছা গেল।

শেষ মূর্চ্ছা ভাঙিবার পর শ্যামা এক মহামুক্তির স্বাদ পাইয়াছিল। দেহে যেন তাহার উত্তাপ নাই, স্পন্দন নাই, সবগুলি ইন্দ্রিয় অবশ বিকল হইয়া গিয়াছে। সে বাতাসের মতো হাল্কা। শীতকালের পুঞ্জীভূত কুয়াশার মতো সে যেন আলগোছে পৃথিবীতে সংলগ্ন হইয়া আছে। তাহার সমগ্র বিস্ময়কর অস্তিত্ব ব্যাপিয়া এক তরঙ্গায়িত স্তিমিত বেদনা, মৃদু অথচ অসহ্য, দুর্জ্জেয় অথচ চেতনাময়। একবার তাহার মনে হইল, সে বুঝি মরিয়া গিয়াছে, ব্যথা দিয়া ফাপানো এই শূন্যময় অবস্থাটি তাহার মৃত্যুরই পরবর্তী জীবন। ভোতা ক্লান্তিকর যাতনা তাহার অশরীরী আত্মারই দুর্ভোগ।

তারপর চোখ মেলিয়া প্রথমটা সে কিছুই বুঝিতে পারে নাই। চোখের সামনে সাদা দেয়ালে একটি শায়িত মানুষের ছায়া পড়িয়াছে। ছায়ার হাতখানেক উপরে জানালার একটা পাট অল্প একটু ফাঁক করা। ফাঁক দিয়া খানিকটা কালো আকাশ ও কতকগুলি তারা দেখা যাইতেছে। একটা গরম ধোঁয়াটে গন্ধ শ্যামার নাকে লাগিয়াছিল। কাছেই কাদের কথা বলিবার মৃদু শব্দ। খানিকক্ষণ চাহিয়া আশ্চর্য হইয়া গিয়াছিল। এমনভাবে সে শুইয়া আছে কেন? তাহার কি হইয়াছে? কাঠকয়লা পুড়িবার গন্ধ কিসের? কথা বলিতেছে কারা?

হঠাৎ সব কথাই শ্যামার মনে পড়িয়া গিয়াছিল। পাশ ফিরিতে গিয়া সর্বাঙ্গে বিদ্যুতের মতো তীব্র একটা ব্যথা সঞ্চারিত হইয়া যাওয়ায় সে আবার দেহ শিথিল করিয়া দিয়াছিল। মনের প্রশ্নকে বিহ্বলের মতো উচ্চারণ করিয়াছিল এই অর্থহীন ভাষায় : কোথায় গেল, কই? কে যেন জবাব দিয়াছিল : এই যে বৌ এই যে, মুখ ফিরিয়ে তাকা হতভাগী!

কাছে বসিয়াও অনেক দূর হইতে যে কথা বলিয়াছিল, সে-ই বোধহয় শ্যামার একখানা হাত তুলিয়া একটি কোমল স্পন্দনের উপর রাখিয়াছিল। জাগিয়া থাকিবার শক্তিটুকু শ্যামার তখন ঝিমাইয়া আসিয়াছে। সে অতিকষ্টে একটু পাশ ফিরিয়াছিল। দেখবি বৌ? এই দ্যাখ–

এবার স্বর চিনিতে পারিয়া কম্পিতকণ্ঠে শ্যামা বলিয়াছিল–ঠাকুরঝি?

মন্দাকিনী আলোটা উঁচু করিয়া ধরিয়া বলিয়াছিল আর ভাবনা কি বৌ? ভালোয় ভালোয় সব উতরে গিয়েছে। খোকা লো, ঘর আলো করা খোকা হয়েছে তোর।

মাথা তুলিয়া একবার মাত্র খানিকটা রক্তিম আভা ও দুটি নিমীলিত চোখ দেখিয়া শ্যামা বালিশে মাথা নামাইয়া চোখ বুজিয়াছিল।

শ্যামার যে সব বিষয়েই বাড়াবাড়ি ছিল তাহা নিঃসন্দেহ। পরদিন সকালেই সে তাহার প্রথম ছেলেকে ভালবাসিয়া ফেলিয়াছে। অনেক বেলায় ঘুম ভাঙিয়া নিজেকে শ্যামার অনেকটা সুস্থ মনে হইয়াছিল। ঘরে তখন কেহ ছিল না। কাত হইয়া শুইয়া পাশে শায়িত শিশুর মুখের দিকে এক মিনিট চাহিয়া থাকিয়াই তাহার মনে হইয়াছিল, ভিতরে একটা অদ্ভুত প্রক্রিয়া ঘটিয়া চলিবার সঙ্গে সঙ্গে ছেলের মুখখানা তাহার চোখে অভিনব হইয়া উঠিতেছে। কতটুকু মুখ, কী পেলবতা মুখের! মাথা ও ভুরুতে চুলের শুধু আভাস আছে। বেদনার জমানো রসের মতো তুলতুলে আশ্চর্য দুটি ঠোঁট। এ কি তার ছেলে? এই ছেলে তার? গভীর ঔৎসুক্যে সন্তর্পণে শ্যামা হাত বাড়াইয়া ছেলের চিবুক ও গাল চুঁইয়াছিল, বুকের স্পন্দন অনুভব করিয়াছিল। এই বিচ্ছিন্ন ক্ষীণ প্রাণস্পন্দন কোথা হইতে আসিল? শ্যামা কাঁপিয়াছিল, শ্যামার হইয়াছিল রোমাঞ্চ স্নেহ নয়, তাহার হৃদয় যেন। ফুলিয়া ফাঁপিয়া উঠিয়া তাহার কন্ঠরোধ করিয়া দিতে চাহিয়াছিল। প্রসবের পর নাড়িসংযোগ বিচ্ছিন্ন সন্তানের জন্য একি কাণ্ড ঘটিতে থাকে মানুষের মধ্যে? আশ্বিনের প্রভাতটি ছিল উজ্জ্বল। দুদিন দুরাত্রির মরণাধিক যন্ত্রণা শ্যামা দুঃস্বপ্নের মতো ভুলিয়া গিয়াছিল। আজ সকালে তাহার আনন্দের সীমা নাই।

তখন ঘটিয়াছিল এক কাণ্ড।

ঘুম ভাঙিয়া হঠাৎ শিশু যেন কি রকম করিতে আরম্ভ করিয়াছিল। টানিয়া টানিয়া শ্বাস নেয়, চঞ্চলভাবে হাত-পা নাড়ে, চোখ কপালে তুলিয়া দেয়। ভয়ে শ্যামা বিবর্ণ হইয়া গিয়াছিল। ডাকিয়াছিল—ঠাকুরঝি গো, ও ঠাকুরঝি।

রান্না ফেলিয়া ছুটিয়া আসিয়া ব্যাপার দেখিয়া মন্দা হইয়াছিল রাগিয়া আগুন।

চোখ নেই বৌ? সরো তুমি, সরো। গলা শুকিয়ে এমন করছে গো, আহা! মধুর বাটি গেল কোথা? মিছরির জল? দিয়েছ উলটে? আশ্চর্যি!

তাকের উপর শিশিতে মধু ছিল। ছোট একটি বাটিতে মধু ঢালিয়া আঙুলে করিয়া ছেলের মুখ ভিজাইয়া চোখের পলকে মন্দা তাহাকে শান্ত করিয়া ফেলিয়াছিল। বিড়বিড় করিয়া বলিয়াছিল—আনাড়ি বলে আনাড়ি, এমন আনাড়ি জন্মেও চোখে দেখি নি মা! কচি ছেলে, পলকে পলকে গলা শুকোবে, তাও যদি না টের পাও, তবে মা হওয়া কেন? দাইমাগীও মানুষ কেমন? তামাকপাতা আনতে গিয়ে বুড়ি হল?

এই তুচ্ছ ঘটনাটি শ্যামার মনে গাঁথা হইয়া আছে, প্রথম সন্তানকে সে যে বার দিনের বেশি বচাইতে পারে নাই, তার সবটুকু অপরাধ চিরকাল শ্যামা নিজের বলিয়া স্বীকার করিয়া লইয়াছে, সন্তান পরিচর্যার কিছুই সে যে তখন জানি না, এই ঘটনাটি শ্যামার কাছে হইয়া আছে তাহার আদিম প্রমাণের মতো। তখন অবশ্য সে জানি না, বার দিন পরে পেট ফুলিয়া ছেলে তাহার মরিয়া যাইবে। মন্দা চলিয়া গেলে ছেলের দিকে চোখ রাখিয়া সে শান্তভাবেই শুইয়াছিল, গলা শুকানোর লক্ষণ দেখা গেলে মুখে মধু দিবে। অন্যমনে সে অনেক কথা ভাবিয়াছিল। দরজা দিয়া দুটি চড়াই পাখি ঘরে ঢুকিয়া খানিক এদিক ওদিক ফড়ফড় করিয়া উড়িয়া জানালা দিয়া বাহির হইয়া গিয়াছিল, জানালা দিয়াই রোদ আসিয়া পড়িয়াছিল শ্যামার শিয়রে। জীবন-মৃত্যুর কথা। শ্যামার তখন মনে পড়ে নাই, ভগবানের কাণ্ডকারখানা বুঝিতে না পারিয়া সে অবাক হইয়া গিয়াছিল। বুকে তাহার দুদিন দুধ আসিবে না। নবজাত শিশুর জন্য ভগবান দুদিনের উপবাস ব্যবস্থা করিয়াছেন। মন্দার হুকুম স্মরণ করিয়া মাঝে মাঝে ছেলের মুখে সে শুষ্ক স্তন দিয়াছিল। সন্তানের ক্ষুধার আকর্ষণ অনুভব করিয়া ভাবিছিল, হয়তো এ ব্যবস্থা ভগবানের নয়। বুকে তাহার যথেষ্ট মমতার সঞ্চার হয় নাই, তা হওয়ার আগে দুধ আসিবে না।

তবু, কোন মা সন্তানের জীবনকে অস্থায়ী মনে না করিয়া পারে? বেলা বাড়িলে পাড়ার কয়েক বাড়ির মেয়েরা শ্যামার ছেলেকে দেখিতে আসিয়া যখন উচ্ছসিত প্রশংসা করিয়াছিল, শ্যামার তখন যেমন গর্ব হইয়াছিল, তেমনি হইয়াছিল ভয়। ভয় হইয়াছিল এইজন্য, দেবতারা গোপনে শোনেন। গোপনে শুনিয়া কোন দেবতার হাসিবার সাধ হয়, কে বলিতে পারে? তাই বিনয় প্রকাশের জন্য নয়, দেবতার গোপন কানকে ফাঁকি দিবার জন্য শ্যামা বলিয়াছিল–কানাখোড়া যে হয় নি মাসিমা, তাই ঢের। বলিয়া তাহার এমনি আবেগ আসিয়াছিল যে ঘর খালি হওয়ামাত্র ছেলেকে সে চুম্বনে চুম্বনে আচ্ছন্ন করিয়া দিয়াছিল।

ছেলের গলা শুকানোর স্মৃতি মনে পুষিয়া রাখিবার আরেকটি কারণ ঘটিয়াছিল সেদিন রাত্রে। গভীর রাত্রে।

সারাদুপুর ঘুমানোর মতো স্বাভাবিক কারণেও নিশীথ জাগরণ মানুষের মনে অস্বাভাবিক। উত্তেজনা আনিয়া দেয়। দূরে কোথায় পেটা ঘড়িতে তখন বারটা বাজিয়াছে। শ্যামার কল্পনা একটু উদ্ভ্রান্ত হইয়া আসিয়াছিল। ঘরের একদিকে বুড়ি দাই অঘোরে ঘুমাইতেছিল। কোণে জ্বলিতেছিল প্রদীপ। এগারটি দিবারাত্রি এই প্রদীপ অনির্বাণ জ্বলিবে, জাতকের এই প্রদীপ্ত প্রহরী। শিয়রের কাছে মেঝেতে খড়ি দিয়া মন্দা দুর্গা–নাম লিখিয়া রাখিয়াছে। সকালে আঁচল দিয়া মুছিয়া ফেলিবে, কেহ না মাড়াইয়া দেয়। সন্ধ্যায় আবার দুর্গা–নামের রক্ষাকবচ লিখিয়া রাখিবে, আঁতুড়ের রহস্য ভয়ে পরিপূর্ণ। এমনি কত তাহার প্রতিবিধান। হঠাৎ শ্যামার একটা অদ্ভুত অনুভূতি হইয়াছিল। একটা অদৃশ্য জনতা যেন তাহাকে ঘিরিয়া রহিয়াছে। চারিপাশে যেন তাহার অলক্ষ্য উপস্থিতি, অশ্রুত কলরব। সকলেই যেন খুশি, সকলের অনুচ্চারিত আশীর্বাদে ঘর যেন ভরিয়া গিয়াছিল। শ্যামার বুঝিতে বাকি থাকে নাই, এঁরা তাহার সন্তানেরই পূর্বপুরুষ, ভিড় করিয়া সকলে বংশধরকে দেখিতে আসিয়াছেন। কিন্তু একি? বংশধরকে আশীর্বাদ করিয়া তাহার দিকে ক্রুদ্ধদৃষ্টিতে সকলে চাহিতেছেন কেন? ভয়ে শ্যামার নিশ্বাস বন্ধ হইয়া আসিয়াছিল। হাতজোড় করিয়া সে ক্ষমা চাহিয়াছিল সকলের কাছে। মিনতি করিয়া বলিয়াছিল, আর কখনো সে মা হয় নাই, সকালে ছেলে। যে তাহার গলা শুকাইয়া মরিতে বসিয়াছিল, এ অপরাধ যেন তাহারা না নেন, আর কখনো এরকম হইবে না! জননীর সমস্ত কর্তব্য সে তাড়াতাড়ি শিখিয়া ফেলিবে।

তারপর ছেলে মানুষ করার বিপুল কর্তব্য আঁতুড়েই নিখুঁতভাবে শুরু করিয়া দিতে শ্যামার আগ্রহের সীমা ছিল না। নিজে সে বড় দুর্বল হইয়া

পড়িয়াছিল, উঠিয়া বসিতে গেলে মাথা ঘুরিত। শুইয়া সে খুঁতখুঁত করিত, এটা হল না, ওটা হল না–মন্দা বিরক্ত হইত, মাঝে মাঝে রাগিয়াও উঠিত। কিন্তু শ্যামার সঙ্গে পারিয়া ওঠা দায়। ছেলের অফুরন্ত সেবায় এতটুকু ত্রুটি ঘটিলে সে শুধ ডাক ছাড়িয়া কাঁদিতে বাকি রাখিত। ছেলেকে খাওয়ানো হাঙ্গামার ব্যাপার ছিল না, কাঁদিলে মুখে স্তন তুলিয়া দিলে চুচুক করিয়া টানিয়া পেট ভরিয়া আসিলে সে আপনি ঘুমাইয়া পড়িত। খুঁটিনাটি সেবাই ছিল অনন্ত। স্নান করাইয়া চোখে কাজল দিলেই শুধু চলিত না, কি কারণে ছেলের চোখে বড় পিচুটি পড়িতেছিল, ঘন্টায় ঘন্টায় পরিষ্কার ভিজা ন্যাকড়ায় তাহা মুছিয়া লইতে হইত। মিনিটে মিনিটে আবিষ্কার করিতে হইত কথা বদলানোর প্রয়োজনকে। ছেলের বুকে একটু সর্দি বসিয়াছিল, ব্যাপারটা সামান্য বলিয়া কেহ তেমন গ্রাহ্য করে নাই, কেবল শ্যামার তাগিদে লণ্ঠনের উপর গরম তেলের বাটি বসাইয়া বার বার বুকে মালিশ করিয়া দিতে হইত। এমনি আরো কত কি। নাড়ি কাটিবার দোষেই সম্ভবত ছেলের নাভিমূল চারদিনের দিন পাকিয়া ফুলিয়া উঠিয়াছিল। শ্যামা নিজে এবং মন্দা ও বুড়ি দাই–এই তিনজনে ক্রমাগত ছেলের নাভিতে সেঁক দিয়াছিল।

দিনের বেলাটা একরকম কাটিয়া যাইত, শ্যামার ভয় করিত রাত্রে। পূর্বপুরুষদের আবির্ভাবের ভয় নয়, তারা একদিনের বেশি আসেন নাই– অসম্ভব কাল্পনিক সব ভয়। শ্যামা যেন কার কাছে গল্প শুনিয়াছিল এক ঘুমকাতুরে মার, ঘুমের ঘোরে যে একদিন আঁতুড়ে নিজের ছেলেকে চাপা দিয়া মারিয়া ফেলিয়াছিল। নিজের ঘুমন্ত অবস্থাকে শ্যামা বিশ্বাস করিতে পারি না। নাকে-মুখে পাতলা কাপড় এক মুহূর্তের জন্য চাপা পড়িলে যে ক্ষীণ অসহায় প্রাণীটি দম আটকাইয়া মরিতে বসে, ঘুমের মধ্যে একখানা হাতও যদি সে তাহার উপর তুলিয়া দেয়, সে কি আর তবে বাঁচিবে? শ্যামা নিশ্চিন্ত হইয়া ঘুমাইতে পারি না। পাশ ফিরিলেই ছেলেকে পিষিয়া ফেলিয়াছে ভাবিয়া চমকিয়া। জাগিয়া যাইত। কান পাতিয়া সে ছেলের নিশ্বাসের শব্দ শুনিতে চেষ্টা করিত। মনে হইত, নিশ্বাস যেন পড়িতেছে। কানকে বিশ্বাস করিয়া তবু সে নিশ্চিন্ত হইতে পারিত না। মাথা উঁচু করিয়া ছেলেকে দেখিত, নাকের নিচে গাল পাতিয়া। পাতিয়া নিশ্বাসের স্পর্শ অনুভব করিত। তারপর ছেলের বুকে হাত রাখিয়া স্পন্দন গুনিত ধুকধুক। হঠাৎ তাহার নিজের হৃৎপিণ্ড সজোরে স্পন্দিত হইয়া উঠিত। একি, ছেলের হৃৎস্পন্দন যেন মৃদু হইয়া আসিয়াছে।

নিশীথ স্তব্ধতায় এই আশঙ্কা শ্যামাকে পাইয়া বসিত। সে যেন বিশ্বাস করিতে পারি না যে এতটুকু একটা জীব নিজস্ব জীবনীশক্তির জোরে ঘন্টার পর

ঘন্টা বাঁচিয়া থাকিতে পারে। শ্যামার কেবলি মনে হইত, এই বুঝি দুর্বল কলকজাগুলি থামিয়া গেল। পৃথিবীর সমস্ত মানুষ একদিন এমনি ক্ষুদ্র, এমনি ক্ষীণপ্রাণ ছিল, দিনের বেলা এ যুক্তি শ্যামার কাজে লাগিত, রাত্রে তাহার চিন্তাধারা কোনো যুক্তির বালাই মানিত না, ভয়ে ভাবনায় সে আকুল হইয়া থাকিত। সৃষ্টির রহস্যময় স্রোতে যে ভাসিয়াছে, নিঃশব্দ নির্বিকার রাত্রির অজানা বিপদের কোলে সে মিশিয়া যাইবে, শ্যামার ইহা স্বতঃসিদ্ধের মতো মনে হইত। ছেলে কোলে সে জাগিয়া বসিয়া থাকিত। দুর্বলতায় তাহার মাথা ঝিমঝিম্ করিত। প্রত্যাহত নিদ্রা চোখের সামনে নাচাইত ছায়া। প্রদীপের নিষ্কম্প শিখাটি তাহাকে আলো দিত, ভরসা দিত না।

এই আশঙ্কা ও দুর্ভাবনার ভাগ শ্যামা কাহাকেও দিত না।

ভাগ লইবার কেহ ছিল না। এক ছিল শীতল, আঁতুড়ের ধারেকাছেও সে ভিড়িত না। ষষ্ঠী পূজার রাত্রে সে কেবল একবার নেশার আবেশে কি মনে করিয়া আঁতুড়ে ঢুকিয়াছিল। ছেলের শিয়রের কাছে ধপাস করিয়া বসিয়া পড়িয়ছিল এবং অকারণে হাসিয়াছিল।

শ্যামা বলিয়াছিল–তুমি কি গো? বিছানা ছুঁয়ে দিলে?

শীতল বলিয়াছিল, খোকাকে একটু কোলে নিই।–বলিয়া ছেলের বগলের নিচে হাত দিয়া তুলিতে গিয়াছিল। শ্যামা ঝটকা দিয়া তাহার হাত সরাইয়া দিয়া বলিয়াছিল, কি কর? ঘাড় ভেঙে যাবে যে।

ঘাড় শক্ত হয় নি?

নাকে গন্ধ লাগায় এতক্ষণে শ্যামা টের পাইয়াছিল।

গিলেছ বুঝি? তুমি যাও বাবু এখান থেকে, যাও।

নেশা করিলে শীতলের মেজাজ জল হইয়া করুণ রসে মন থমথম করে। সে ছলছল চোখে বলিয়াছিল, আর করব না শ্যামা। যদি করি তো খোকার মাথা খাই।

শ্যামা বলিয়াছিল, কথার কি ছিরি। যাও না বাবু এখান থেকে!

শীতল বড় দমিয়া গিয়াছিল। যেন কাঁদিয়াই ফেলিবে। খানিক পরে শ্যামার বালিশটাকে শোনাইয়া বলিয়াছিল, একবার কোলে নেব না বুঝি!

শ্যামা বলিয়াছিল, কোলে নেবে ততা আসনপিড়ি হয়ে বোসসা। তুলবার চেষ্টা করলে কিন্তু ভালো হবে না বলে দিচ্ছি।

শীতল আসনপিড়ি হইয়া বসিলে শ্যামা সন্তর্পণে ছেলেকে তাহার কোলে শোয়াইয়া দিয়াছিল। লোকে যেভাবে অচল দুয়ানি দেখে, ঝুঁকিয়া তেমনিভাবে ছেলের মুখ দেখিয়া শীতল বলিয়াছিল, যমজ নাকি, এ্যাঁ?

নেশার সময় মাঝে মাঝে শীতলের চোখের সামনে একটা জিনিস দুটা হইয়া যাইত।

শুধু সেই একদিন। ছেলে কোলে করার সাধ শীতলের আর কখনো আসে নাই। যে কদিন ছেলে বাঁচিয়াছিল আনন্দ ও ভয় উপভোগ করিয়াছিল শ্যামা একা। পাড়ায় শ্যামার সখী কেহ ছিল। না। ছেলে হওয়ার খবর পাইয়া কয়েকজন কৌতূহলী মেয়ে একবার দেখিয়া গিয়াছিল এই পর্যন্ত। শ্যামা মন খুলিয়া কথা বলিতে পারে, এমন কেহ আসে নাই। একজন, যে কখনো এ বাড়িতে পা দেয় নাই, শ্যামার সঙ্গে ভাব করিতে চাহিয়াছিল। সে পাড়ার মহিম তালুকদারের স্ত্রী বিষ্ণুপ্রিয়া। পাড়ায় মহিম তালুকদারের চেয়ে বড়লোক কেহ ছিল না। ভাব করা দূরে থাক শ্যামাকে দেখিতে আসাটাই বিষ্ণুপ্রিয়ার পক্ষে এমন অসাধারণ ব্যাপার যে শ্যামা শুধু বিনয় করিয়াছিল, ভাব করিতে পারে নাই।

তখন শীতল ছাপাখানায় গিয়াছে, মন্দা রান্না শেষ করিয়া শ্যামার ছেলেকে স্নান করানোর। আয়োজন করিতেছে। কে জানিত এমন অসময়ে বিষ্ণুপ্রিয়া বেড়াইতে আসিবে–গয়নাপরা দাসীকে সঙ্গে করিয়া?

শ্যামা বলিয়াছিল, ও ঠাকুরঝি, ওঘর থেকে কার্পেটের আসনটা এনে বসতে দাও।

মন্দা বলিয়াছিল, কার্পেটের আসন তো বাইরে নেই বৌ, তোরঙ্গে তোলা আছে।

মন্দার বুদ্ধির অভাবে শ্যামা ক্ষুণ্ণ হইয়াছিল। একটা তুচ্ছ কার্পেটের আসন তাও যে তাহারা তোরজে রাখে বিষ্ণুপ্রিয়াকে এ কথাটা কি না শোনাইলেই চলিত না!

খুলে আন না?

দাদা চাবি নিয়ে ছাপাখানায় চলে গেছে বৌ।

অগত্যা একটা মাদুর পাতিয়াই বিষ্ণুপ্রিয়াকে বসিতে দিতে হইয়াছিল। মাদুরে বসিতে বিষ্ণুপ্রিয়ার কোনোই অসুবিধা হয় নাই, কেবল শ্যামার মনের মধ্যে এই কথাটা খচখচ করিয়া বিধিয়াছিল যে, এত বড়লোকের বৌ যদিবা বাড়ি আসিল, তাহাকে বসিতে দিতে হইল ছেড়া মাদুরে!

গরম জল কি হবে ঠাকুরঝি?–বিষ্ণুপ্রিয়া জিজ্ঞাসা করিয়াছিল।

ছেলেকে নাওয়াব।

নাওয়ান, দেখি বসে বসে।

মন্দা হাসিয়া বলিয়াছিল, দেখাও হবে শেখাও হবে, না? আপনার দিনও তো ঘনিয়ে এল!–বলিয়া বিষ্ণুপ্রিয়ার গলায় মুক্তার মালা আর কানে হীরার দুল চোখে পড়ায় অন্যদিকে মুখ ফিরাইয়া মন্দা আবার বালিয়াছিল, তবে আপনি কি আর নিজে ছেলে নাওয়াবেন, ছেলে নাওয়াবার কটা দাই থাকবে আপনার!।

বিষ্ণুপ্রিয়া এ ধরনের কত মন্তব্য শুনিয়াছে। মৃদু হাসিয়া বলিয়াছিল, আপনার ছেলেমেয়ে কটি ঠাকুরঝি?

মেয়ে নেই, তিনটি ছেলে, দুটি যমজ। কোলেরটিকে সঙ্গে এনেছি, বড় দুটি শাশুড়ির কাছে আছে।

স্নানের জলে পঁচটি দূর্বা ছাড়িয়া মন্দা জানালা বন্ধ করিয়াছিল। শ্যামা উৎকন্ঠিতা হইয়া বলিয়াছিল, জল বেশি গরম নয় তো ঠাকুরঝি?

মন্দা বলিয়াছিল, আমি কি পাগল বৌ, গরম জলে তোমার ছেলেকে পুড়িয়ে মারব?

শ্যামা বলিয়াছিল, নরম চামড়া যে ঠাকুরঝি, একটু গরম হলেই সইবে না।–জলে হাত দিয়া সে চমকাইয়া উঠিয়াছিল, জল যে দিব্যি গরম গো।

জল বুঝি ঠাণ্ডা হতে জানে না বৌ?

ইহার পরেই বিষ্ণুপ্রিয়ার বসিবার ভঙ্গি অত্যন্ত শিথিল হইয়া আসিয়াছিল। শ্যামার মধ্যে সে যেন হঠাৎ কি আবিষ্কার করিয়াছে। সে সহজে শ্যামার সঙ্গ ছাড়িবে না। বাড়ি হইতে বার বার তাগিদ আসিয়াছিল। বিষ্ণুপ্রিয়া বাড়ি যায় নাই। বসিয়া বসিয়া শ্যামার সঙ্গে রাজ্যের গল্প করিয়াছিল।

কয়েকদিন পরে বিষ্ণুপ্রিয়া আবার আসিয়াছিল। কেহ টের পায় নাই যে সান্ত্বনা দিতে নয়, সে ছেলের জন্য শ্যামার শোক দেখিতে আসিয়াছিল। শ্যামার প্রথম সন্তান বাঁচিয়াছিল বার দিন।

০২. শ্যামার কোলে আবার ছেলে আসিল

দু বছরের মধ্যে শ্যামার কোলে আবার ছেলে আসিল। সেই বাড়িতে, সেই ছোট ঘরে শরৎকালের তেমনি এক গভীর নিশীথে। কিন্তু মানুষের জীবনে অভাবের পূরণ আছে ক্ষতির পূরণ নাই বলিয়া প্রথম সন্তানকে শ্যামা ভুলিতে পারে নাই। ছেলে মরিয়া যাওয়ার পর কয়েকমাস সে মুহ্যমানা হইয়াছিল, এই অবস্থাটি অতিক্রম করিতে তাহার মধ্যে যে পরিবর্তন আসিয়াছিল এখনো তাহা স্থায়ী হইয়া আছে। সন্তানের আবির্ভাবে এবার আর তাহার সেই অসংযত উল্লাস আসে নাই, উদ্দাম কল্পনা জাগে নাই। সে শান্ত হইয়া গিয়াছে। সংসারধর্ম করিলে ছেলেমেয়ে হয়, ছেলেমেয়ে হইলে মানুষ সুখী হয়, এবারের ছেলে হওয়াটা তার কাছে শুধু এই। এতে না আছে বিস্ময়, না আছে। উন্মত্ততা–চোখের পলকে একটা বিরাট ভবিষ্যতকে গড়িয়া তুলিয়া বহিয়া বেড়ানন, ক্ষণে ক্ষণে। নব নব কল্পনার তুলি দিয়া এই ভবিষ্যতের গায়ে রং মাখানো, আর সর্বদা ভয়ে ও আনন্দে মশগুল হইয়া থাকা, এইসব কিছুই নাই। এবারো আঁতুড়ে এগারটি দিবারাত্রি অনির্বাণ দীপ জ্বলিয়াছিল, কিন্তু শ্যামার এবার একেবারেই ভয় ছিল না, শুধু ছিল গভীর বিষণ্ণতা। এবার পূর্বপুরুষেরা গভীর রাত্রে শ্যামার ছেলেকে ভিড় করিয়া দেখিতে আসেন নাই। ছেলের ক্ষীণ বক্ষস্পন্দন হঠাৎ একসময় থামিয়া যাইতে পারে শ্যামার এ আশঙ্কা ছিল, কিন্তু আশঙ্কায় ব্যাকুল হইয়া সে জাগিয়া রাত কাটায় নাই। ও বিষয়ে তাহার কেমন একটা উদাসীনতা আসিয়াছে। ভাবিয়া লাভ নাই, উতলা হইয়া লাভ নাই, ধরিয়া রাখিবার চেষ্টা করিয়া কোনো ফল হইবে না। যিনি দেন তিনিই নেন। তার দেওয়াকে যখন ঠেকানো যায় না, নেওয়াকে ঠেকাইবে কে?

সে শীতলকে স্পষ্ট বলিয়াছে–এবার আর যত্নটত্ন করব না বাবু।

অযত্ন করা কি ভালো হবে?

অযত্ন করব না তো। নাওয়াব, খাওয়াব, যেমন দরকার সব করব। তার বেশি কিছু নয়। কি। হবে করে?

শীতল কিছু বলে নাই। কি বলিবে?

শ্যামা আবার বলিয়াছে–সেবার আমার দোষেই তো গেল।

শীতল একটু ভাবিয়া বলিয়াছে, এটার কিন্তু পয় আছে শ্যামা। হতে না হতে কমল প্রেসের চাকরিটা পেলাম।

বোলো না বাবু ওসব। পয় না ছাই। আগে বাঁচুক।

কিন্তু কথাটা তুচ্ছ করিবার মতো নয়। পয়মন্ত ছেলে! হয়তো তাই। সব অকল্যাণ ও নিানন্দের অন্ত করিতে আসিয়াছে হয়তো। শ্যামা হয়তো আর দুঃখ পাইবে না।

এরা সময়মতো মাইনে দেবে?

দেবে না? কমল প্রেস কত বড় প্রেস জান!

এবার ছেলে তাহার বাঁচিবে শ্যামা যে এ আশা করে না এমন নয়। মানুষের আশা এমন ভঙ্গুর নয় যে একবার ঘা খাইলে চিরদিনের জন্য ভাঙিয়া পড়িবে। তবু আশাতেই আশঙ্কা বাড়ে। সব শিশুই যদি মরিয়া যাইত, পৃথিবীতে এতদিনে তবে আর মানুষ থাকিত না, শ্যামার এই পুরোনো যুক্তিটাও এবার হইয়া গিয়াছে বাতিল। সংসারে এমন কত নারী আছে যাদের সন্তান বাঁচে না। সেও যে তাহাদের মতো নয় কে তাহা বলিতে পারে? একে একে পৃথিবীতে আসিয়া তাহার ছেলেমেয়েরা কেউ বারদিন কেউ ছমাস বাঁচিয়া যদি মরিয়া যাইতে থাকে। বলা তো যায় না। এমনি যাদের অদৃষ্ট তাদের এক-একটি সন্তান দশ-বার বছর টিকিয়া থাকিয়া হঠাৎ একদিন মরিয়া যায় এরকমও অনেক দেখা গিয়াছে। হালদার বাড়ির বড়বৌ দুবার মৃত সন্তান প্রসব করিয়াছিল, তার পরের সন্তান দুটি বাঁচিয়াছিল বছরখানেক। শেষে যে মেয়েটা আসিয়াছিল তাহার বিবাহের বয়স হইয়াছিল। কি আদরেই মেয়েটা বড় হইয়াছিল! তবু তো বাঁচিল না।

নৈসর্গিক প্রতিবিধানের ব্যবস্থা এবার কম করা হয নাই। শ্যামা গোটাপাঁচেক মাদুলি ধারণ করিয়াছে, কালীঘাট ও তারকেশ্বরে মানত করিয়াছে পূজা। মাদুলিগুলির মধ্যে তিনটি বড় দুর্লভ মাদুলি। সংগ্রহ করিতে শ্যামাকে কম বেগ পাইতে হয় নাই। মাদুলি তিনটির একটি প্রসাদী ফুল, একটিতে সন্ন্যাসী-প্রদত্ত ভস্ম ও অপরটিতে স্বপ্নাদ্য শিকড় আছে। শ্যামার নির্ভর এই তিনটি মাদুলিতেই বেশি। নিজে সে প্রত্যেক দিন মাদুলি-ধোঁয়া জল খায়, একটি একটি করিয়া মাদুলিগুলি ছেলের কপালে ছোঁয়ায়। তারপর খানিকক্ষণ সে সত্য সত্যই নিশ্চিন্ত হইয়া থাকে।

এবারো মন্দাকিনী আসিয়াছে। সঙ্গে আনিয়াছে তিনটি ছেলেকেই। শ্যামার সেবা করিতে আসিয়া নিজের ছেলের সেবা করিয়াই তাহার দিন কাটে। এমন আব্দারে ছেলে শ্যামা আর দ্যাখে নাই। ঠাকুরমার জন্য কাঁদিতে কাঁদিতে যমজ ছেলে দুটি বাড়ি ঢুকিয়াছিল, তারপর কতদিন কাটিয়া গিয়াছে, এখনো তাহারা এখানে নিজেদের খাপ খাওয়াইয়া লইতে পারে নাই। বায়না ধরিয়া সঙ্গে সঙ্গে না মিটিলে ঠাকুরমার জন্যই তাহাদের শোক উথলিয়া ওঠে। দিবারাত্রি বায়নারও তাহাদের শেষ নাই। অপরিচিত আবেষ্টনীতে কিছুই বোধহয় তাহাদের ভালো লাগে না, সর্বদা খুঁতখুঁত করে। কারণে-অকারণে রাগিয়া কাঁদিয়া সকলকে মারিয়া অনর্থ বাধাইয়া দেয়। মন্দা প্রাণপণে তাহাদের। তোয়াজ করিয়া চলে। সে যেন দাসী, রাজার ছেলে দুটি দুদিনের জন্য তাহার অতিথি হইয়া সৌভাগ্য ও সম্মানে তাহাকে পাগল করিয়া দিয়াছে, ওদের তুষ্টির জন্য প্রাণ না দিয়া সে ক্ষান্ত হইবে না। শ্যামা প্রথমে বুঝিতে পারে নাই, পরে টের পাইয়াছে, এমনিভাবে মাতিয়া থাকিবার জন্যই মন্দা এবার ছেলে দুইটিকে সঙ্গে আনিয়াছে। সেখানে শাশুড়িকে অতিক্রম করিয়া ওদের সে নাগাল পায় না। সাধ মিটাইয়া ওদের ভালবাসিবার জন্য, আদর যত্ন করিবার জন্য, সে-ই যে ওদের আসল মা, এটুকু ওদের বুঝাইয়া দিবার জন্য মন্দা এবার ওদের সঙ্গে আনিয়াছে।

আনিয়াছে চুরি করিয়া।

মন্দাই সবিস্তারে শ্যামাকে ব্যাপারটা বলিয়াছে। কথা ছিল, শুধু কোলের ছেলেটিকে সঙ্গে লইয়া মন্দা আসিবে, শাশুড়ির দুচোখের দুটি মণি যমজ ছেলে দুটি, কানু আর কালু, শাশুড়ির কাছেই থাকিবে। কিন্তু এদিকে কদাকাটা করিয়া স্বামীর সঙ্গে যে গভীর ও গোপন পরামর্শ মন্দা করিয়া রাখিয়াছে, শাশুড়ি তার কি জানেন? মন্দাকে আনিতে গিয়াছিল শীতল, কানু ও কালু স্টেশনে আসিয়াছিল বেড়াইতে, রাখাল সঙ্গে আসিয়াছিল তাহাদের ফিরাইয়া লইয়া যাইবার জন্য। গাড়ি ছাড়িবার সময় রাখাল একাই নামিয়া গিয়াছিল। কানু ও কালু তখন নিশ্চিন্ত মনে রসগোল্লা খাইতেছে।

শীতল বলিয়াছিল, গাড়ি ছাড়ার সময় হল, ওদের নামিয়ে নাও হে রাখাল।

মন্দা বলিয়াছিল, ওরাও যাবে যে দাদা। উনি টিকিট কেটেছেন, এই নাও।

শ্যামাকে ব্যাপারটা বলিবার সময় মন্দা এই সংক্ষিপ্ত কথোপকথনটুকু উদ্ধৃত করিতেও ছাড়ে নাই, বলিয়াছে, দাদা কিছু টের পায় নি বৌ, ভেবেছিল

শাশুড়ি বুঝি সত্যি সত্যি শেষে মত দিয়েছে। ফিরে গেলে যা কাণ্ডটা হবে। পেটের ছেলে চুরি করবার জন্য আমায় না শেষে জেলে দেয়।

এদিক দিয়া শ্যামার বরাবর সুবিধা ছিল, স্বামীর জননীর খেয়ালমতে কখনো তাহাকে পুতুলনাচ নাচিতে হয় নাই। তবু, মাঝে মাঝে শাশুড়ির অভাবে তাহার কি কম ক্ষোভ হইয়াছে। আর কিছু না হোক, বিপদে আপদে মুখ চাহিয়া ভরসা করিবার সুযোগ তো সে পাইত। মন্দা কোনো দায়িত্ব গ্রহণ করে না, কেবল কাজ চালাইয়া দেয়। সেবার যে শ্যামার ছেলে মরিয়া গেল। সে যদি কাহারো দোষে গিয়া থাকে অপরাধিনী শ্যামা, মন্দার কোনো ত্রুটি ছিল না। কিন্তু শাশুড়ি থাকিলে তিনিই সকল দায়িত্ব গ্রহণ করিতেন, শুধু আঁতুড়ে তাহাকে এবং বাহিরে তাহার সংসারকে সাহায্য করিয়া ক্ষান্ত না থাকিয়া ছেলেকে বাচাইয়া রাখার আরও থাকিত তাঁহারই। যেসব ব্যবস্থার দোষে ছেলে তাহার মরিয়া গিয়াছিল সে তাহা বুঝিতে না পারুক শাশুড়ির অভিজ্ঞ দৃষ্টিতে অবশ্যই ধরা পড়িত। তাছাড়া, স্বামীর মা তো পর নয় যে ছেলেকে সব দিক দিয়া ঘেরিয়া থাকিলে তাহাকে কোনো মায়ের হিংসা করা চলে। মন্দাকে শ্যামা সমর্থন করিতে পারে না।

বলে, ওদের না আনলেই ভালো করতে ঠাকুরঝি!।

মন্দা বলে, ভালো দিয়ে আমার কাজ নেই বাবু–সে ডাইনী মাগীর ভালো। আদর দিয়ে দিয়ে মাথা খাচ্ছেন আর দিনরাত জপাচ্ছেন আমাকে ঘেন্না করতে, বড় হলে ওরা কেউ আমাকে মানবে? এখনি কেমন ধারা করে দ্যাখ না?

কিন্তু এ কটা দিনে ওদের তুমি কি করতে পারবে ঠাকুরঝি? ফিরে গেলেই তো যে কে সেই। মাঝ থেকে শাশুড়ির কতগুলো গালমন্দ খেয়ে মরবে।

মন্দার এসব হিসাব করাই আছে।

একটু চেনা হয়ে রইল। একেবারে কাছে ঘেঁসত না, এবার ডাকলে টাকলে একবার দুবার আসবে।

একদিন বিষ্ণুপ্রিয়া আসিয়াছিল।

বিষ্ণুপ্রিয়ার একটি মেয়ে হইয়াছে। মেয়ের জন্মের সময় সেও শ্যামার মতো কষ্ট পাইয়াছিল, শ্যামার ভাগ্যের সঙ্গে তাহার ভাগ্যের পার্থক্য কিন্তু সব দিক

দিয়াই আকাশ পাতাল, মেয়েটি তাহার মরে নাই, সোনার চামচে দুধ খাইয়া বড় হইতেছে। বিষ্ণুপ্রিয়ার শরীর খুব খারাপ হইয়া পড়িয়াছিল, কোথায় হাওয়া বদলাইতে গিয়া সারিয়া আসিয়াছে, কিন্তু এখনো তাহার চোখ দেখিলে মনে হয় রোগ যন্ত্রণার মতোই কি একটা অস্থিরতা যেন সে ভিতরে চাপিয়া রাখিয়াছে। তাছাড়া, তাহার সাজসজ্জার অভাবটা অবাক করিয়া দেয়। এমন একদিন ছিল সে যখন বসনভূষণে, কেশরচনা ও দেহমার্জনার অতুল উপাদানে নিজেকে সব সময় ঝকঝকে করিয়া রাখিত। ত্বকে থাকিত জ্যোতি, কেশে থাকিত পালিশ, বসনে থাকিত বর্ণ ও ভূষণে থাকিত হীরার চমক। এখন সেসব কিছুই তাহার নাই। অলঙ্কার প্রায় সবই সে খুলিয়া ফেলিয়াছে, বিন্যস্ত কেশরাজিতে ধরিয়াছে কতগুলি ফাটল, সে কাছে থাকিলে সাবান ছাড়া আর কোনো সুগন্ধীর ইঙ্গিত মেলে না। তাও মাঝে মাঝে নিশ্বাসের দুর্গন্ধে চাপা পড়িয়া যায়।

ঘনিষ্ঠতার বালাই না থাকিলেও মন্দা চিরকাল ঘনিষ্ঠ প্রশ্ন করিয়া থাকে।

সাজগোজ একেবারে ছেড়ে দিয়েছেন দেখছি।

বিষ্ণুপ্রিয়া হাসিয়া বলে, এবার মেয়ে ওসব করবে।

একটি মেয়ে বিইয়েই সন্যেসিনী হয়ে গেলেন?

একটি দুটির কথা নয় ঠাকুরঝি। নিজে ছেলেমেয়ে মানুষ করতে গেলে ও একটিই থাক আর দুটিই থাক ফিটফাট থাকা আর পোষায় না। মেয়ে এই এটা করছে, এই ওটা করছে–নোংরামির চূড়ান্ত, তার সঙ্গে কি এসেন্স মানায়? মেয়ে একটু বড় হলে হয়তো আবার শুরু করব। তা করব ঠাকুরঝি, এ বয়সে কি আর বুড়ি হয়ে থাকব সত্যি সত্যি!

শ্যামা বলে, মেয়ে বড় হতে হতে আর একটি আসবে যে।

বিষ্ণুপ্রিয়া জোর দিয়া বলে, না, আর আসবে না।

মন্দা খিলখিল করিয়া হাসে, বললেন বটে একটা হাসির কথা। এখুনি রেহাই পাবেন? আরো কত আসবে, ভগবান দিলে কারো সাধ্যি আছে ঠেকিয়ে রাখে।

শ্যামা বলে, ঠাকুরঝি আপনাকে জব্দ করে দিলে।

বিষ্ণুপ্রিয়া বলে, আমাকে জব্দ করা আর শক্ত কি?

যে বিষ্ণুপ্রিয়ার এমনি পরিবর্তন হইয়াছে একদিন সকালে সে শ্যামাকে দেখিতে আসিল। মেয়েকে সে সঙ্গে আনিল না। মেয়েকে সঙ্গে করিয়া বিষ্ণুপ্রিয়া কোথাও যায় না, কারো বাড়ি মেয়েকে যাইতেও দেয় না, ঘরের কোণে লুকাইয়া রাখে। বাড়ির পুরোনো ঝি ছাড়া আর কারো কোলে সে মেয়েকে যাইতে দেয় না। মেয়ের সম্বন্ধে তাহার একটা সন্দেহজনক গোপনতা আছে, পাড়ার মেয়েরা এমনি একটা আভাস পাইয়া কৌতুহলী হইয়া উঠিয়াছিল। তারপর সকলেই জানিয়াছে। জানিয়াছে যে বিষ্ণুপ্রিয়ার মেয়ে পৃথিবীতে আসিয়াছে পাপের ছাপ লইয়া, মহিম তালুকদার ভীষণ পাপী।

এবার বিষ্ণুপ্রিয়াকে কার্পেটের আসনটাতেই বসিতে দেওয়া হইল। মন্দা ভদ্রতা করিয়া জিজ্ঞাসা করিল–আপনাকে এক কাপ চা করে দিই?

চা? বিষ্ণুপ্রিয়া চা খায় না।

খান না? মন্দা সুন্দর অবাক হইতে জানে, কি আশ্চর্য!–তা, চা, আমার মেজ ননদও খায় না। তার বিয়ে হয়েছে চিপাহাড়ীর জমিদার বাড়ি, মস্ত বড়লোক তারা, চালচলন সব সাহেবি। বিয়ের আগে আমার ননদ খুব চা খেত, বিয়ের পর শ্বশুরবাড়ি গিয়ে ছেড়ে দিলে। বললে, চা খেলে গায়ের চামড়া কর্কশ হয়। আমার মেজ ননদ খুব সুন্দরী কিনা, রং প্রায় গিয়ে মেমদের মতো কটা, রং খারাপ হবার ভয়ে মরে থাকে। আমার কর্তাটিকে দেখেন নি? ওদের হল ফর্সার গুষ্টি, তাদের মধ্যে ওনার রং সবচেয়ে মাজা, তারপরেই আমার মেজ নন।

ছেলেদের জন্য বসিয়া কারো সঙ্গে কথা বলিবার অবসর মন্দা পায় না। উঠানে দুই ছেলে চৌবাচ্চার জল নষ্ট করিতেছে দেখিয়া সে উঠিয়া গেল। বিষ্ণুপ্রিয়া বলিল, আপনার ননদটি বেশ। খুব সরল।

মুখ্যু।

বিষ্ণুপ্রিয়া প্রতিবাদ করিল না। আঁচলে মুখ মুছিয়া শ্যামার চোখাচোখি হওয়ায় একটু হাসিল। বাহিরে ঝকঝকে রোদ উঠিয়াছিল। শহরতলির বাড়ি, জানালা দিয়া পুকুরও চোখে পড়ে, গাছপালাও দেখা যায়। আর পাখি। শরৎকালে পথ ভুলিয়া কতকগুলি পাখি শহরের ধারে আসিয়া পড়িয়াছে।

বিষ্ণুপ্রিয়া বলিল, তোমার ছেলের জন্যে দুটো একটা জামা-টামা পাঠালে কিছু মনে করবে ভাই? মনে যদি কর তো স্পষ্ট বোলো, মনে এক মুখে আর এক কোরো না।

বিষ্ণুপ্রিয়ার বলার ভঙ্গিতে শ্যামা একটু অবাক হইয়া গেল। বলিল, জামার দরকার তো নেই।

দরকার নাইবা রইল, বেশিই না হয় হবে।–পাঠাব?

শ্যামা একটু ভাবিয়া বলিল, আচ্ছা।

আনকোরা নতুন জামা, দর্জিবাড়ি থেকে সোজা তোমায় দিয়ে যাবে–আমার মেয়ের জামা-টামার সঙ্গে ছোঁয়াছুঁয়ি হবে না ভাই।

হলই বা ছোঁয়াছুঁয়ি?

বিকালে বিষ্ণুপ্রিয়ার উপহার আসিল। কচি ছেলের দরকারি কয়েকটা জিনিস। গালিচার মতো পুরু ও নরম ফ্লানেলের কয়েকটি কথা, ছেলেকে জড়াইয়া পুঁটলি করিয়া কোলে নেওয়ার জন্য ধবধবে সাদা কোমল তিনটি তোয়ালে আর আধ ডজন সেমিজের মতো পাতলা লম্বা জামা। শেষোক্ত পদার্থগুলি মন্দাকে বিস্মিত করে।

এগুলো কি বৌ? আলখাল্লা নাকি?

শ্যামা হাসে : ঠাকুরঝি যেন কি! সায়েবদের ছেলেরা পরে দ্যাখ নি?

তুমি যেন কত দেখেছ!

দেখি নি! গড়ের মাঠে চিড়িয়াখানায় কত দেখেছি!

ও, কত তুমি বেড়িয়ে বেড়াচ্ছ গড়ের মাঠে চিড়িয়াখানায়!

না ঠাকুরঝি ঠাট্টা নয়, আগে সত্যি নিয়ে যেত, চার-পাঁচবার গিয়েছি যে। সায়েবদের কচি কচি ছেলেদের এমনি জামা পরিয়ে ঠেলাগাড়িতে করে আয়ারা বেড়াতে আনত। এমন সুন্দর ছেলেগুলি, চুরি করে আনতে সাধ হত আমার।

পুরোনো কথার উপর শ্যামা নূতন কথা বিছায়, ছেলের তৈলাক্ত পেটি খুলিয়া বিষ্ণুপ্রিয়ার দেওয়া আলখাল্লা পরায়, তারপর একখানা তোয়ালে জড়াইয়া শোয়াইয়া দেয়। আনন্দে অভিভূতা হইয়া বলে, কি রকম দেখাচ্ছে দ্যাখ ঠাকুরঝি?

মন্দা হাসিমুখে সায় দিয়া বলে, খাসা দেখাচ্ছে বৌ। ওমা, মুখ বাঁকায় যে!

ছেলেকে শ্যামা সত্য সত্যই পুঁটলি করিয়াছে। হাত-পা নাড়িতে না পারিয়া সে হাঁপাইয়া কাঁদিয়া ওঠে। তোয়ালেটা শ্যামা তাড়াতাড়ি খুলিয়া লয়। মন্দা শিশুকে কোলে লইয়া বলিতে থাকে, অ সোনা, অ মানিক–তোমায় বেঁধেছিল, শক্ত করে বেঁধেছিল, মরে যাই! শ্যামার গায়ে কাটা দেয়, মাথা দুলাইয়া ঝোঁক দিয়া দিয়া মন্দা বলিতে থাকে, মেরেছে? আমার ধনকে মেরেছে? কে মেরেছে রে! আ লো আ লো–ন ন ন...

শ্যামা উত্তেজিত হইয়া বলে, ও ঠাকুরঝি, ও যে হাসল।

মন্দা দেখতে পায় নাই। তবু সে সায় দিয়া বলে, পিসির আদরে হাসবে না?

কি আশ্চর্য কাণ্ড ঠাকুরঝি! ওইটুকু ছেলে হাসে!

এরকম আশ্চর্য কাণ্ড দিবারাত্রিই ঘটিতে থাকে। খোকার সম্বন্ধে এবার সে কিনা অনেক বিষয়েই উদাসীন থাকিবে ঠিক করিয়াছে, খোকার আশ্চর্য কাণ্ডগুলিতে অনেক সময় শ্যামা শুধু তাই মনে মনে আশ্চর্য হয়, বাহিরে কিছু প্রকাশ করে না। খোকার হাত-পা নাড়িয়া খেলা করা দেখিয়া মনে যখন তাহার দোলা লাগে, খেলার অর্থহীন হাত নাড়া আর ক্ষুধার সময় স্তন খুঁজিয়া হাত নাড়ার পার্থক্য লক্ষ্য করিয়া তাহার যখন সকলকে ডাকিয়া এ ব্যাপার দেখাইতে ইচ্ছা হয়, শ্যামা তখন নিজেকে সতর্ক করিয়া দেয়। স্মরণ করে যে সন্তানকে উপলক্ষ করিয়া জননীর অসংযত উল্লাস অমঙ্গলজনক। আনন্দের একটা সীমা ভগবান মানুষের জন্য নির্দিষ্ট করিয়া দিয়াছেন, মানুষ তাহা লঙ্ঘন করিলে তিনি রাগ করেন। তবু সব সময় শ্যামা কি আর নিজেকে সামলাইয়া চলিতে পারে? অন্যমনস্ক অবস্থায় হঠাৎ এক সময় ঝ করিয়া খোকাকে সে কোলে তুলিয়া লয়। তাহার পাঁজরে একদিকে থাকে হৃৎপিণ্ড আরেক দিকে থাকে খোকা, খোকার লালিম পা দুটি হইতে কেশ বিরল মাথাটি পর্যন্ত শ্যামা অসংখ্য চুম্বন করে, দীর্ঘনিশ্বাসে খোকার দেহের

আঘ্রাণ লয়। তারপর সে অনুতাপ করে। বাড়াবাড়ি করিয়া একবার তাহার সর্বনাশ হইয়াছে, তবু কি শিক্ষা হইল না?

শীতলের মিশ্র খাপছাড়া প্রকৃতিতেও বাৎসল্যের আবির্ভাব হইয়াছে। বাৎসল্যের রসে তাহার ভীরু উগ্রতাও যেন একটু নরম হইয়া আসিয়াছে। পিতৃত্বের অধিকার খাটাইয়া ছেলের সঙ্গে সে একটু মাখামাখি করিতে চায়, শ্যামা সভয়ে বাধা দিলে রাগ করার বদলে ক্ষুই যেন হয়–প্রকৃতপক্ষে, রাগ করার বদলে ক্ষুণ্ণ হয় বলিয়াই তাহার বিপজ্জনক আদরের হাত হইতে ছেলেকে বাঁচাইয়া চলিবার সাহস শ্যামার হয়। সে উপস্থিত না থাকিলে ছেলেকে কোলে তুলিতে শীতলকে সে বারণ করিয়া দিয়াছে। মাঝে মাঝে দু-চার মিনিটের জন্য ছেলেকে স্বামীর কোলে সে দেয়, কিন্তু নিজে কাছে দাঁড়াইয়া থাকে, পুলিশের মতো সতর্ক পাহারা দেয়।

মাঝে মাঝে শীতল তাহাকে ফাঁকি দিবার চেষ্টা করে। রাত্রে হয়তো সে জাগিয়া আছে, তোকা কাঁদিল। চুপি চুপি চৌকি হইতে নামিয়া মেঝেতে পাতা বিছানায় ঘুমন্ত শ্যামার পাশ হইতে খোকাকে সে সন্তর্পণে তুলিয়া লয়–চোরের মতো। অনভ্যস্ত অপটু হাতে খোকাকে বুকের কাছে ধরিয়া রাখিয়া নিজে সামনে পিছনে দুলিয়ে তাহাকে সে দোলা দেয়, মৃদু গুনগুনানো সুরে ঘুমপাড়ানো ছড়া কাটে। বলে, আয়রে পাড়ার ছেলেরা মাছ ধরতে যাই, মাছের কাটা পায় ফুটেছে, দোলায় চড়ে যাই। রাতদুপুরে নিজের মুখে ঘুমপাড়ানো ছড়া শুনিয়া মুখখানা তাহার হাসিতে ভরিয়া যায়। এ ছেলে কার?–তার? শ্যামা মানুষ করিতেছে করুক, ছেলে শ্যামার নয়, তার।

এদিকে শ্যামার ঘুম ভাঙে। কচি ছেলের বুড়ি মা কি আর ঘুমায়? লোকদেখানো চোখ বুজিয়া থাকে মাত্র। উঠিয়া বসিয়া শীতলের কাণ্ড চাহিয়া দেখিতে শ্যামার মন্দ লাগে না। কিন্তু মনকে সে অবিলম্বে শক্ত করিয়া ফেলে।

বলে, কি হচ্ছে?

শীতল চমকাইয়া খোকাকে প্রায় ফেলিয়া দেয়।

শ্যামা বলে, ঘাড়টা বেঁকে আছে। ওর কত লাগছে বুঝতে পারছ?

লাগলে কাঁদত।–শীতল বলে।

কাঁদবে কি? যে কঁকানি ঝকছু, আঁতকে ওর কান্না বন্ধ হয়েছে।–শ্যামা বলে।

শীতল প্রথমে ছেলে ফিরাইয়া দেয়। তারপর বলে, বেশ করছি। অত তুমি লম্বা লম্বা কথা বলবে না বলে দিচ্ছি, খপরদার। শীতল শুইয়া পড়ে। সে সত্য সত্যই রাগ করিয়াছে অথবা একটা ফাকা গর্জন শ্যামা ঠিক তাহা বুঝিতে পারে না। খানিক পরে সে বলে, আমি কি বারণ করেছি ছেলে দেব না! একটু বড় হোক, নিও না তখন, যত খুশি নিও। ওকে ধরতে বলে আমারই এখন ভয় করে! কত সাবধানে নাড়াচাড়া করি, তবু কালকে হাতটা মুচড়ে গেল—

শীতল বলে, আরে বাপরে বাপ! রাতদুপুরে বকর বকর করে এ যে দেখছি ঘুমোতেও দেবে না!

শীতলের মেজাজ ঠাণ্ডা হইয়া আসিয়াছে সন্দেহ নাই। রাগ সে করে না, বিরক্ত হয়। মন যে তাহার নরম হইয়া আসিয়াছে অনেক সময় একটু গোপন করিবার জন্যই সে যেন রাগের ভান করে, কিন্তু আগের মতো জমাইতে পারে না।

মন্দাকে নেওয়ার জন্য তাহার শাশুড়ি বার বার পত্র লিখিতেছিলেন, মন্দা বার বার জবাব লিখিতেছে যে পড়িয়া গিয়া তাহার কোমরে ব্যথা হইয়াছে, উঠিতে পারে না, এখন যাওয়া অসম্ভব। শেষ পর্যন্ত শাশুড়ি বোধহয় সন্দেহ করিলেন। এক শনিবার রাখালকে তিনি পাঠাইয়া দিলেন কলিকাতায়। রাখালের স্নেহ শ্যামা ভুলিতে পারে নাই, সে আসিয়াছে শুনিয়াই আনন্দে সে উত্তেজিত হইয়া উঠিল, কিন্তু আনন্দ তাহার টিকিল না। রাখালের ভাব দেখিয়া সে বড় দমিয়া গেল। এতকাল পরে তার দেখা পাইয়া রাখাল খুশি হইল মামুলি ধরনে, কথা বলিল অন্যমনে, সংক্ষেপে। শ্যামার ছেলের সম্বন্ধে তাহার কিছুমাত্র কৌতূহল দেখা গেল না।

সারাদিন পরে বিকালে ব্যাপার বুঝিয়া মন্দা স্বামীকে বলিল, তুমি কি গো? বৌ কতবার ছেলে কোলে কাছে এল, একবার তাকিয়ে দেখলে না?

রাখাল বলিল, দেখলাম না? ওই যে বললাম, তুমি রোগা হয়ে গেছ বৌঠান?

মন্দা বলিল, দাদার ছেলে হয়েছে জান? জান আমার মাথা! ছেলেকে একবার কোলে নিয়ে একটু আদর করতে পারলে না? দাদা কি ভাববে!

রাখাল বলিল, তোমায় আদর করে সময় পেলাম কই?

মন্দা রাগ করিয়া বলিল, না বাবু, তোমার কি যেন হয়েছে। তামাশাগুলি পর্যন্ত আজকাল রসালো হয় না।

তোমার কাছে হয় না। বৌঠানকে ডেকে আনা হবে।

মন্দার অনুযোগের যে ফল ফলিল শ্যামার হাতে মনে হইল একটু গাল টিপিয়া আদর করিয়া রাখাল বুঝি ছেলেকে তাহার অপমান করিয়াছে। শ্যামার মনে অসন্তোষের সৃষ্টি হইয়া রহিল। জীবন যুদ্ধে সন্তানের প্রত্যেকটি পরাজয়ে মার মনে যে ক্ষুব্ধ বেদনার সঞ্চার হয়, এ অসন্তোষ তাহারই অনুরূপ। শ্যামার ছেলে এই প্রথমবার হার মানিয়াছে।

পরদিন বিকালে রাখাল একাই ফিরিয়া গেল। মন্দা যাইতে রাজি হইল না, রাখালও বেশি পীড়াপীড়ি করিল না। যাওয়ার কথা মন্দাকে সে একবারের বেশি দুবার বলিল কিনা সন্দেহ। পথ ভুলিয়া আসার মতো যেমন অন্যমনে সে আসিয়াছিল, তেমনি অন্যমনে চলিয়া গেল।

কি জন্য আসিয়াছিল তাও যেন ভালো রকম বোঝা গেল না।

শীতল গোপনে শ্যামাকে বলিল, রাখাল আবার বিয়ে করেছে শ্যামা।

বলিল রাত্রে, শ্যামার যখন ঘুম আসিতেছে। শ্যামা সজাগ হইয়া বলিল, কেন ঠাট্টা করছ?

কিসের ঠাট্টা? ও মাসের সাতাশে বিয়ে হয়েছে। মন্দাকে এখন কিছু বোলো না। রাখাল বলে গেছে সেই গিয়ে সব কথা খুলে ওকে চিঠি লিখবে। মুখে বলতে এসেছিল, পারল না। আমিও ভেবে দেখলাম, চিঠি লিখে জানানোই ভালো।

উত্তেজনার সময় শ্যামার মুখে কথা যোগায় না। রাখালের ভাবভঙ্গি মনে করিয়া সে আরো মূক হইয়া রহিল। একদিন যে তাহার পরমাত্মীয়ের চেয়ে আপন হইয়া উঠিয়াছিল, গভীর রাত্রে বারান্দায় টিমটিমে আলোয় যার কাছে বসিয়া দুঃখের কথা বলিতে বলিতে সে নিঃসঙ্কোচে চোখ মুছিতে পারিত, শুধু তাই নয়, যে চঞ্চল হইয়া উসখুস করিতে আরম্ভ করিলেও যার কাছে তাহার

ভয় ছিল না, এবার সে তাহার কাছে ঘেঁষিতে পারে নাই। একটা কিছু করিয়া না আসিলে কি মানুষ এমন হয়?

কোথায় বিয়ে হল, কি বৃত্তান্ত, বল তো আমায়, গুছিয়ে বল।–শ্যামা যখন এ অনুরোধ জানাইল, শীতলের চোখ ঘুমে বুজিয়া আসিয়াছে।

অঁ? বলিয়া সজাগ হইয়া সে যাহা জানিত গড়গড় করিয়া বলিয়া গেল। তারপর বলিল, বড় ঘুম পাচ্ছে গো। বাকি সব জিজ্ঞেস কোরো কাল।

জিজ্ঞাসা করিবার কিছু বাকি ছিল না, এবার শুধু আলোচনা। শ্যামার সে উৎসাহ ছিল না, সে জাগিয়া শুইয়া রহিল নীরবে। একি আশ্চর্য ব্যাপার যে রাখাল আবার বিবাহ করিয়াছে? স্ত্রী যে তাহার তিনটি সন্তানের জননী, একি সে ভুলিয়া গিয়াছিল? অবস্থাবিশেষে পুরুষমানুষের দুবার বিবাহ করাটা শ্যামার কাছে অপরাধ নয়। ধর, এখন পর্যন্ত তার যদি ছেলে না হইত, শীতল আবার বিবাহ করিলে তাহা একেবারেই অসঙ্গত হইত না। কিন্তু এখন কি শীতল আর একটা বিবাহ করিতে পারে? কোন যুক্তিতে করিবে!– রাখাল একি কাণ্ড করিয়া বসিয়াছে? মন্দার কাছে সে মুখ দেখাইবে কি করিয়া? রাখালকে শ্যামা চিরকাল শ্রদ্ধা করিয়াছে, কোনোদিন বুঝিতে পারে নাই। এবারো রাখালের এই কীর্তির কোনো অর্থ সে খুঁজিয়া পাইল না। এমনি যদি হইত যে মন্দার স্বভাব ভালো নয়, সে দেখিতে কুৎসিত, তাহাকে লইয়া রাখাল সুখী হইতে পারে নাই, আবার বিবাহ করিবার কারণটা তাহার শ্যামা বুঝিতে পারিত। মনের মিল তো দুজনের কম হয় নাই? এ বাড়িতে পা দিয়া অসুস্থ মন্দার যে সেটাই রাখালকে সে করিতে দেখিয়াছিল তাও শ্যামার মনে আছে।

এমন কাজ তবে সে কেন করিলঃ শ্যামা ভাবে, ঘুমাইতে পারে না। চৌকির উপর শীতল নাক ডাকায়, ঘুমন্ত সন্তানের মুখ হইতে স্তন আলগা হইয়া খসিয়া আসে, জননী শ্যামা আহত উত্তেজিত বিষণ্ণ মনে আর একটি জননীর দুর্ভাগ্যের কথা ভাবিয়া যায়। রাখালের অপকার্যের একটা কারণ খুঁজিয়া পাইলে সে যেন স্বস্তি পাইত। কে বলিতে পারে এরকম বিপদ তারও জীবনে ঘটিবে কিনা? শীতল ততা রাখালের চেয়ে ভালো নয়। কিসের যোগাযোগে স্ত্রী জননীর কপাল ভাঙে মন্দার দৃষ্টান্ত হইতে সেটুকু বোঝা গেলে মন্দ হইত না। তারপর একটা কথা ভাবিয়া হঠাৎ শ্যামার হাত-পা অবশ হইয়া আসে। মন্দা জননী বলিয়াই হয়তো রাখালের স্ত্রীর প্রয়োজন হইয়াছে? ছেলের

জন্য মন্দা স্বামীকে অবহেলা করিয়াছিল, স্ত্রী বর্তমানে রাখাল স্ত্রীর অভাব অনুভব করিয়াছিল, হয়তো তাই সে আবার বিবাহ করিয়াছে?

পরদিন সকালে ঘুম ভাঙিয়া শীতল দেখিল, বুকের উপর ঝুঁকিয়া মুখের কাছে হাসিভরা মুখখানা আনিয়া শ্যামা তাহাকে ডাকিতেছে। শ্যামা সে রাত্রেই বার বার প্রতিজ্ঞা করিয়াছিল ছেলের জন্য কখনো সে স্বামীকে তাহার প্রাপ্য হইতে বঞ্চিত করিবে না, শীতল তো তাহা জানি না, এও সে জানি না, যে প্রতিজ্ঞা-পালনে স্বামীর ঘুম ভাঙিবার নিয়মিত সময় পর্যন্ত সবুর শ্যামার সহে নাই। শীতল তাহাকে ধাক্কা দিয়া সরাইয়া দিল। বলিল, হয়েছে কি?

বেলা হল উঠবে না?

শীতল পাশ ফিরিয়া শুইল। বিড়িবিড় করিয়া সে যা বলিল তা গালাগালি।

তখন শ্যামা বুঝিতে পারিল সে ভুল করিয়াছে। ছেলের জন্য স্বামীকে অবহেলা না করিবার প্রক্রিয়া এটা নয়। স্বামী যতটুকু চাহিবে দিতে হইবে ততটুকু, গায়ে পড়িয়া সোহাগ করিতে গেলে জুটিবে গালাগালি।

মন্দার কোনো পরিবর্তন নাই। সে তো এখনো জানে না। ছেলেদের লইয়া সে ব্যস্ত ও বিব্রত হইয়া রহিল। আড়চোখে তাহার সানন্দ চলাফেরা দেখিতে দেখিতে শ্যামার বড় মমতা হইতে লাগিল, সে মনে মনে বলিল, আ পোড়াকপালি! বেশ হেসে খেলে সময় কাটাচ্ছ, ওদিকে তোমার যে সর্বনাশ হয়ে গেছে। যখন জানবে তুমি করবে কি!—একটা বিড়াল ছানার জন্য মারামারি করিয়া কানু ও কালু কাঁদিতেছিল। দেখাদেখি কোলের ছেলেটিও কান্না জুড়িয়াছিল। শ্যামা সাহায্য করিতে গেলে মন্দা তাহাকে হটাইয়া দিল। তিনজনকে সে সামলাইল একা।

শ্যামার চোখ ছলছল করিতে লাগিল। সে মনে মনে বলিল, কার ছেলেদের এত ভালবাসছ ঠাকুরঝি? সে তো তোমার মান রাখে নি।

মন্দার সমস্যা শ্যামাকে বড় বিচলিত করিয়াছে। রাখালের প্রতি সে যেন ক্রমে ক্রমে বিদ্বেষ বোধ করিতে আরম্ভ করে। সংসারে স্ত্রীলোকের অসহায় অবস্থা বুঝিতে পারিয়া নিজের কাছে সে অপদস্থ হইয়া যায়। যে আশ্রয় তাহাদের সবচেয়ে স্থায়ী কত সহজে তাহা নষ্ট হইয়া যায়। যে লোকটির

উপর সব দিক দিয়া নির্ভর করতে হয়, কত সহজে সে বিশ্বাসঘাতকতা করিয়া বসে?

মন্দা অবশ্যই এবার অনেক দিন এখানে থাকবে। এ আরেক সমস্যার কথা। আর্থিক অবস্থা তাহাদের সচ্ছল নয়, নূতন চাকরিতে শীতল নিয়মিত মাহিনা পায় বটে, টাকার অঙ্কটা কিন্তু ছোট। শীতলের কিছু ধার আছে, মাঝে মাঝে কিছু কিছু শুধিতে হয়, সুদও দিতে হয়। খরচ চলিতে চায় না। তিনটি ছেলে লইয়া মন্দা বেশিদিন এখানে থাকিলে বড়ই তাহারা অসুবিধায় পড়িবে। শ্যামা অবশ্য এসব অসুবিধার কথা ভাবিতে বসিত না, অত ছোট মন তাহার নয়, যদি তাহার খোকাটি না আসিত। মন্দার জন্য তাহারা স্বামী-স্ত্রী না হয় কিছুদিন কষ্টই ভোগ করিল, কারো খাতিরে খোকাকে তো তাহারা কষ্ট দিতে পারিবে না! ওর যে ভালো জামাটি জুটিবে না, দুধ কম পড়িবে, অসুখে-বিসুখে উপযুক্ত চিকিৎসা হইবে না, শ্যামা তাহা সহিবে কি করিয়া? নিজের ছেলের কাছে নাকি ননদ ও তাহার ছেলেমেয়ে! যতদিন সম্ভব, ঠিক ততদিনই মন্দাকে সে এখানে থাকিতে দিবে। তারপর মুখ ফুটিয়া বলিবে, আমাদের খরচ চলছে না ঠাকুরঝি। বলিবে, অভিমান চলবে কেন ভাই? মেয়েমানুষের এমনি কপাল। এবার তুমি ফিরে যাও ঠাকুরজামাইয়ের কাছে।

হিসাবে শ্যামার একটু ভুল হইয়াছিল। কয়েকদিন পরে রাখালের পত্র আসিবামাত্র বনগাঁ যাওয়ার জন্য মন্দা উতলা হইয়া উঠিল। সে কোনোমতেই বিশ্বাস করিতে চাহিল না, রাখাল আবার বিবাহ করিয়াছে। বার বার সে বলিতে লাগিল, সব মিছে কথা। সে বনগাঁ যায় নাই বলিয়া রাগিয়া রাখাল এরকম চিঠি লিখিয়াছে। এ কথা কখনো সত্যি হয়? তবু এরকম অবস্থায় তাহার অবিলম্বে বনগাঁ যাওয়া দরকার। আমায় আজকেই রেখে এস দাদা, পায়ে পড়ি তোমার।

এদিকে, সেদিকে আরেক মুশকিল হইয়াছে। রাত্রে শ্যামার ছেলের হইয়াছিল জ্বর, সকালে থার্মোমিটার দিয়া দেখা গিয়াছে জ্বর এক শ দুইয়ের একটু নিচে। ছেলে কোলে করিয়া শেষরাত্রি হইতে শ্যামা ঠায় বসিয়া কাটাইয়াছে। ভাবিয়া ভাবিয়া সে বাহির করিয়াছে যে বারকে চার দিয়া গুণ করিলে যত হয়, ছেলের বয়স এখন তার ঠিক ততদিন। আগের খোকাটি তাহার ঠিক বারদিন বাঁচিয়াছিল। বনগাঁ অনেক দূর, শীতলকে ছাপাখানায় পর্যন্ত যাইতে দিতে রাজি নয়।

শীতল বলিল, দুদিন পরেই যাস মন্দা। চিঠিপত্র লেখা হোক, একটা খবর দিয়ে যাওয়াও তো দরকার। খোকার জ্বরটাও ইতিমধ্যে হয়তো কমবে।

মন্দা শুনিল না। বাড়িটা হঠাৎ তাহার কাছে জেলখানা হইয়া উঠিয়াছে। সে মিনতি করিয়া বলিতে লাগিল, আজ না পার, কাল আমাকে তুমি রেখে এস দাদা। সকালে রওনা হলে বিকেলের গাড়িতে ফিরে আসতে পারবে তুমি।

শীতল বলিল, ব্যস্ত হোস কেন মন্দা, দেখাই যাক না কাল সকাল পর্যন্ত, খোকার জ্বর আজকের দিনের মধ্যে কমে যেতে পারে তো!

বিকালে খোকার জ্বর কমিল, শেষরাত্রে আবার বাড়িয়া গেল। সকালে মন্দা বলিল, আমার তবে কি উপায় হবে বৌ? আমি তো থাকতে পারি না আর। দাদা যদি না-ই যেতে পারে, আমায় গাড়িতে তুলে দিক, ওদের নিয়ে আমি একাই যেতে পারব।

শ্যামা রাত্রে ভাবিয়া দেখিয়াছিল, মন্দাকে আটকাইয়া রাখা সঙ্গত নয়। উদ্বেগে ও আশঙ্কায় সে এখন বনগাঁ যাওয়ার জন্য ব্যাকুল হইয়াছে, পরে হয়তো মত পরিবর্তন করিয়া বসিবে, আর যাইতে চাহিবে না। বলিবে অমন স্বামীর মুখ দেখার চেয়ে ভাইয়ের বাড়ি পড়িয়া থাকাও ভালো। বোনকে পুষিবার ক্ষমতা যে শীতলের নাই, এ তো আর সে হিসাব করিবে না। তার চেয়ে ও যখন যাইতে চায়, ওকে যাইতে দেওয়াই ভালো। একদিনে তাহার খোকার কি হইবে? শীতল তো ফিরিয়া আসিবে রাত্রেই।

এই সব ভাবিয়া শ্যামা শীতলকে বনগাঁ যাইতে বাধা দিল না। জিনিসপত্র মন্দা আগের দিনই বাধিয়া দিয়া ঠিক করিয়া রাখিয়াছিল। একচড়া আলুভাতে ফুটাইয়া কালু-কানুকে খাওয়াইয়া, কোলের ছেলেটির জন্য বোতলে দুধ ভরিয়া লইয়া শীতলের সঙ্গে সে রওনা হইয়া গেল। গাড়িতে ওঠার সময় মন্দা একটু কাঁদিল, শ্যামাও কয়েকবার চোখ মুছিল।

গাড়ি যেন চোখের আড়াল হইল না, শ্যামার ছেলের জ্বর বাড়িতে আরম্ভ করিল। ঝিকে দিয়া কই মাছ আনাইয়া শ্যামা এবেলা শুধু ঝোল-ভাত রাধিবার আয়োজন করিয়াছিল, সব ফেলিয়া রাখিয়া দুরুদুরু বুকে অবিচলিত মুখে সে ছেলেকে কোলে করিয়া বসিল। নিয়তির খেলা শ্যামা বোঝে বৈকি। মন্দার ভার এড়াইবার লোভে শীতলকে যাইতে দেওয়ার দুর্মতি নতুবা তাহার হইবে। কেন? স্বামী আবার বিবাহ করিয়াছে বলিয়া মন্দা চিরকাল

ভাইয়ের সংসারে পড়িয়া থাকিত, এ আশঙ্কা শ্যামার কাছে একটা অর্থহীন মনে হইল। কাঁধে শনি ভর না করিলে মানুষ ভবিষ্যতের। একটা কাল্পনিক অসুবিধার কথা ভাবিয়া ছেলের রোগকে অগ্রাহ্য করে? ছেলে যত ছটফট করিয়া কাঁদিতে লাগিল, অনুতাপে শ্যামার মন ততই পুড়িয়া যাইতে লাগিল। যেমন ছোট তাহার মন, তেমনি উপযুক্ত শাস্তি হইয়াছে। তার মতো স্বার্থপর হীনচেতা স্ত্রীলোকের ছেলে যদি না মরে তো মরিবে কার? একা সে এখন কি করে!

ঠিকা ঝি বাসন মাজিতেছিল। তাহাকে ডাকিয়া শ্যামা বলিল—খোকার বড় জ্বর হয়েছে। সত্যভামা, বাবু বনগাঁ গেলেন, কি হবে এখন?

ঝি শতমুখে আশ্বাস দিয়া বলিল, কমে যাবে মা, কমে যাবে।—ছেলেপিলের এমন জ্বরজ্বালা হয়, ভেব নি।

তুমি আজ কোথাও যেয়ো না সত্যভামা।

কিন্তু না গিয়া সত্যভামার উপায় নাই। সে ধরিতে গেলে স্বামীহীনা, কিন্তু তাহার চারটি ছেলেমেয়ে আছে। তিন বাড়ি কাজ করিয়া সে ইহাদের আহার যোগায়, শ্যামার কাছে বসিয়া থাকিলে তাহার চলিবে কেন? সত্যভামার বড় মেয়ে রানীর বয়স দশ বছর, তাহাকে আনিয়া শ্যামার কাছে থাকিতে বলিয়া সে সরকারদের কাজ করিতে চলিয়া গেল। রানীর একটা চোখে আঞ্জিনা হইয়াছিল, চোখ দিয়া তাহার এত জল পড়িতেছিল, যেন কার জন্য শোক করিতেছে। শ্যামা এবার একেবারে নিঃসন্দেহ হইয়া গেল। এমন যোগাযোগ, এত সব অমঙ্গলের চিহ্ন, একি ব্যর্থ যায়? আজ দিনটা মেঘলা করিয়া আছে। শীত পড়িয়াছে কনকনে। খোকার জ্বরের তাপে শ্যামার কোল যত গরম হইয়া ওঠে, হাত-পা হইয়া আসে তেমনি ঠাণ্ডা। মাঝে মাঝে শ্যামার সর্বাঙ্গে কাপুনি ধরিয়া যায়। বেলা বারটার সময় খোকার ভাঙা ভাঙা কান্না থামিল। ভয়ে-ভাবনায় শ্যামা আধমরা হইয়া গিয়াছিল, তবু তাহার প্রথম ছেলেকে হারানোর শিক্ষা সে ভোলে নাই, তাড়াতাড়ি নয়, বাড়াবাড়ি নয়। এরকম উত্তেজনার সময় ধীরতা বজায় রাখা অনভ্যস্ত অভিনয়ের শামিল, শ্যামার চিন্তা ও কার্য দুই-ই অত্যন্ত শ্লথ হইয়া গিয়াছিল। তিনবার থার্মোমিটার দিয়া সে ছেলের সঠিক টেম্পারেচার ধরিতে পারি। এক শ তিন উঠিয়াছে। জ্বর এখনো বাড়িতেছে বুঝিতে পারিয়া রানীকে সে ও পাড়ার হারান ডাক্তারকে ডাকিতে পাঠাইয়া দিল। এতক্ষণে সে টের পাইয়াছে জ্বরের বৃদ্ধি স্থগিত হওয়ার প্রতীক্ষায় এতক্ষণ ডাক্তার ডাকিতে না

পাঠানো তাহার উচিত হয় নাই। হারান ডাক্তার যেমন গম্ভীর তেমনি মন্থর। আজ যদি রোগী দেখিয়া ফিরিতে তাহার বেলা হইয়া থাকে, স্নান করিয়া খাইয়া ব্যাপার দেখিতে আসিবে সে তিন ঘণ্টা পরে। রানী কি রোগীর অবস্থাটা তাহাকে বুঝাইয়া বলিতে পারিবে? সামান্য জ্বর মনে করিয়া হারান ডাক্তার যদি বিকালে দেখিতে আসা স্থির করে? ছেলেকে ফেলিয়া রাখিয়া শ্যামা সদর দরজায় গিয়া পথের দিকে। তাকায়। রানীকে দেখিতে পাইলে ডাকিয়া ফিরাইয়া একটি কাগজে হারান ডাক্তারকে সে কয়েকটি কথা লিখিয়া দিবে। রানীকে সে দেখিতে পায় না। শুধু পাড়ার ছেলে বিনু ছাড়া পথে কেহ নাই।

শ্যামা ডাকে, অ বিনু, অ ভাই বিনু শুনছ?

কি?

খোকার বড় জ্বর হয়েছে ভাই, কেমন অজ্ঞানের মতো হয়ে গেছে, লক্ষ্মী দাদাটি, একবার ছুটে হারান ডাক্তারকে গিয়ে বল গে–

আমি পারব না।বিনু বলে। শ্যামা বলে, ও ভাই বিনু শোন ভাই একবার–

বাড়াবাড়ি? সে উতলা হইয়াছে? ঘরে গিয়া শ্যামা কাঁদে। দেখে, ছেলে ঘন ঘন নিশ্বাস ফেলিতেছে। চোখ বুজিয়া নিশ্বাস ফেলিতেছে। ও কি আর চোখ মেলিবে?

হারান ডাক্তার দেরি না করিয়াই আসিল। হারান যত মন্থরই হোক, তার পুরোনো নড়বড়ে। ফোর্ড গাড়িটা এখনো ঘণ্টায় বিশ মাইল যাইতে পারে। ভাত খাইয়া সে ধীরে ধীরে পান চিবাইতেছিল, ঘরে ঢুকিয়া সে প্রথমে চিকিৎসা করিল শ্যামার। বলিল, কেঁদ না বাছা। রোগ নির্ণয় হবে না!

কেমন তাহার রোগ নির্ণয় কে জানে, খোকার গায়ে একবার হাত দিয়াই হুকুম দিল, এক গামলা ঠাণ্ডা জল, কলসী থেকে এন।

শ্যামা গামলায় জল আনিলে হারান ডাক্তার ধীরে ধীরে খোকাকে তুলিয়া গলা পর্যন্ত জলে ডুবাইয়া দিল, এক হাতে সেই অবস্থায় তাহাকে ধরিয়া রাখিয়া অন্য হাতে ভিজাইয়া দিতে লাগিল তাহার মাথা। খোকার মার অনুমতি চাহিল না, এরকম বিপজ্জনক চিকিৎসার কোনো কৈফিয়তও দিল না।

শ্যামা বলিল, এ কি করলেন?

হারান ডাক্তার বলিল, শুকনো তোয়ালে থাকলে দাও, না থাকলে শুকনো কাপড়েও চলবে।

শ্যামা বিষ্ণুপ্রিয়ার দেওয়া একটি তোয়ালে আনিয়া দিলে জল হইতে তুলিয়া তোয়ালে জড়াইয়া খোকাকে হারান শোয়াইয়া দিল। নাড়ি দেখিয়া চৌকির পাশের দিকে সরিয়া গিয়া ঠেস দিল দেয়ালে। পান সে আজ আগাগোড়া জাবর কাটিতেছিল, এবার বুজিল চোখ।

শ্যামা বলিল, আমার কি হবে ডাক্তারবাবু?

হারান রাগ করিয়া বলিল, এই তো তোমাদের দোষ। কাদবার কারণটা কি হল? ওর আরেকটা বাথ দিতে হবে বলে বসে আছি বাছা, তোমাদের দিয়ে তো কিছু হবার যো নেই, খালি কাঁদতে জান।

হারান বুড়া হইয়াছে, তাহাকে ডাক্তারবাবু বলিতে শ্যামার কেমন বাধিতেছিল। রোগীর বাড়িতে ডাক্তারের চেয়ে পর কেহ নাই, সে মানুষ নয়, সে শুধু একটা প্রয়োজন, তিতে ওষুধের মতো সে একটা হিতৈষী বন্ধু। হারানকে পর মনে করা কঠিন। তাহাকে দেখিয়া এতখানি আশ্বাস মেলে, অথচ এমনি সে অভদ্র যে আত্মীয় ভিন্ন তাহাকে আর কিছু মনে করিতে কষ্ট হয়।

শ্যামা তাই হঠাৎ বলিল, আপনি একটু শোবেন বাবা?–দেয়ালে ঠেস দিয়ে কষ্ট হচ্ছে। আপনার।

কষ্ট? হাসিতে গিয়া হারান ডাক্তারের মুখের চামড়া অনভ্যস্ত ব্যায়ামে কুঁচকাইয়া গেল, এতক্ষণে শ্যামার দিকে সে যেন একটু বিশেষভাবে চাহিয়া দেখিল, না মা, কষ্ট নেই, যোব–একেবারে বাড়ি গিয়ে যোব। দুটো পান দিতে পার, বেশ করে দোক্তা দিয়ে?

শ্যামা পান সাজাইয়া আনিয়া দিল। এটুকু সে বুঝিতে পারিয়াছিল যে খোকার অবস্থা বিপজ্জনক, নহিলে ডাক্তার মানুষ যাচিয়া বসিয়া থাকিবে কেন? এত জ্বরের উপর জলে ডুবাইয়া চিকিৎসাও কি মানুষ সহজে করে? তবু শ্যামা অনেকটা নিশ্চিন্ত হইয়াছে। সে ডাক্তারি বিদ্যার পরিচয় রাখে না, সে জানে ডাক্তারকে। জীবনমরণের ভার যে ডাক্তার পান চিবাইতে

চিবাইতে লইতে পারে, সে-ই তো ডাক্তার, মরণাপন্ন ছেলেকে ফেলিয়া এমন ডাক্তারকে পান সাজিয়া দিতে শ্যামা খুশিই হয়। পান আর এক থাবলা দোক্তা মুখে দিয়া হারান শীতলের কথা জিজ্ঞাসা করিল। আধঘন্টা পরে খোকার তাপ লইয়া বলিল, জ্বর বাড়ে নি। তবু গাটা একবার মুছে দিই, কি বল মা?

না, হারান ডাক্তার গম্ভীর নয়। রোগীর আত্মীয়স্বজনকে সে শুধু গ্রাহ্য করে না, ওর মধ্যে যে তার সঙ্গে ভাব জমাইতে পারে, বুড়া তার সঙ্গে কথা বড় কম বলে না। বাবা বলিয়া ডাকিয়া শ্যামা তাহার মুখ খুলিয়া দিয়াছে, রাজ্যের কথার মধ্যে খোকার যে কত বড় ফাঁড়া কাটিয়াছে, তাও সে শ্যামাকে শোনাইয়া দিল। বলিল, বিকাল পর্যন্ত তাহাকে না ডাকিলে আর দেখিতে হইত না। জ্বর বাড়িতে বাড়িতে এক সময়...

গিয়ে একটা ওষুধ পাঠিয়ে দিচ্ছি রানীর হাতে, পাঁচ ফোটা করে খাইয়ে দিও দুধের সঙ্গে মিশিয়ে চামচেয়, গরুর দুধ নয় মা, সে ভুল যেন করে বোসো না। আধঘন্টা পর পর তাপ নিয়ে যদি দ্যাখ জ্বর কমছে না, গা মুছে দিও।

সন্ধ্যাবেলা আপনি আর একবার আসবেন বাবা?

হারান দরজার কাছে গিয়া একবার দাঁড়াইল। বলিল, ভয় পেয়ো না মা, এবার জ্বর কমতে আরম্ভ করবে।

শ্যামা ভাবিল, সাহস দিবার জন্য নয়, হারান হয়তো ভিজিটের টাকার জন্য দাঁড়াইয়াছে। কত টাকা দিবে, যাহাকে বাবা বলিয়া ডাকিয়াছে, দুটো-একটা টাকা কেমন করিয়া হাতে দিবে, শ্যামা ভাবিয়া পাইতেছিল না, অত্যন্ত সঙ্কোচের সঙ্গে সে বলিল, উনি বাড়ি নেই—

এলে পাঠিয়ে দিও।—বলিয়া হারান চলিয়া গেল। স্বয়ং শীতলকে অথবা ভিজিটের টাকা, কি যে সে পাঠাইতে বলিয়া গেল, কিছুই বুঝিতে পারা গেল না।

শীতলের ফিরিবার কথা ছিল রাত্রি আটটায়। সে আসিল পরদিন বেলা বারটার সময়। বিষ্ণুপ্রিয়া কার কাছে খবর পাইয়া এবেলা শ্যামাকে ভাত পাঠাইয়া দিয়াছিল, শীতল যখন আসিয়া পৌঁছিল সে তখন অনেক ব্যঞ্জনের মধ্যে শুধু মাছ দিয়া ভাত খাইয়া উঠিয়াছে এবং নিজেকে তাহার মনে হইতেছে রোগমুক্তার মতো।

শীতল জিজ্ঞাসা করিল, খোকা কেমন?

ভালো আছে।

কাল গাড়ি ফেল করে বসলাম, এমন ভাবনা হচ্ছিল তোমাদের জন্যে!

শ্যামার মুখে অনুযোগ নাই, সে গম্ভীর ও রহস্যময়ী। কাল বিপদে পড়িয়া কারো উপর নির্ভর। করিবার জন্য সে মরিয়া যাইতেছিল, আজ বিপদ কাটিয়া যাওয়ার পর কিছু আত্মমর্যাদার প্রয়োজন হইয়াছে।

০৩. শ্যামা এখন তিনটি সন্তানের জননী

কয়েক বৎসর কাটিয়াছে।

শ্যামা এখন তিনটি সন্তানের জননী। বড় খোকার দুবছর বয়সের সময় তাহার একটি মেয়ে হইয়াছে, তার তিন বছর পরে আর একটি ছেলে। নামকরণ হইয়াছে তিনজনেরই–বিধানচন্দ্র, বকুলমালা ও বিমান বিহারী। এগুলি পোশাকী নাম। এছাড়া তিনজনের ডাকনামও আছে, খোকা, বুকু ও মণি।

ওদের মধ্যে বকুলের স্বাস্থ্যই আশ্চর্য রকমে ভালো। জন্মিয়া অবধি একদিনের জন্য সে অসুখে ভোগে নাই, মোটা মোটা হাত-পা ফোলা ফোলা গাল, দুরন্তের একশেষ। শ্যামা তাহার মাথার চুলগুলি বাবরি করিয়া দিয়াছে। খাটো জাঙ্গিয়া-পরা মেয়েটি যখন এক মুহূর্ত স্থির হইয়া দাঁড়াইয়া কঁকড়া চুলের ফাঁক দিয়া মিটমিট করিয়া তাকায়, দেখিলে চোখ জুড়াইয়া যায়। বুকুর রংও হইয়াছে। বেশ মাজা। রৌদ্রোজ্জ্বল প্রভাতে তাহার মুখখানা জ্বলজ্বল করে, ধূসর সন্ধ্যায় স্তিমিত হইয়া আসে–সারাদিন বিনিদ্র দুরন্তপনার পর নিদ্রাতুর চোখ দুটির সঙ্গে বেশ মানায়। কিন্তু দেখিবার কেহ থাকে না। শ্যামা রান্না করে, শ্যামার কোল জুড়িয়া থাকে ছোট খোকামণি। বুকু পিছন হইতে মার পিঠে বুকের ভর দিয়া দাঁড়াইয়া থাকে। মার কাঁধের উপর দিয়া ডিবরির শিখাটির দিকে চাহিয়া থাকিতে থাকিতে তাহার চোখ বুজিয়া যায়।

শ্যামা পিছনে হাত চালাইয়া তাহাকে ধরিয়া রাখিয়া ডাকে, খোকা অ খোকা!

বিধান আসিলে বলে, ভাইকে কোলে নিয়ে বোসো তো বাবা, বুকুকে শুইয়ে দিয়ে আসি।

বিধানের হাতেখড়ি হইয়া গিয়াছে, এখন সে প্রথমভাগের পাঠক। ছেলেবেলা হইতে লিভার খারাপ হইয়া শরীরটা তাহার শীর্ণ হইয়া গিয়াছে, মাঝে মাঝে অসুখে ভোগে। মুখখানি অপরিপুষ্ট ফুলের মতো কোমল। শরীর ভালো না হোক, ছেলেটার মাথা হইয়াছে খুব সাফ। বুলি ফুটিবার পর হইতেই প্রশ্নে প্রশ্নে সকলকে সে ব্যতিব্যস্ত করিয়া তুলিয়াছে, জগতের দিকে চোখ মেলিয়া চাহিয়া তাহার শিশু-চিত্তে যে সহস্র প্রশ্নের সৃষ্টি হয়, প্রত্যেকটির জবাব

পাওয়া চাই। মনোজগতে সে দুজ্ঞেয় রহস্য থাকিতে দিবে না, তাহার জিজ্ঞাসার তাই সীমা নাই। সবজান্তা হইবার জন্য তাহার এই ব্যাকুল প্রয়াসে সবজান্তারা কখনো হাসে, কখনো বিরক্ত হয়। বিরক্ত বেশি হয় শীতল, বিধানের গোটাদশেক কেন-র জবাব দেয় পরবর্তী পুনরাবৃত্তিতে সে ধমক লাগায়। শ্যামার ধৈর্য অনেকক্ষণ বজায় থাকে। অনেক সময় হাতের কাজ করিতে করিতে যা মনে আসে জবাব দিয়া যায়, সব সময় খেয়ালও থাকে না, কি বলিতেছে। বিধানের চিন্তাজগত মিথ্যায় ভরিয়া ওঠে, মনে তাহার বহু অসত্যের ছাপ লাগে।

দিনের মধ্যে এমন কতগুলি প্রহর আছে, শ্যামাকে যাচিয়া ছেলের মুখে মুখরতা আনিতে হয়। বিধান মাঝে মাঝে গম্ভীর হইয়া থাকে। গম্ভীর অন্যমনস্কতায় ডুবিয়া গিয়া সে স্থির হইয়া বসিয়া। থাকে, চোখ দুটি উদাসীন হইয়া যায়। প্রিঙের মোটরটি পাশে পড়িয়া থাকে, ছবির বইটির পাতা বাতাসে উল্টাইয়া যায় সে চাহিয়া দেখে না। ছেলের মুখ দেখিয়া শ্যামার বুকের মধ্যে কেমন

করিয়া ওঠে। যেন ঘুমন্ত ছেলেকে ডাকিয়া তুলিতেছে এমনিভাবে সে ডাকে, খোকা, এই খোকা।

উ?

আয় তো আমার কাছে। দ্যাখ ততার জন্যে কেমন জামা করছি।

বিধান কাছেও আসে, জামাও দেখে কিন্তু তাহার কোনো রকম উৎসাহ দেখা যায় না।

শ্যামা উদ্বিগ্ন হইয়া বলে, কি ভাবছিস রে তুই? কার কথা ভাবছিস?

কিছু ভাবছি না তো!

মোটরটা চালা না খোকা, মণি কেমন হাসবে দেখিস।

বিধান মোটরে চাবি দিয়া ছাড়িয়া দেয়! মোটরটা চক্রাকার ঘুরিয়া ওদিকের দেয়ালে ঠোকুর। খায়। শ্যামা নিজেই উচ্ছসিত হইয়া বলে, যাঃ তোর মোটরের কলিশন হয়ে গেল! বিধান বসিয়া থাকে, খেলনাটিকে উঠাইয়া আনিবার স্পৃহা তাহার দেখা যায় না। সেলাই বন্ধ করিয়া শ্যামা

হুঁচটি কাপড়ে বিধাইয়া রাখে। বিধানের হঠাৎ এমন মনমরা হইয়া যাওয়ার কোনো কারণই সে খুঁজিয়া পায় না। বুড়ো মানুষের মতো একি উদাস গাম্ভীর্য অতটুকু ছেলের?

ক্ষিদে পেয়েছে তার?

বিধান মাথা নাড়ে।

তবে তোর ঘুম পেয়েছে খোকা। আয় আমরা শুই।

ঘুম পায় নি তো!

ওরে দুর্জ্জেয়, তবে তোর হইয়াছে কি!

তবে চল, ছাদ থেকে কাপড় তুলে আনি!

সিঁড়িতে ছাদে শ্যামা অনর্গল কথা বলে। বিধানের জীবনে যত কিছু কাম্য আছে, জ্ঞানপিপাসার যত কিছু বিষয়বস্তু আছে, সব সে তাহার মনে পড়াইয়া দিতে চায়। ছেলের এই সাময়িক ও মানসিক সন্ন্যাসে শচীমাতার মতোই তাহার ব্যাকুলতা জাগে। কাপড় তুলিয়া কুঁচাইয়া সে বিধানের হাতে দেয়। বিধান কাপড়গুলি নিজের দুই কধে জমা করে। কাপড় তোলা শেষ হইলে শ্যামা আলিসায় ভর দিয়া রাস্তার দিকে চাহিয়া বলে, কুলপি-বরফ খাবি খোকা?

এমনি ভাবে কথা দিয়া পূজা করিয়া, কুলপি-বরফ ঘুষ দিয়া শ্যামা ছেলের নীরবতা ভঙ্গ করে।

বিধান জিজ্ঞাসা করে, কুলপি-বরফ কি করে তৈরি করে মা?

শ্যামা বলে, হাতল ঘোরায় দেখিস নি? বরফ বেটে চিনি মিশিয়ে ওরা ওই যন্ত্রটার মধ্যে রেখে হাতল ঘোরায়, তাইতে কুলপি-বরফ হয়।

চিনি তো সাদা, রং কি করে হয়?

একটু রং মিশিয়ে দেয়।

কি রং দেয় মা? আলতার রং।

দুর! আলতার রং বুঝি খেতে আছে? অন্য রং দেয়।

কি রং?

গোলাপ ফুলের রং বার করে নেয়।

গোলাপ ফুলের রং কি করে বার করে মা?

শিউলি বোঁটার রং কি করে বার করে দেখিস নি?

সেদ্ধ করে, না?

হ্যাঁ।

তুমি আলতা পর কেন মা?

পরতে হয় রে, নইলে লোকে নিন্দে করে যে।

কেন?

এ কেন-র অন্ত থাকে না।

বিধানের প্রকৃতির আর একটা অদ্ভুত দিক আছে, পশুপাখির প্রতি তার মমতা ও নির্ম্মমতার সমন্বয়। কুকুর বিড়াল আর পাখির ছানা পুষিতে সে যেমন ভালবাসে, এক এক সময় পোষা জীবগুলিকে সে তেমনি অকথ্য যন্ত্রণা দেয়। একবার সন্ধ্যার সময় ঝড় উঠিলে একটি বাচ্চা শালিক পাখি বাড়ির বারান্দায় আসিয়া পড়িয়াছিল, বিধান ছানাটিকে কুড়াইয়া আনিয়াছিল, আঁচল দিয়া পালক মুছিয়া লণ্ঠনের তাপে সেঁক দিয়া তাহাকে বাচাইয়াছিল শ্যামা। পরদিন খাঁচা আসিল। বিধান নাওয়া খাওয়া ভুলিয়া গেল। ক্ষুদ্র বন্দি জীবটি যেন তাহারই সম্মানীয় অতিথি। হরদম ছাতু ও জল সরবরাহ করা হইতেছে, বিধানের দিন কাটিতেছে খাঁচার সামনে। কি তাহার গভীর মনোযোগ, কি ভালবাসা। অথচ কয়েকদিন পরে, এক দুপুরবেলা পাখিটিকে সে ঘাড় মটকাইয়া মারিয়া রাখিল। শ্যামা আসিয়া দেখে, মরা পাখির ছানাটিকে আগলাইয়া বিধান যেন পুত্রশোকেই আকুল হইয়া কাঁদিতেছে।

ও খোকা, কি করে মরল বাবা, কে মারলে?

বিধান কথা বলে না, শুধু কাঁদে।

সত্যভামা আজো এ বাড়িতে কাজ করে, সে উঠানে বাসন মাজিতেছিল, বলিল, নিজে গলা টিপে মেরে ফেললে মা, এমন দুরন্ত ছেলে জন্মে দেখি নি– সুন্দোর ছ্যানাটি গো।

তুই মেরেছিস? কেন মেরেছিস খোকা?–শ্যামা বার বার জিজ্ঞাসা করিল, বিধান কথা বলিল না, আরো বেশি করিয়া কাঁদিতে লাগিল। শেষে শ্যামা রাগিয়া বলিল, কাঁদিসনে মুখপোড়া ছেলে, নিজে মেরে আবার কান্না কিসের?।

মরা পাখিটাকে সে প্রাচীর ডিঙ্গাইয়া বাহিরে ফেলিয়া দিল।

রাত্রে শ্যামা শীতলকে ব্যাপারটা বলিল। বলিল, এসব দেখিয়া শুনিয়া তাহার বড় ভাবনা হয়। কেমন যেন মন ছেলেটার, এত মায়া ছিল পাখির বাচ্চাটার উপর। ছেলেটার এই দুর্বোধ্য কীর্তি লইয়া খানিকক্ষণ আলোচনা করিয়া তাহারা দুজনেই ছেলের মুখের দিকে চাহিয়া রহিল, বিধান তখন ঘুমাইয়া পড়িয়াছিল। এরকম রহস্যময় প্রকৃতি ছেলেটা পাইল কোথা হইতে? ওর দেহ-মন তাদের দুজনের দেওয়া, তাদের চোখের সামনে হাসিয়া কাঁদিয়া খেলা করিয়া ও বড় হইয়াছে, ওর মধ্যে এই দুর্বোধ্যতা কোথা হইতে আসিল?

শ্যামা বলে, তোমায় এ্যাদ্দিন বলি নি, মাঝে মাঝে গম্ভীর হয়ে ও কি যেন ভাবে, ডেকে সাড়া পাইনে।

শীতল গম্ভীরভাবে মাথা নাড়িয়া বলে, সাধারণ ছেলের মতো হয় নি।

শ্যামা সায় দেয়, কত বাড়ির কত ছেলে তো দেখি, আপন মনে খেলাধুলো করে, খায় দায় ঘুমোয়, এ যে কি ছেলে হয়েছে, কারো সঙ্গে মিল নেই। কি বুদ্ধি দেখেছ?

শীতল বলে, কাল কি হয়েছে জান, জিজ্ঞেস করেছিলাম, দশ টাকা মন হলে আড়াই সেরের দাম কত, সঙ্গে সঙ্গে বললে, দশ আনা। কতদিন আগে বলে দিয়েছিলাম, যত টাকা মন আড়াইসের তত আনা, ঠিক মনে রেখেছে।

বাড়িতে একটা পোষা বিড়াল ছিল, রানী। একদিন দুপুরবেলা গলায় দড়ি বাধিয়া জানালার শিকের সঙ্গে ঝুলাইয়া দিয়া কাপিতে কাঁপিতে বিধান

তাহার মৃত্যুযন্ত্রণা দেখিতেছিল। দেখিয়া শ্যামা সেদিন ভয়ানক রাগিয়া গেল। রানীকে ছাড়িয়া দিয়া ছেলেকে সে বেদম মার মারিল। বিধানের স্বভাব কিন্তু বদলাইল না। পিঁপড়ে দেখিলে সে টিপিয়া মারে, ফড়িং ধরিয়া পাখা ছিড়িয়া দেয়, বিড়ালছানা, কুকুরছানা পুষিয়া হঠাৎ একদিন যন্ত্রণা দিয়া মারিয়া ফেলে। বার তের বছর বয়স হওয়ার আগে তাহার এ স্বভাব শোধরায় নাই।

এখন শীতলের আয় কিছু বাড়িয়াছে। পিতার আমল হইতে তাহাদের নিজেদের প্রেস ছিল, প্রেসের কাজ সে ভালো বোঝে, তার তত্ত্বাবধানে কমল প্রেসে অনেক উন্নতি হইয়াছে। প্রেসের সমস্ত ভার এখন তাহার, মাহিনীর উপর সে লাভের কমিশন পায়, উপরি আরও কিছু কিছু হয়। সেই এই রকম : ব্যবসায়ে অনেক কিছুই চলে, অনেক কোম্পানির যে কর্মচারীর উপর ছাপার কাজের ভার থাকে, ফর্মা পিছু আট টাকা দিয়া সে প্রেসের দশ টাকার বিল দাবি করে, এরকম বিল দিতে হয়, প্রেসের মালিক কমল ঘোষ তাহা জানে। তাই খাতাপত্রে দশ টাকা পাওনা লেখা থাকিলেও আট অথবা দশ, কত টাকা ঘরে আসিয়াছে, সব সময় জানিবার উপায় থাকে না। জানে শুধু সে, প্রেসের ভার থাকে যাহার উপর। শীতল অনায়াসে অনেক দশ টাকা পাওনাকে আট টাকায় দাঁড় করাইয়া দেয়। প্রেসের মালিক কমল ঘোষ মাঝে মাঝে সন্দেহ করে, কিন্তু প্রেসের ক্রমোন্নতি দেখিয়া কিছু বলে না।

শীতলের খুব পরিবর্তন হইয়াছে। কমল প্রেসে চাকরি পাওয়ার আগে সে দেড় বছর বেকার বসিয়াছিল, যেমন হয়, এই দুঃখের সময় সুসময়ের বন্ধুদের চিনিতে তাহার বাকি থাকে নাই, এবার তাদের সে আর আমল দেয় না, সোজাসুজি ওদের ত্যাগ করিবার সাহস তো তার নাই, এখন সে ওদের কাছে দারিদ্র্যের ভান করে, দেড় বছর গরিব হইয়া থাকিবার পর এটা সহজেই করিতে পারে। তার মধ্যে ভারি একটা অস্থিরতা আসিয়াছে, কিছুদিন খুব দূর্তি করিয়া কাটানোর পর শ্রান্ত মানুষের যে রকম আসে, কিছু ভালো লাগে না, কি করিবে ঠিক পায় না। শ্যামার সঙ্গে গোড়া হইতে মনের মিল করিয়া রাখিলে এখন সে বাড়িতেই একটি সুখ-দুঃখের সঙ্গী পাইত, আর তাহা হইবার উপায় নাই–সাংসারিক ব্যাপারে ও ছেলেমেয়েদের ব্যাপারে শ্যামার সঙ্গে তাহার কতগুলি মত ও অনুভূতি খাপ খায় মাত্র, শ্যামার কাছে বেশি আর কিছু আশা করা যায় না। অথচ এদিকে বাহিরে মদ খাইয়া একা একা স্ফুর্তিও জমে না, সব কি রকম নিরানন্দ অসার মনে হয়। অনেক প্রত্যাশা করিয়া হয়তো সে তাহার পরিচিত কোনো মেয়ের বাড়ি

যায়, কিন্তু নিজের মনে আনন্দ না থাকিলে পরে কেন আনন্দ দিতে পারিবে, তাও টাকার বিনিময়ে? আজকাল হাজার মদ গিলিয়াও নেশা পর্যন্ত যেন জমিতে চায় না, কেবল কান্না আসে। কত কি দুঃখ উথলিয়া ওঠে।

এক-একদিন সে করে কি, সকাল সকাল প্রেস হইতে বাড়ি ফেরে। শ্যামার রান্নার সময় সে ছেলেমেয়েদের সামলায়, বারান্দায় পায়চারি করিয়া ছোট খোকামণিকে ঘুম পাড়ায়, মুখের কাছে। বাটি ধরিয়া বুকুকে খাওয়ায় দুধ। বুকুকে কোলে করিয়া ঘুম পাড়াইতে হয় না, সে বিছানায় শুইয়াই ঘুমায়, ঘুমাইয়া পড়িবার আগে একজনকে শুধু তাহার পিঠে আস্তে আস্তে চুলকাইয়া দিতে হয়। তারপর বাকি থাকে বিধান, সে খানিকক্ষণ পড়ে, তারপর তাকে গল্প বলিয়া রান্না শেষ হওয়া পর্যন্ত জাগাইয়া রাখিতে হয়। এসব শীতল অনেকটা নিখুঁতভাবেই করে। সকলের খাওয়া শেষ হইলে গর্বিত গাম্ভীর্যের সঙ্গে তামাক টানিতে টানিতে শ্যামার কি বলিবার আছে, শুনিবার প্রতীক্ষা করে। শ্যামার কাছে সে কিছু প্রশংসার আশা করে বৈকি। শ্যামা কিন্তু কিছু বলে না। তাহার ভাব দেখিয়া মনে হয় সে রান্না করিয়াছে, শীতল ছেলে রাখিয়াছে, কোনো পক্ষেরই এতে কিছু বাহাদুরি নাই।

শেষে শীতল বলে, কি দুই যে ওরা হয়েছে শ্যামা, সামলাতে হয়রান হয়ে গেছিওদের নিয়ে তুমি রান্না কর কি করে?

শ্যামা বলে, মণিকে ঘুম পাড়িয়ে নি, বুকুকে খোকা রাখে।

এত সহজ? শীতল বড় দমিয়া যায়, সন্ধ্যা হইতে ওদের সামলাইতে সে হিমশিম খাইয়া গেল, শ্যামা এখন অবলীলাক্রমে তাহাদের ব্যবস্থা করে?

শ্যামা হাই তুলিয়া বলে, এক একদিন কিন্তু ভারি মুশকিলে পড়ি বাবু, মণি ঘুমোয় না, বুকুটা ঘ্যান ঘ্যান করে, সবাই মিলে আমাকে ওরা খেয়ে ফেলতে চায়, মরেও তেমনি মার খেয়ে। তুমি বাড়ি থাকলে বাঁচি, ফিরো দিকি একটু সকাল সকাল রোজ? শ্যামা আঁচল বিছাইয়া শ্রান্ত দেহ মেঝেতে এলাইয়া দেয়, বলে, তুমি থাকলে ওদেরও ভালো লাগে, সন্ধ্যাবেলা তোমায় দেখতে না পেলে বুকু তো আগে কেঁদেই অস্থির হত।

শীতল আগ্রহ গোপন করিয়া জিজ্ঞাসা করে, আজকাল কাঁদে না?

আজকাল ভুলে গেছে। হ্যাগো, মুদি দোকানে টাকা দাও নি?

দিয়েছি।

মুদি আজ সত্যভামাকে তাগিদ দিয়েছে। তামাক পুড়ে গেছে, এবার রাখ, দেব আরেক ছিলিম সেজে?

শীতল বলে, না থাক।

আবোল-তাবোল খরচ করে কেন যে টাকাগুলো নষ্ট কর, দোতলার একখানা ঘর তুলতে পারলে একটা কাজের মতো কাজ হত, টাকা উড়িয়ে লাভ কি?

তারপর তাহারা ঘরে যায়, মণি আর বুকুর মাঝখানে শ্যামা শুইয়া পড়ে। বিধান একটা স্বতন্ত্র ছোট চৌকিতে শোয়, শোয়ার আগে একটি বিড়ি খাইবার জন্য শীতল সে চৌকিতে বসিবামাত্র বিধান চিৎকার করিয়া জাগিয়া যায়। শীতল তাড়াতাড়ি বলে, আমি রে খোকা, আমি, ভয় কি?

–বিধান কিন্তু শীতলকে চায় না, সে কাঁদিতে থাকে।

শ্যামা বলে, আয় খোকা, আমার কাছে আয়।

সে রাত্রে ব্যবস্থা উল্টাইয়া যায়। শীতলের বিছানায় শোয় বিধান, বিধানের ছোট্ট চৌকিটিতে শীতল পা মেলিতে পারে না। একটা অদ্ভুত ঈর্ষার জ্বালা বোধ করিতে করিতে সে মা ও ছেলের আলাপ শোনে।

স্বপন দেখছিলি, না রে খোকা? কিসের স্বপন রে?

ভুলে গেছি মা।

খুঁকির গায়ে তুমি যেন পা তুলে দিও না বাবা।

কি করে দেব? পাশবালিশ আছে যে?

তুই যে পাশবালিশ ডিঙ্গিয়ে আসিস। বালিশের তলে কি হাতড়াচ্ছিস?

টর্চটা একটু দাও না মা।

কি করবি টর্চ দিয়ে রাতদুপুরে? এমনি জ্বলে খরচ করে ফ্যাল, শেষে দরকারের সময় মরব তখন অন্ধকারে।

একটু পরেই ঘরে টর্চের আলো বারকয়েক জ্বলিয়া নিবিয়া যায়। দেয়ালের গায়ে টিকটিকির ডাক শুনিয়া বিধান তাকে খুঁজিয়া বাহির করে।

নে হয়েছে, দে এবার।

জল খাব মা।

জল খাইয়া বিধান মত বদলায়।

আমি এখানে শোব না মা, যা গন্ধ!

শ্যামা হাসে, তোর বিছানায় বুঝি গন্ধ নেই খোকা? ভারি সাধু হয়েছিল, না?

বড়দিনের সময় রাখালের সঙ্গে মন্দা কলিকাতায় বেড়াইতে আসিল, পর পর তাহার দুটি মেয়ে হইয়াছে, মেয়ে দুইটিকে সে সঙ্গে আনিল, ছেলেরা রহিল বনগাঁয়ে। মন্দার বড় মেয়েটি খোড়া পা লইয়া জন্মিয়াছিল, এখন প্রায় চার বছর বয়স হইয়াছে, কথা বলিতে শেখে নাই, মুখ দিয়া সর্বদা লালা পড়ে। মেয়েটাকে দেখিয়া শ্যামা বড় মমতা বোধ করিল। কত কষ্টই পাইবে জীবনে! এখন অবশ্য মমতা করিয়া সকলেই তাহা বলিবে, বড় হইয়া ও যখন সকলের গলগ্রহ হইয়া উঠিবে, ফেলাও চলিবে না, রাখিতেও গা জ্বালা করিবে, লাঞ্ছনা শুরু হইবে তখন। মন্দা মেয়ের নাম রাখিয়াছে শোভা। শুনিলে মনটা কেমন করিয়া ওঠে। এমন মেয়ের ওরকম নাম রাখা কেন?

মন্দা বলিল, ওকে ডাকি বাদু বলে।

শ্যামা ভাবিয়াছিল, সতীন আসিবার পর মন্দার জীবনের সুখ, শান্তি নষ্ট হইয়া গিয়াছে, কিন্তু মন্দাকে এতটুকু অসুখী মনে হইল না। সে খুব মোটা হইয়াছে, স্থানে অস্থানে মাংস থলথল করে, চলাফেরা কথাবার্তায় কেমন থিয়েটারি ধরনের গিনি গিনি ভাব। স্বভাবে আর তাহার তেমন ঝাঁঝ নাই, সে বেশ অমায়িক ও মিশুক হইয়া উঠিয়াছে। আর বছর মন্দার শাশুড়ি মরিয়াছে, গৃহিণীর পদটা বোধহয় পাইয়াছে সে-ই, শাশুড়ির অভাবে ননদদের সে হয়তো আর গ্রাহ্য করে না। রাখালের উপর তাহার অসীম প্রতিপত্তি দেখা গেল। কথা তো বলে না, যেন হুকুম দেয়, আর যা সে বলে, তা-ই রাখাল শোনে।

সতীন? হ্যাঁ, সে এখানেই থাকে বৌ, বড্ড গরিবের মেয়ে, বাপের নেই চালচুলো, এখানে না থেকে আর কোথায় যাবে বল, যাবার জায়গা থাকলে তো যাবে, বাপ-ব্যাটা ডেকেও জিজ্ঞেস করে না। চামারের হদ্দ সে মানুষটা ওই করে তো মেয়ে গছালে, ছল করে বাড়ি ডেকে নিয়ে যেত, আজ নেমন্তন্ন, কাল মেয়ের অসুখ, মন্দা হাসিল, পাড়ার মেয়ে ভাই, ঘুড়িকে এইটুকু দেখেছি, হ্যাংলার মতো ঠিক খাবার সময়টিতে লোকের বাড়ি গিয়ে হাজির হত, কে জানত বাবা, ও শেষে বড় হয়ে আমারই ঘাড় ভাঙবে!

মন্দার মেয়ে দুটিকে শ্যামা খুব আদর করিল, আর শ্যামার ছেলেকে আদর করিল মন্দা; রেষারেষি করিয়া পরস্পরের সন্তানদের তাহারা আদর করিল। মন্দার মেয়েদের জন্য শ্যামা আনাইল খেলনা, শ্যামার ছেলেদের মন্দা জামা কিনিয়া দিল। একদিন তাহারা দেখিতে গেল থিয়েটার, টিকিটের দাম দিল মন্দা, গাড়ি ভাড়া ও পান-লেমনেডের খরচ দিল শ্যামা। দুজনের এবার মনের মিলের অন্ত রহিল না, হাসিগল্পে আমোদ-আহ্লাদে দশ-বারটা দিন কোথা দিয়া কাটিয়া গেল। মন্দা আসলে লোক মন্দ নয়, শাশুড়ির অতিরিক্ত শাসনে মেজাজটা আগে কেবল তাহার বিগড়াইয়া থাকিত। শ্যামা জীবনে কারো সঙ্গে এ রকম আত্মীয়তা করার সুযোগ পায় নাই, মন্দার যাওয়ার দিন সে কাঁদিয়া ফেলিল, সারাদিন বাদুকে কোল হইতে নামাইল না, বাদুর লালায়। তাহার গা ভিজিয়া গেল। মন্দাও গাড়িতে উঠিল চোখ মুছিতে মুছিতে।

শুধু রাখালকে এবার শ্যামার ভালো লাগিল না। জেলে না গিয়াও পাপের প্রায়শ্চিত্ত করার সময় মানুষের কয়েদির মতো স্বভাব হয়, সব সময় একটা গোপন করা ছোটলোকামির আভাস পাওয়া যাইতে থাকে। রাখালেরও যেন তেমনি বিকার আসিয়াছে। যে কয়দিন এখানে ছিল সে যেন কেমন ভয়ে ভয়ে থাকিত, কেমন একটা অপরাধীর ভাব, লোকে যেন তাহার সম্বন্ধে কি জানিয়া ফেলিয়া মনে মনে তাহাকে অশ্রদ্ধা করিতেছে। সে যেন তাই জ্বালা বোধ করিত, প্রতিবাদ করিতে চাহিত অথচ সব তাহার নিজেরই কল্পনা বলিয়া চোরের মতো, যে চোরকে কেহ চোর বলিয়া জানে না, সব সময় অত্যন্ত হীন একটা লজ্জাবোধ করিয়া সঙ্কুচিত হইয়া থাকিত।

পরের মাসে শীতল মাহিন ও কমিশনের টাকা আনিয়া দিল অর্ধেক, প্রথমে সে কিছু স্বীকার করিতে চাহিল না, তারপর কারণটা খুলিয়া বলিল। কমল ঘোষের কাছে শীতল সাত শ টাকা ধার করিয়াছে, সুদ দিতে হইবে না, কিন্তু

ছ মাসের মধ্যে টাকাটা শোধ করিতে হইবে। সাত শ টাকা। এত টাকা শীতল ধার করিতে গেল কেন?

রাখালকে দিয়েছি।

ঠাকুরজামাইকে ধার করে সাত শ টাকা দিয়েছ? তোমার মাথাটা খারাপ হয়ে গেছে কিনা বুঝিনে বাবু, কেন দিলে?

শীতল ভয়ে ভয়ে বলিল, ছ-সাত মাস রাখালের চাকরি ছিল না শ্যামা, আশ্বিন মাসে বোনের বিয়েতে বডড দেনায় জড়িয়ে পড়েছে, হাত ধরে এমন করে টাকাটা চাইলে–

শ্যামার মাথা ঘুরিতেছিল! সাত শ টাকা। রাখাল যে এবার চোরের মতো বাস করিয়া গিয়াছে। তাহার কারণ তবে এই? সে সত্যই তাহাদের টাকা চুরি করিয়া লইয়া গিয়াছে? টাকা সম্বন্ধে শীতলের দুর্বলতা রাখালের অজানা নয়, এবার সে তাহা কাজে লাগাইয়াছে। মন্দাকেও শ্যামা এবার চিনিতে পারে, এত যে মেলামেশা আমোদ-আহলাদ সব তাহার ছল। ওদিকে রাখাল যখন শীতলকে টাকার জন্য ভজাইতেছিল, মন্দা এদিকে তাহাকে নানা কৌশলে ভুলাইয়া রাখিয়াছিল সে যাহাতে টের পাইয়া বারণ করিতে না পারে। এ তো জানা কথা যে শীতল আর সে শীতল নাই, সে বারণ করিলে টাকা শীতল কখনো রাখালকে দিত না।

রাগে-দুঃখে সারাদিন শ্যামা ছটফট করিল, যতবার রাখাল ও মন্দার হীন ষড়যন্ত্রের কথা আর টাকার অঙ্কটা সে মনে করিল গা যেন তাহার জ্বলিয়া যাইতে লাগিল। কত কষ্টের টাকা তাহার, শীতল তো পাগল, কবে তাহার কমল প্রেসের চাকরি ঘুচিয়া যায় ঠিক নাই, দুটো টাকা জমানো না থাকিলে ছেলেদের লইয়া তখন সে করিবে কি? শীতলকে সে অনেক জেরা করিল কবে টাকা দিয়াছে? রাখাল কবে টাকা ফেরত দেবে বলেছে? টাকার পরিমাণটা সত্যই সাত শ, না আরো বেশি? এমনি সব অসংখ্য প্রশ্ন। শীতলও এখন অনুতাপ করিতেছিল, প্রত্যেকবার জেরা শেষ করিয়া শ্যামা যখন তাহাকে রাগের মাথায় যা মুখে আসিল বলিয়া গেল, সে কথাটি বলিল না।

শুধু যে কথা বলিল না তা নয়, তাহার বর্তমান বিষণ্ণ মানসিক অবস্থায় এ ব্যাপারটা এমন গুরুতর আকার ধারণ করিল যে সে আরো মনমরা হইয়া গেল এবং কয়েকদিন পরেই শ্যামাকে শোনাইয়া আবোল-তাবোল কি যে সব

কৈফিয়ত দিতে লাগিল শ্যামা কিছুই বুঝিল না। শীতল ফাজলামি আরম্ভ করিয়াছে ভাবিয়া সে রাগিয়া গেল। শীতল অনুতপ্ত, বিষণ্ণ ও নম্র হইয়া না থাকিলে এতটা বাড়াবাড়ি করিবার সাহস হয়তো শ্যামার হইত না; এবার শীতলও রাগিয়া উঠিল। অনেকদিন পরে শ্যামাকে একটা চড় বসাইয়া দিল, তারপর সে-ই যেন মার খাইয়াছে এমনি মুখ করিয়া শ্যামার আশপাশে ঘন্টাখানেক ঘোরাঘুরি করিয়া বাহির হইয়া গেল! বাড়ি ফিরিল একদিন পরে।

এতকাল পরে আবার মার খাইয়া শ্যামাও নম্র হইয়া গিয়াছিল, শীতল বাড়ি ফিরিলে সে যেভাবে সবিনয় আনুগত্য জানাইল, প্রকৃত স্ত্রীরাই শুধু তাহা জানে এবং পারে। তবু অশান্তির অন্ত হইল না। পরস্পরকে ভয় করিয়া চলার জন্য দারুণ অস্বস্তির মধ্যে তাহাদের দিন কাটিতে লাগিল।

শ্যামা বলে, বেশ ভদ্রতা করিয়াই বলে–তুমি এমন মন খারাপ করে আছ কেন?

শীতলও ভদ্রতা করিয়া বলে, টাকাটা যদ্দিন না শোধ হচ্ছে শ্যামা–

হঠাৎ মাসিক উপার্জন একেবারে অর্ধেক হইয়া গেলে চারদিকে তাহার যে ফলাফল ফুটিয়া ওঠে, চোখ বুজিয়া থাকিলেও খেয়াল না করিয়া চলে না। স্বামী-স্ত্রীর মধ্যে যেন একটা শত্রুতার সৃষ্টি হইতে থাকে।

শেষে শ্যামা একদিন বুক বধিয়া টাকা তুলিবার ফর্মে নাম সই করিয়া তাহার সেভিংস ব্যাংকের খাতাখানা শীতলের হাতে দিল। খাতায় শুধু জমার অঙ্কপাত করা আছে, সত্যভামাকে দিয়া পাঁচটি সাতটি করিয়া টাকা জমা দিয়া শ্যামা শ পাঁচেক টাকা করিয়াছে, একটি টাকা কোনোদিন তোলে নাই।

টাকাটা তুলে কমলবাবুকে দাও গে, ধারটা শোধ হয়ে যাক, টাকা থাকতে মনের শান্তি নষ্ট করে কি হবে? আস্তে আস্তে আবার জমবেখন।

খাতাখানা লইয়া শীতল সেই যে গেল সাতদিনের মধ্যে আর সে বাড়ি ফিরিল না। শ্যামা যে বুঝিতে পারিল না তা নয়, তবু একি বিশ্বাস করিতে ইচ্ছা হয় যে তার অত কষ্টের জমানো টাকাগুলি লইয়া শীতল উধাও হইয়া গিয়াছে? একদিন বিষ্ণুপ্রিয়ার বাড়ি গিয়া শ্যামা কমল প্রেসে লোক পাঠানোর ব্যবস্থা করিয়া আসিল। সে আসিয়া খবর দিল প্রেসে শীতল যায় নাই।

শীতল গাড়ি চাপা পড়িয়াছে অথবা তাহার কোনো বিপদ হইয়াছে শ্যামা একবার তাহা ভাবে নাই, কিন্তু বিষ্ণুপ্রিয়া শীতলকে ভালোরকম চিনিত না বলিয়া হাসপাতালে, থানায় আর খবরের কাগজের আপিসে খোঁজ করাইল। গাড়িটাড়ি চাপা পড়িয়া থাকিলে শীতলের একটা সংবাদ অবশ্যই পাওয়া যাইত, শ্যামাকে এই সান্ত্বনা দিতে আসিয়া বিষ্ণুপ্রিয়া অবাক হইয়া বাড়ি গেল। শ্যামা যেভাবে তার কাছে স্বামীনিন্দা করিল, ছোটজাতের স্ত্রীলোকের মুখেও বিষ্ণুপ্রিয়া কোনোদিন সে সব কথা শোনে নাই।

বিধান জিজ্ঞাসা করে, বাবা কোথায় গেছে মা?

শ্যামা বলে, চুলোয়।

শ্যামা রাঁধে বাড়ে, ছেলেমেয়েদের খাওয়ায়, নিজে খায়, কিন্তু বাঘিনীর মতো সব সময় সে যেন কাহাকে খুন করিবার জন্য উদ্যত হইয়া থাকে। জ্বালা তাহার কে বুঝিবে? তিনটি সন্তানের জননী, স্বামীর উপর তাহার নির্ভর অনিশ্চিত। একজন পরম বন্ধু তাহার ছিলরাখাল। সে তাহাকে ঠকাইয়া গিয়াছে, স্বামী আজ তাহার সঞ্চয় লইয়া পলাতক। বোকার মতো কেন যে সে সেভিংস ব্যাংকের খাতাখানা শীতলকে দিতে গিয়েছিল। রাত্রে শ্যামার ঘুম হয় না। শীতের রাত্রি, ঠাণ্ডা লাগিবার ভয়ে দরজা বন্ধ করিয়া দিতে হয়, শ্যামা একটা লন্ঠন কমাইয়া রাখে, ঘরের বাতাস দূষিত হইয়া ওঠে। শ্যামা বার বার মশারি ঝাড়ে, বিধানের গায়ে লেপ তুলিয়া দেয়, বুকুর কথা বদলায়, মণিকে তুলিয়া ঘরের জল বাহির হওয়ার নালিটার কাছে বসায়, আরো কত কি করে। চোখে তাহার জলও আসে।

এমনি সাতটা রাত্রি কাটাইবার পর অষ্টম রাত্রে পাগলের মতো চেহারা লইয়া শীতে কাঁপিতে কাঁপিতে শীতল ফিরিয়া আসিল। শ্যামা জিজ্ঞাসা করিল, খেয়ে এসেছ?

শীতল বলিল, না।

সেই রাত্রে শ্যামা কাঠের উনানে ভাত চাপাইয়া দিল! রান্না শেষ হইতে রাত্রি তিনটা বাজিয়া গেল। শীতল ঘুমাইয়া পড়িয়াছিল, ডাকিয়া তুলিয়া তাহাকে খাইতে বসাইয়া শ্যামা ঘরে গিয়া শুইয়া পড়িল। কাছে বসিয়া শীতলকে খাওয়ানোর প্রবৃত্তি হইল না বলিয়া শুধু নয়, ঘুমে তাহার শরীর অবশ হইয়া আসিতেছিল।

পরদিন শীতল শ্যামাকে এক শ টাকা ফেরত দিল।

আর কই? বাকি টাকা কি করেছ?

আর তুলি নি তো?

তোল নি, খাতা কই আমার?

খাতাটা হারিয়ে গেছে শ্যামা, কোনখানে যে ফেললাম–

শ্যামা কাঁদিতে আরম্ভ করিয়া দিল, সব টাকা নষ্ট করে এসে আবার তুমি মিছে কথা বলছ, আমি পাঁচ শ টাকা সই করে দিলাম এক শ টাকা তুমি কি করে তুললে, মিছে কথাগুলো একটু আটকাল না তোমার মুখে, দোতলায় ঘর তুলব বলে আমি যে টাকা জমাচ্ছিলাম গো।

শীতল আস্তে আস্তে সরিয়া গেল।

এ বছর প্রথম স্কুল খুলিলেই বিধানকে শ্যামা স্কুলে ভর্তি করিয়া দিবে ভাবিয়াছিল, কিন্তু এইসব। টাকার গোলমালে ফাল্গুন মাস আসিয়া পড়িল, বিধানকে স্কুলে দেওয়া হইল না। শহরতলির এখানে। কাছাকাছি স্কুল নাই, আনন্দমোহিনী মেমোরিয়াল হাইস্কুল কাশীপুরে প্রায় এক মাইল তফাতে। এতখানি পথ হাঁটিয়া বিধান প্রত্যহ স্কুল করিবে, শ্যামার তা পছন্দ হইতেছিল না। কলিকাতার স্কুলে ভর্তি করিলে বিধানকে ট্রামে বাসে যাইতে হইবে, শ্যামার সে সাহস নাই। প্রেসে যাওয়ার সময় শীতল যে বিধানকে স্কুলে পৌছাইয়া দিবে তাহাও সম্ভব নয়, শীতল কোনোদিন প্রেসে যায় দশটায়, কোনোদিন একটায়। শ্যামা মহাসমস্যায় পড়িয়া গিয়াছিল। অথচ ছেলেকে এবার স্কুলে না। দিলেই নয়, বাড়িতে ওর পড়াশোনা হইতেছে না। শীতলকে বলিয়া লাভ হয় না, কথাগুলি সে গ্রাহ্য করে না। শ্যামা শেষে একদিন পরামর্শ জিজ্ঞাসা করিতে গেল বিষ্ণুপ্রিয়ার বাড়ি।

বিষ্ণুপ্রিয়া বলিল, এক কাজ কর না? আমাদের শঙ্কর যেখানে পড়ে তোমার ছেলেকে সেইখানে ভর্তি করে দাও। শঙ্কর তো গাড়িতে যায়, তোমার ছেলেও ওর সঙ্গে যাবে। তবে ওখানে মাইনে বেশি, বড়লোকের ছেলেরাই বেশিরভাগ পড়ে ওখানে, আর ওখানে ভর্তি করলে ছেলেকে ভালো ভালো কাপড়-জামা কিনে দিতে হবে, একদিন যে একটু ময়লা জামা পরিয়ে ছেলেকে স্কুলে

পাঠাবে তা পারবে না। হেডমাস্টার সাহেব কিনা পরিষ্কার পরিচ্ছন্ন ভালবাসে।

বিষ্ণুপ্রিয়া আজো শ্যামার উপকার করিতে ভালবাসে কিন্তু আসিলে বসিতে বলে না, কথা বলে। অনুগ্রহ করার সুরে। বিষ্ণুপ্রিয়ার সেই মেয়েটিকে আজ বুঝিবার উপায় নাই, প্রায় কদর্য পাপের ছাপ লইয়া সে যে জন্মাইয়াছিল, শুধু মনে হয় মেয়েটা বড় রোগা। বিষ্ণুপ্রিয়ার আর একটি মেয়ে হইয়াছে, বছর-তিনেক বয়স। বিষ্ণুপ্রিয়া এখন আবার সাজগোজ করে, তবে আগের মতো দেহের চাকচিক্য তাহার নাই, এখন চকচক করে শুধু গহনা– অনেকগুলি।

ভাবিয়া চিন্তিয়া শ্যামা বিধানকে শঙ্করের স্কুলেই ভর্তি করিয়া দিল। শঙ্কর বিষ্ণুপ্রিয়ার খুড়তুতো বোনের ছেলে, এবার সেকেন্ড ক্লাসে উঠিয়াছে। বয়সের আন্দাজে ছেলেটা বাড়ে নাই, বিধানের চেয়ে মাথায় সে সামান্য একটু উঁচু, ভারি মুখচোরা লাজুক ছেলে, গায়ের রংটি টুকটুকে। যত ছোট দেখাক সে সেকেন্ড ক্লাসে পড়ে, স্কুলের অভিজ্ঞতাও তাহার আছে, বিধানকে শ্যামা তাহার জিম্মা করিয়া দিল, চিবুক ধরিয়া চুমা খাইয়া ছেলেকে দেখাশোনা করার জন্য শ্যামা তাহাকে এমন করিয়াই বলিল যে লজ্জায় শঙ্করের মুখ রাঙা হইয়া গেল।

সারাদিন শ্যামা অন্যমনস্ক হইয়া রহিল। ভাবিবার চেষ্টা করিল, বিধান স্কুলে কি করিতেছে। শ্যামার একটা ভয় ছিল স্কুলে বড়লোকের ছেলের সঙ্গে বিধান মানাইয়া চলিতে পারিবে কিনা, গরিবের ছেলে বলিয়া ওকে সকলে তুচ্ছ করিবে না তো? একটা ভরসার কথা, শঙ্করের সঙ্গে ওর ভাব হইয়াছে, শঙ্করের বন্ধু বলিয়া সকলে ওকে সমানভাবেই হয়তো গ্রহণ করিবে, হাসি-তামাশা করিবে না। ফাল্গুনের দিনটি আজ শ্যামার বড় দীর্ঘ মনে হয়। একদিনের জন্য ছেলে তাহার বাড়ি ছাড়িয়া কোথাও গিয়া থাকে নাই, অপরিচিত স্থানে অচেনা ছেলেদের মধ্যে দশটা হইতে চারটা পর্যন্ত সে কি করিয়া কাটাইবে কে জানে!

বিকালে বিধান ফিরিয়া আসিলে শ্যামা তাহার মুখখানা ভারি শুকনো দেখিল। টিফিনের সময় খাবার কিনিয়া খাওয়ার জন্য শ্যামা তাকে চার আনা পয়সা দিয়াছিল, বিধান লজ্জায় কিছু খাইতে পারে নাই ভাবিয়া বলিল, ও খোকা, মুখ শুকিয়ে গেছে কেন রেঃ খাস নি কিছু কিনে টিফিনের সময়?

বিধান বলিল, খেয়েছি তো, পেট ব্যথা করছে মা।

শ্যামা বলিল, কেন খোকা, পেট ব্যথা করছে কেন বাবা? কি খেয়েছিলি কিনে?

পেটের ব্যথায় বিধান নানারকম মুখভঙ্গি করে। চোখে জল দেখা যায়।

শ্যামা ধমক দিয়া বলে, কি খেয়েছিলি বল?

ফুলুরি।

আর কি?

আর ঝালবড়া।

তাহলে হবে না তোমার পেট ব্যথা, মুখপোড়া ছেলে! ভালো খাবার থাকতে তুমি খেতে গেলে কিনা ফুলুরি আর ঝালবড়া! কেন খেতে গেলি ওসব?

শঙ্কর খাওয়ালে মা। শঙ্কর বলে, বাড়িতে ওসব তো খেতে দেয় না, শুধু দুধ আর সন্দেশ খেয়ে মর, তাই–

শঙ্কর ছেলেটা তো কম দুষ্টু নয়? বাড়িতে মা নিষেধ করিয়া দেয়, চুরি করিয়া তাই করে? ওর সঙ্গে মেলামেশা করিয়া বিধানের স্বভাব খারাপ হইয়া যাইবে না তো? শ্যামার প্রথমে ভারি ভাবনা হয় তারপর সে ভাবিয়া দেখে যে লুকাইয়া ফুলুরি আর ঝালবড়া খাওয়াটা খুব বেশি খারাপ অপরাধ নয়, এরকম দুষ্টামি ছেলেরা করেই। তবু মনটা শ্যামার খুঁতখুঁত করে। ছেলেকে সে নানারকম উপদেশ দেয়, অসংখ্য নিষেধ জানায়, কাজ করিতে করিতে হঠাৎ একটা কথা মনে পড়িয়া গেলে সঙ্গে সঙ্গে ছেলেকে কাছে ডাকিয়া বলে, এ যেন তুমি কখনো কোরো না বাবা, কখনো নয়।

কেন মা?বিধান বলে। প্রত্যেকবার।

একদিন মন্দার একখানা পত্র আসিল; খুব দরদ দিয়া অনেক মিষ্টি মিষ্টি কথা দিয়া লিখিয়াছে। চিঠি পড়িয়া শ্যামা মুখ বাঁকাইয়া হাসিল, বলিল, বসে থাক তুমি জবাবের জন্যে হাপিত্যেশ করে, তোমার চিঠির জবাব আমি দিচ্ছি নে। কদিন পরে শীতলের কাছে রাখালের একখানা পোস্টকার্ড আসিল, শ্যামা

চিঠিখানা পুড়াইয়া ফেলিল, শীতলকে কিছু বলিল না। জবাব না পাইয়া একটু অপমান বোধ করুক লোকটা। ফাঁকি দিয়া টাকা বাগাইয়া লওয়ার জন্য শীতল তাহাকে এমন ঘৃণাই করিতেছে যে, চিঠির উত্তর দেয় না।

ফাল্গুন মাস কাবার হইয়া আসিল। শীত একেবারে কমিয়া গিয়াছে। একদিন রোদ খাওয়াইয়া লেপগুলি শ্যামা তুলিয়া রাখিল। শ্যামার শরীরটা আজকাল ভালো আছে, তিন ছেলের মার আবার শরীর–তবু, সানন্দ মনে আরেকটি সন্তানের শখ যেন উঁকি মারিয়া যায়, একা থাকিবার সময় অবাক হইয়া শ্যামা হাসে, কি কাণ্ড মেয়েমানুষের, মাগো!

বিধান দশটার সময় ভাত খাইয়া জুতা মোজা হাফপ্যান্ট আর শার্ট পরিয়া স্কুলে যায়, শ্যামা তাহার চুল আঁচড়াইয়া দেয়, আঁচল দিয়া মুছিয়া দেয়। প্রথম প্রথম ছেলের মুখে সে একটু পাউডার মাখাইয়াও দিত, বড়লোকের ছেলেদের মাঝখানে গিয়া বসিবে, একটু পাউডার না মাখিলে কি চলে? স্কুলে ছেলেরা ঠাট্টা করায় বিধান এখন আর পাউডার মাখাইতে দেয় না। বলে, তুমি কিছু জান না মা, পাউডার দেখলে ওরা সবাই হাসে, স্যারসুদ্ধ। কি বলে জান? বলে চুন তো মেখেই এসেছিস, এবার একটু কালি মাখ, বেশ মানাবে ততাকে, মাইরি ভাই, মাইরি।

মাইরি বলে? বিধানের স্কুলে বড়লোকের সোনার চাদ অভিজাত ছেলেদের মুখে এই কথাটির উচ্চারণ শ্যামার বড় খাপছাড়া মনে হয়। এমনি কত কথা বিধান শিখিয়া আসে, মাইরির চেয়েও ঢের বেশি খারাপ কথা। অনেক বড় বড় শব্দও সে শিখিয়া আসে, আর সঙ্কেত, শ্যামা যার মানেও বুঝিতে পারে না। তাহার অজানা এক জগতের সঙ্গে বিধান পরিচিত হইতেছে, অল্প অল্প একটু যা আভাস পায়, তাতেই শ্যামা অবাক হইয়া থাকে। সে একটা বিচিত্র গর্ব ও দুঃখ বোধ করে। বাড়িতে এখন বিধানের জিজ্ঞাসা কমিয়া গিয়াছে, প্রশ্নে প্রশ্নে আর সে শ্যামাকে ব্যতিব্যস্ত করিয়া তোলে না। ছাদে উঠিয়া, খানিক দূরে বধের উপর দিয়া যে রেলগাড়ি চলিয়া যায়, ছেলেকে তাহা দেখানোর সাধ শ্যামার কিন্তু কমে নাই, জ্ঞান ও বুদ্ধিতে ছেলে তাহাকে ছাড়াইয়া যাইতেছে বলিয়া গর্ব ও আনন্দের সঙ্গে শ্যামার দুঃখ এইটুকু।

বকুল আছে।

সে কিন্তু মেয়ে। ছেলের মতো শ্যামার কাছে মেয়ের অত খাতির নাই। ছ বছরের মেয়ে, সে তো বুড়ি। শ্যামা তাহাকে দিয়া দুটি-একটি সংসারের কাজ করায়, মণিকে খেলা দিতে বলে; সময় পাইলে প্রথম ভাগ খুলিয়া একটু একটু পড়ায়। মেয়েটা যেন দুরন্ত হইয়াছে, সেরকম মাথা নাই, কিছু শিখিতে পারে নাই, তাহাকে অক্ষর চিনাইতেই শ্যামার একমাস সময় লাগিয়াছে, কতদিনে কর খল শিখিবে, কে জানে। মাঝে মাঝে রাগ করিয়া শ্যামা মেয়ের পিঠে একটা চড় বসাইয়া দেয়। বিধানও মারে। প্রথম ভাগের পড়া যে শিখিতে পারে না, তাহার প্রতি বিধানের অবজ্ঞা অসীম। এক একদিন সকালবেলা হঠাৎ সে তাঁহার ক্লাসমাস্টার অমূল্যবাবুর মতো গম্ভীর মুখ করিয়া হুকুম দেয়, এই বুকু, নিয়ে আয় তো বই তোর–বুকু ভয়ে ভয়ে বই লইয়া আসে, তাহার ছেড়া ময়লা প্রথম ভাগখানি। ভয় পাইলে বোঝা যায়, কি বড় বড় আশ্চর্য দুটি চোখ বকুলের। পড়া ধরিয়া বোনের অজ্ঞতায় বিধান খানিকক্ষণ শ্যামার সঙ্গে হাসাহাসি করে, তারপর কখন যে সে অমূল্যবাবুর মতো ধ করিয়া চাটি মারিয়া বসে, আগে কারো টের পাইবার যো থাকে না। শ্যামা শুধু বলে, আহা খোকা, মারিস নে বাবা।

বুকল বড় অভিমানী মেয়ে, কারো সামনে সে কখনো কাঁদে না; ছাদে চিলেকুঠির দেয়াল আর আলিসার মাঝখানে তাহার একটি হাতখানেক ফাঁক গোসাঘর আছে, সেইখানেই নিজেকে খুঁজিয়া দিয়া সে কাঁদে। তারপর গোসাঘরখানাকে পুতুলের ঘর বানাইয়া সে খেলা করে। যে পুতুলটি তাহার ছেলের বৌ তার সঙ্গে বকুলের বড় ভাব, দুজনে যেন সই। তাকে শোনাইয়া সে সব মনের কথা বলে। বলে, বাবাকে সব বলে দেব, বাবা দাদাকে মারবে, মাকেও মারবে, মারবে না ভাই বৌমা? এ্যা করে জিব বের করে দাদা মরে যাবে–মা কেঁদে মরবে, হু।

শীতলের কি হইয়াছে শ্যামা বুঝিতে পারে না, লোকটা কেমন যেন ভোঁতা হইয়া গিয়াছে, স্ফূর্তিও নাই। দুঃখও নাই। সময়মতো আপিসে যায়, সময়মতো ফিরিয়া আসে, কোনোদিন পাড়ার অখিল দত্তের বাড়ি দাবা খেলিতে যায়, কোনোদিন বাড়িতেই থাকে। বাড়িতে যতক্ষণ থাকে, রাগারাগিও করে না, দীনদুঃখীর মতো মুখের ভাবও করিয়া রাখে না, স্ত্রী ও পুত্রকন্যার সঙ্গে তাহার কথা ও ব্যবহার সহজ ও স্বাভাবিক হয়, অথচ তার কাজে কারো যেন মূল্য নাই কিছুই সে যেন। গ্রাহ্য করে না। শ্যামার টাকা লইয়া পালানোর পর হইতে তাঁহার এই পাগলামি-না-করার পাগলামি আরম্ভ হইয়াছে। ধার করিয়া রাখালকে টাকা দেওয়ার অপরাধ, শ্যামার জমানো টাকাগুলি নষ্ট করার অপরাধ, তাহার কাছে অবশ্যই পুরোনো হইয়া গিয়াছে,

মনে আছে কিনা তাও সন্দেহ। মাস গেলে আগের টাকার অর্ধেক পরিমাণ টাকা আনিয়া সে শ্যামাকে দেয়, আগে হইলে এই লইয়া কত কাণ্ড করিত, হয় অনুতাপে সারা হইত, না হয় নিজে নিজে কলহ বাধাইয়া শ্যামাকে গাল দিয়া বলিত, যা সে আনিয়া দেয় তাই যেন শ্যামা সোনামুখ করিয়া গ্রহণ করে, ঘরে বসিয়া গেলা যাহার একমাত্র কর্ম, অত তাহার টাকার আঁকতি কেন?–এখন টেরও পাওয়া যায় না কম টাকা আনিয়াছে এটা সে খেয়াল করিয়াছে। শ্যামা যদি নিশ্বাস ফেলিয়া বলে, কি করে যে মাস চালাব, সে অমনি অমায়িকভাবে বলিয়া বসে, ওতেই হবে গো, খুব চলে যাবে, বাড়ি ভাড়া দিতে হয় না, ইয়ে করতে হয় না, কি কর অত টাকা?

কমল ঘোষের টাকাটা মাসে মাসে কিছু কম করিয়া দিলে হয়তো চলে, শীতলকে এ কথা বলিতে শ্যামার বাধে। ঋণ যত শীঘ্র শোধ হইয়া যায় ততই ভালো। এদিকে খরচ চলিতে চাহে। না। বিধানকে স্কুলে দেওয়ার পর খরচ বাড়িয়াছে, বই খাতা, স্কুলের মাহিনা, পোশাক, জলখাবারের পয়সা এ সব মিলিয়া অনেকগুলি টাকা বাহির হইয়া যায়। যেমন তেমন করিয়া ছেলেকে শ্যামা স্কুলে পাঠাইতে পারে না, ছেলের পরিচ্ছদ ও পরিচ্ছন্নতা সম্বন্ধে বিষ্ণুপ্রিয়া যে তাহাকে সতর্ক করিয়া দিয়াছিল, নিতান্ত অভাবের সময়েও শ্যামা তাহা অগ্রাহ্য করিতে পারে না। খরচ সে কমাইয়াছে। অন্য দিকে। সত্যভামার এতকালের চাকরিটি গিয়াছে। নিজের জন্য সেমিজ ও কাপড় কেনা শ্যামা বন্ধ করিয়াছে, এ সব বেশি পরিমাণে তাহার কোনোদিন ছিল না, চিরকাল জোড়াতালি দিয়া কাজ চালাইয়া আসিয়াছে, এখন বড় অসুবিধা হয়। স্বামী-পুত্র ছাড়া বাড়িতে কেহ থাকে না তাই রক্ষা, নতুবা লজ্জা বাঁচিত না। শীতল আর বিধান বাহিরে যায়, ওদের জামাকাপড় ছাড়া শ্যামা আর কিছু ধোপাবাড়ি পাঠায় না, বাড়িতে কাচিয়া লয়। ছেলেমেয়েদের দুধ সে কমাইতে পারে নাই, কমাইয়াছে মাছের পরিমাণ। মাঝে মাঝে ফল ও মিষ্টি আনাইয়া সকলকে খাওয়ানোর সাধও সে ত্যাগ করিয়াছে। এই ত্যাগটাই সবচেয়ে কষ্টকর। শ্যামার ছেলেমেয়েরা ভালো জিনিস খাইতে বড় ভালবাসে।

তবু, এই সব অভাব অনটনের মধ্যেও শ্যামার দিনগুলি সুখে কাটিয়া যায়। ছেলেমেয়েদের অসুখ বিসুখ নাই। শীতলের যাহাই হইয়া থাক, তাহাকে সামলাইয়া চলা সহজ। নিজের শরীরটাও শ্যামার এত ভালো আছে যে, সংসারের সমস্ত খাটুনি খাটিতে তাহার কিছুমাত্র কষ্ট হয় না, কাজ করিতে যেন ভালোই লাগে।

চৈত্র শেষ হইয়া আসিল। ছাদে দাঁড়াইলে বসাকদের বাড়ির পাশ দিয়া রেলের উঁচু বাঁধটার ধারে প্রকাণ্ড শিমুল গাছটা হইতে তুলা উড়িয়া যাইতে দেখা যায়। পূর্বে খানিকটা ফ্রকা মাঠের পর টিনের বেড়ার ওপাশে ধানকলের প্রকাণ্ড পাকা অঙ্গন, কুলিরা প্রত্যহ ধান মেলিয়া শুকাইতে দেয়, ধান খাইতে আঁক বাধিয়া পায়রা নামিয়া আসে। পায়রার কঁকের ওড়া দেখিতে শ্যামা বড় ভালবাসে, অতগুলি পাখি আকাশে বার বার দিক পরিবর্তন করে একসঙ্গে, সকাল ও বিকাল হইলে উড়িবার সময় একসঙ্গে সবগুলি পায়রার পাখার নিচে রোদ লাগিয়া ঝঝ করিয়া ওঠে, শ্যামা অবাক হইয়া ভাবে, কখন কোন দিক বাকিতে হইবে, সবগুলি পাখি একসঙ্গে টের পায় কি করিয়া? ধানকলের এক কোনায় ছোট একটি পুকুর, ইঞ্জিনঘরের ওদিকে আরো একটা বড় পুকুর আছে, বয়লারের ছাই ফেলিয়া ছোট পুকুরটির একটি তীরকে ওরা ধীরে ধীরে পুকুরের মধ্যে ঠেলিয়া আনিয়াছে। পুকুরটা বুজাইয়া ফেলিবে বোধহয়। ছাই ফেলিবার সময় বাতাসে রাশি রাশি ছাই সাদা মেঘের মতো টিনের প্রাচীর ডিঙ্গাইয়া, রেলের বধ পার হইয়া কোথায় চলিয়া যায়। আজকাল এসব শ্যামা যেমন ভাবে চাহিয়া দেখে কতকাল তেমনি ভাবে সে তা দেখে নাই। বিকালে ছাদে গিয়া সে মণিকে ছাড়িয়া দেয়, মণি বকুলের সঙ্গে ছাদময় ছোটাছুটি করে। আলিসায় ভর দিয়া শ্যামা কাছে। ও দূরে যেখানে যা কিছু দেখিবার আছে, দেখিতে থাকে, বোধ করে কেমন একটা উদাস উদাস ভাব, একটা অজানা ঔৎসুক্য। পরপর অনেকগুলি গাড়ি রেললাইন দিয়া দুদিকে ছুটিয়া যায়, তিনটি সিগনেলের পাখা বার বার ওঠে নামে। ধানকলের অঙ্গনে কুলি মেয়েরা ছড়ানো ধান জড়ো করিয়া নৈবিদ্যের মতো অনেকগুলি স্তূপ করে, তারপর হোগলার টুপি দিয়া ঢাকিয়া দেয়। ছোট পুকুরটিতে ধানকলের বাবু জাল ফেলায়, মাছ বেশি পড়ে না, এতটুকু পুকুরে মাছ কোথায়?–জাল ফেলাই সার। শ্যামার হাসি পায়। তাহার মামাবাড়ির পুকুরেও জাল ফেলিলে আর দেখিতে হইত না, মাছের লেজের ঝাপটায় জাল খান খান হইয়া যাইত। পারিপার্শ্বিক জগতের দৃশ্য ও ঘটনা শ্যামা এমনিভাবে খুঁটিয়া খুঁটিয়া উপভোগ করে, বাড়িঘর, ধানকল, রেললাইন, রাস্তার মানুষ, এসব আর কবে তাহার এত ভালো লাগিয়াছিল?–অথচ মনে মনে অকারণ উদ্বেগ, দেহে যেন একটা শিথিল ভারবোধ, হাইতোলা আলস্য। বিধান আজকাল বিকালের দিকে শঙ্করদের বাড়ি খেলিতে যায়, ছেলেকে না দেখিয়া তার কি ভাবনা হইয়াছে?

শীতল বলে, বুড়ো বয়সে তোমার যে চেহারার খোলতাই হচ্ছে গো, বয়স কমছে নাকি দিনকে দিন?

শ্যামা বলে, দূর দূর! কি সব বলে ছেলের সামনে!

শীতলের নজর পড়িয়াছে, শ্যামার ঘেঁড়া কাপড় দেখিয়া তাহার চোখ টাটায়, শ্যামার জন্য সে রঙিন কাপড় কিনিয়া আনে। শ্যামা প্রথমে জিজ্ঞাসা করে, কটাকা নিলে? টাকা পেলে কোথা?

হুঁ, কটা টাকা আর পাই নে আমি, উপরি পেয়েছি কাল। একটি পয়সা তো দাও না, আমার খরচ চলে কিসে উপরি না পেলে?

খরচ চলে? শীতল তাহা হইলে আরো উপরি টাকা পায়, খুশিমতো খরচ করে, তাহাকে যে টাকা আনিয়া দেয়, তা-ই সব নয়? শ্যামা রাগিয়া বলে, কি রকম উপরি পাও শুনি?

নিশ্চয় আরো বেশি, মিথ্যে বলছ বাবু তুমি–নিজে নিজে খরচ কর তো সব? আমার এদিকে খরচ চলে না, ঘেঁড়া কাপড় পরে আমি দিন কাটাই।

আরে মুশকিল, তাই তো কাপড় কিনে আনলাম।–আচ্ছা তো নেমকহারাম তুমি। | শ্যামা রঙিন কাপড়খানা নাড়াচাড়া করে, মিষ্টি করিয়া বলে, কি টানাটানি চলেছে বোঝ না। তো কিছু, কি কষ্টে যে মাস চালাই ভাবনায় রাতে ঘুম হয় না দু-চারটে টাকা যদি পাও, কেন নষ্ট কর?–এনে দিলে সুসার হয়। তোমার খরচ কি? বাজে খরচ করে নষ্ট কর বৈ তো নয়, যা স্বভাব তোমার জানি তো! হাতে টাকা এলে আঙুলের ফাঁক দিয়ে গলে যায়। এবার থেকে আমায় এনে দিও, তোমার যা দরকার হবে চেয়ে নিও–আর কটা মাস মোটে, ধারটা শোধ হয়ে গেলে তখন কি আর টানাটানি থাকবে, না তুমি দশ-বিশ টাকা বাজে খরচা করলে এসে যাবে?

শ্যামা বলে, শীতল শোনে। শ্যামাকে বোধহয় সে আর একজনের সঙ্গে মিলাইয়া দেখে যে এমন মিষ্টি মিষ্টি কথা বলিয়া বুঝাইয়া টাকা আদায় করিত, বলিত আমার দুখানা গয়না গড়িয়ে দে, টাকাটা তাহলে আটকা থাকবে, নইলে তুই তো সব খরচ করে ফেলবি দরকারের সময় তুই তোর গয়না বেচে নিস, আমি যদি একটি কথা কই–

সে এসব বলিত মদের মুখে। শ্যামা কি?

তারপর শ্যামা বলে, এ কাপড় তো পরতে পারব না আমি ছেলের সামনে, ও অবাক হয়ে তাকিয়ে থাকবে, আমার লজ্জা করবে বাবু।

না পরতে পার, ওই নর্দমা রয়েছে ওখানে ফেলে দাও।—শীতল বলে।

রাতে ছেলেমেয়েরা সব ঘুমাইয়া পড়িলে শ্যামা আস্তে আস্তে শীতলকে ডাকে, বলে, হ্যাগো ঘুমুলে নাকি? ফুটফুটে জোছনা উঠেছে দিব্যি, ছাতে যাবে একবারটি?

শীতল বলে, আবার ছাতে কি জন্যে—কিন্তু সে বিছানা ছাড়িয়া ওঠে।

শ্যামা বলে, গিয়ে একটা বিড়ি ধরাও, আমি আসছি।

রঙিন কাপড়খানা পরিয়া শ্যামা ছাদে যায়। বড় লজ্জা করে শ্যামার—শীতলকে নয়, বিধানকে। ঘুম ভাঙিয়া রাতদুপুরে তার পরনে রঙিন কাপড় দেখিলে, ও যা ছেলে, ওর কি আর বুঝিতে বাকি থাকিবে, শীতলের মন ভুলানোর জন্যে সে সাজগোজ করিয়াছে? অথচ শীতল শখ করিয়া কাপড়খানা আনিয়া দিয়াছে, একবার না পরিলেই বা চলিবে কেন?

শ্যামা মাদুর লইয়া যায়, মাদুর পাতিয়া দুজনে বসে : চাদের আলোয় বসিয়া দুজনে দুটোএকটা সাংসারিক কথা বলে, বেশি সময় থাকে চুপ করিয়া। বলার কি আর কথা আছে ছাই এ বয়সে! হ্যাঁ, শীতল শ্যামাকে একটু আদর করে, শীতলের স্পর্শ আর তেমন মোলায়েম নয়, কখনো যেন স্ত্রীলোকের সঙ্গ পায় নাই, এমনি আনাড়ির মতো আদর করে। শ্যামা দোষ দিবে কাকে? সেও তো কম মোটা হয় নাই!

তারপর একদিন শ্যামা সলজ্জভাবে বলে, কি কাণ্ড হয়েছে জান?

শীতল শুনিয়া বলে, বটে নাকি!

শ্যামা বলে, হ্যাঁ গো, চোখ নেই তোমার?—কি হবে বল তো এবার, ছেলে না মেয়ে?

মেয়ে।

উঁহু, ছেলে।—বুকু বেঁচে থাক, আমার আর মেয়েতে কাজ নেই বাবু। বলিয়া শ্যামা হাসে। মধুর পরিপূর্ণ হাসি, দেখিয়া কে বলিবে, শীতলের মতো অপদার্থ মানুষ তাহার মুখে এ হাসি যোগাইয়াছে।

০৪. মামা আসিয়া হাজির

মাঝখানে একটা শীত চলিয়া গেল, পরের শীতের গোড়ার দিকে, শ্যামার নূতন ছেলেটির বয়স যখন প্রায় আট মাস, হঠাৎ একদিন সকালবেলা মামা আসিয়া হাজির।

শ্যামার সেই পলাতক মামা তারাশঙ্কর।

ছোটাখাটো বেঁটে লোকটা, হাত-পা মোটা, প্রকাণ্ড চওড়া বুক। একদিন ভয়ঙ্কর বলবান ছিল, এখন মাংসপেশীগুলি শিথিল হইয়া আসিয়াছে! শেষবার শ্যামা যখন তাকে দেখিয়াছিল মাথার চুলে তাহার পাক ধরে নাই, এবার দেখা গেল প্রায় সব চুল পাকিয়া গিয়াছে। সে তো আজকের কথা নয়। শ্যামার বিবাহের কিছুদিন পরে জমিজমা বেচিয়া গ্রামের সবচেয়ে বনেদি ঘরের বিধবা মেয়েটিকে সাথী করিয়া নিরুদ্দেশ হইয়াছিল, শ্যামার বিবাহ হইয়াছে আজ একুশ-বাইশ বছর। বিবাহের সাত বছর পরে তার সেই প্রথম ছেলেটি হইয়া মারা যায়, তার দু বছর পরে বিধানের জন্ম। গত আশ্বিনে বিধানের এগার বছর বয়স পূর্ণ হইয়াছে।

মামার বয়স ষাট হইয়াছে বৈকি! কিন্তু যে লোহার মতো শরীর তাহার ছিল, এতটা বয়সের ছাপ পড়ে নাই, শুধু চুলগুলি পাকিয়া গিয়াছে, দুটো-একটা দাঁত বোধহয় পড়িয়া গিয়াছিল, মামা সোনা দিয়া বাঁধাইয়া লইয়াছে, কথা বলিবার সময় ঝিকমিক করে। এখনো সে আগের মতোই সোজা হইয়া দাঁড়ায়, মেরুদণ্ডটা আজো এতটুকু বাঁকে নাই। চোখ দুটো মনে হয় একটু স্তিমিত হইয়া আসিয়াছে, তা সে চোখের দোষ অথবা মানসিক শ্রান্তি বোঝা যায় না। শ্যামার বিবাহের সময় মামা ছিল সন্ন্যাসী, গেরুয়া পরিত, লম্বা আলখাল্লা ঝুলাইয়া সযত্নে বাবরি আঁচড়াইয়া ক্যাম্বিশের জুতা পায়ে দিয়া যখন গ্রামের পথে বেড়াইতে যাইত, মনে হইত মস্ত সাধু, বড় ভক্তি করিত গ্রামের লোক। এবার মামার পরনে সরু কালোপাড় ধুতি, গায়ে পাঞ্জাবি, পায়ে চকে জুতো–একেবারে বাবুর বাবু!

শীতল চিনিতে পারে নাই। শ্যামা প্রণাম করিয়া বলিল, ও মাগো, কোথায় যাব, এ যে মামা! কোথা থেকে এলে মামা তুমি?

মামা হাসিয়া বলিল, এক জায়গা থেকে কি আর এসেছি মা যে নাম করব, চরকি বাজির মতো ঘুরতে ঘুরতে একবার তোক দেখতে এলাম, আপনার

জন কেউ তো আর নেই; বুড়ো হয়েছি, কোন দিন চোখ বুজি তার আগে ভাগ্নীটাকে একবার দেখে যাই, এইসব ভাবলাম আর কি—এরা তোর ছেলেমেয়ে না? কটি রে?

শ্যামাকে মামা বড় ভালবাসিত, সে তো জানিত মামা কবে কোন বিদেশে দেহ রাখিয়াছে, এতকাল পরে মামাকে পাইয়া শ্যামার আনন্দের সীমা রহিল না। কি দিয়া সে যে মামার অভ্যর্থনা করিবে! বাইশ বছর পরে যে আত্মীয় ফিরিয়া আসে তাকে কি বলিতে হয়, কি করিতে হয় তার জন্য? মামাকে সে নানারকম খাবার করিয়া দিল, বাজার হইতে ভালো মাছ তরকারি আনিয়া রান্না করিল, বেশি দুধ আনাইয়া তৈরি করিল পায়েস। মামা বড় ভালবাসিত পায়েস। এখনো তেমনি ভালবাসে কিনা কে জানে?

মামার সঙ্গে একটু ভদ্রতা করিয়া শীতল কোথায় পলাইয়াছিল, মামা ইতিমধ্যে শ্যামার ছেলেদের সঙ্গে ভাব জমাইয়া ফেলিয়াছে–ভারি মজার লোক, এমন আর শ্যামার ছেলেরা দেখে নাই। রাঁধিতে রাঁধিতে শ্যামা হাসিমুখে কাছে আসিয়া দাঁড়ায়, বলে আর তোমাকে পালিয়ে যেতে দেব না মামা, এবার থেকে আমার কাছে থাকবে। তোমার জিনিসপত্তর কই?।

মামা বলে, সে এক হোটলে রেখে এসেছি, কে জানত বাবু তোরা আছিস এখানে?

শ্যামা বলে, ওবেলা গিয়ে তবে জিনিসপত্তর সব নিয়ে এস, কলকাতা এসেছ কবে?

মামা বলে, এই তো এলাম কাল না পরশু, পরশু বিকেলে।

বিধান আজ স্কুলে গেল না। মামা আসিয়াছে বলিয়া শুধু নয়, বাড়িতে আজ নানারকম রান্না হইতেছে, মামা কি একাই সব খাইবে? এগারটা পর্যন্ত কোথায় আড্ডা দিয়া আসিয়া তাড়াহুড়া করিয়া স্নানাহার সারিয়া শীতল প্রেসে চলিয়া গেল, মামার সঙ্গে একদণ্ড বসিয়া কথা বলার সময় পাইল না। আজ তাহার এত তাড়াতাড়ি কিসের সে-ই জানে, বাড়িতে একটা মানুষ আসিলে শীতল যেন কি রকম করে, সে যেন চোর, পুলিশ তাহার খোঁজ করিতে আসিয়াছে।

রাঁধিতে রাঁধিতে শ্যামা কত কি যে ভাবিতে লাগিল। সঙ্গিনীটির কি হইয়াছে? হয়তো মরিয়া গিয়াছে, নয়তো মামার সঙ্গে ছাড়াছাড়ি হইয়াছে অনেকদিন আগেই। ও সব সম্পর্ক আর কতকাল টেকে? মরুক, ওসব দিয়া তার কি দরকার? কেলেঙ্কারি ব্যাপার চুকাইয়া দিয়া মামা ফিরিয়া আসিয়াছে, এই তার ঢের। আচ্ছা, এতকাল মামা কি করিতেছিল? টাকা-পয়সা কিছু সঞ্চয় করিয়াছে। নাকি? তা যদি করিয়া থাকে তবে মন্দ হয় না। মামার সম্পত্তি হাতছাড়া হইয়া যাওয়ায় শীতলের মনে বড় লাগিয়াছিল, মামা হয়তো এবার সুদে-আসলে সে পাওনা মিটাইয়া দিবে? পুরুষমানুষের ভাগ্য, বিদেশে ধূলিমুঠা ধরিয়া মামার হয়তো সোনামুঠা হইয়াছে, মামার কাপড়-জামা দেখিলেও তাই মনে হয়। মামার তো আর কেউ নাই, যদি কিছু সঞ্চয় করিয়া থাকে শ্যামাই তাহা পাইবে। এই বয়সে আর একজন সঙ্গিনী জুটাইয়া মামা আর তাহার দেশান্তরী হইতে যাইবে না!

মামাকে সে ঘরবাড়ি দেখায়! পিছনে খিড়কির দিকে খানিকটা খালি জায়গা আছে, কয়েক হাজার ইট কিনিয়া শ্যামা সেখানে জমা করিয়া রাখিয়াছে, রান্নাঘরের পাশে সিঁড়ির নিচে চুন আর সুরকি রাখিয়াছে, আর বছর শ্যামা যে টাকা জমাইয়াছিল এসব কিনিতেই তা খরচ হইয়া গিয়াছিল, এ বছর কিছু টাকা জমিয়াছে, ভগবানের ইচ্ছা থাকিলে আগামী মাঘে দোতলায় শ্যামা একখানা ঘর তুলিবে।

এইটুকু বাড়ি, দুখানা মোটে শোবার ঘর, কেউ এলে কোথায় থাকতে দেব ভেবে পাইনে মামা, দোতলায় ঘরটা তুলতে পারলে বাঁচি, ও আমার অনেকদিনের সাধ। খোকার বিয়ে দিলে ছেলে-বৌকে ওঘরে শুতে দেব। পাস দিতে খোকার আর চার বছর বাকি, পৌষ মাসে কেলাসে উঠলে তিন বছর, নারে খোকা?

মামা গভীর হইয়া বলে, বড় বুদ্ধি তোর ছেলের শ্যামা, মস্ত বিদ্বান হবে বড় হয়ে। তামাকের ব্যবস্থা বুঝি রাখিস না, এ্যাঁ? খায় না, শীতল খায় না তামাক?

আগে খেত, কিন্তু কে অত দেবে মিনিটে মিনিটে তামাক সেজে? যা ঝি আমার, বাসন মাজতেই বেলা কাবার—আর আমার তো দেখছই মামা, নিশ্বাস ফেলবার সময় পাই নে। সারাদিন—খেটে খেটে হাড় কালি হয়ে গেল। এদিকে বাবু তো কম নন, নিজে তামাক সেজে খাবার মুবোদ নেই, এখন বিড়ি-টিড়ি খায়। মরেও তেমনি খুকুর খুকুর কেশে!

দে তবে আমাকে দুটো বিড়ি-টিড়িই আনিয়ে দে বাবু।

শ্যামা উৎসাহিত হইয়া বলে, দেব মামা, হুঁকো তামাক-টামাক সব আনিয়ে দেব? এই তো কাছে বাজার, যাবে আর নিয়ে আসবে। রানী, একবার শোন দিকি মা।

শ্যামার ঝি সত্যভামা শ্যামার ছোট ছেলেটার জন্মের কয়েক ঘণ্টা আগে মরিয়া গিয়াছিল, ছেলে যদি শ্যামার না হইত, হইত মেয়ে কারো তবে আর বুঝিতে বাকি থাকিত না যে বাড়ির ঝি পেটের ঝি হইয়া আসিয়াছে। সত্যভামার মেয়ে রানী এখন শ্যামার বাড়িতে কাজ করে। রানীর বিবাহ হইয়াছে, জামাই ভূষণ থাকে শ্বশুরবাড়িতেই, শীতল তাহাকে কমল প্রেসে একটা চাকরি জুটাইয়া দিয়াছে। রানী বাজার হইতে তামাক খাওয়ার সরঞ্জাম আনিয়া তামাক সাজিয়া হুঁকায় জল ভরিয়া দিল, মামা আরামের সঙ্গে তামাক টানিতে টানিতে বলিল—তোর ঝিটা তো বড় ছেলেমানুষ শ্যামা, কাজকর্ম পারে?

ছাই পারে, আলসের একশেষ, আবার বাবুয়ানির সীমে নেই, ঘুড়ির চলন দেখছ না মামা? ওর মা আমার কাছে অনেকদিন কাজ করেছিল তাই রাখা, নইলে মাইনে দিয়ে অমন ঝি কে রাখে?

খাওয়াদাওয়া শেষ হইতে দুটা বাজিল। শ্যামা সবে পান সাজিয়া মুখে দিয়াছে, শীতল ফিরিয়া আসিল। শ্যামা অবাক হইয়া বলিল, এত শিগগিরি ফিরলে যে?

মামার সঙ্গে একটু কথাবার্তা বলব, প্রেসে কাজকর্মও নেই—

বেশ করেছ। যেমন করে অফিসে চলে গেলে, মামা না জানি কি ভেবেছিল!

শীতল ইতস্তত করে, কি যেন সে বলিবে মনে করিয়াছে। সে একটা পান খায়। শ্যামার মুখের দিকে চাহিয়া মনে মনে কি সব হিসাব করে। হঠাৎ জিজ্ঞাসা করিল, মামা কদিন থাকবেন। এখন, না?

শ্যামা বলিল, কদিন কেন? বরাবর থাকবেন, আমরা থাকতে বুড়ো বয়সে হোটেলের ভাত খেয়ে মরবেন কি জন্যে?

আমিও তাই বলছিলাম!—পয়সা-কড়ি কিছু করেছেন মনে হয়, এ্যাঁ?

মনে তো হয়, এখন আমাদের অদেষ্ট!

মামা একটা ঘুম দিয়া উঠিলে বিকালে তাহারা চারিদিকে ঘিরিয়া বসিয়া গল্প শুনিতে লাগিল, শহর গ্রাম অরণ্য পর্বতের গল্প, রাজা-মহারাজা সাধু-সন্ন্যাসী চোর-ডাকাতের গল্প, রোমাঞ্চকর বিপদ-আপদের গল্প। মামা কি কম দেশ ঘুরিয়াছে, কম মানুষের সঙ্গে মিশিয়াছে। সুদূর একটা তীর্থের নাম কর, যার নামটি মাত্র শ্যামা ও শীতল শুনিয়াছে, যেমন রামেশ্বর সেতুবন্ধ, নাসিক, বদরীনাথ–মামা সঙ্গে সঙ্গে পথের বর্ণনা দেয়, তীর্থের বর্ণনা দেয়, সব যেন রূপ ধরিয়া চোখের সামনে ফুটিয়া ওঠে। সেই বিধবা সঙ্গিনীটি কতকাল মামার সঙ্গে ছিল, কেহ জিজ্ঞাসা করিতে পারে না, মামার যাযাবর জীবনের ইতিবৃত্ত শুনিয়া কিন্তু মনে হয়, চিরকাল সে দেশে দেশে ঘুরিয়াছে। একা, সাথী যদি কখনো পাওয়া গিয়া থাকে, সে পথের সাথী, পুরুষ। শ্যামা একবার সুকৌশলে জিজ্ঞাসা করে, গ্রাম হইতে বাহির হইয়া প্রথমে মামা কোথায় গিয়াছিল, মামা সোজাসুজি জবাব। দেয়, কাশী–কাশীতে ছিলাম–পাঁচ-ছটা মাস, ভুলে-টুলে গিয়েছি সে সব বাপু, সে কি আজকের কথা!

শ্যামা বলে, একা একা ঘুরে বেড়াতে ভালো লাগ মামা?

মামা বলে, একা ঘুরেই তো সুখ রে, ভাবনা নেই, চিন্তা নেই, যখন যেখানে খুশি পড়ে থাক, যেখানে খুশি চলে যাও, কারো তোয়াক্কা নেই, জুটল খেলে না জুটল উপোস করলে–চিরকাল ঘরের কোণে কাটালি, সে আনন্দ তোরা কি বুঝব? একবার কি হল–নীলগিরি পাহাড়ের গোড়ায় একটা গ্রামে গিয়েছি এক সাধুর সঙ্গে, গ্রামটার নাম বুঝি তুড়িগগাড়িয়া, পাহাড়ের সার চলে। গিয়েছে গ্রামের ধার দিয়ে। পাহাড়ে উঠে দেখতে ইচ্ছা হল! গা থেকে উড়িয়া মেয়েরা পাহাড়ের বনে কাঠ কাটতে যায়, তাদের সঙ্গে গেলাম। সে কি জঙ্গল রে শ্যামা, এইটুকু সরু পথ, দুপাশে এক পা সরবার যো নাই, যেন গাছপালার দেয়াল গাঁথা। ফিরবার সময় পথে হাতির পাল পড়ল, আর নামবার যো নাই। চারদিন হাতির পাল পথ আটকে রইল, চারদিন আমরা নামতে পারলাম না। কি সাহস মেয়েগুলোর বলিহারি যাই, চারদিন টু শব্দটি করলে না, রাত্রে আমাকে বলত ঘুমোতে, আর নিজেরা কাঠকাটা দা বাগিয়ে ধরে পাহারা দিয়ে জেগে থাকত। আর একদিন–

সেদিন আর মামার জিনিসপত্র আনা হইল না, পরদিন গিয়া লইয়া আসিল।

শ্যামা ভাবিয়াছিল, মামা কত জিনিস না জানি আনিবে, হয়তো আঁটিবেই না ঘরে! মামা কিন্তু আনিল ক্যাম্বিশের একটা ব্যাগ, কম্বলে জড়ানো একটা বিছানা–লেপ, তোশক নয়, দুটো। র্যাগ, থানতিনেক সুতির চাদর আর এই এতটুকু একটা বালিশ।

শ্যামা অবাক হইয়া বলিল, এই নাকি তোমার জিনিস মামা?

মামা একগাল হাসিল, ভবঘুরের কি আর রাশ রাশ জিনিস থাকে মা? ব্যাগটা হাতে করি, বিছানা বগলে নিই, চল এবার কোথায় যাবে দিল্লি না বোম্বাই।–ব্যাগটা হাতে তুলিয়া বিছানা বগলে করিয়া মামা যাওয়ার অভিনয় করিয়া দেখাইল।

তাই হইবে বোধহয়। আজ এখানে কাল সেখানে করিয়া যে বেড়ায়, বাক্স প্যাঁটরার হাঙ্গামা। থাকিলে তাহার চলিবে কেন? কিন্তু এমন ভবঘুরেই যদি মামা হইয়া থাকে, তবে তো টাকাকড়ি। কিছুই সে করিতে পারে নাই? শ্যামা ভাবিতে ভাবিতে কাজ করে। প্রথমে সে যা ভাবিয়াছিল, বিদেশে মামা অর্থোপার্জন করিয়াছে, বেড়াইয়াছে শুধু ছুটিছাটা সুযোগ-সুবিধা মতো, হয়তো তা সত্য নয়। আমার হয়তো কিছুই নাই। দেশে দেশে সম্পদ কুড়াইয়া বেড়ানোর বদলে হয়তো শুধু বাউল সন্ন্যাসীর মতো উদ্দেশ্যহীনভাবেই সে ঘুরিয়া বেড়াইয়াছে। কিন্তু এমন যে দুঃসাহসী, কত রাজ-রাজড়ার সঙ্গে যে খাতির জমাইয়াছে, পার্থিব সম্পদ লাভের সুযোগ কি সে কখনো পায় নাই? পথেঘাটে লোকে তো হীরাও কুড়াইয়া পায়। বিষ্ণুপ্রিয়ার বাবা পশ্চিমে গিয়াছিলেন কপর্দকহীন অবস্থায়, কোথাকার রাজার সুনজরে পড়িয়া বিশ বছর দেওয়ানী করিলেন, দেশে ফিরিয়া দশ বছর ধরিয়া পেনশনই পাইতেন বছরে দশ হাজার টাকার। মামার জীবনে ওরকম কিছুই কি ঘটে নাই? কোনো দেশের রাজার ছেলের প্রাণ-টান বাচাইয়া লাখ টাকা দামের পান্না মরকত–একটা কিছু উপহার?

মামা নিঃস্ব অবস্থায় ফিরিয়া আসিয়াছে, শ্যামার ইহা বিশ্বাস করিতে ইচ্ছা হয় না। একবার তাহাদের গ্রামে এক সন্ন্যাসী গাছতলায় মরিয়া পড়িয়া ছিল, সন্ন্যাসীর সঙ্গে ছিল পুরু কাঠের ছোট্ট একটি জলচৌকি, তার ভিতরটা ছিল ফাপা, পুলিশ নাকি ধ্রুর মতো ঘুরাইয়া ছোট ছোট পায়া চারটি খুলিয়া তক্তার ভিতরে একগাদা নোট পাইয়াছিল। মামার ব্যাগের মধ্যে, কোমরের থলিতে হয়তো তেমনি কিছু আছে? নোেট না থোক, দামি কোনো পাথরটাথর?

মামা স্থায়ীভাবে রহিয়া গেল। ভারি আমুদে মিশুকে লোক, কদিনের মধ্যে পাড়ার ছেলেবুড়োর সঙ্গে পর্যন্ত তাহার খাতির জমিয়া গেল, এ বাড়িতে দাবার আড়ায়, ও বাড়িতে তাসের আড্ডায় মামার পসারের অন্ত রহিল না। মামার প্রতি এখন শীতলের ভক্তি অসীম, মামার মুখে দেশ-বিদেশের কথা শুনিতে তাহার আগ্রহ যেন দিন দিন বাড়িয়া চলে, মামাকে সে চুপ করিতে দেয় না। মামা আসিবার পর হইতে সে কেমন অন্যমনস্ক হইয়া পড়িয়াছে, চোখে কেমন উদাস উদাস চাউনি। শ্যামা একটু ভয় পায়। ভাবে এবার আবার মাথায় কি গোলমাল হয় দ্যাখ!

ঠিক শীতলের জন্য যে শ্যামার ভাবনা হয় তা নয়, শীতলের সম্বন্ধে ভাবিবার তাহার সময় নাই। তার গোছানো সংসারে শীতল কবে কি বিপর্যয় আনে, এই তার আশঙ্কা। স্বামী-স্ত্রীর মধ্যে একটা অদ্ভুত সম্পর্ক দাঁড়াইয়াছে তাহাদের। সংসার শ্যামার, ছেলেমেয়ে শ্যামার—ওর মধ্যে। শীতলের স্থান নাই, নিজের গৃহে নিজের সংসারের সঙ্গে শীতলের সম্পর্ক শ্যামার মধ্যস্থতায়, গৃহে শীতল শ্যামার আড়ালে পড়িয়া থাকে, স্বাধীনতাবিহীন স্বাতন্ত্রবিহীন জড় পদার্থের মতো। একদিন শীতল মদ খাইত, শ্যামাকে মারিত, কিন্তু শীতল ছাড়া শ্যামার তখন কেহ ছিল না। আজ শীতলের মদ খাইতে ভালো লাগে না, শ্যামাকে মারা দূরে থাক ধমক দিতেও তাহার ভয় করে। শ্যামা আজ কত উঁচুতে উঠিয়া গিয়াছে। কোনো দিকে কোনো বিষয়ে খুঁত নাই শ্যামার, সেবায়-যত্নে, বুদ্ধি, বিবেচনায়, ত্যাগে-কর্তব্য পালনে সে কলের মতো নিখুঁত—শ্যামার সঙ্গে তুলনা করিয়া সব সময় শীতলের যেন নিজেকে ছোটলোক বলিয়া মনে হয়, এবং সে যে অপদার্থ ছিটগ্রস্ত মানুষ, এ তো জানে সকলেই, অন্তত শ্যামা জানে, শীতলের তাহাতে সন্দেহ নাই। সব সময় শীতলের মনে হয়, শ্যামা মনে মনে তাহার সমালোচনা করিতেছে, তাহাকে ছোট ভাবিতেছে, ঘৃণা করিতেছেকেবল মাস গেলে সে টাকা আনিয়া দেয় বলিয়া মনের ভাব রাখিয়াছে চাপিয়া, বাহিরে প্রকাশ করিতেছে না। বাহিরের জীবনে বিতৃষ্ণা আসিয়া শীতলের মন নীড়ের দিকে ফিরিয়াছিল, চাহিয়াছিল শ্যামাকে কিন্তু সাত বৎসরের বন্ধ্যাজীবন যাপিনী লাঞ্ছিতা পত্নী যখন জননী হয়, তখন কে কবে তাহাকে ফিরিয়া পাইয়াছে? বৌয়ের বয়স যখন কাঁচা থাকে, তখন তাহার সহিত না মিলিলে আর তো মিলন হয় না। মন পাকিবার পর কোনো নারীর হয় না নূতন বন্ধু, নূতন প্রেমিক। দুঃখ মুছিয়া লইবার, আনন্দ দিবার, শান্তি আনিবার ভার শ্যামাকে শীতল কোনোদিন দেয় নাই, শীতলের মনে দুঃখ নিরানন্দ ও অশান্তি আছে কিনা শ্যামা তাহা বুঝিতেও জানে না। শীতল ছিল রুক্ষ উদ্ধত কঠোর, শ্যামাকে

সে কবে জানিতে দিয়াছিল যে, তার মধ্যেও এমন কোমল একটা অংশ আছে, যেখানে প্রত্যহ প্রেম ও সহানুভূতির প্রলেপ না পড়িলে যন্ত্রণা হয়? শ্যামা জানে, ওসব প্রয়োজন শীতলের নাই, ওসব শীতল বোঝেও না। তাই ছেলেমেয়েদের লইয়া নিজের জন্য যে জীবন শ্যামা রচনা করিয়াছে, তার মধ্যে শীতল আশ্রয়ের মতো, জীবিকার উপায়ের মতো তুচ্ছ একটা পার্থিব প্রয়োজন মাত্র। আপনার প্রতিভায় সৃজিত সংসারে শ্যামা ডুবিয়া গিয়াছে। শীতল সেখানে ঢুকিবার রাস্তা না খুঁজিলেই সে বাঁচে।

মামা বলে, শীতলের ভাব যেন কেমন কেমন দেখি শ্যামা?

শ্যামা বলে, ওমনি মানুষ মামা—ওমনি গা-ছাড়া গা-ছাড়া ভাব। কি এল, কি গেল, কোথায় কি হচ্ছে, কিছু তাকিয়ে দেখে না, খেয়াল নিয়েই আছে নিজের। ভগ্নীপতি চাইলে, দিয়ে দিলে তাকে হাজারখানেক টাকা ধার করে—না একবার জিজ্ঞেস করা, না একটা পরামর্শ চাওয়া! তাও মেনে নিলাম মামা, ভাবলাম, দিয়ে যখন ফেলেছে আর তো উপায় নেই যে মানুষ। ওর ভগ্নীপতি ও টাকা ফিরে পাওয়ার আশা নিমাই!—কি আর হবে? এই সব ভেবে জমানো যে কটা টাকা ছিল, কি কষ্টে যে টাকা কটা জমিয়েছিলাম মামা, ভাবলে গা এলিয়ে আসে—দিলাম একদিন সবগুলি টাকা হাতে তুলে, বললাম, যাও ধার শুধে এস, ঋণী হয়ে থেকে কেন ভেবে ভেবে গায়ের রক্ত জল করা? টাকা নিয়ে সেই যে গেল, ফিরে এল সাদ্দিন পরে। ধারের মনে ধার রইল, টাকাগুলো দিয়ে বাবু সাদ্দিন ফুর্তি করে এলেন। সেই থেকে কেমন যেন দমে গেছি মামা, কোনোদিকে উৎসাহ পাই নে। ভাবি, এই মানুষকে নিয়ে তো সংসার, এত যে করি আমি, কি দাম তার, কেন মিথ্যে মরছি খেটে খেটে—সুখ কোথা অদেষ্টে?

মামা সান্ত্বনা দিয়া বলে, পুরুষমানুষ অমন একটু আধটু করে শ্যামা—নিজেই আবার সব ঠিক করে আনে। আনছে তো বাবু রোজগার করে, বসে তো নেই।

শ্যামা বলে, আমি আছি বলে, আর কেউ হলে এ সংসার কবে ভেসে যেত মামা।

মামা একদিন কোথা হইতে শ্যামাকে কুড়িটি টাকা আনিয়া দেয়। শ্যামা বলে, একি মামা?

মামা বলে, রাখ না, রাখ—খরচ করিস। টাকাটা পেলাম, আমি আর কি করব ও দিয়ে?

সত্যই তো, টাকা দিয়া মামা কি করিবে? শ্যামা সুখী হইল। মামা যদি মাঝে মাঝে এরকম দশ-বিশটা আনিয়া দেয়, তবে মন্দ হয় না। মামাকে শ্যামা ভক্তি করে, কাছে রাখিয়া শেষ বয়সে তাহার সেবাযত্ন করার ইচ্ছাটাও আন্তরিক। তবে, তাহার কিনা টানাটানির সংসার, ইট-সুরকি কিনিয়া রাখিয়া টাকার অভাবে সে কিনা দোতলায় ঘর তোলা আরম্ভ করিতে পারে নাই, মেয়ে কিনা তাহার বড় হইতেছে, টাকার কথাটা সে তাই আগে ভাবে। কি করিবে সে? তার তো জমিদারি নাই। মামা থাক, হাজার দশ হাজার যদি নাই পাওয়া যায়, মামার জন্য যে বাড়তি খরচ হইবে, অন্তত সেটা আসুক, শ্যামা আর কিছু চায় না।

দিন পনের পরে মামা একদিন বর্ধমানে গেল, সেখানে তার পরিচিত কোন সাধুর আশ্রম আছে, তার সঙ্গে দেখা করিবে। বলিয়া গেল, দিন তিনেক পরে ফিরিয়া আসিবে। শ্যামা ভাবিল, মামা বোধহয় আর ফিরিয়া আসিবে না, এমনিভাবে ফাঁকি দিয়া বিদায় লইয়াছে। শীতল ক্ষুণ্ণ হইল সবচেয়ে বেশি। বন্ধনহীন নির্বান্ধব ভ্রাম্যমাণ লোকটির প্রতি সে প্রবল একটা আকর্ষণ অনুভব করিতেছিল। মামা যখন যায়, শীতল বাড়ি ছিল না। মামা চলিয়া গিয়াছে শুনিয়া সে বার বার বলিতে লাগিল, কেন যেতে দিলে? তোমার ঘটে একফোঁটা বুদ্ধি নেই, মামার স্বভাব জান ভালো করে, আটকাতে পারলে না? বোকা হাঁদারাম তুমি—মুখ্যুর একশেষ!

কচি খোকা নাকি ধরে রাখব?

ধরে আবার রাখতে হয় নাকি মানুষকে? কি বলেছ কি করেছ তুমিই জান, যা ছোট মন। তোমার, আত্মীয়স্বজন দুদিন এসে থাকলে খরচের ভয়ে মাথায় তোমার টনক নড়ে যায়—ছেলেমেয়ে ছাড়া জগতে যেন পোষ্য থাকে না মানুষের। ছেলে—তোমার কি করে দেখ, তোমার কাছেই তো সব শিখছে, তোমার কপালে ঢের দুঃখ আছে।

পাগল হলে নাকি তুমি? কি বকছ?

শীতল যেন কেমন করিয়া শ্যামার দিকে তাকায়। খুব রাগিলে আগে যেমন করিয়া তাকাইত সে রকম নয়। পাগল আমি হই নি শ্যামা, হয়েছ তুমি।

ছেলে ছেলে করে তুমি এমন হয়ে গেছ, তোমার সঙ্গে মানুষে বাস করতে পারে না–ছেলে না কচু, সব তোমার টাকার থাকতি, কি করে বড়লোক হবে, দিনরাত শুধু তাই ভাবছ, কারো দিকে তাকাবার তোমার সময় নেই। জন্তুর মতো হয়েছ তুমি, তোমার সঙ্গে একদণ্ড কথা কইলে মানুষের ঘেন্না জন্মে যায় এমনি বিশ্রী স্বভাব হয়েছে। তোমার, লোকে মরুক, বাঁচুক, তোমার কি? সময়ে মানুষ টাকা-পয়সার কথা ভাবে আবার সময়ে দশজনের দিকে তাকায়, তোমার তা নেই, আমি বুঝি নে কিছু টাকার কথা ছাড়া এক মিনিট আমার সঙ্গে অন্য কথা কইতে তোমার গায়ে জ্বর আসে, মন খুলে স্বামীর সঙ্গে মেশার স্বভাব পর্যন্ত তোমার ঘুচে গেছে, বসে বসে খালি মতলব আঁটছ কি করে টাকা জমাবে, বাড়ি তুলবে, টাকার গদিতে শুয়ে থাকবে : বাজারের বেশ্যা মাগীগুলো তোমার চেয়ে ভালো, তারা হাসিখুশি, ফুর্তি করতে জানে : রক্তমাংসের মানুষ তুমি নও, লোভ করার যন্তর!

বাস্ রে! শীতল এমন করিয়া বলতে পারে? সমালোচনা করার পাগলামি এবার তাহার আসিয়াছে নাকি? এসব সে বলিতেছে কি? শ্যামার সঙ্গে মানুষ বাস করিতে পারে না? মানুষের সঙ্গে অনুভূতির আদান-প্রদান সে ভুলিয়া গিয়াছে একেবারে ভুলিয়া গিয়াছে?

সে জন্তু, যন্ত্র, বেশ্যার চেয়ে অধম? কেন, টাকা-পয়সা বাড়িঘর সে নিজের জন্য চায় নাকি! শীতল দেখিতে পায় না নিজে সে কত কষ্ট করিয়া থাকে, ভালো কাপড়টি পরে না, ভালো জিনিসটি খায় না? শ্যামা শীতলকে এই সব বলে, বুঝাইয়া বলে।

শীতল বলে, ভালো ভাবে পরবে কি, মানুষ ভালো খায় ভালো পরে–ভালো মানুষ। তুমি। তো টাকা জমানো যন্তর!

ভবিষ্যতের কথা ভাবতে হয়।–শ্যামা বলে।

শীতল বলে, তাই তো বলছি, টাকা আর ভবিষ্যৎ হয়েছে তোমার সব, ভবিষ্যৎ করে করে জন্ম কেটে গেল, অত ভবিষ্যৎ কারো সয় না। ভবিষ্যতের ভাবনা মানুষের থাকে, অল্পবিস্তর থাকে, তোমার ও ছাড়া কিছু নেই, ওই তোমার সর্বস্ব, বড় বেখাপ্পা মানুষ তুমি, মহাপাপী!

শোন একবার শীতলের কথা! কিসে মহাপাপী শ্যামা? কোন দিন চোখ খুলিয়া পুরুষের দিকে চাহিয়াছে? অসৎ চিন্তা করিয়াছে? দেববিজে ভক্তি রাখে

নাই? শ্যামা আহত, উত্তেজিত ও বিস্মিত হইয়া থাকে। শীতল তাহাকে বকে? যার সংসার সে মাথায় করিয়া রাখিয়াছে? যার ছেলেমেয়ের সেবা করিয়া তাহার হাতে কড়া পড়িয়া গেল, মেরুদণ্ড বাকিয়া গেল ভারবহা বাঁকের মতো? ধন্য সংসার! ধন্য মানুষের কৃতজ্ঞতা!

মামা কিন্তু ফিরিয়া আসিল, সাতদিন পরে।

সাতদিন পরে মামা ফিরিয়া আসিল, আরো দিনদশেক পরে শ্যামা দোতলায় ঘর তোলা আরম্ভ করিল, বলিল, জান মামা, উনি বলেন, আমি নাকি কেপ্পনের একশেষ, নিজে তো ডাইনে-বায়ে টাকা ছড়ায়, আমি মরে বেঁচে কটা টাকা রেখেছি বলে না ঘরখানা উঠেছে? সংসারে ওনার মন নেই, উড়ু উড়ু কচ্ছেন। আমিও যদি তেমনি হই সব ভেসে যাবে না, ছারখার হয়ে যাবে না? টাকা রাখব আমি, ইট-সুরকি কিনব আমি, মিস্ত্রি ডাকব আমি, তারপর ঘর হলে শোবেন কে? উনি তো? আমি তাই জন্তু জানোয়ার, যন্তর? কথা কই সাধে? কইতে ঘেন্না হয়।

মামা বলিল, সেকি মা, কথা বলিসনে কি?।

শ্যামা বলিল, বলি, দরকার মতো বলি। পঁয়ত্রিশ বছর বয়স হল আজেবাজে কথা আর মুখে আসে না, দোষ বল দোষ, গুণ বল গুণ, যা পারি নি তা পারিই নে।

ঘর তুলিবার হিড়িকে শ্যামা, আমাদের ছেলে-পাগলা শ্যামা, ছেলেমেয়েদের যেন ভুলিয়া গিয়াছে। কত আর পারে মানুষ? সংসারে উদয়াস্ত খাটিয়া আগেই তাহার অবসর থাকিত না, এখন মিস্ত্রির কাজ দেখিতে হয়, এটা-ওটা আনাইয়া দিতে হয়, ঘর তোলার হাঙ্গামা কি কম! শ্যামা পারেও বটে! এক হাতে ছোট ছেলেটাকে বুকের কাছে ধরিয়া রাখে, সে ঝুলিতে ঝুলিতে প্রাণপণে স্তন চোষে, শ্যামা সেই অবস্থাতে চরকির মতো ঘুরিয়া বেড়ায়, ভাতের হাঁড়ি নামায়, তরকারি চড়ায়, ছাদে গিয়া মিস্ত্রির দেয়াল গাঁথা দেখিয়া আসে, ভাঙা কড়াইয়ে করিয়া চুন নেওয়ার সময় উঠানে এক থাবলা ফেলিয়া দেওয়ার জন্য কুলিকে বকে, শীতলকে আপিসের ও বিধানকে স্কুলের ভাত দেয়, মাসকাবারি কয়লা আসিলে আড়তদারের বিলে নাম সই করে, খরচের হিসাব দেখে, ছোট খোকার কথা কাচে (রানী এ কাজটা করে না, তার বয়স অল্প এবং সে একটু শৌখিন), আবার মামার সঙ্গে, প্রতিবেশী নতুবাবুর স্ত্রীর সঙ্গে

গল্পও করে। চোখের দিকে তাকাও, বাৎসল্য নাই, স্নেহ-মমতা নাই, শ্রান্তি নাই কিছুই নাই! শ্যামা সত্যই যন্ত্র নাকি?

মামা বলে, খেটে খেটে মরবি নাকি শ্যামা? যা যা তুই যা, মিস্ত্রির কাজ আমি দেখবখন।।

শ্যামা বলে, না মামা, তুমি বুড়ো মানুষ, তোমার কেন এসব ঝঞ্চাট পোষাবে? যা সব বজ্জাত মিস্ত্রি, বজ্জাতি করে মালমসলা নষ্ট করবে, তুমি ওদের সঙ্গে পারবে কেন? তাছাড়া নিজের চোখে না দেখে আমার স্বস্তি নেই কাজ কতদূর এগুল, ঘর তোলার সাধ কি আমার আজকের! তুমি ঘরে গিয়ে বোসসা মামা, পিঠে কোথায় ব্যথা বলছিলে না? রানী বরং একটু তেল মালিশ করে দিক।

শীতল কোনোদিকে নজর দেয় না, কেবল সে যে পুরুষমানুষ এবং বাড়ির কর্তা, এটুকু দেখাইবার জন্য বলা নাই কওয়া নাই মাঝে মাঝে কর্তৃত্ব ফলাইতে যায়। গম্ভীর মুখে বলে, এখানে জানালা হবে বুঝি, দেয়ালের যেখানে ফাঁক রাখছ?

মিস্ত্রিরা মুখ টিপিয়া হাসে। শ্যামা বলে, জানালা হবে না তো কি দেয়ালে ফাঁক থাকবে?

তাই বলছি শীতল বলে—জানালা হবে কটা? তিনটে মোটে? না না, তিনটে জানালায় আলো বাতাস খেলবে না ভালো—ওহে মিস্ত্রি এইখানে আরেকটা জানালা ফুটিয়ে দাও—এদিকে একটাও জানালা কর নি দেখছি।

শ্যামা বলে, ওদিকে জানালা হবে না, ওদিকে নকুবাবুর বাড়ি দেখছ না? আর বছর ওরাও দোতলায় ঘর তুলবে, আমাদের ঘেঁষে ওদের দেয়াল উঠবে, জানালা দিয়ে তখন করবে কি? জান না, বোঝ না, ফোপরদালালি কোরো না বাবু তুমি।

শীতল অপমান বোধ করে, কিন্তু যেন অপমান বোধ করে নাই এমনিভাবে বলে, তা কে জানে ওরা আবার ঘর তুলবে!—হাঁ হাঁ, ওখানে আস্ত ইট দিও না মিস্ত্রি—দেখছ না বসছে না, কতখানি ফাঁক রয়ে গেল ভেতরে? দুখানা আদ্ধেক ইট দাও, মাঝখানে একটা সিকি ইট দাও।

মিস্ত্রিরা কথা বলে না, মাঝখানের ফাঁকটাতে কয়েকটা ইটের কুচি দিয়া মসলা ঢলিয়া দেয়, শীতল আড়চোখে চাহিয়া দেখে শ্যামা স্তর চোখে চাহিয়া আছে! শীতল এদিক-ওদিক তাকায়, হঠাৎ শ্যামার দিকে চাহিয়া একটু হাসে, পরক্ষণে গম্ভীর হইয়া নিচে নামিয়া আসে। দাঁড়াইয়া বিধানের একটু পড়া দেখে, পড়িবার জন্য ছেলেকে শ্যামা গত বৈশাখ মাসে নূতন টেবিল চেয়ার কিনিয়া দিয়াছে, পড়া দেখিতে দেখিতে শীতল টের পায় শ্যামা ঘরে আসিয়াছে। তখন সে বিধানের বইয়ের পাতায় একস্থানে আঙুল দিয়া বলে: এখানটা ভালো করে বুঝে পড়িস খোকা, পরীক্ষায় মাঝে মাঝে দেয়। তারপর বিধান জিজ্ঞাসা করে, Circumlocutory মানে কি বাবা? শীতল বলে, দেখ না দেখ মানে বই দেখ। বিধান তখন খিলখিল করিয়া হাসে। শ্যামা বলে: পড়ার সময় কেন ওকে বিরক্ত করছ বল তো?

শীতল বলে, হাসলি যে খোকা?–শীতলের মুখ মেঘের মতো অন্ধকার হইয়া আসে–বাপের সঙ্গে ইয়ার্কি হচ্ছে? হারামজাদা ছেলে কোথাকার! বলিয়া ছেলেকে সে আথালিপাথালি মারিতে আরম্ভ করে। বিধান চেঁচায়, বুকু চেঁচায়, বাড়িতে একেবারে হৈচৈ বাধিয়া যায়। শ্যামা দুই হাতে বিধানকে বুকের মধ্যে আড়াল করে, শীতল গায়ের ঝাল ঝাড়িতেই শ্যামার গায়ে দুচারটা মার বসাইয়া দেয় অথবা সেগুলি লক্ষ্যভ্রষ্ট হইয়া শ্যামার গায়ে লাগে বুঝিবার উপায় থাকে না। শ্যামা তো আজ গৃহিণী, মোটাসোটা রাজরানীর মতো তাহার চেহারা, শীতল কি এখন তাহাকে ইচ্ছা করিয়া মারিবে?

এমনিভাবে দিন যায়, ঠাণ্ডায় শীতের দিনগুলি হ্রস্ব হইয়া আসে। মামা সেই যে একবার শ্যামাকে কুড়িটি টাকা দিয়াছিল আজ পর্যন্ত সে আর একটি পয়সাও আনিয়া দেয় নাই, শ্যামা তবু শীতলের চেয়ে মামাকেই খাতির করে বেশি : মামার সঙ্গে শ্যামার বনে, শ্যামার ছেলেদের মামা। বড় ভালবাসে, শীতলের চেয়েও বুঝি বেশি। নিজের বাড়িতে শীতল কেমন পরের মতো থাকে, যে সব খাপছাড়া তাঁহার কাণ্ড, কে তাহার সঙ্গে আত্মীয়তা করিবে? শীতলকে ভালবাসে শুধু বকুল। মেয়েটার মন বড় বিচিত্র, যা কিছু খাপছাড়া, যা কিছু অসাধারণ তাই সে ভালবাসে! শীতলও বোধহয় খোড়া কুকুর, নোম-ওঠা ঘা-ওলা বিড়াল, ভাঙা পুতুল এই সবের পর্যায়ে পড়ে, বকুল তাই শ্যামার ভাষায় বাবা বলিতে অজ্ঞান। ছেলেবেলা হইতে বকুলের স্বাস্থ্যটি বড় ভালো, চলাফেরা হাসি খেলা স্বাভাবিক নিয়মে সবই তার সুন্দর, কত প্রাণ, কত ভঙ্গি। সকলে তাকে ভালবাসে, তার সঙ্গে কথা বলিতে সকলেই উৎসুক, সে কিন্তু যাকে তাকে ধরা দেয় না, নির্মমভাবে উপেক্ষা করিয়া চলে। খেলনা ও খাবার দিয়া, তোষামোদের কথা বলিয়া তাহাকে

জয় করা যায় না। মামা কত চেষ্টা করিয়াছে, পারে নাই। শ্যামার তিন ছেলেই মামার ভক্ত, বকুল কিন্তু তাহার ধারেকাছেও ঘেঁষে না। শ্যামার সঙ্গেও বকুলের তেমন ভাব নাই, শ্যামাকে সে স্পষ্টই অবহেলা করে। বাড়িতে সে ভালবাসে শুধু বাবাকে, শীতল যতক্ষণ বাড়ি থাকে, পায়ে পায়ে ঘুরিয়া বেড়ায়, শীতলের চুল তোলে, ঘামাচি মারে, মুখে বিড়ি দিয়া দেশলাই ধরাইয়া দেয়, আর অনর্গল কথা বলে। শীতল বাড়ি না থাকিলে, ছাদে গিয়া তাহার গোসাঘরে পুতুল খেলে, মিস্ত্রিদের কাজ দেখে, আর শ্যামার ফরমাশ খাটে। শীতল না থাকিলে মেয়েটার মুখের কথা যেন ফুরাইয়া যায়।

একদিন শ্যামা নূতন গুড়ের পায়েস করিয়াছে, সকলে পরিতোষ করিয়া খাইল, বকুল কিছুতে খাইবে না, কেবলি বলিতে লাগিল, দাঁড়াও, বাবা আসুক, বাবাকে দাও?

শ্যামা বলিল, সে তো আসবে রাত্তিরে, ওই দ্যাখ বড় জামবাটিতে তার জন্যে তুলে রেখেছি, এসে খাবে। তোরটা তুই খা!

বকুল বলিল, বাবা পায়েস খেতে আসবে দুটোর সময়।

শ্যামা বলিল, কি করে জানলি তুই আসবে?

বকুল বলিল, আমি বললাম যে আসতে? বাবা বললে দুটোর সময় ঠিক আসবে, আমি বাবার সঙ্গে খাব।

শ্যামা বলিল, দেখলে মামা মেয়ের আব্দার? বুড়ো ভেঁকি মেয়ে বাবাকে পায়েস খাবার নেমন্তন্ন করেছেন, আপিস থেকে তিনি পায়েস খেতে বাড়ি আসবেন।...খা বুকু খেয়ে বাটি খালি করে দে। তিনি যখন আসবেন খাবেন তখন, তুই বরং আদর করে খাইয়ে দিস, এখন নিজে খেয়ে আমায় রেহাই দে তো।

বকুল কিছুতে খাইবে না, শ্যামারও জিদ চাপিয়া গেল, সেও খাওয়াবেই। পিঠে জোরে দুটো চড় মারিয়া কোনো ফল হইল না, বকুল একটু কাঁদিল না পর্যন্ত। আরো জোরে মারিলে কি হইত বলা যায় না, কিন্তু যতই হোক শ্যামার তো মায়ের মন, কতবার কত জোরে আর মায়ের মন লইয়া মেয়েকে মারা যায়? এক থাব পায়েস তুলিয়া শ্যামা মেয়ের মুখে গুঁজিয়া দিতে গেল, বকুল দাঁত কামড়াইয়া রহিল, তার মুখ শুধু মাখা হইয়া গেল পায়েসে।

হার মানিয়া শ্যামা অভিমানাহত কণ্ঠে বলিল, উঃ, কি জিদ মেয়ের। কিছুতে পারলাম না। খাওয়াতে?

দুটোর আগে শীতল সত্য সত্যই ফিরিয়া আসিল। শ্যামা আসন পাতিয়া গেলাসে জল ভরিয়া দিল। ভাবিল শীতল খাইতে বসিলে সবিস্তারে বকুলের জিদের গল্প করিবে। কিন্তু ঘরের মধ্যে বাপ-বেটিতে কি পরামর্শই যে দুজনে তাহারা করিল, খানিক পরে মেয়ের হাত ধরিয়া শীতল বাড়ির বাহির হইয়া গেল। যাওয়ার আগে শ্যামার সঙ্গে তাহাদের যে কথা হইল, তাহা এই—

শ্যামা বলিল, কোথায় যাচ্ছ শুনি?

শীতল বলিল, চুলোয়।

শ্যামা বলিল, পায়েস খেয়ে যাও।

বকুল বলিল, তোমার পায়েস আমরা খাই নে।

শ্যামা বলিল, দ্যাখ ভালো করছ না কিন্তু তুমি। আদর দিয়ে দিয়ে তোমার মেয়ের তো মাথা খেলে।

এর জবাবে শীতল বা বকুল কেহই কিছু বলিল না। পা দিয়া পায়েসের বাটি উঠানে ছুড়িয়া দিয়া শ্যামা ফেলিল কাঁদিয়া।

রাত প্রায় নটার সময় দুজনে ফিরিয়া আসিল। বকুলের গায়ে নতুন জামা পরনে নতুন কাপড়, দুহাত বোঝাই খেলনা, আনন্দে বকুল প্রায় পাগল। আজ কিছুক্ষণের জন্য সকলের সঙ্গেই সে ভাব। করিল, শ্যামার অপরাধও মনে রাখিল না, মহোৎসাহে সকলকে সে তাহার সম্পত্তি দেখাইল, বাবার সঙ্গে কোথায় কোথায় গিয়াছিল গল গল করিয়া বলিয়া গেল!

শীতল উৎসাহ দিয়া বলিল, কি খেয়েছিস বললি না বুকু?

পরদিন রাত্রে প্রেস হইতে ফিরিয়া বকুলকে শীতল দেখিতে পাইল না। শ্যামা বলিল, মামার সঙ্গে সে বনগাঁয়ে পিসির কাছে বেড়াইতে গিয়াছে।

আমায় না বলে পাঠালে কেন?

বললে কি আর তুমি যেতে দিতে? যাবার জন্য কাঁদাকাটা করতে লাগল, তাই পাঠিয়ে দিলাম।

হঠাৎ বনগাঁ যাবার জন্য ও কাঁদাকাটা করল কেন?

কাল-পরশু ফিরে আসবে।

ঝোঁকের মাথায় কাজটা করিয়া ফেলিয়া শ্যামার বড় ভয় আর অনুতাপ হইতেছিল, সে আবার বলিল, পাঠিয়ে অন্যায় করেছি। আর করব না।

শীতলের কাছে ত্রুটি স্বীকার করিতে আজকাল শ্যামার এমন বাঁধ বাঁধ ঠেকে। নিজে চারিদিকে সব ব্যবস্থা করিয়া করিয়া স্বভাবটা কেমন বিগড়াইয়া গিয়াছে, কোনো বিষয়ে কারো কাছে যেন আর নত হওয়া যায় না। আর বকুলকে এমনভাবে হঠাৎ বনগাঁয়ে পাঠাইয়াও দিয়াছে। তো এই কারণে, মেয়ের উপর অধিকার জাহির করিতে। কাজটা যে বাড়াবাড়ি হইয়া গিয়াছে, ওরা রওনা হইয়া যাওয়ার পরেই শ্যামার তাহা খেয়াল হইয়াছে।

শীতল কিন্তু আজ চেঁচামেচি গালাগালি করিল না, করিলে ভালো হইত, ছড়ি দিয়া শ্যামাকে অমন করিয়া হয়তো সে তাহা হইলে মারিত না। মাথায় ছিটওলা মানুষ, যখন যা করে একেবারে চরম করিয়া ছাড়ে। শ্যামার গায়ে ছড়ির দাগ কাটিয়া কাটিয়া বসিয়া গেল।

মারিয়া শীতল বলিল, বজ্জাত মাগী, তোকে আমি কী শাস্তি দিই দেখ্। এই গেল এক নম্বর। দুনম্বর শাস্তি তুই জন্মে ভুলবি না।

শাস্তি? আবার কি শাস্তি শীতল তাহাকে দিবে? তাহার স্বামী।

বিবাহের পরেই শ্যামা টের পাইয়াছিল শীতলের মাথায় ছিট আছে। পাগলের কাণ্ডকারখানা কিছু বুঝিবার উপায় নাই। পরদিন দশটার সময় নিয়মিতভাবে স্নানাহার শেষ করিয়া শীতল আপিসে গেল। বারটা-একটার সময় ফিরিয়া আসিল।

শ্যামাকে আড়ালে ডাকিয়া তাহার হাতে দিল একতাড়া নোট। শ্যামা শুনিয়া দেখিল, এক হাজার টাকা। এ কেমন শাস্তি? শীতল কি করিয়াছে, কি করিতে চায়?

এ কিসের টাকা? শ্যামা রুদ্ধশ্বাসে জিজ্ঞাসা করিল।

শীতল বলিল, বাবু বোনাস দিয়েছেন। পরশু লাভের হিসাব হল কিনা, ঢের টাকা লাভ হয়েছে এ বছর, আমার জন্যেই তো সব? তাই আমাকে এটা বোনাস দিয়েছেন।

এত টাকা। হাজার। আনন্দে শ্যামার নাচিতে ইচ্ছা হইতেছিল। সে বলিল, বাবু তো লোক বড় ভালো?–হ্যাঁগো কাল বড় রেগেছিলে না? বড় মেরেছিলে বাবু কাল পাষাণের মতো। ভাগ্যে কেউ টের পায় নি, নইলে কি ভাবত? আপিস যাবে নাকি আবার?

যাই, কাজ পড়ে আছে। সাবধানে রেখ টাকা।

এই বলিয়া সেই যে শীতল গেল, আর আসিল না। কিছুদিন পরে মামা বনগাঁ হইতে একা ফিরিয়া আসিল।

বুকু কই মামা?– শ্যামা জিজ্ঞাসা করিল।

মামা বলিল, কেন, শীতলের সঙ্গে আসে নি? শীতল যে তাকে নিয়ে এল?

তখন সমস্ত বুঝিতে পারিয়া শ্যামা কপাল চাপড়াইয়া বলিল, আমার সর্বনাশ হয়েছে মামা।

কে জানিত পঁয়ত্রিশ বছর বয়সে চারটি সন্তানের জননী শ্যামার জীবনে এমন নাটকীয় ব্যাপার ঘটিবে?

০৫. বকুলকে সঙ্গে করিয়া শীতল চলিয়া গিয়াছে

বকুলকে সঙ্গে করিয়া শীতল চলিয়া গিয়াছে।

ফিরিয়া যদি সে না আসে, এ শাস্তি শ্যামা সত্যই জীবনে কখনো ভুলিবে না।

মামা বলিল, অত ভাবছিস কেন বল দিকি শ্যামা, রাগের মাথায় গেছে, রাগ পড়লে ফিরে আসবে। সংসারী মানুষ চাকরি-বাকরি ছেড়ে যাবে কোথা? আর ও-মেয়ে সামলানো কি তার কমো? দুদিনে হয়রান হয়ে ফিরতে পথ পাবে না।

শ্যামা বলিল, কি কাণ্ড সে করে গেছে মামা, সে-ই জানে। কাল অসময়ে আপিস থেকে ফিরে আমায় হাজার টাকার নোট দিয়ে গেল। বললে, আপিস থেকে বোনাস দিয়েছে। কাল তো বুঝতে পারি নি মামা, হঠাৎ এত টাকা বোনাস দিতে যাবে কেন, লাভের যা কমিশন পাবার কথা সে তো পায়?

শ্যামার কিছু ভালো লাগে না, বুকের মধ্যে কি রকম করিতে থাকে, কিসে যেন চাপিয়া ধরিয়াছে। কাজ করিয়া করিয়া এমন অভ্যাস হইয়া গিয়াছে যে অন্যমনে কলের মতো তাহা করিয়া ফেলা যায় তাই, না হইলে শ্যামা আজ শুইয়া থাকিত, সংসার হইত অচল। নটার সময় মিস্ত্রিরা কাজ করিতে আসিল, ঘর প্রায় শেষ হইয়া আসিয়াছে, আর সাত দিনের মধ্যে ঘর ব্যবহার করা চলিবে। বিধান খাইয়া স্কুলে গেল। মামাও সকাল সকাল খাইয়া, দেখি একটু খোঁজ করে, বলিয়া চলিয়া গেল। বাড়িতে রহিল শুধু শ্যামা আর তাহার দুই শিশু পুত্র, মণি ও ছোট খোকা—যার নাম ফণীন্দ্র রাখা ঠিক হইয়াছে।

দুপুরবেলা প্রেসের একজন কর্মচারীর সঙ্গে শীতলের মনিব কমলবাবু আসিলেন। রানীকে দিয়া পরিচয় পাঠাইয়া শ্যামার সঙ্গে দরকারি কয়েকটা কথা বলার ইচ্ছা জানাইলেন। তারপর নিজেই হাকিয়া শ্যামাকে শুনাইয়া বলিলেন, তিনি বুড়ো মানুষ, শীতলকে ছেলের মতন মনে করিতেন, তাঁর সঙ্গে কথা কহিতে শ্যামার কোনো লজ্জা নাই। লজ্জা শ্যামা এমনিই করিত না, ঘোমটা টানিয়া সে বাহিরের ঘরে গেল। রানী সঙ্গে গিয়াছিল, কমলবাবু বলিলেন, তোমার ঝিকে যেতে বল মা।

রানী চলিয়া গেলে বলিলেন, শীতল কদিন বাড়ি আসে নি মা?

শ্যামা বলিল, বুধবার আপিসে গেলেন, তারপর আর ফেরেন নি।

ওইদিন একটার সময় শীতল যে বাড়ি ফিরিয়া তাহাকে টাকা দিয়া গিয়াছিল, শ্যামা সে কথা। গোপন করিল।

একবারও আসে নি, দু-এক ঘন্টার জন্য?

না।

তোমায় টাকাকড়ি কিছু দিয়ে যায় নি?

না।

কমলবাবুর গলাটি বড় মিষ্টি, ঘোমটার ভিতর হইতে আড়চোখে চাহিয়া শ্যামা দেখিল মুখের ভাবও তাহার শান্ত, নিস্পৃহ। শ্যামা সাহস পাইয়া বলিল, কোনো খবর না পেয়ে আমরা বড় ভাবনায় পড়েছি, আপনি যদি কিছু জানেন। কমলবাবু বলিলেন, না বাছা, আমরা কিছুই জানিনে। জানলে তোমায় শুধোতে আসব কেন?

মনে হয় আর কিছু বুঝি তাহার বলিবার নাই, এইবার বিদায় হইবেন, কিন্তু কমলবাবু লোক। বড় পাকা, কলিকাতায় ব্যবসা করিয়া খান। কথা না বলিয়া খানিকক্ষণ শ্যামাকে তিনি দেখেন, মনে যাদের পাপ থাকে এমনিভাবে দেখিলে তারা বড় অস্বস্তি বোধ করে, কাবু হইয়া আসে। তারপর তিনি একটা নিশ্বাস ফেলিয়া অকস্মাৎ ভগবানের নামোচ্চারণ করেন, বলেন, এটি শীতলের ছেলে বুঝি? বেশ ছেলেটি, কি বল বীরেন?—এস তো বাবা আমার কাছে, এস।—নাম বল তো বাবা? বল ভয় কি?—মণি? সোনামণি তুমি, না? মণিকে এই সব বলেন আর আড়চোখে কমলবাবু শ্যামার দিকে তাকান। শ্যামা কাবু হইয়া আসে। ভাবে, হাজার টাকার কথাটা স্বীকার করিয়া কমলবাবুর পা জড়াইয়া ধরিবে নাকি?

কমলবাবু বলেন, বাবা কোথায় গেছে মণি? আপিস গেছে? বাবা খালি আপিস যায়, ভারি। দুষ্ট তো তোমার বাবা, কাল বাড়ি আসে নি বাবা। আসে নি? বড় পাজি বাবাটা, এলে মেরে। দিও। —বাবা তবে তোমার বাড়ি এসেছিল কবে? আসে নি? একদিনও আসে নি? দিদিকে নিয়ে বাবা পালিয়ে গেছে?

শ্যামা বলে, মেয়েকে নিয়ে বনগাঁ বোনের বাড়ি যাবেন বলেছিলেন, বোধহয় তাই গেছেন।

কমলবাবু বনগাঁয়ে রাখালের ঠিকানা লিখিয়া লইলেন, মণির সম্বন্ধে আর তাহার কোনোরূপ মোহ দেখা গেল না। এবার কড়া সুরেই কথা বলিলেন। বলিলেন, স্বামী তোমার লোক ভালো নয়। মা, সব জেনেশুনে তুমি ভান করছ কিনা আমরা জানি নে, তোমার স্বামী চোর, সংসারে মানুষকে বিশ্বাস করে বরাবর ঠকেছি তবুও যে কেন তাকে বিশ্বাস করলাম। আমারই বোকামি, ভাবলাম, মাইনেতে কমিশনে মাসে দু শ আড়াই শ টাকা রোজগার করছে, সে কি আর সামান্য কহাজার টাকার জন্যে এমন কাজ করবে, মেশিন কেনার টাকাগুলো তাই দিলাম বিশ্বাস করে, তেমনি শিক্ষা আমায় দিয়েছে, চোরের স্বভাব যাবে কোথা? তোমায় বলে যাই বাছা, এ ইংরেজ রাজত্ব, কদিন লুকিয়ে থাকবে? পুলিশে এখনো খবর দিই নি, বোলো তোমার স্বামীকে, কালকের মধ্যে টাকাটা যদি ফিরিয়ে দেয় এবারের মতো ক্ষমা করব, লোভে পড়ে কত ভালো লোক হঠাৎ অমন কাজ করে বসে, তাছাড়া এতকাল কাজ করে প্রেসের উন্নতি করেছে, পুলিশে-টুলিশে দেবার আমার ইচ্ছা নেই বোলা এই কথা। কালকের দিনটা দেখে পরশু বাধ্য হয়েই পুলিশে খবর দিতে হবে।—কমলবাবু আবার শ্রান্তির একটা নিশ্বাস ফেলিয়া সহসা ভগবানের নামোচ্চারণ করেন, বলেন, টাকাটা যদি তোমার কাছে দিয়ে গিয়ে থাকে?—

শ্যামা নীরবে মাথা নাড়ে।

বিকালে মামা বাড়ি ফিরিলে শ্যামা তাহাকে সব কথা খুলিয়া বলিল। বাইশ বছর আগের কথা তুলিয়া কাঁদিতে কাঁদতে বলিল, খুঁজে পেতে এক পাগলের হাতে আমায় সঁপে দিয়েছিলে মামা, সারাটা জীবন আমি জ্বলেপুড়ে মরেছি, কত দুঃখ কষ্ট সয়ে কত চেষ্টায় সুখের সংসার গড়ে তুলেছিলাম, এবার তাও সে ভেঙে থান থান করে দিয়ে গেল, যন্ত্রণা দিয়ে দিয়ে মেয়েটাকে ততা মারছেই, আমাদেরও উপায় নেই, না খেয়ে মরতে হবে এবার, ছেলে নিয়ে কি করব আমি এখন, কি করে ওদের মানুষ করব।

বলিল, পালিয়ে পালিয়ে আর বেড়াবে কদিন, ধরা পড়বেই। মেয়েটার তখন কি উপায় হবে মামা, সঙ্গে থাকার জন্য ওকেও দেবে না তো জেল-টেল?

মামা বলিল, পাগল, ওইটুকু মেয়ের কখনো জেল হয়? শীতলকে যদি পুলিশে ধরেই, বকুলকে তারাই বাড়ি ফিরিয়ে দিয়ে যাবে।

সমস্ত বাড়িতে বিপদের ছায়া পড়িয়াছে, বিধান সব বুঝিতে পারে, মুখখানা তাহার শুকাইয়া বিবর্ণ হইয়া গিয়াছে। মণি কিছু বোঝে না, সেও অজানা ভয়ে স্তব্ধ হইয়া আছে। মিস্ত্রিরা বিদায় হইয়া যাওয়ার পর সকলের কাছে চারিদিক থমথম করিতে লাগিল। ছেলেদের খাইতে দেওয়া হইল। না, উনানে আঁচ পড়িল না, সন্ধ্যার সময় একটা লণ্ঠন জ্বালিয়া দিয়া রানী বাড়ি চলিয়া গেল। লণ্ঠনের সামনে বিপন্ন পরিবারটি ম্লানমুখে বসিয়া রহিল নীরবে, ছেলেরা ক্ষুধায় কাতর হইলে শ্যামা বাটিতে করিয়া তাহাদের সামনে কতগুলি মুড়ি দিয়া মুখ ঘুরাইয়া বসিল। তাহার সমস্ত সাধ-আহলাদ আশা-আনন্দ ভাঙিয়া পড়িয়াছে, কত বড় ভবিষ্যতকে সে মনে মনে গড়িয়া রাখিয়াছিল শ্যামা ভিন্ন কে তাহার খবর রাখে? পাগলের মতো উদয়াস্ত সে খাটিয়া গিয়াছে, শীতল তো শুধু টাকা আনিয়া দিয়া খালাস, কোনোদিন একটি পরামর্শ দেয় নাই, এতটুকু সাহায্য করতে আসে নাই, সংসার চালাইয়াছে সে, ছেলেমেয়ে মানুষ করিয়াছে সে, বাড়িতে ঘর তুলিতেছে সে, বিপদে আপদে বুক দিয়া পড়িয়া তাহার বুকের নীড়কে বাচাইয়াছে সে। এবার কি হইবে? বিধবা হইলে বুঝিতে পারিত ভগবান মারিয়াছেন, উপায় নাই। বিনামেঘে বজ্রাঘাতের মতো অকারণে একি হইয়া গেল? একটু কলহের জন্য মারিয়া সর্বাঙ্গে কালশিরা ফেলিয়াও শীতলের সাধ মিটিল না, সুখের সংসারে আগুন ধরাইয়া দিয়া গেল?

মামা ঘন ঘন তামাক টানে। ঘন ঘন বলে, এমন উন্মাদও সংসারে থাকে? মামা বড় উত্তেজিত হইয়া উঠিয়াছে। শ্যামা ও তাহার ছেলেদের ভারটা এবার মামার উপরেই পড়িবে বৈকি? হায়, সন্ন্যাসী বিবাগী মানুষ, বাইশ বছর সংসারের সঙ্গে তাহার সম্পর্ক নাই, হতভাগাটা তাহাকে একি দুরবস্থায় ফেলিয়া গেল? বুড়ো বয়সে এই সবই তাহার অদৃষ্টে ছিল নাকি? মামা এইসব ভাবে, অরণ্যে প্রান্তরে জনপদে তাহার দীর্ঘ যাযাবর জীবনের স্মৃতি মনে আসে–একটা গেরুয়া কাপড় পর, গায়ে একটা গেরুয়া আলখাল্লা চাপাও, গলায় ঝুলাইয়া দাও কতগুলি রুদ্রাক্ষ ও স্ফটিকের মালা, তারপর যেখানে খুশি যাও, আতিথ্য মিলিবে, অর্থ মিলিবে, ভক্তি মিলিবে, কত নারী দেহ দিয়া সেবা করিয়া পুণ্য অর্জন করিবে : ধার্মিকের অভাব কিসের? আজ ধনীর অতিথিশালায় শ্বেতপাথরের মেঝেতে খড়ম খটখট করিয়া হাঁটা, কাল সম্মুখে অফুরন্ত পথ, ভুট্টা ক্ষেতের পাশ দিয়া, গ্রামের ভিতর দিয়া, বনের নিবিড় ছায়া ভেদ করিয়া, পাহাড় ডিঙ্গাইয়া মরুভূমির নিশ্চিহ্নতায়; সন্ধ্যায় গভীর

ইদারার শীতল জল, সদ্য দোয়া ঈষদুষ্ণ দুধ, ঘিয়ে ভিজানো চাপাটি, আর ভীরু সলজ্জা গ্রাম্য কন্যাদের প্রণাম–একজনকে বাছিয়া বেশি কথা বলা, বেশি অনুগ্রহ দেখানো–কে বলতে পারে? মামা ভাবে, বুড়ো বয়সে দেশে ফিরিবার বাসনা তাহার কেন হইয়াছিল? আসিতে না আসিতে কি বিপদেই জড়াইয়া পড়িল। মুখে কিন্তু মামা অন্য কথা বলে। বলে, এমন উন্মাদ সংসারে থাকে? আমি এসেছিলাম বলে তো, নইলে তুই স্ত্রী-পুত্রকে কার কাছে। ফেলে যেতি রে হতভাগা? একেবারে কাণ্ডজ্ঞান নেই? স্ত্রী-পুত্রকে পরের ঘাড়ে ফেলে আপিসের টাকা চুরি করে মেয়ে নিয়ে তুই পালিয়ে গেলি?

শ্যামাই শেষে বিরক্ত হইয়া বলে, এখন আর ও কথা বলে লাভ কি হবে মামা? কি করতে হবে না-হবে পরামর্শ করি এস।

অনেক রকম পরামর্শ তাহারা করে। মামা একবার প্রস্তাব করে যে শ্যামার কাছে কিছু যদি টাকা থাকে, হাজার দুই তিন, ওই টাকাটা কমলবাবুকে দিয়া এখনকার মতো ঠাণ্ডা করা যায়, পরে শীতল ফিরিয়া আসিলে যাহা হয় হইবে। শ্যামা বলে, তাহার টাকা নাই, টাকা সে কোথায় পাইবে? তাছাড়া শীতল যে ফিরিয়া আসিবে তাহার কি মানে আছে? তখন মামা বলে, বাড়িটা বিক্রি করিয়া কমলবাবুকে টাকাটা দিয়া দিলে কেমন হয়? শীতল তাহা হইলে পুলিশের হাত হইতে বাঁচে। শ্যামা বলে যে শীতলের যদি ফাঁসিও হয়, বাড়ি সে বিক্রয় করিয়ে দিবে না। এই কথা বলিয়া তাহার খেয়াল হয় যে ইচ্ছা থাকিলেও বাড়ি সে বিক্রয় করতে পারিবে না, বাড়ি শীতলের। নামে। শুনিয়া মামা একেবারে হতাশ হইয়া বলে যে তা হলেই সর্বনাশ, টাকাগুলি খরচ করিয়া শীতল ফিরিয়া আসিয়াই বাড়িটা বিক্রয় করিয়া নিশ্চয় কমলবাবুর টাকাটা দিয়া বাঁচিবার চেষ্টা করিবে। শ্যামার মুখ শুকাইয়া যায়, সে কাঁদতে থাকে।

পরামর্শ করিয়া কিছুই ঠিক করিতে পারা যায় না, বেশিরভাগ আরো বেশি বেশি বিপদের সম্ভাবনাগুলি আবিষ্কৃত হইতে থাকে।

শেষে মামা এক সময় বলে, শ্যামা, সর্বনাশ করেছিস!–আপিসের টাকা থেকে শীতল তোকে দিয়ে যায় নি হাজার টাকা।

শ্যামা বলে, এ কথা জিজ্ঞেস করছ কেন মামা?

মামা বলে, কেন করছি তুই তার কি বুঝবি, পুলিশে বাড়ি সার্চ করবে না? নোট-টো যদি দিয়ে গিয়ে থাকে তা বেরিয়ে পড়বে না? তোকে ধরে যে টানাটানি করবে রে?

শুনিয়া শ্যামার মুখ পাংশু হইয়া যায়, বলে, কি হবে মামা তবে?

এবার মামা সুপরামর্শ দেয়, বলে, দে দে, আমায় এনে দে টাকাগুলো, দেখ দিকি কি সর্বনাশ করেছিলি? ওরে নোটের যে নম্বর থাকে, দেখামাত্র ধরা পড়বে ওটাকা কমলবাবুর। ছি ছি, তোর একেবারে বুদ্ধি নেই শ্যামা, দে নোটগুলো আমি নিয়ে যাই, কলকাতায় মেসে হোটেলে কদিন গা ঢাকা দিয়ে থাকিগে। আস্তে আস্তে পারি তো নোটগুলো বদলে ফেলব, নয়তো দু-এক বছর এখন লুকানো থাক, পরে একটি-দুটি করে বার করলেই হবে।

সেই রাত্রেই নোটের তাড়া লইয়া মামা চলিয়া গেল। শ্যামা বলিল, মাঝে মাঝে তুমি এলে কি ক্ষতি হবে মামা, পুলিশ তোমায় সন্দেহ করবেঃ

মামা বলিল, আমায় কেন সন্দেহ করবে?—আসব শ্যামা, মাঝে মাঝে আমি আসব।

রাত্রি প্রভাত হইল, শ্যামার ঘরের ছাদ পিটানোর শব্দে দিনটা মুখর হইয়া রহিল, দুদিন দুরাত্রি গেল পার হইয়া, না আসিল পুলিশ, না আসিল মামা, না আসিল শীতল। শ্যামার চোখে জল পুরিয়া আসিতে লাগিল। কতকাল আগে তাহার বার দিনের ছেলেটি মরিয়া গিয়াছিল, তারপর আর তো কোনোদিন সে ভয়ঙ্কর দুঃখ পায় নাই, ছোটখাটো দুঃখ-দুর্দশা যা আসিয়াছে স্মৃতিতে এতটুকু দাগ পর্যন্ত রাখিয়া যায় নাই, সুখ ও আনন্দের মধ্যে কোথায় মিশাইয়া গিয়াছে। জীবনে তাহার গতি ছিল, কোলাহল ছিল, আজ কি স্তব্ধতার মধ্যে সেই গতি রুদ্ধ হইয়া গেল দ্যাখ। শ্যামা বসিয়া বসিয়া ভাবে। বকুল? কোথায় কি অবস্থায় মেয়েটা কি করিতেছে কে জানে! শীতলের সঙ্গে ঘুরিয়া ঘুরিয়া বেড়ায়, সময়ে হয়তো খাইতে পায় না, নরম বালিশ ছাড়া মেয়ে তাহার মাথায় দিতে পারিত না, কোথায় কিভাবে পড়িয়া হয়তো এখন সে ঘুমায়, শীতল হয়তো বকে, চুপি চুপি অভিমানিনী লুকাইয়া কাদে? বিষ্ণুপ্রিয়ার মেয়ের দেখাদেখি বকুলের কত বাবুয়ানি ছিল, ময়লা ফ্রকটি গায়ে দিত না, মুখে সর মাখিত, লাল ফিতা দিয়া তাহার চুল বাধিয়া দিতে হইত, আঁচলে এক ফোঁটা অগুরু দিবার জন্য মার পিছনে পিছনে আব্দার করিয়া ঘুরিত। কে এখন জামায় তাহার সাবান দিয়া দেয়? কে

চুলের বিনুনি করে? বকুলের মুখে কত ধুলা না জানি লাগে, আঁচল দিয়া সে শুধু মুখটি মুছিয়া ফেলে, কে দিবে দুধের সর।

দিন তিনেক পরে মামা আসিল। বলিল, সার্চ করে গেছে? করে নি? ব্যাপার তবে কিছু বোঝা গেল না শ্যামা, কি মতলব যেন করেছে কমলবাবু, আঁচ করে উঠতে পারছি না।

শ্যামা বলিল, টাকাটার কোনো ব্যবস্থা করে তুমি এসে থাকতে পার না মামা এখানে? এই পুলিশ আসে, এই পুলিশ আসে করে ভয়ে ভয়ে থাকি, এসে তারা কি করবে কি বলবে কে জানে, মারধর করে যদি, জিনিসপত্র যদি নিয়ে চলে যায়?

মামা একগাল হাসিয়া বলিল, থাকব বলেই তো টাকার ব্যবস্থা করে এলাম রে।

কোথায় রেখেছ?

তুই চিনবি নে, মস্ত জমিদার। নতুন কাপড়ের পুলিন্দে করে সিলমোহর এঁটে জমা দিয়েছি, বলেছি গাঁয়ে আমার বাড়িঘর আছে না, তার দলিলপত্র ঘুরে বেড়াই, হারিয়ে টারিয়ে ফেলব, তোমার সিন্দুকে যদি রেখে দাও বাবা? বড় ভক্তি করে আমায়, বলে, যোগ-তপস্যা সব ছেড়ে দিলেন নইলে আপনি তো মহাপুরুষ ছিলেন, দীক্ষা নেব ভেবেছিলাম আপনার কাছে।...জানিস মা, পিঠের ব্যথাটা আবার চাগিয়েছে, ব্যথায় কাল ঘুম হয় নি।

রানী একটু মালিশ করে দিক?—শ্যামা বলিল।

দশ-বার দিন কাটিয়া গেল। বিষ্ণুপ্রিয়া একদিন শ্যামাকে ডাকিয়া পঠাইয়াছিল, রাগারাগি করিয়া মেয়ে লইয়া শীতল চলিয়া গিয়াছে—এই পর্যন্ত শ্যামা তাহাকে বলিয়াছে, টাকা চুরির কথাটি উল্লেখ করে নাই। বিষ্ণুপ্রিয়া সমবেদনা দেখাইয়াছে খুব; বলিয়াছে, ভেবে ভেবে রোগা হয়ে গেলে যে, ভেব না, ফিরে আসবে। বাড়িঘর ছেড়ে কদিন আর থাকবে পালিয়ে?—তারপর ভাবিয়া চিন্তিয়া বলিয়াছে, সংসার খরচের টাকাকড়ি রেখে গেছে তো?

শ্যামা জবাবে বলিয়াছে, কি কুক্ষণে যে দোতলায় ঘর তোলা আরম্ভ করিয়াছিলাম দিদি, যেখানে যা ছিল কুড়িয়ে পেতে সব ওতেই ঢেলেছি, কাল কুলি মিস্ত্রির মজুরি দেব কি করে ভগবান জানে—বলিয়া সজল চোখে সে

নিশ্বাস ফেলিয়াছে। তারপর বিষ্ণুপ্রিয়া খানিকক্ষণ ভাবিয়াছে, ভূ কুঁচকাইয়া একটু যেন বিরক্ত এবং রুষ্টও হইয়াছে, শেষে উঠিয়া গিয়া হাতের মুঠায় কি যেন আনিয়া শ্যামার আঁচলে বাধিয়া দিয়াছে। কি লজ্জা তখন এ দুটি জননীর : চোখ তুলিয়া কেহ আর কারো মুখের দিকে চাহিতে পারে নাই।

বেশি কিছু নয়, পঁচিশটা টাকা। বাড়ি গিয়া শ্যামা ভাবিয়াছে, এ টাকা সে লইল কেমন করিয়া? কেন লইল? এখনি এমন কি অভাব তাহার হইয়াছে? ভবিষ্যতে আর কি তাহার সাহায্য দরকার হইবে না যে এখনি মাত্র পঁচিশটা টাকা লইয়া বিষ্ণুপ্রিয়াকে বিরক্ত করিয়া রাখিল? তারপর শ্যামার মনে পড়িয়াছে টাকাটা সে নিজে চাহে নাই, বিষ্ণুপ্রিয়া যাচিয়া দিয়াছে। নেওয়াটা তবে বোধহয় দোষের হয় নাই বেশি। বনগাঁয়ে মন্দাকে শ্যামা একদিন একখানা চিঠি লিখিল, সেই যে রাখাল সাত শ টাকা লইয়াছিল তার জন্য তাগিদ দিয়া। সে যে কত বড় বিপদে পড়িয়াছে এক পাতায় তা লিখিয়া, আরেকটা পাতা সে ভরিয়া দিল টাকা পাঠাইবার অনুরোধে। সব না পারুক, কিছু টাকা অন্তত রাখাল যেন ফেরত দেয়।—আমি কি যন্ত্রণায় আছি বুঝতে পারছ তো ঠাকুরঝি ভাই? আমার যখন ছিল তোমাদের দিয়েছি, এখন তোমরা আমায় না দিলে হাত পাতব কার কাছে? দিন সাতেক পরে মন্দার চিঠি আসিল, অশ্রুসজল এত কথা সে চিঠিতে ছিল যে চাপ দিলে বুঝি ফোঁটা ফোটা ঝরিয়া পড়িত। দাদা কোথায় গেল, কেন গেল, শ্যামা কেন আগে লেখে নাই, কাগজে বিজ্ঞাপন কেন দেয় নাই, দেশে দেশে খোঁজ করিতে কেন লোক ছুটায় নাই, এমন করিয়া চলিয়া যাওয়ার সময় ছোট বোনটির কথা দাদার কি একবারও মনে পড়িল না? যাই হোক, সামনের রবিবার রাখাল কলিকাতা আসিতেছে, দাদাকে খোঁজ করার যা যা ব্যবস্থা দরকার সে-ই করিবে, শ্যামার কোনো চিন্তা নাই। টাকার কথা মন্দা কিছু লেখে নাই।

রবিবার সকালে রাখাল ভারি ব্যস্তসমস্ত অবস্থায় আসিয়া পড়িল, যেন শীতলের পালানোর পর প্রায় একমাস কাটিয়া যায় নাই, যা কিছু ব্যবস্থা সে করিতে আসিয়াছে, এক ঘণ্টার মধ্যে সে সব না করিলেই নয়। বাড়িতে পা দিয়াই বলিল, কি বৃত্তান্ত সব বল তো বৌঠান।

শ্যামা বলিল, বসুন, জিরোন, সব বলছি।

জিরোব?—জিরোবার কি সময় আছে!

মন্দার কাছে চিঠিতে শ্যামা শীতলের তহবিল সরুফের বিষয়ে কিছু লেখে নাই, রাখালকে বলিতে হইল। রাখাল বলিল, শীতলবাবু এমন কাজ করবেন, এ যে বিশ্বাস হতে চায় না বৌঠান। রাগ করে চলে যাওয়া–হ্যাঁ সেটা সম্ভব, মানুষটা রাগী, কিন্তু–

অনেক কথাই হইল, অনেক অর্থহীন, কতক অবান্তর, কতক নিছক ব্যক্তিগত সমালোচনা ও মন্তব্য। আসল কথাটা আর ওঠেই না। শ্যামা রাখালের কথা তুলিবার অপেক্ষা করে, রাখাল ভাবে শ্যামাই কথাটা পাড়ুক; সারাটা সকাল তাহারা ঝোপের এদিক ওদিক লাঠি পিটাইল, ঝোপ হইতে বাঘ বাহির হইবে না পেখম তোলা ময়ূর বাহির হইবে, সকালবেলা সেটা আর ঠাহর করা গেল না। বাড়িতে অতিথি আসিয়াছে, শ্যামা রাঁধিতে গেল; রাখাল গল্প জুড়িল মামার সঙ্গে। শ্যামা ভাবিল, কি আশ্চর্য পরিবর্তন আসে মানুষের জীবনে? খোলা মাঠে কিভাবে হিংস্র শ্বাপদভরা জঙ্গল গড়িয়া ওঠে কয়েকটা বছরে? মুখোমুখি বসিয়া আজ রাখালের মন ও তাহার মনের মুখ দেখাদেখি নাই ; দুজনের খোলা মনে যে জঙ্গল গিজগিজ করিতেছে, তারি মধ্যে দুজনে লুকোচুরি খেলিতেছে। না, ঠিক এভাবে শ্যামা ভাবে নাই? সে সোজাসুজি সাধারণভাবেই ভাবিল যে রাখাল কি স্বার্থপর হইয়া উঠিয়াছে। জঙ্গলের রূপকটা তাহার অনুভূতি।

হ্যাঁ, মানুষ বদলায়। বদলায় না বাড়িঘর, বদলায় না জগৎ। এমনি শীতকালে একদিন রাত্রে বারান্দায় শীতলের বাড়ি ফেরার অপেক্ষায় শীতে তাহাকে কাঁপিতে দেখিয়া রাখাল নিজের গায়ের আলোয়ান গায়ে জড়াইয়া দিয়াছিল, হাত ধরিয়া ঘরে লইয়া বলিয়াছিল, বৌঠান তুমি শোও, আমি দরজা খুলে দেব। শ্যামার সব মনে আছে, সে সব ভুলিবার কথা নয়। রাখাল তাকে যেন দামি পুতুল মনে করি, এতটুকু আঘাত লাগিলে সে যেন ভাঙিয়া যাইবে এমনি যত্ন ছিল রাখালের। অসুখ হইলে কপালে হাত বুলানোর আর তো কেহ ছিল না তাহার রাখাল ছাড়া!

টাকার কথাটা দুপুরে উঠিয়া পড়িল, রাখাল মাথা নিচু করিয়া বলিল, জান তো বৌঠান আমার রোজগার? সঁচানব্বই টাকা মাইনে পাই, দুটো সংসার, ছেলেমেয়ে, কোনো মাসে ধার হয়। একটা বোনের বিয়ে দিয়েছি, এখনো একটা বাকি, তারও বয়স হল। দু-এক বছরের মধ্যে তার বিয়ে না। দিলে চলবে না, এখন কি করে তোমার টাকা দিই বৌঠান?–তোমার অবস্থা বুঝি, আমার অবস্থা বুঝে দেখ।

সুতরাং তাহাদের কলহ বাধিয়া গেল খানিক পরেই, এমন শীতের দিনে জলে হাত ভিজাইয়া ঠাণ্ডা করিয়া হঠাৎ পরস্পরের গায়ে দিয়া একদিন তাহারা হাসাহাসি করিত, টাকার জন্য তাহাদের কলহ? একি আশ্চর্য কথা যে সেদিনের স্মৃতি তাহারা ভুলিয়া গেল, সংসারে রূঢ় বাস্তবতার মধ্যে যে। ইতিহাস স্মরণ করামাত্র দুদিন আগেও যাহারা অবাস্তব স্বপ্ন দেখিতে পারি? শ্যামা কড়া কড়া অপমানজনক কথা বলিল; সেই সাত শ টাকার উল্লেখ করিয়া রাখালকে সে একরকম জুয়াচোর প্রতিপন্ন করিয়া দিল। রাখাল জবাবে বলিল, শ্যামা যদি মনে করিয়া থাকে নিজের হকের ধন ছাড়া শীতলের কাছে কোনোদিন সে একটি পয়সা নিয়াছে, শীতল জেল হইতে ফিরিলে শ্যামা যেন আর। একবার তাকে জিজ্ঞাসা করিয়া দেখে। শ্যামা বলিল, হকের ধন কিসে? রাখাল বলিল, শ্যামা তার। কি জানিবে? মন্দার বিবাহ দিবার সময় শীতল যে জুয়াচুরি করিয়াছিল, রাখাল বলিয়াই সেদিন তাহার জাত বাঁচাইয়াছিল, আর কেহ হইলে বিবাহসভা হইতে উঠিয়া যাইত; শীতল অর্ধেক গয়না দেয় নাই, পণের টাকা দেয় নাই একটি পয়সা। তারপর সেই গোড়ার দিকে প্রেসের কি সব। কিনিবার জন্য ভুলাইয়া সে যে রাখালের পাঁচ শ টাকা লইয়া এক পয়সা কোনোদিন ফেরত দেয়। নাই শ্যামা কি তা জানে? সংসারে কে কেমন লোক জানিতে রাখালের বাকি নাই!

এই সব কথার আদান-প্রদান করিবার পর দুজনে বড় বিগ্ন হইয়া রহিল। রাখাল বিদায় হইল বিকালে।

শ্যামা বলিল, ঠাকুরজামাই! ভাবনায় চিন্তায় মাথা আমার খারাপ হয়ে গেছে, রাগের সময়। দুটো মন্দ কথা বলেছি বলে আপনিও আমায় এই বিপদের মধ্যে ফেলে চললেন?

রাখাল বলিল, না না, সে কি কথা বৌঠান, রাগ কেন করব? তুমিও দুটো কথা বলেছ, আমিও দুটো কথা বলেছি, ওইখানেই তো মিটে গেছে রাগারাগির কি আছে?

শ্যামা কাঁদিতে কাঁদতে বলিল, আপনারাই এখন আমার বল ভরসা, আপনারা না দেখলে কে আমায় দেখবে? ছেলেমেয়ে নিয়ে আমি ভেসে যাব ঠাকুরজামাই।

বড়দিনের ছুটিতে আবার আসব বৌঠান।-রাখাল বলিল।

গতবার বড়দিনের ছুটিতে সে আসিয়াছিল। এবারো আসিবে বলিয়া গেল। রাখাল? সেই রাখালঃ একদিন যে ছিল তাহার বন্ধুর চেয়েও বড়?

শীতের হ্রস্ব দিনগুলি শ্যামার কাছে দীর্ঘ হইয়া উঠিয়াছে, দীর্ঘ রাত্রিগুলি হইয়াছে অন্তহীন। শীতলের বিছানা খালি, বকুলের বিছানা খালি। কি ভঙ্গি করিয়া মেয়েটা শুইত, ফুলের মতো দেখাইত না তাহাকে? গায়ে লেপ থাকিত না, শীতে মেয়েটা কুণ্ডলী পাকাইয়া যাইত, শুইতে আসিয়া রোজ শ্যামা তাহার গায়ে লেপ তুলিয়া দিত। জাগিয়া থাকে, চোখ দিয়া জল পড়ে। আর তো মেয়ে নাই শ্যামার, ওই একটি মেয়ে ছিল। আর কী সে মেয়ে। শ্যামার এই ছোট বাড়িতে অতটুকু মেয়ের প্রাণ যেন আঁটিত না। ও যেন ছিল আলো, ঘরের চারিদিকে উজ্জ্বল করিয়া জানালা দিয়া বাহিরে ছড়াইয়া পড়িত। সে অত প্রচুর ছিল বলিয়া শ্যামা বুঝি তাকে তেমন আদর করিত না? বকুল, ও বকুল, কোথায় গেলি তুই বকুল?

একদিন রাত্রে কে যেন পথের দিকের জানালায় টোকা দিতে লাগিল। শ্যামা জানালার খড়খড়ি ফাঁক করিয়া বলিল, কে?

মৃদুস্বরে উত্তর আসিল, আমি শ্যামা আমি, দরজা খোল।

জানালা খুলিয়া দেখিল, শীতল একা নয়, সঙ্গে বকুল আছে। দরজা খুলিয়া ওদের সে ভিতরে আনিল, বকুলকে আনিল কোলে করিয়া। বকুলের গায়ে একটা আলোpন জড়ানো, এই শীতে কি আলোয়ানে কিছু হয়, শ্যামার কোলে বকুল থরথর করিয়া কাঁপিতে লাগিল। শ্যামার মনে হইল। মেয়ে যেন তাহার হাল্কা হইয়া গিয়াছে। ঘরে আসিয়া আলোতে বকুলের মুখ দেখিয়া শ্যামা শিহরিয়া উঠিল। ঠোঁট ফাটিয়া, মরা চামড়া উঠিয়া কি হইয়া গিয়াছে বকুলের মুখ? শ্যামা কথা কহিল না, লেপ কাঁথা যা হাতের কাছে পাইল তাই দিয়া জড়াইয়া মেয়েকে কোলে করিয়া বসিল, গায়ের গরমে একটু তাতা গরম পাইবে?

বকুল তো এমন হইয়াছে, শীতল? মাথায় মুখে কাম্ফর্টার জড়াইয়া আসিয়াছিল, সেটা খুলিয়া ফেলিতে শ্যামা দেখিল তার চেহারা তেমনি আছে, পুলিশের তাড়ায় পথে বিপথে ঘুরিয়া বেড়াইয়াছে বলিয়া মনে হয় না। গায়ে তাহার দামি নূতন গরম কোট, চাদরটাও নূতন। না, শীতলের কিছু হয় নাই। মেয়েটার অদৃষ্টে দুঃখ ছিল, সে-ই শুধু আধমরা হইয়া ফিরিয়া আসিয়াছে।

ওর জ্বর হয়েছিল।—শীতল বলিল।

জ্বর? তাই বটে, অসুখ না হইলে মেয়ে কেন এত রোগা হইয়া যাইবে? শ্যামা শীতলের মুখের দিকে চাহিলে, চোখ দিয়া তাহার জল গড়াইয়া পড়িল, ধরা গলায় বলিল, জন্মে থেকে ওরএকদিনের জন্য গা গরম হয় নি!

শীতল কি তাহা জানে না? এ তাহাকে অনর্থক লজ্জা দেওয়া। শ্যামা এবার তাহার প্রতিকারহীন অপকীর্তির কথা তুলুক, তাহা হইলেই গৃহে প্রত্যাবর্তন তাহার সফল হয়। পরস্পরের দিকে চাহিয়া তাহারা যেন শক্রতার পরিমাপ করিতে লাগিল। শ্যামার কি করিয়াছে শীতল? প্রেসের টাকা যদি সে চুরি করিয়া থাকে, সেজন্য জেলে যাইবে সে। সে স্বাধীন মানুষ নয়? শ্যামার তো সে কোনো ক্ষতি করে নাই! বরং বাইশ বছর মাসে মাসে ওকে সে টাকা আনিয়া দিয়াছে। এবার যদি সে ছুটিই নেয়, কি বলিবার আছে শ্যামার? এমন সব কথা ভাবিতে গিয়া শীতলের বুঝি চোখ পড়িল ঘুমন্ত ছেলে দুটির দিকে, মণি আর ছোট খোকা, যার নাম ফণীন্দ্র, বকুলের গায়ে জড়ানোর জন্য ওদের গা হইতে লেপটা শ্যামা ছিনাইয়া লইয়াছে। ওদের দেখিয়া শুধু নয়, কবে শীতল ভুলিতে পারিয়াছিল তার চেয়ে পরাধীন কেহ নাই, সৃষ্টিতত্বের সে গোলাম, জেলে যাওয়ার, মরিয়া যাওয়ার অধিকার তাহার নাই, সে পাগল বলিয়াই না এ কথা ভুলিয়া গিয়াছিল? জানালা বন্ধ ঘরে শীতলের স্তব্ধ রাত্রি, এই ঘরে দায়ে পড়া স্নেহ-মমতার সঙ্গে সুখ-শান্তির বিরাট সমন্বয়টা দিনে আসিলে বোঝা যাইত না। এই ঘরে এমনি শীতের রাত্রে লেপ মুড়ি দিয়া সে কতকাল ঘুমাইয়াছে। তুচ্ছ তুলার তেশকে, তুচ্ছ দৈনন্দিন ঘুম আজ কত দুর্লভ।

ধীরে ধীরে তাহারা কথা বলিতে লাগিল, দুজনের মাঝে যেন দুস্তর ব্যবধান, একজন কথা বলিলে এতটা দূরত্ব অতিক্রম করিয়া আরেকজনের কাছে পৌঁছিতে যেন সময় লাগে।

শ্যামা বলিল, টাকা কি সব খরচ করে ফেলেছ?

শীতল বলিল, না, দু-চারশ বোধহয় গেছে মোটে।

শ্যামা বলিল, তাহলে কালকেই তুমি যাও, কমলবাবুর হাতে-পায়ে ধরে পড় গিয়ে, টাকা ফিরে পেলে তিনি বোধহয় আর গোলমাল করবেন না।

শীতল বলিল, যদি করেন গোলমাল? তাহলে টাকাও যাবে, জেলও খাটব। তার চেয়ে আমার পালানোই ভালো। তোমায় যে টাকা দিয়ে গেছি তাইতেই এখন চলবে, আমি পশ্চিমে চলে যাই, সেখানে দৌকান টোকা দিয়ে যা করে হোক রোজগারের একটা পথ করে নিতে পারব, মাঝে মাঝে দেশে এসে এমনি রাতদুপুরে তোমার সঙ্গে দেখা করে টাকা-পয়সা দিয়ে যাব। তারপর দুচার বছর কেটে গেলে বাড়িটা বিক্রি করে তোমরা এদিক-ওদিক কিছুদিন ঘুরেফিরে আমি যেখানে থাকব সেইখানে চলে যাবে। ছহাজার টাকার তো মামলা কে আর কতদিন মনে করে রাখবে, কমলবাবুও ভুলে যাবে, পুলিশেও খোঁজটোজ আর নেবে না।

শ্যামা বলিল, বাড়ি বিক্রি করব কি করে? বাড়ি তো তোমার নামে।

এতক্ষণে শীতল একটু হাসিল, বলিল, সে আমি তোমায় কবে দান করে দিয়েছি, খুকি হবার সময় আমার একবার অসুখ হয়েছিল না?—সেইবার। আমার বাড়ি হলে কমলবাবু এতক্ষণ বাড়ি বিক্রি করে টাকা আদায় করে নিত।

শ্যামার মনে হয়, শীতলকে সে চিনিতে পারে নাই। মাথায় একটু ছিট আছে, কেঁকের মাথায় হঠাৎ যা তা করিয়া বসে, কিন্তু বুকখানা স্নেহ-মমতায় ভরপুর।

ঘন্টা দুই পরে সাবইন্সপেক্টর রজনী ধর আসিলেন। ভারি অমায়িক লোক। হাসিয়া বলিলেন, না মশাই না, দেশে দেশে আপনাকে আমরা খুঁজে বেড়াই নি, যত বোকা ভাবেন আমাদের, অত বোকা আমরা নই। বি.এ, এম. এটা আমরাও তো পাস করি? আপনার বাড়িটাতে শুধু একটু নজর রেখেছিলাম—আমি নই, আমি মশাই থানায় ঘুমোচ্ছিলাম অন্য লোক। আপনি একদিন আসবেন তা জানতাম—সবাই আসে, স্ত্রী পরিবারের মায়া বড় মায়া মশাই। টাকাগুলো আছে নাকি পকেটে? দেখি একবার হাতড়ে।—না থাকে তো নেই, টাকার চেয়ে আপনাকেই আমাদের দরকার বেশি, আপনাকে পাওয়া আর দু শটি টাকা পাওয়া সমান কিনা। জানেন না বুঝি? আপনার জন্যে কমলবাবু যে দুশ টাকা পুরস্কার জমা দিয়েছেন।—নইলে এই শীতের রাত্রে বিছানা ছেড়ে উঠে এসেও আপনার সঙ্গে এমন মিষ্টি মিষ্টি কথা কই?

শ্যামার কান্না, ছেলেমেয়ের কান্না, সর্বসমেত পাঁচটি প্রাণীর কান্নার মধ্যে শীতলকে লইয়া সাবইন্সপেক্টর চলিয়া গেল।

মামা বলিল, কাঁদিসনে শ্যামা, কাল জামিনে খালাস করে আনব। তারপর চুপি চুপি বলিল, কি মুখ দেখলি? টাকাগুলো পকেটে করে নিয়ে এসেছে। নিজেও গেলি টাকাও গেল–গেল তো?

০৬. শীতলের জেল হইয়াছে দু বছর

শীতলের জেল হইয়াছে দু বছর।

শ্যামা একজন ভাল উকিল দিয়াছিল। শীতলের এই প্রথম অপরাধ। টাকাও কমলবাবু প্রায় সব ফিরিয়া পাইয়াছিলেন, শ্যামা যে হাজার টাকা লুকাইয়া ফেলিয়াছিল আর শীতল যে শ তিনেক খরচ করিয়াছিল, সেটা ছাড়া। জেল শীতলের ছমাস হইতে পারি, এক বছর হওয়াই উচিত ছিল। কিন্তু শীতলের কিনা মাথায় ছিট আছে, বিচারের সময় হাকিমকে সে যেন একদিন কি সব বলিয়াছিল, যেসব কথা মানুষকে খুশি করে না। তাই শীতলকে হাকিম কারাবাস দিয়াছিলেন আঠার মাস আর জরিমানা করিয়াছিলেন দু হাজার টাকা অনুদায়ে আরো দশ মাস কারাবাস। জরিমানা দিলে কমলবাবু অর্ধেক পাইতেন, অর্ধেক যাইত সরকারি তহবিলে। এই জরিমানার ব্যাপারে শ্যামাকে কদিন বড় ভাবনায় ফেলিয়াছিল। মামা না থাকিলে সে কি করিত বলা যায় না, বকুলকে শীতল যেদিন গভীর রাত্রে ফিরাইয়া দিতে আসিয়াছিল, সেদিন দুটি ঘণ্টা সময়ের মধ্যে তাদের যেন একটা অভূতপূর্ব ঘনিষ্ঠতা জন্মিয়া গিয়াছিল, দুই যুগ একত্র বাস করিয়াও তাহাদের যাহা আসে নাই : স্বামীর জন্য সে রাত্রে বড় মমতা হইয়াছিল শ্যামার! কিন্তু মামা তাহাকে বুঝাইয়া দিয়াছিল জরিমানার টাকা দেওয়াটা বড় বোকামির কাজ হইবে, বিশেষত বাড়ি বাধা না দিয়া যখন পুরা টাকাটা যোগাড় হইবে না–টাকা কই শ্যামারঃ হাজার টাকায় নম্বর দেওয়া নোটগুলি তো এখন বাহির করা চলিবে না। বাহির করা চলিলেও আরেক হাজার টাকা? কাজ নাই ওসব দুর্বুদ্ধি করিয়া। আঠার মাস যাহাকে কয়েদ খাটিতে হইবে, সে আর দশ মাস বেশি কাটাইতে পারিবে না। জেলে! দশ মাসই বা কেন? বছরে কমাস জেল যে মকুব হয়। তারপর, শেষের চার-ছমাস। জেলে থাকিতে কয়েদির কি আর কষ্ট হয়? তখন নামেমাত্র কয়েদি, সকালে বিকালে একবার নাম ডাকে, তারপর কয়েদিরা যেখানে খুশি যায়, যা খুশি করে, রাজার হালে থাকে।

বাড়িতেও তো আসতে পারে, তবে এক-আধ ঘণ্টার জন্যে?

না, তা পারে না জেলের বাইরে আসতে দেয়, দুদণ্ড দাঁড়িয়ে এর ওর সঙ্গে কথা বলতে দেয়, তাই বলে নজর কি রাখে না একেবারে? তাছাড়া কয়েদির পোশাক পরে কোথায় যাবে? কেউ ধরে এনে দিলে তো শেষ পর্যন্ত দাঁড়াবে, পালিয়ে যাচ্ছিল!–আবার দেবে ছমাস ঠুকে। জেলের কাণ্ডকারখানার কথা আর বলিস নে শ্যামা, মজার জায়গা জেল–শীতল যত কষ্ট পাবে ভাবছিস,

তা সে পাবে না, ওই প্রথম দিকে একটু যা মনের কষ্ট। উৎসাহের সঙ্গে গড়গড় করিয়া মামা। বলিয়া যায়, অবাধ অকুন্ঠ। কত অভিজ্ঞতাই জীবনে মামা সংগ্রহ করিয়াছে।

শ্যামা সজল চোখে বলিয়াছিল, এত খবর তুমি জান মামা। তুমি না থাকলে কি যে করতাম। আমি, ভেবে ভেবে পাগল হয়ে যেতাম। বছরে কমাস কয়েদ মকুব করে মামা? ভালো হয়ে থাকলে বোধহয় শিগগির ছেড়ে দেয়– একদিন গিয়ে দেখা করে বলে আসব, ভালো হয়েই যেন থাকে।

পাড়ায় ব্যাপারটা জানাজানি হইয়া গিয়াছে। পাড়ার যে সব বাড়ির ছেলেদের সঙ্গে শ্যামার জানাশোনা ছিল, শ্যামার সঙ্গে তাহাদের ব্যবহারও গিয়াছে সঙ্গে সঙ্গে বদলাইয়া। কেহ সহানুভূতি দেখায়, নীরবে ও সরবে। কেহ কোনোরকম অনুভূতিই দেখায় না, বিস্ময় সমবেদনা অবহেলা কিছুই নয়। পাড়ার নকুবাবুর পরিবারের সঙ্গে শ্যামার ঘনিষ্ঠতা ছিল বেশি, এখন ওদের বাড়ি গেলে ওরা বসিতে বলিতে তুলিয়া যায়, সংসারের কাজের চেয়ে শ্যামার দিকে নজর একটু বেশি। দিতে মনে থাকে না, কথা বলিতে বলিতে ওদের কেমন উদাস বৈরাগ্য আসে, কত যেন শ্রান্ত ওরা, চোয়াল ভাঙ্গিয়া এখুনি হাই উঠিবে। শ্যামার বাড়িতে যারা বেড়াইতে আসিত, তাদের মধ্যে তারাই শুধু আসা-যাওয়া সমানভাবে বজায় রাখিয়াছে, এমন কি বাড়াইয়াও দিয়াছে–যারা আসিলে শ্যামার সম্মান নাই, না আসিলে নাই অপমান।

বিধান এতকাল শঙ্করের সঙ্গে বাড়ির গাড়িতে স্কুলে গিয়াছে, একদিন দশটার সময় বই-খাতা লইয়া বাহির হইয়া গিয়া খানিক পরে সে আবার ফিরিয়া আসিল। শ্যামা জিজ্ঞাসা করিল, স্কুলে গেলি নে?

শঙ্করকে নিয়ে গাড়ি চলে গেছে মা!

তোকে না নিয়ে চলে গেল? কেনরে খোকা, দেরি করে তো যাস নি তুই?

পরদিন আরো সকাল সকাল বিধান বাহির হইয়া গেল, আজো সে ফিরিয়া আসিল খানিক পরেই মুখখানা শুকনো করিয়া। শ্যামা তখন বকুলকে ভাত দিতেছিল। সে বলিল, আজকেও গাড়ি চলে গেছে নাকি খোকা?

বিধান বলিল, ড্রাইভার আমাকে গাড়িতে উঠতে দিলে না মা, বললে, মাসিমা বারণ করে দিয়েছে–

এমন টনটনে অপমান জ্ঞান বিধানের? থামের আড়ালে সে লুকাইয়া দাঁড়াইয়া থাকে, সে যেন অপরাধ করিয়া কার কাছে মার খাইয়া আসিয়াছে। শ্যামা বকুলকে ভাত দিয়া রান্নাঘরে পলাইয়া যায়, অত বড় ছেলে তাহার অপমানিত হইয়া ঘা খাইয়া আসিল, ওকে সে মুখ দেখাইবে কি করিয়া?

দুপুরবেলা শ্যামা বিষ্ণুপ্রিয়ার বাড়িতে গেল। দোতলায় বিষ্ণুপ্রিয়ার নিভৃত শয়নকক্ষ, সিড়ি দিয়া শ্যামা উপরে উঠিতে যাইতেছিল, রান্নাঘরের দাওয়া হইতে বিষ্ণুপ্রিয়ার ঝি বলিল, কোথা যাচ্ছ মা হন হন করে?–যেও নি, গিনিমা ঘুমুচ্ছে–এমনি ধারা সময় কারো বাড়ি কি আসতে আছে? যাও মা এখন, বিকেলে এস।

শ্যামা বলিল, দিদির হাসি শুনলাম যে ঝি? জেগেই আছেন।

ঝি বলিল, হাসি শুনবে নি তো কি কান্না শুনবে মা! ওপরে এখন যেতে মানা, যেও না।

শ্যামা অগত্যা বাড়ি ফিরিয়া গেল। ভাবিল পাচটার সময় আর একবার আসিয়া বলিয়া দেখিবে উপায় কি; বিধানের তো স্কুলে না গেলে চলিবে না? বাড়ি ফিরিতেই বিধান বলিল, কোথা গিয়েছিলে মা?

ওই ওদের বাড়ি।

কাদের বাড়ি, বিধান জিজ্ঞাসা করিল না। ছেলেবেলা হইতে শ্যামা এই ছেলেটিকে অদ্ভুত বলিয়া জানে, ছবছর বয়সে এই ছেলে তাহার উদাস নয়নে দুর্বোধ্য স্বপ্ন দেখিত, ডাকিলে সাড়া মিলিত না। কথা কহিয়া লেখা দিয়া না যাইত হাসানো, না চলিত ভোলানো। আর নিষ্ঠুর? সময় সময় শ্যামার মনে হইত, ছেলে যেন পাষাণ, রক্তমাংসে তৈরী বুক ওর নাই। তারপর ওর প্রকৃতির কত বিচিত্র দিক স্পষ্ট হইয়া উঠিয়া আবার ওর মধ্যেই কোথায় লুকাইয়া গিয়াছে–একটির পর একটি দুর্বোধ্যতা, রাশি রাশি মুখোশ পরিয়া সে যেন জন্মিয়াছিল, একে একে খুলিয়া চলিয়াছে, ওর আসল পরিচয় আজো শ্যামা চিনিল না। কত সময় সে ভয় পাইয়া ভাবিয়াছে, বাপের পাগলামিই কি ছেলের মধ্যে প্রবলতর হইয়া দেখা দিতেছে, ওকি একদিন পাগল হইয়া যাইবে? অত কি ভাবে ও? সময় সময় জননীর উন্মাদ ভালবাসাকে কেমন করিয়া দুপায়ে মাড়াইয়া চলে অতটুকু ছেলে। বিধানকে মনে মনে শ্যামা ভয় করে। বিষ্ণুপ্রিয়ার বাড়ি যাওয়ার কথা ওকে সে বলিতে পারিল না।

বিধান বলিল, ওদের গাড়িতে আমি আর স্কুলে যাব না মা, কখনো কোনোদিন যাব না।

ওরা যদি আদর করে ডাকতে আসে?

ডাকতে এলে মেরে তাড়িয়ে দেব।

শুনিয়া শ্যামার মনে হইল, এই তো ঠিক, অত অপমান তাহার সহিবে কেন? যাদের মোটর নাই, ছেলে কি তাদের স্কুলে যায় না? সহসা উদ্ধত আত্মসম্মান জ্ঞানে শ্যামার হৃদয় ভরিয়া গেল। না, শঙ্করের সঙ্গে গাড়িতে তাহার ছেলেকে স্কুলে যাইতে দেওয়ার জন্য বিষ্ণুপ্রিয়ার তোষামোদ সে করিবে না।

পরদিন মামার সঙ্গে ছেলেকে সে স্কুলে পাঠাইয়া দিল। বলিল, এ মাসের কটা দিন মোটে বাকি আছে, এ কটা দিন ট্রামে নগদ টিকিট কিনে ওকে স্কুলে দিয়ে এস, নিয়ে এস মামা, এ কদিন তোমার সঙ্গে এলে-গেলে তারপর ও নিজেই যাতায়াত করতে পারবে, মাস কাবারে কিনে দেব একটা মাসিক টিকিট।

বিধান অবজ্ঞার সুরে বলিল, মা তুমি খালি ভাব। আমার চেয়ে কত ছোট ছেলে একলা ট্রামে চেপে স্কুলে যায়। আমি যেখানে খুশি যেতে পারি মা–যাই নি ভাবছ? ট্রামে কদ্দিন গেছি। চিড়িয়াখানায় চলে।

শ্যামা স্তম্ভিত হইয়া বলিল, স্কুল পালিয়ে একটি তুই চিড়িয়াখানায় যাস্ খোকা!

বিধান বলিল, রোজ নাকি? একদিন দুদিন গেছি মোটে–স্কুল পালাই নি তো। প্রথম ঘণ্টা ক্লাস হয়ে কদ্দিন আমাদের ছুটি হয়ে যায়, ক্লাসের একটা ছেলে মরে গেলে আমরা বুঝি স্কুল করি? এমনি হৈচৈ করি যে হেডমাস্টার ছুটি দিয়ে দেয়।

প্রথম প্রথম শীতলের জন্য বকুল কাঁদিত। দোতলার ঘরখানা শ্যামা তাহাদের শয়নকক্ষ করিয়াছে, দামি জিনিসপত্রের বাক্স প্যাঁটরা, বাড়িতে বাসনকোসন ঘরে থাকে, সকালে বিকালে ও ঘরে কেহ থাকে না, শুধু বকুল আপন মনে পুতুল খেলা করে। পুতুল খেলিতে খেলিতে বাবার জন্য নিঃশব্দে সে কাঁদিত, মনের মানুষকে না দেখাইয়া অতটুকু মেয়ের গোপন কান্না

স্বাভাবিক নয়, কি মন বকুলের কে জানে। কোনো কাজে উপরে গিয়া শ্যামা দেখিত মুখ বাকাইয়া চোখের জলে ভাসিতে ভাসিতে বকুল তাহার পুতুল পরিবারটিকে খাওয়াইতে বসাইয়াছে। মেয়ে কার জন্য কাঁদে, শ্যামা বুঝিতে পারি, এ বাড়িতে সেই জেলের কয়েদিটাকে ও ছাড়া আর তো কেহ কোনোদিন ভালবাসে নাই। মেয়েকে ভুলাইতে গিয়া শ্যামারও কান্না আসিত।

মেয়েকে কোলে করিয়া পুরোনো বাড়ির ছাদে নূতন ঘরে ঝকঝকে দেয়ালে ঠেস্ দিয়া শ্যামা বসিত, বুজিত চোখ। শ্যামার কি শ্রান্তি আসিয়াছে? আগের চেয়ে খাটুনি এখন কত কম, তাই সম্পন্ন করিতে সে কি অবসন্ন হইয়া পড়ে?

শীতলের জেলে যাইতে যাইতে শীত কমিয়া আসিতে আরম্ভ করিয়াছিল, শীতলের জেলে যাওয়াটা অভ্যাস হইয়া আসিতে আসিতে শহরতলি যেন বসন্তের সাড়া পাইয়াছে। ধান কলের চোঙাটার কুণ্ডলী পাকানো ধোঁয়া উত্তরে উড়িয়া যায়, মধ্যাহ্নে যে মৃদু উষ্ণতা অনুভূত হয়, তাহা যেন যৌবনের স্মৃতি। শ্যামার কি কোনোদিন যৌবন ছিল? কি করিয়া সে চারটি সন্তানের জননী হইয়াছে, শ্যামার তো তা মনে নাই। আজ সে দারুণ বিপন্ন, স্বামী তার জেল খাটিতেছে, উপার্জনশীল পুরুষের আশ্রয় তার নাই, ভবিষ্যৎ তাহার অন্ধকার, শহরতলিতে বন-উপবনের বসন্ত আসিলেও জীবনে কবে তাহার যৌবন ছিল, তা কি শ্যামার মনে পড়া উচিত? কি অবান্তর তার বর্তমান জীবনে এই বিচিত্র চিন্তা। মুমূর্ষুর কাছে যে নাম কীর্তন হয়, এ যেন তারই মধ্যে সুর তাল লয় মান খুঁজিয়া বেড়ানো।

জেলের কয়েদি বাপের জন্য যে মেয়ের চোখে জল, তাকে কোলে করিয়া স্বামীর বিরহে সকাতর হওয়া কর্তব্য কাজ, কিন্তু জননী শ্যামা, তুমি আবার ছেলে চাও শুনিলে দেবতারা হাসিবেন যে, মানুষ যে ডি ছি করিবে।

মামা বলে, এইবার উগার্জনের চেষ্টা শুরু করি শ্যামা, কি বলিস?

শ্যামা বলে, কি চেষ্টা করবে?

মামা রহস্যময় হাসি হাসিয়া বলে, দেখ না কি করি। কলকাতায় উপার্জনের ভাবনা! পথেঘাটে পয়সা ছড়ানো আছে, কুড়িয়ে নিলেই হল।

একটা-দুটো করে নোটগুলো বদলানোর ব্যবস্থা করলে হয় না?

তুই ভারি ব্যস্তবাগীশ শ্যামা! থাক না, নোট কি পালাচ্ছে? সংসার তোর অচলও তো হয় নি। বাবু এখনো।

হয় নি, হতে আর দেরি কত?

সে যখন হবে, দেখা যাবে তখন, এখন থেকে ভেবে মরিস কেন?

মামার সম্বন্ধে শ্যামা একটু হতাশ হইয়াছে। মামার অভিজ্ঞতা প্রচুর, বুদ্ধিও চোখা, কিন্তু স্বভাবটি ফাকিবাজ। মুখে মামা যত বলে, কাজে হয়তো তার খানিকটা করিতে পারে, কিন্তু কিছু না করাই তাহার অভ্যাস। কোনো বিষয়ে মামার নিয়ম নাই, শৃঙ্খলা নাই। পদ্ধতির মধ্যে মামা হাঁপাইয়া ওঠে। গা লাগাইয়া কোনো কাজ করা মামার অসাধ্য, আরম্ভ করিয়া ছাড়িয়া দেয়। নকুড়বাবু ইন্সিওরেন্স বেচিয়া খান, তাকে বলিয়া কহিয়া শ্যামা মামাকে একটা এজেন্সি দিয়াছিল, মামারও প্রথমটা খুব উৎসাহ দেখা গিয়াছিল, কিন্তু দুদিন দু-একজন লোকের কাছে যাতায়াত করিয়াই মামার ধৈর্য ভাঙিয়া গেল, বলিল, এতে কিছু হবে না শ্যামা, আমাদের সঙ্গে সঙ্গে টাকার দরকার, লোককে ভজিয়ে ভাজিয়ে ইন্সিওর করিয়ে পয়সার মুখ দেখা দুদিনের কম। নয় বাবু, আমার ওসব পোষাবে না। দোকান দেব একটা।

শ্যামা বলিল, দোকান দেবার টাকা কই মামা?

মামা রহস্যময় হাসি হাসিয়া বলিল, থাম না তুই, দেখ না আমি কি করি।

শ্যামা সন্দিগ্ধ হইয়া বলিল, আমার সে হাজার টাকায় যেন হাত দিও না মামা।

মামা বলিল, ক্ষেপেছিস শ্যামা, তোর সে টাকা তেমনি পুলিন্দে করা আছে।

সকালে উঠিয়া মামা কোথায় চলিয়া যায়, শ্যামা ভাবে রোজগারের সন্ধানে বাহির হইয়াছে। শহরে গিয়া মামা এদিক ওদিক ঘোরে, কোথাও ভিড় দেখিলে দাঁড়ায়, সঙের মতো বেশ করিয়া আধঘন্টা ধরিয়া দুটি একটি সহজ ম্যাজিক দেখাইয়া যাহারা অষ্টধাতুর মাদুলি, বিষ তাড়ানো, ভূততাড়নো শিকড় বিক্রয় করে, ধৈর্য সহকারে মামা গোড়া হইতে শেষ পর্যন্ত তাহাদের লক্ষ্য করে। ফুটপাতে যে সব জ্যোতিষী বসিয়া থাকে তাহাদের সঙ্গে মামা আলাপ করে। কোনোদিন সে স্টেশনে যায়, কোনোদিন গঙ্গার ঘাটে, কোনোদিন কালীঘাটে। যেসব ছন্নছাড়া ভবঘুরে মানুষ মানুষকে ফাঁকি দিয়া

জীবিকা অর্জন করিয়া বেড়ায়, দেখিতে দেখিতে তাদের সঙ্গে মামা ভাব জমাইয়া ফেলে, সুখ-দুঃখের কত কথা হয়! সাধু নিশ্বাস ফেলিয়া বলে, শহরে যেমন জাঁকজমক, রোজগারের সুবিধা তেমন নয়, বড় বেয়াড়া শহরের লোকগুলি, মফস্বলের যাহারা শহরে আসে, শহরে পা দিয়া তাহারাও যেন চালাক হইয়া ওঠে–নাঃ, শহরে সুখ নাই। মামা বলে, গ্যাট হয়ে বসে থাকলে কি শহরে সাধুর পয়সা আছে দাদা, যাও না শিশিতে জল পুরে ধাতুদৌর্বল্যের ওষুধ বেচ না গিয়ে, যত ফেনা কাটবে মুখে, তত বিক্রি।

পথ মামা রোজই হারায়, সে আরেক উপভোগ্য ব্যাপার। পথ জিজ্ঞাসা করিলে কলিকাতার মানুষ এমন মজা করে! কেউ বিনাবাক্যে গটগট করিয়া চলিয়া যায়, কেউ জলের মতো করিয়া পথের নির্দেশটা বুঝাইয়া দিতে চাহিয়া উত্তেজিত অস্থির হইয়া ওঠে। মন্দ লাগে না মামার। শহরের পথও অন্তহীন, শহরের পথেও অফুরন্ত বৈচিত্র্য ছড়ানো, ঘুরিয়া ঘুরিয়া ক্লান্তি আসিবে এত বড়। ভবঘুরে কে আছে? প্রত্যহ মামা শহরেই কারো বাড়িতে অতিথি হইয়া দুপুরের খাওয়াটা যোগাড় করিবার চেষ্টা করে, কোনোদিন সুবিধা হয় কোনোদিন হয় না। বাড়িতে আজকাল খাওয়াদাওয়া তেমন ভালো হয় না, শ্যামা কৃপণ হইয়া পড়িয়াছে।

কিছু হল মামা?–শ্যামা জিজ্ঞাসা করে।

মামা বলে, হচ্ছে রে হচ্ছে, বলতে বলতেই কি আর কিছু হয়?

এদিকে শ্যামার টাকা ফুরাইয়া গিয়াছে। নগদ যা কিছু সে জমাইয়াছিল, ঘর তুলিতে, শীতলের জন্য উকিলের খরচ দিতেই তাহা প্রায় নিঃশেষ হইয়া গিয়াছিল, বাকি টাকায় ফাল্গুন মাস। পর্যন্ত খরচ চলিল, তারপর আর কিছুই রইল না। বড়দিনের সময় রাখাল আসিয়াছিল, টাকা আসে নাই। ইতিমধ্যে শ্যামা তাহাকে দুখানা চিঠি দিয়াছে, দশ বিশ করিয়াও শ্যামার পাওনাটা সে কি শোধ করিতে পারে না? জবাব দিয়াছে মন্দা, লিখিয়াছে, পাওনার কথা লিখেছ বৌ, উনি যা পেতেন তার চেয়েও কম টাকা নিয়েছিলেন দাদার কাছ থেকে, যাই হোক, তুমি যখন দুরবস্থায় পড়েছ বৌ তোমাকে যথাসাধ্য সাহায্য করা আমাদের উচিত বৈকি? এ মাসে পারব না, সামনের মাসে কিছু টাকা তোমায় পাঠিয়ে দেব।

কিছু টাকা, কত টাকা? কুড়ি।

সেদিন বোধহয় চৈত্র মাসের সাত তারিখ। বাড়িতে মেছুনি আসিয়াছিল। একপোয়া মাছ। রাখিয়া পয়সা আনিতে গিয়া শ্যামা দেখিল দুটি পয়সা মোটে তাহার আছে। বাক্স প্যাঁটরা হাতড়াইয়া কদিন অপ্রত্যাশিতভাবে টাকাটা সিকিটা পাওয়া যাইতেছিল, আজো তেমনি কিছু পাওয়া যাইবে শ্যামা করিয়াছিল এই আশা, কিন্তু দুটি তামার পয়সা ছাড়া আর কিছুই সে খুঁজিয়া পাইল না।

মাছের দু আনা দাম মামাই দিল।

শ্যামা বলিল, এমন করে আর একটা দিনও তো চলবে না মামা? একটা কিছু উপায় কর? দু-চারখানা নোট তুমি নিয়ে এস সেই টাকা থেকে, তারপর যা কপালে থাকে হবে।

মামা বলিল, টাকা চাই? নে না বাবু দু-পাঁচ টাকা আমারই কাছ থেকে, আমি তো কাঙাল নই?—বলিয়া মামা দশটা টাকা শ্যামাকে দিল।

মামার তবে টাকা আছে নাকি? লুকাইয়া রাখিয়াছেন? শ্যামা বলিল, দশ টাকায় কি হবে মামা? চাদ্দিকে অভাব থ থ করছে, কোথায় ঢালব এ টাকা?

এখনকার মতো চালিয়ে নেমা ফুরিয়ে গেলে বলি।

আর কটা দাও। খোকার মাইনে, দুধের দাম—

মামা হাসিয়া বলিল, আর কোথায় পাব?

কিন্তু শ্যামার মনে সন্দেহ ঢুকিয়াছে, কিছু টাকা মামা নিশ্চয়ই লুকাইয়া রাখিয়াছে, এমনি চুপ করিয়া থাকে, অচল হইলে পাঁচ টাকা দশ টাকা বাহির করে। অবিলম্বে আরো বেশি টাকার প্রয়োজন শ্যামার ছিল না, তবু মামার সঙ্গতি আঁচ করিবার জন্য সে পীড়াপীড়ি করিতে লাগিল। মামা শেষে রাগ করিয়া বলিল, বললাম নেই, বিশ্বাস হল না বুঝি? দেখগে আমার ব্যাগ খুঁজে।

মামার ব্যাগ শ্যামা আগেই খুঁজিয়াছে। দুখানা গেরুয়া বসন, একটা গেরুয়া আলখাল্লা, কতকগুলি রুদ্রাক্ষ ও স্ফটিকের মালা, কতকগুলি কালো কালো শিকড়, কাঠের একটা কাকুই, টিনের ছোট একটি আরশি আর এমনি দুটো-

চারটে জিনিস মামার সম্বল। পয়সাকড়ি ব্যাগে কিছুই নাই। তবু মামার যে টাকা নাই শ্যামা তাহা পুরাপুরি বিশ্বাস করিতে পারি না।

দশটা টাকা যে কোথা দিয়া শেষ হইয়া গেল শ্যামা টেরও পাইল না। আমার কাছে হাত পাতিলে এবার মামা সঙ্গে সঙ্গে টাকা বাহির করিয়া দিল না, বকিতে বকিতে বাহির হইয়া গিয়া একবেলা পরে আবার দশ টাকার একটা নোট আনিয়া দিল। শ্যামার প্রশ্নের জবাবে বলিল, শিষ্য দিয়াছে।

চৈত্র মাসের মাঝামাঝি ইংরাজি মাস কাবার হইলে একদিন সকালে শ্যামা রানীকে জবাব দিল। রানীকে সে দু মাস আগেই ছাড়াইয়া দিতে চাহিয়াছিল, ঝি রাখিবার সামর্থ্য তাহার কোথায়?–মামার জন্য পারে নাই। মামা বলিয়াছিল, বড় তুই ব্যস্তবাগীশ শ্যামা, এত খরচের মধ্যে একটা ঝির মাইনে তুই দিতে পারবি নে, কত আর মাইনে ওর? আগে অচল হোক, তখন ছাড়াস, একা একা তুই খেটে খেটে মরবি আমি তা দেখতে পারব না শ্যামা–।

এবার মামাকে জিজ্ঞাসা না করিয়াই রানীকে শ্যামা বিদায় করিয়া দিল। সারাদিন টহল দিয়া, সন্ধ্যার সময় বাড়ি ফিরিয়া মামা খবরটা শুনিয়া বলিল, তাই কি হয় মা। এতগুলো ছেলেমেয়ে, একা তুই পারবি কেন? ওসব বুদ্ধি করিস নে, এমনি যদি খরচ চলে একটা ঝির খরচও চলবে। আমি ওর মাইনে দেবখন যা।

সকালে মামা নিজে গিয়া রানীকে ডাকিয়া আনিল। বলিল, এমনি ততা কাজের অন্ত নেই, বাসন মাজার, ঘর বোয়ার কাজও যদি তোকে করতে হয় শ্যামা, ছেলেমেয়েদের মুখের দিকে কে। তাকাবে লো, ভেসে যাবে না ওরা? এ বুড়ো যদ্দিন আছে, সংসার তোর একভাবে চলে যাবে। শ্যামা, কেন তুই ভেবে ভেবে উতলা হয়ে উঠিস?

শ্যামার চোখে জল আসে। কলতলায় রানী বাসন মাজিতেছে–এতক্ষণ ও কাজ তাকেই করিতে হইত, নিজের মামা ছাড়া তাহা অসহ্য হইত কার? সংসারে আত্মীয়ের চেয়ে আপনার কেহ। নাই। মানুষ করিয়া বিবাহ দিয়াছিল, তারপর কুড়ি বছর দেশ-বিদেশ ঘুরিয়া আসিয়া আত্মীয় ছাড়া কে মমতা ভুলিয়া যায় না?

শ্যামাকে উপার্জনের অনেক পন্থার কথা শুনাইবার পর যে পন্থাটি অবলম্বন করা চৈত্র মাসের মধ্যেই মামা স্থির করিয়া ফেলিল শ্যামাকে একদিন তাহার আভাসটুকু আগেই সে দিয়া রাখিয়াছিল। শুভ পয়লা বৈশাখ তারিখে মামা দোকান খুলিল।

বড় রাস্তায় গলির মোড়ের কাছাকাছি ছোট একটি দোকান ঘর খালি হইয়াছিল, বার টাকা। ভাড়া। গলি দিয়া বারতিনেক পাক খাইয়া শ্যামার বাড়ি পৌঁছিতে হয়, একদিন বাড়ি ফিরিবার সময়। এই দোকান ভাড়া দেওয়া যাইবে খড়ি দিয়া আঁকাবাকা অক্ষরে এই বিজ্ঞাপনটি পাঠ করিবামাত্র মামার মতলব স্থির হইয়া গেল। ঘরটি ভাড়া লইয়া মামা মনিহারি দোকান খুলিয়া বসিল। ছোট দোকান, পুতুল, খাতা, পেন্সিল, চা, বিস্কুট, লজেঞ্জস, হারিকেনের ফিতা, মাথার কাটা, সিঁদুর এইসব অল্পদামি জিনিসের, দু বোতল সুবাসিত পরিশোধিত নারিকেল তৈলের বোতলের চেয়ে দামি। জিনিস মামার দোকানে রহিল কিনা সন্দেহ। কাচের কেস আলমারি প্রভৃতি কিনিয়া দোকান দিয়া বসিতে দুশ টাকার বেশি লাগিল না। মামা দোকানের নাম রাখিল শ্যামা স্টোর্স।

দুশ টাকা মামা পাইল কোথা? জিজ্ঞাসা করিলে মামা বলে, শিষ্য দিয়েছে। কেমন শিষ্য জানিস শ্যামা, বোম্বাই শহরের মার্চেন্ট জুয়েলার লাখখাপতি মানুষ। প্রয়াগে কুম্ভমেলায় গিয়ে হাজার হাজার ছাইমাখা সন্ন্যাসীর মধ্যে গেরুয়া কাপড়টি শুধু পরে গায় একটা কুর্তা চাপিয়ে একধারে বসে আছি, না একরতি ভস্ম না একটা রুদ্রাক্ষ, জটাফটা তো কস্মিনকালে রাখি নে ওই অত সাধুর মধ্যে লাখখাপতি মানুষটা করলে কি, অবাক হয়ে খানিক আমায় দেখলে, দেখে সটান এসে লুটিয়ে পড়ল পায়ে। বলল, বাবা এত ঝুটা মালের মধ্যে তুমি সাচ্চা সাধু, তোমার ভড়ং নেই, অনুমতি দাও সাধু সেবা করি।— মামা অকৃত্রিম আত্মপ্রসাদে চোখ বুজিয়া মৃদু মৃদু হাসে।

শ্যামা বলে, তা যদি বল মামা, এখনো তোমার মুখে চোখে যেন জ্যোতি ফোটে মাঝে মাঝে। কিছু পেয়েছিলে মামা, সাধনার গোড়ার দিকে সাধুরা যা পায় টায়, ক্ষেমতা না কি বলে কে। জানে বাবু তাই কিছু?

মামা নিশ্বাস ফেলিয়া বলে, পাই নি?—ছেড়েছুড়ে দিলাম বলে, লেগে যদি থাকতাম শ্যামা—।

দোকান করার টাকাটা তবে ভক্তই দিয়াছে? শ্যামার সেই হাজার টাকায় হাত পড়ে নাই? শ্যামার মন খুঁতখুঁত করে। কুড়ি বছর অদৃশ্য থাকিবার রহস্য আবরণটি একসঙ্গে বাস করিতে করিতে মামার চারদিক হইতে খসিয়া পড়িতেছিল, শ্যামা যেন টের পাইতেছিল দীর্ঘকাল দেশ বিদেশে ঘুরিলেই মানুষের কতগুলি অপার্থিব গুণের সঞ্চার হয় না, একটু হয়তো খাপছাড়া স্বভাব হইয়া যায় তার বেশি আর কিছু নয়, বিনা সঞ্চয়ে ঘুরিয়া বেড়ানো ছাড়া হয়তো এসব লোকের দ্বারা আর কোনো কাজ হয় না। মামা যে এমন একটি ভক্তকে বাগাইয়া রাখিয়াছে চাহিলেই যে দু-চারশ টাকা দান করিয়া বসে, শ্যামার তাহা বিশ্বাস করিতে অসুবিধা হয়। তেমন জবরদস্ত লোক তো মামা নয়?।

একদিন সন্ধ্যার পর চাদরে গা ঢাকিয়া শ্যামা দোকান দেখিয়া আসিল। দোকান চলিবে ভরসা। হইল না। শ্যামা স্টোর্সের সামনে রাস্তার ওপরে মস্ত মনিহারি দোকান, চার-পাঁচটা বিদ্যুতের। আলো, টিমটিমে কোরাসিনের আলো জ্বালা মামার অতটুকু দোকানে কে জিনিস কিনতে আসবে? মামার যেমন কাণ্ড, দোকান দিবার আর জায়গা পাইল না।

মামার উৎসাহের অন্ত নাই; বিধান ও খুকি দোকান দোকান করিয়া পাগল, মণিরও দুবেলা দোকানে যাওয়া চাই! মামা ওদের বিস্কুট ও জেজুস দেয়, দোকানের আকর্ষণ ওদের কাছে আরো বাড়িয়া গিয়াছে। জিনিস বিক্রয় করিবার শখ বিধানের প্রচণ্ড বলে এবার যে খদ্দের আসবে তাকে আমি জিনিস দেব দাদু এ্যাঁ? মামা বলে, পারবি কি খোকা, খদ্দের বিগড়ে দিবি শেষে! কিন্তু অনুমতি মামা দেয়। বিধান ঘোট শো-কেসটির পিছনে টুলটার উপরে গম্ভীর মুখে বসে, মামা কোণের বেঞ্চিটার উপর বসিয়া চশমা দিয়া বিড়ি টানিতে টানিতে খবরের কাগজ পড়ে। ক্রেতা যে আসে হয়তো সে পাড়ার ছেলে, ঈর্ষার দৃষ্টিতে বিধানের দিকে চাহিয়া বলে, কি রে বিধু!–

বিধান বলে, কি চাই? সে পাকা দোকানি, কেনা-বেচার সময় তার সঙ্গে বন্ধুত্ব অচল, খোস গল্প করিবার তার সময় কই? চশমার ফাঁক দিয়া মামা সহকারীর কার্যকলাপ চাহিয়া দেখে, বলে, কালি? ওই ও কোনার টিনের কৌটাতে–দু বড়ি এক পয়সায়, কাগজে মুড়ে দে খোকা।

এদিক দোকান চলে ওদিক মামা আজ দশ টাকা কাল পাঁচ টাকা সংসার খরচ আনিয়া দেয় : মামার চারিদিকে রহস্যের ভাঙা আবরণটি আবার যেন গড়িয়া উঠিতে থাকে। পাড়ার লোক এতকাল আমাকে অতিথি বলিয়া

খাতির করিত, এখন প্রতিবেশী গৃহস্থের প্রাপ্য সহজ সমাদর দেয়, তবে অতটুকু দোকান দেওয়ার জন্য পাড়ার অনেক চাকুরে-বাবুর কাছে মামার আসন নামিয়া গিয়াছে, খুব যারা বাবু দু-এক পয়সার জিনিস কিনিতে মামাকে তাহাদের কেহ তুমি পর্যন্ত বলিয়া বসে।

মামা বলে, কি চাই বললে পরিমল নস্যি? ওই ও দোকানে যাও!

অপমান করিয়া আমার কাছে কারো পার পাওয়ার যো নাই।

বৈশাখ মাস শেষ হইলে শ্যামা একদিন বলিল—দোকানের হিসাবপত্র করলে মামা, লাভ টাভ হল?

মামা বলিল, লাভ কিরে শ্যামা, বসতে না বসতেই কি লাভ হয়? খরচ উঠুক আগে।

শ্যামা বলিল, নতুন দোকান দিয়ে বসার খরচ দু-এক মাসে উঠবে না তা জানি মামা—তা বলি নি, বিক্রির ওপর লাভ-টাভ কি রকম হল হিসাব কর নি?—কত বেচলে, কেনা দাম ধরে কত লাভ রইল, কর নি সে হিসাব?

মামা বলিল, তুই আমাকে দোকান করা শেখাতে আসিস নে শ্যামা!

এবারে গ্রীষ্মের ছুটি হওয়ার আগে ক্লাসের ছেলেদের অনেকেই নানাস্থানে বেড়াইতে যাইবে শুনিয়া বিধানের ইচ্ছা হইয়াছিল সে-ও কোথাও যায়—কোথায় যাইবে? কোথায় তাহার কে আছে, কার কাছে সে গিয়া কিছুদিন থাকিয়া আসিতে পারে? বনগাঁ গেলে হইত—মন্দাকে শ্যামা চিঠি লিখিয়াছিল, মন্দা জবাব দিয়াছে, এখন সেখানে চারিদিকে বড় কলেরা হইতেছে—এখন না গিয়া বিধান যেন পূজার সময় যায়।

বিষ্ণুপ্রিয়ারা এবার দার্জিলিং গিয়াছে। তখনন স্কুলের ছুটি হয় নাই—শঙ্কর সঙ্গে যাইতে পারে নাই। বিষ্ণুপ্রিয়া এখানে থাকিবার সময় শঙ্কর বোধহয় সাহস পাইত না, বিষ্ণুপ্রিয়া দার্জিলিং চলিয়া গেলে একদিন বিকালে সে এ বাড়িতে আসিল।

শ্যামা বারান্দায় তরকারি কুটিতেছিল, বিধান কাছেই দেয়ালে ঠেস দিয়া বসিয়া ছেলেদের একটা ইংরাজি গল্পের বই পড়িতেছিল, মুখ তুলিয়া শঙ্করকে দেখিয়া সে আবার পড়ায় মন দিল।

শঙ্করকে বসিতে দিয়া শ্যামা বলিল, কে এসেছে দেখ খোকা।

বিধান শুধু বলিল, দেখেছি।

বিধান কি আজো সে অপমান ভোলে নাই, বন্ধু বাড়ি আসিয়াছে তার সঙ্গে সে কথা বলিবে না? লাজুক শঙ্করের মুখখানা লাল হইয়া উঠিয়াছিল, শ্যামা টান দিয়া বিধানের বই কাড়িয়া লইল, বলিল, নে, ঢের বিদ্যে হয়েছে, যা দিকি দুজনে দোতলায়, বাতাস লাগবে একটু, যা গরম এখানে!

বিধান আস্তে আস্তে ঘরের মধ্যে গিয়া বসিল। শ্যামা বলিল, তোমাদের ঝগড়া হয়েছে নাকি শঙ্কর?–ও বুঝি কথা বলে না তোমার সঙ্গে? কি পাগল ছেলে! না বাবা, যেও না তুমি, পাগলটাকে আমি ঠিক করে দিচ্ছি।

ঘরে গিয়া শ্যামা ছেলেকে বোঝায়। বলে যে শঙ্করের কি দোষ? শঙ্কর তো তাদের অপমান করে নাই, যে বাড়ি বহিয়া ভাব করিতে আসে তার সঙ্গে কি এমন ব্যবহার করিতে হয়? ছি! কিন্তু এ তো বোঝানোর ব্যাপার নয়, অন্ধ অভিমানকে যুক্তি দিয়া কে দমাইতে পারে? ছেলেকে শ্যামা বাহিরে টানিয়া আনে, সে মুখ গোজ করিয়া থাকে। শঙ্কর বলে, যাই মাসিমা।

আহা বেচারির মুখখানা ম্লান হইয়া গিয়াছে।

শ্যামা রাগিয়া বলে, ছি খোকা ছি, একি ছোটমন তোর, একি ছোটলোকের মতো ব্যবহার? যা তুই আমার সামনে থেকে সরে। বস, বাবা তুমি, একটা কথা শুধধাই–দিদি পত্র দিয়েছে? সেখানে ভালো আছে সব? তুমি যাবে না দার্জিলিং স্কুল বন্ধ হলে?

শ্যামা শঙ্করের সঙ্গে গল্প করে, হাঁটুতে মুখ পুঁজিয়া বিধান বসিয়া থাকে, কি ভয়ানক কথা ছেলেকে সে বলিয়াছে শ্যামার তা খেয়ালও থাকে না। তারপর বিধান হঠাৎ কাঁদিয়া ছুটিয়া দোতলায় চলিয়া যায়। লাজুক শঙ্কর বিব্রত হইয়া বলে, কেন বকলেন ওকে?–বলিয়া উসখুস করিতে থাকে।

তারপর সে-ও উপরে যায়। খানিক পরে শ্যামা গিয়া দেখিয়া আসে, দুজনে গল্প করিতেছে।

সেই যে তাহাদের ভাব হইয়াছিল, তারপর শঙ্কর প্রায়ই আসিত। শঙ্করের ক্যারামবোর্ডটি পড়িয়া থাকিত এ বাড়িতেই, উপরে খোলা ছাদে বসিয়া সারা বিকাল তাহারা ক্যারাম খেলিত! বন্ধে তাহার সহিত বিধানের দার্জিলিং যাওয়ার কথাটা শঙ্করই তুলিয়াছিল, বিষ্ণুপ্রিয়া ইহা পছন্দ করিবে। না জানিয়াও শ্যামা আপত্তি করে নাই, তেমন আদর যত্ন বিধান না হয় নাই পাইবে, সেখানে অতিথি ছেলেটিকে পেট ভরিয়া খাইতে তো বিষ্ণুপ্রিয়া দিবেই? কিন্তু রাজি হইল না বিধান। একসঙ্গে দার্জিলিং গিয়া থাকার কত লোভনীয় চিত্রই যে শঙ্কর তার সামনে আঁকিয়া ধরিল বিধানকে। বোঝানো গেল না। যথাসময়ে শঙ্কর চলিয়া গেল সেই শীতল পাহাড়ি দেশে, এখানে বিধানের দেহ গরমে ঘামাচিতে ভরিয়া গেল।

মনে মনে শ্যামা বড় কষ্ট পাইল। অভাব অনটনের অভিজ্ঞতা জীবনে তাহার পুরোনো হইয়া আসিয়াছে, এমন দিনও তো গিয়াছে যখন সে ভালো করিয়া দেহের লজ্জাও আবরণ করিতে পারে নাই, কিন্তু আজ পর্যন্ত চারটি সন্তানের কোনো বড় সাধ শ্যামা অপূর্ণ রাখে নাই–আকাশের চাদ চাহিবার সাধ নয়, শ্যামার ছেলেমেয়ে অসম্ভব আশা রাখে না; শ্যামার মততা গরিবের পক্ষে পূরণ করা হয়তো কিছু কঠিন এমনি সব সাধারণ শখ, সাধারণ আব্দার। বিধান একবার সাহেবি পোর্শক চাহিয়াছিল, তাদের ক্লাসের পঁচ-ছটি ছেলে যে রকম বেশ ধরিয়া স্কুলে আসে, দোতলার ঘরের জন্য ইট সুরকি কিনিয়া শ্যামা তখন ফতুর হইয়া গিয়াছে। তবু ছেলেকে পোশাক তো সে কিনিয়া দিয়াছিল।

শ্যামার চোখে আজকাল সব সময় একটা ভীরুতার আভাস দেখিতে পাওয়া যায়। শীতলের উপরেও কোনোদিন সে নিশ্চিন্ত নির্ভর রাখতে পারে নাই, কমল প্রেসের চাকরিতে শীতল যখন ক্রমে ক্রমে উন্নতি করিতেছিল তখনন নয়, তবু তখন মনে যেন তাহার একটা জোর ছিল। আজ সে জোর নষ্ট হইয়া গিয়াছে। চোরের বৌ? জীবনে এ ছাপ তাহার ঘুচিবে না, স্বামীর অপরাধে মানুষ তাহাকে অপরাধী করিয়াছে, কেহ বিশ্বাস করিবে না, কেহ সাহায্য দিবে না, সকলেই তাহাকে পরিহার করিয়া চলিবে। যদি প্রয়োজনও হয় ছেলেমেয়েদের দুবেলার আহার সংগ্রহ করিবার সঙ্গত উপায় খুঁজিয়া পাইবে না, বন্ধুবান্ধব আত্মীয়স্বজন সকলে যাহাকে এড়াইয়া চলিতে চায়, নিজের পায়ে ভর দিয়া দাঁড়াইবার চেষ্টা সে করিবে কিসের ভরসায়? বিধবা

হইলেও সে বোধহয় এতদূর নিরুপায় হইত না। দু বছর পরে শীতল হয়তো ফিরিয়া আসিবে, হয়তো আসিবে না। আসিলেও শ্যামার দুঃখ সে কি লাঘব করিতে পারিবে? নিজের প্রেস বিক্রয় করিয়া কতকাল শীতল অলস অকর্মণ্য হইয়া বাড়ি বসিয়াছিল সে ইতিহাস শ্যামা ভোলে নাই। তবু তখন শীতলের বয়স কম ছিল, মন তাজা ছিল। এই বয়সে দু বছর জেল খাটিয়া আসিয়া আর কি সে এত বড় সংসারের ভার গ্রহণ করিতে পারিবে? নিজেই হয়তো সে ভার হইয়া থাকিবে শ্যামার।

এক আছে মামা। সেও আবার খাটি একটি রহস্য, ধরাছোঁয়া দেয় না। কখনো শ্যামার আশা হয় মামা বুঝি লাখপতিই হইতে চলিয়াছে, কখনো ভয় হয় মামা সর্বনাশ করিয়া ছাড়িবে। সংসারে শ্যামা মানুষ দেখিয়াছে অনেক, এরকম থাপছাড়া অসাধারণ মানুষ একজনকেও তো সে স্থায়ী কিছু করিতে দেখে নাই। সংসারে সেটা যেন নিয়ম নয়। সাধারণ মোটা-বুদ্ধি সাবধানী লোকগুলিই শেষ পর্যন্ত টিকিয়া থাকে, শীতলের মতো যারা পাগলা, মামার মতো যারা খেয়ালি, হঠাৎ একদিন দেখা যায় তারাই ফঁকিতে পড়িয়াছে। জীবন তো জুয়াখেলা।

স্কুল খুলিবার কয়েকদিন পরে শঙ্কর দার্জিলিং হইতে ফিরিয়া আসিল। শ্যামার সাদর অভ্যর্থনা বোধহয় তাহার ভালো লাগিত, একদিন সে দেখা করিতে আসিল শ্যামার সঙ্গেই! শ্যামা দেখিয়া অবাক, পকেটে ভরিয়া সে দার্জিলিঙের কয়েক রকম তরকারি লইয়া আসিয়াছে। বিধান তখন দোকানে গিয়াছিল, হাতের কাজ ফেলিয়া রাখিয়া শ্যামা শঙ্করের সঙ্গে আলাপ করিল। বকুল নামিয়া আসিল নিচে, মার গা ঘেঁষিয়া বসিয়া বড় বড় চোখ মেলিয়া সে সবিস্ময়ে শঙ্করের দার্জিলিং বেড়ানোর গল্প শুনিল। শুধু বিধানকে নয়, শঙ্কর বকুলকেও ভালবাসে। কেবল সে বড় লাজুক বলিয়া বিধানের কাছে যেমন বকুলের কাছে তেমনি ভালবাসা কোথায় লুকাইবে ভাবিয়া পায় না। পকেটে ভরিয়া সে কি শ্যামার জন্য শুধু তরকারিই আনিয়াছে? মুখ লাল করিয়া বকুলের জিনিসও সে বাহির করিয়া দেয় : কে জানিত দার্জিলিং গিয়া বকুলের কথা সে মনে রাখিবে?

শ্যামা বড় খুশি হয়। সোনার ছেলে, মাণিক ছেলে! কি মিষ্টি স্বভাব? আম কাটিয়া শ্যামা তাহাকে খাইতে দেয়, তারপর রঙিন স্ফটিকের মালা গলায় দিয়া বকুল গলগল করিয়া কথা বলিতে আরম্ভ করিয়াছে দেখিয়া হাসিমুখে কাজ করিতে যায়, পাঁচ মিনিট পরে দেখিতে পায় দুজনে দোতলায় গিয়াছে। রানীকে শোনাইয়া শ্যামা বলে, বড় ভালো ছেলে রানী, একটু অহঙ্কার নেই।

… তারপর দোতলায় দুমদাম করিয়া ওদের ছোটাছুটির শব্দ ওঠে, বকুলের অজস্র হাসি ঝরনার মতো নিচে ঝরিয়া পড়ে, এ ওর পিছনে ছুটিতে ছুটিতে একবার তাহারা একতলাটা পাক দিয়া যায়। দুরন্ত মেয়েটার পাল্লায় পড়িয়া লাজুক শঙ্করও যেন দুরন্ত হইয়া উঠিয়াছে।

পরদিন বিধান স্কুলে চলিয়া গেলে শ্যামা বিষ্ণুপ্রিয়ার সঙ্গে দেখা করতে গেল। দাসী তখন স্নানের আগে বিষ্ণুপ্রিয়ার চুলে গন্ধ-তেল দিতেছিল, চওড়া পাড় কোমল শাড়িখানা লুটাইয়া বিষ্ণুপ্রিয়া আনমনে বসিয়াছিল শ্বেতপাথরের মেঝেতে, কে বলিবে সে-ও জননী। এত বয়সে ওর রং দেখিয়া মনে মনে শ্যামার হাসি আসে–প্রথম কন্যার জন্মের পর ও আবার সন্ন্যাসিনী সাজিয়াছিল। আজ প্রতিদিন তিনটি দাসী মিলিয়া ওই স্থূল দেহটাকে ঘষিয়া মাজিয়া ঝকঝকে করিবার চেষ্টায় হয়রান হয়। গালে রংটং দেয় নাকি বিষ্ণুপ্রিয়া?

বিষ্ণুপ্রিয়া বলিল, বস।

শ্যামা মেঝেতেই বসিয়া বলিল–কবে ফিরলেন দিদি? দিব্যি সেরেছে শরীর, রাজরানীর মতো রূপ করে এসেছেন, রং যেন আপনার দিদি ফেটে পড়ছে। … অসুখ শরীর নিয়ে হাওয়া বদলাতে গেলেন, আমরা এদিকে ভেবে মরি করে দিদি আসবেন, খবর পেয়ে ছুটে এসেছি।

বিষ্ণুপ্রিয়া হাই তুলিল, উদাস ব্যথিত হাসির সঙ্গে বলিল, এসেই আবার গরমে শরীরটা কেমন কেমন করছে, উঠতে বসতে বল পাই নে, বেশ ছিলাম সেখানে, খুকি তো কিছুতে আসবে না, কিন্তু ইস্কুলটিস্কুল সব খুলে গেল, কত আর কামাই করবে, তাই সকলকে নিয়ে চলেই এলাম।

দার্জিলিঙে শুনেছি খুব শীত?–শ্যামা বলিল।

শীত নয়? শীতের সময় বরফ পড়ে–বিষ্ণুপ্রিয়া বলিল।

একথা সেকথা হয়, ভাঙা ভাঙা ছাড়া ছাড়া আলাপ। শ্যামার খবর বিষ্ণুপ্রিয়া কিছু জিজ্ঞাসা করে না। শ্যামার ছেলেমেয়েরা সকলে কুশলে আছে কিনা, শ্যামার দিন কেমন করিয়া চলে জানিবার জন্য বিষ্ণুপ্রিয়ার এতটুকু কৌতুহল দেখা যায় না। শ্যামার বড় আফসোস হয়। কে না জানে বিষ্ণুপ্রিয়া যে একদিন তাহাকে খাতির করিত সেটা ছিল শুধু খেয়াল, শ্যামার নিজের কোনো গুণের জন্য নয়। বড়লোকের অমন কত খেয়াল

থাকে। শ্যামাকে একটু সাহায্য করতে পারিলে বিষ্ণুপ্রিয়া যেন কৃতার্থ হইয়া যাইত। না মিটাইতে পারিলে বড়লোকের খেয়াল নাকি প্রবল হইয়া। ওঠে শ্যামা শুনিয়াছে, আজ দুঃখের দিনে শ্যামার জন্য কিছু করিবার শখ বিষ্ণুপ্রিয়ার কোথায় গেল? তারপর হঠাৎ এক সময় শ্যামার এক অদ্ভুত কথা মনে হয়, মনে হয় বিষ্ণুপ্রিয়া যেন প্রতীক্ষা করিয়া আছে। কিছু কিছু সাহায্য বিষ্ণুপ্রিয়া তাহাকে করিবে, কিন্তু আজ নয়–শ্যামা যেদিন ভাঙিয়া পড়িবে, কাঁদিয়া হাতে-পায়ে ধরিয়া ভিক্ষা চাহিবে, এমন সব তোষামোদের কথা বলিবে ভিখারির মুখে শুনিতেও মানুষ যাহাতে লজ্জা বোধ করে– সেদিন।

বাড়ি ফিরিয়া শ্যামা বড় অপমান বোধ করিতে লাগিল, মনে মনে বিষ্ণুপ্রিয়াকে দুটি একটি শাপান্তও করিল। তবু একদিক দিয়া সে যেন খুশিই হয়, একটু যেন আরাম বোধ করে। অন্ধকার ভবিষ্যতে এ যেন ক্ষীণ একটি আলোক, বিষ্ণুপ্রিয়ার হাতে-পায়ে ধরিয়া কাদা-কাটা করিয়া সাহায্য আদায় করা চলবে এ চিন্তা আঘাত করিয়া শ্যামাকে যেন সান্ত্বনা দেয়।

দিনগুলি এমনিভাবে কাটিতে লাগিল। আকাশে ঘনাইয়া আসিল বর্ষার মেঘ, মানুষের মনে আসিল সজল বিষণ্ণতা। কদিন ভিজিতে ভিজিতে স্কুল হইতে বাড়ি ফিরিয়া বিধান জ্বরে পড়িল, হারান ডাক্তার দেখিতে আসিয়া বলিল, ইনফ্লুয়েঞ্জা হইয়াছে। রোজ একবার করিয়া বিধানকে সে দেখিয়া গেল। আজ পর্যন্ত শ্যামার ছেলেমেয়ের অসুখে-বিসুখে অনেকবার হারান ডাক্তার এ বাড়ি আসিয়াছে, শ্যামা কখনন টাকা দিয়াছে, কখনো দেয় নাই। এবার ছেলে ভালো হইয়া উঠিলে একদিন সে হারান ডাক্তারের কাছে কাঁদিয়া ফেলিল, বলিল, বাবা, এবার তো কিছুই দিতে পারলাম না আপনাকে?

হারান বলিল, তোমার মেয়েকে দিয়ে দাও, আমাদের বকুলরানীকে?

কান্নার মধ্যে হাসিয়া শ্যামা বলিল, এখুনি নিয়ে যান।

শ্যামার জীবনে এই আরেকটি রহস্যময় মানুষ। শীর্ণকায় তিরিক্ষে মেজাজের লোকটির মুখের চামড়া যেন পিছন হইতে কিসে টান করিয়া রাখিয়াছে, মনে হয় মুখে যেন চকচকে পালিশ করা গাম্ভীর্য। সর্বদা কি যেন সে ভাবে, বাস যেন সে করে একটা গোপন সুরক্ষিত জগতে সংসারে মানুষের মধ্যে

চলাফেরা কথাবার্তা যেন তাহার কলের মতো; আন্তরিকতা নাই, অথচ কৃত্রিমও নয়, শ্যামার কাছে সে যে টাকা নেয় না, এর মধ্যে দয়ামায়ার প্রশ্ন নাই, মহত্ত্বের কথা নাই, টাকা শ্যামা দেয় না বলিয়াই সে যেন নেয় না, অন্য কোনো কারণে নয়। শ্যামা দুরবস্থায় পড়িয়াছে এ কথা কখনো সে কি ভাবে?

মনে হয় বকুলকে বুঝি হারান ডাক্তার ভালবাসে। শ্যামা জানে তা সত্য নয়। এ বাড়িতে আসিয়া হারানের বুঝি অন্য এক বাড়ির কথা মনে পড়ে, শ্যামা আর বকুল বুঝি তাহাকে কাহাদের কথা মনে পড়াইয়া দেয়। বকুলকে কাছে টানিয়া হারান যখন তাহার মুখের দিকে তাকায় শ্যামাও যেন তখন আর একজনকে দেখতে পায়, গায়ে শ্যামার কাঁটা দিয়ে ওঠে। এ বাড়িতে রোগী দেখিতে আসিবার জন্য হারান তাই লোলুপ, একবার ডাকিলে দশবার আসে, না ডাকিলেও আসে। মানুষকে অপমান না করিয়া যে কথা বলিতে পারে না, রোগের অবস্থা সম্বন্ধে আত্মীয়ের ব্যাকুল প্রশ্নে পর্যন্ত সে সময় সময় আগুনের মতো জ্বলিয়া ওঠে, বহুদিন আগে শ্যামার কাছে সে পোষ মানিয়াছিল। শ্যামা তখন হইতে সব জানে। একটা হারানো জীবনের পুনরাবৃত্তি এইখানে হারানের আরম্ভ হইয়াছিল, একান্ত পৃথক, একান্ত অমিল পুনরাবৃত্তি, তা হোক, তাও হারানের কাছে দামি। শ্যামা ছিল হারানের মেয়ে সুখময়ীর ছায়া, সুখময়ীর কথা শ্যামা শুনিয়াছে। এই ছায়াকে ধরিয়া হারান শ্যামার সমান বয়সের সময় হইতে সুখময়ীর জীবনস্মৃতির বাস্তব অভিনয় আবিষ্কার করিয়াছে।—বকুলের মতো একটি মেয়েও নাকি সুখময়ীর ছিল। শ্যামার ছেলেরা তাই হারানের কাছে মূল্যহীন, ওদের দিকে সে চাহিয়াও দেখে না। এ বাড়িতে আসিয়া শ্যামা ও বকুলকে দেখিবার জন্য সে ছটফট করে।

অথচ শ্যামা ও বকুলকে সে স্নেহ করে কিনা সন্দেহ। ওরা তুচ্ছ, ওরা হারানের কেউ নয়, হারান পুলকিত হয় শ্যামার কণ্ঠ ও কথা বলার ভঙ্গিতে শ্যামার চলন দেখিয়া, বকুলের দুরন্তপনা ও চাঞ্চল্য দেখিয়া তাহার মোহের সীমা থাকে না। মমতা যদি হারানের থাকে তাহ অবাস্তবতার প্রতি—শ্যামার উচ্চারিত শব্দ ও কয়েকটি ভঙ্গিমায় এবং বকুলের প্রাণের প্রাচুর্যে—মানুষ দুটিকে হারান কখনো ভালবাসে নাই; শোকে যে এমন জীর্ণ হইয়াছে সে কবে রক্তমাংসের মানুষকে ভালবাসিতে পারিয়াছে?

শ্যামা তাই হারানের সঙ্গে আত্মীয়তা করিতে পারে নাই, হারানের কাছে অনুগ্রহ দাবি করিতে আজো তাহার লজ্জা করে। বিধানের চিকিৎসা ও

ওষুধের বিনিময়ে কাঞ্চন মুদ্রা দিবার অক্ষমতা জানাইবার সময় হারান ডাক্তারের কাছে শ্যামা তাই কাঁদিয়া ফেলিল।

বিধানের পরে অসুখে পড়িল বকুল। বকুলের অসুখ? বকুলের অসুখ এ বাড়িতে আশ্চর্য ঘটনা। মেয়েকে লইয়া পালাইয়া গিয়া সেই যে শীতল তাহার জ্বর করিয়া আনিয়াছিল সে ছাড়া জীবনে বকুলের কখনো সামান্য কাশিটুকু পর্যন্ত হয় নাই, রোগ যেন পৃথিবীতে ওর অস্তিত্বের সংবাদই রাখিত না। সেই বকুলের কি অসুখ হইল এবার? ছোটখাটো অসুখ তো ওর শরীরে আমল পাইবে না। প্রথম কদিন দেখিতে আসিয়া হারান ডাক্তার কিছু বলিল না, তারপর রোগের নামটা শুনাইয়া শ্যামাকে সে আধমরা করিয়া দিল। বকুলের টাইফয়েড হইয়াছে।

জান মা, এই যে কলকাতা শহর, এ হল টাইফয়েডের ডিপো, এবার যা শুরু হয়েছে। চাদ্দিকে, জীবনে এমন আর দেখি নি, তিরিশ বছর ডাক্তারি করছি সাতটি টাইফয়েড রোগীর চিকিচ্ছে কখনো আর করি নি একসঙ্গে—এই প্রথম।

এমনি, ছেলেদের চেয়ে বকুলের সম্বন্ধে শ্যামা ঢের বেশি উদাসীন হইয়া থাকে, সেবাযত্নের প্রয়োজন মেয়েটার এত কম, নিজের অস্তিত্বের আনন্দেই মেয়েটা সর্বদা এমন মশগুল, যে ওর দিকে তাকানোর দরকার শ্যামার হয় না। কিন্তু বকুলের কিছু হইলে শ্যামা সুদসমেত তাহাকে তাহার প্রাপ্য ফিরাইয়া দেয়, কি যে সে উতলা হইয়া ওঠে বলিবার নয়। বকুলের অসুখে সংসার তাহার ভাসিয়া গেল, কে রাধে কে খায় কোথা দিয়া কি ব্যবস্থা হয়, কোনোদিকে আর নজর রহিল না, অনাহারে অনিদ্রায় সে মেয়েকে লইয়া পড়িয়া রহিল। এদিকে রানীও বকুলের প্রায় তিনদিন পরে একই রোগে শয্যা লইল। মামা কোথা হইতে একটা খোট্টা চাকর আর উড়িয়া বামুন যোগাড় করিয়া আনিল, পোড়া ভাত আর অপর্ক ব্যঞ্জন খাইয়া মামা, বিধান আর মণির দশা হইল রোগীর মতো, শ্যামার কোলের ছেলেটি অনাদরে মরিতে বসিল। বালক ও শিশুদের চেয়ে কষ্ট বোধহয় হইল মামারই বেশি : দায়িত্ব, কর্তব্য আর পরিশ্রম, মামার কাছে এই তিনটিই ছিল বিষের মতো কটু, মামা একেবারে হাঁপাইয়া উঠিল। এতকাল শ্যামার সচল সংসারকে এখানে ওখানে সময় সময় একটু ঠেলা দিয়াই চলিয়া যাইতেছিল, এবার অচল বিপর্যস্ত সংসারটি মামাকে যেন গ্রাস করিয়া ফেলিতে চাহিল, তারপর রহিল অসুখের হাঙ্গামা, ছোটাছুটি, রাতজাগা, দুর্ভাবনা এবং আরো কত কিছু। ওদিকে রানীর খবরটাও মাঝে মাঝে মামাকে লইতে হয়। নদিনের দিন

মামা লুকাইয়া কলিকাতা হইতে একজন ডাক্তার আনিয়াছিল, রানীর কতকগুলি খারাপ উপসর্গ দেখা দিয়াছে, সে বাঁচিবে কিনা সন্দেহ। দীর্ঘ যাযাবর জীবনে ভদ্র-অভদ্র মানুষের ভেদাভেদ মামার কাছে ঘুচিয়া গিয়াছিল, কত অস্পৃশ্য অপরিবারের সঙ্গে মামা সপ্তাহ মাস পরমানন্দে যাপন করিয়াছে—যেটুকু ভাসা ভাসা স্নেহ করিবার ক্ষমতা মামার আছে, রানী কেন তাহা পাইবে না? রানী মরিবে জানিয়া মামার ভালো লাগে না, বহুকাল আগে শ্যামার বিবাহ দিয়া শূন্য ঘরে যে বেদনা সে ঘনাইয়া আপনাকে গৃহছাড়া করিয়াছিল যেন তারই আভাস মেলে। আর বকুল? শ্যামার মেয়েটাকে নিস্পৃহ সন্ন্যাসী মামা কি এত ভালবাসিয়াছে যে ওর রোগকাতর মুখখানি দেখিলে সে পীড়া বোধ করে, তাহার ছুটিয়া পলাইতে ইচ্ছা হয় অরণ্যে প্রান্তরে, দূরতম জনপদে মানুষের হৃদয় যেখানে স্বাধীন, শোক-দুঃখ, স্নেহ-ভালবাসার সঙ্গে মানুষের যেখানে সম্পর্ক নাই? মামার মুখ দেখিয়া শ্যামা সময় সময় ভয় পাইয়া যায়। বকুলের অসুখের কদিনেই মামা যেন আরো বুড়া হইয়া পড়িয়াছে। মিনতি করিয়া মামাকে সে বিশ্রাম করিতে বলে, যুক্তি দেখাইয়া বলে যে মামার যদি কিছু হয় তবে আর উপায় থাকিবে না। কিন্তু মামা যেন কেমন উদ্ভ্রান্ত হইয়া গিয়াছে, সে বিশ্রাম করিতে পারে না, প্রয়োজনের খাটুনি খাটিয়া তো সারা হয়ই, বিনা প্রয়োজনেও খাটিয়া মরে।

রানী যথাসময়ে মারা গেল, বকুলের সেদিন জ্বর ছাড়িয়াছে। বর্ষার সেটা থাপছাড়া দিনকি রোদ বাহিরে, মেঘশূন্য কি নির্মল আকাশ! কেবল শ্যামার নিদ্রাতুর আরক্ত চোখে জল আসে। এ কদিন শ্যামা যেন ছিল একটা কামনার রূপক, সন্তানকে সুস্থ করার একটি জ্বলন্ত ইচ্ছা-শিখা আজ তাহাকে চেনা যায় না। চৌদ্দ দিনে বকুলের জ্বর ছাড়িয়াছে? কিসের চৌদ্দ দিন—চৌদ্দ যুগ।

শ্রাবণের শেষে মামা একদিন দোকানটা বেচিয়া দিল। দোকান করা মামার পোষাইল না। ভদ্রলোক দোকান করিতে পারে?

শ্যামা হাসিয়া বলিল, তখনি বলেছিলাম মামা, দিও না দোকান, তুমি কেন দোকান চালাতে পারবে? কত টাকা লোকসান দিলে?

মামা বলিল, লোকসান দেব আমি? কি যে তুই বলিস শ্যামা।

তাহলে কত টাকা লাভ হল তাই বল?

না লাভ হয় নি, টায়টায় দেনা-পাওনার মিল খেয়েছে, ব্যস। যে দিনকাল পড়েছে শ্যামা, আমি বলে তাই, আর কেউ হলে ঘর থেকে টাকা ঢেলে খালি হাতে ফিরে আসত, কত কোম্পানি এবার লালবাতি জ্বেলেছে জানিস?

দোকান বেচিয়া মামা এবার করিবে কি? যে দুর্নির্ণেয় উৎস হইতে দরকার হইলেই দশবিশটা টাকা উঠিয়া আসে, চিরকাল তাহা টিকিবে তো? মামা কিছু বলে না। করুণভাবে মামা শুধু একটু হাসে, উৎসুক চোখে আকাশের দিকে তাকায়। শরৎ মানুষকে ঘরের বাহির করে, বর্ষান্তে নবযৌবনা ধরণীর সঙ্গে মানুষের পরিচয় কাম্য, কিন্তু বর্ষা তো এখনো শেষ হয় নাই মামা, ওই দেখ আকাশের নিবিড় কালো সজল মেঘ, শরৎ কোথায় যে তুমি দেশে দেশে নিজের মনের মৃগয়ায় যাইতে চাও? মামার বিষণ্ণ হাসি, উৎসুক চোখ শ্যামাকে ব্যথা দেয়। শ্যামা ভাবে, কিছু করিতে না। পারিয়া হার মানার দুঃখে মামা ম্রিয়মাণ হইয়া গিয়াছে, ভাগ্নীর ভার লইবে বলিয়া অনেক আস্ফালন। করিয়াছিল কিনা, এখন তাহার লজ্জা আসিয়াছে। চোরের মতো মামা তাই অস্বস্তিতে উসখুস করে। আহা, বুড়া মানুষ, সারাটা জীবন ঘুরিয়া ঘুরিয়া কাটাইয়া আসিয়া, সংসারের পাকা, উপার্জনে অভ্যস্ত লোকগুলির সঙ্গে প্রতিযোগিতায় কেন পারিয়া উঠিবে? টাকা তো পথে ছড়ানো নাই। ঘরে ঘরে যুবক বেকার হাহাকার করিতেছে। ষাট বছরের ঘরছাড়া বিবাগী এতগুলি প্রাণীর জীবিকা অর্জনের পথ খুঁজিয়া পাইবে কোথায়? শ্যামা বড় মমতা বোধ করে। বলে, অত ভেব না মামা, ভগবান যা হোক একটা উপায় করবেন।

ভগবান? মামার বোধহয় ভগবানের কথা মনে ছিল না। ভগবান যে মানুষের যা হোক একটা উপায় করেন, এও বোধহয় এতদিন তাহার খেয়াল থাকে নাই। শ্যামা মনে করাইয়া দিলে মামা বোধহয় নিশ্চিন্ত মনেই শ্যামা ও তাহার চারিটি সন্তানকে ভগবানের হাতে সমর্পণ করিয়া ভাদ্রের তিন তারিখে নিরুদ্দেশ হইয়া গেল। যাওয়ার আগে শুধু বলিয়া গেল, কিছু মনে করিস নে শ্যামা, তোর সেই হাজার টাকাটা খরচ করে ফেলেছি–শ দেড়েক মোটে আছে, নে। বুড়ো মামাকে শাপ দিস নে মা, একটি টাকা মোটে আমি সঙ্গে নিলাম।

শাপ শ্যামা দেয় নাই, পাগলের মতো কি যেন সব বলিয়াছিল। কথাগুলি মিষ্টি নয়, কোনো ভাগ্নীই সাধারণত মামাকে ওসব কথা বলে না। ক্যাম্বিশের ব্যাগটি হাতে করিয়া কম্বলের গুটানো বিছানাটা বগলে করিয়া মামা যখন চলিয়া গেল, শ্যামা তখন পাগলের মতো কি সব যেন বলিতেছে।

০৭. পৃথিবীতে শরৎকালটা যেমন ছিল

পরের বছর শরৎকালে—শ্যামা প্রথম সন্তানের জননী হওয়ার সময় পৃথিবীতে শরৎকালটা যেমন ছিল এখনো তেমনি থাকার মতো আশ্চর্য। শরৎকালে ছেলেমেয়েদের সঙ্গে লইয়া শ্যামা বনগাঁ গেল। বলিল, ঠাকুরঝি, আমার আর তো কোথাও আশ্রয় নেই, খেতে না পেয়ে আমার ছেলেমেয়ে মরে যাবে; ওদের তুমি দুটি দুটি খেতে দাও, আমি তোমার বাড়ি দাসী হয়ে থাকব।

মন্দা মুখ ভার করিয়া বলিল, এসেছ থাক, ওসব বোলো না বৌ। তোষামুদে কথা আমি। ভালবাসি নে।

শ্যামা বনগাঁয়ে রহিয়া গেল।

শ্যামার গত বছরের ইতিহাস বিস্তারিত লিখিলে সুখপাঠ্য হইত না বলিয়া ডিঙাইয়া আসিয়াছি : এ তে দারিদ্রের কাহিনী নয়। শ্যামা যে একবার দুদিন উপবাস করিয়াছিল সে কথা লিখিয়া কি হইবে? ব্রত-পূজা করিয়া কত জননী অমন অনেক উপবাস করে, শ্যামা খাদ্যের অভাবে করিয়াছিল। বলিয়া তো উপবাসের সঙ্গে উপবাসের পার্থক্য জন্মিয়া যাইবে না? শ্যামার গহনাগুলি গিয়াছে। বিবাহের সময় মামা শ্যামাকে প্রায় হাজার টাকার গহনাই দিয়াছিল, নিজের প্রেস বিক্রয় করিয়া শীতলের দীর্ঘকাল বেকার বসিয়া থাকার সময় চুড়ি হার বালা আর নাক ও কানের দুটি-একটি ছুটকো গহনা ছাড়া বাকি সব গিয়াছিল, কমল প্রেসের চাকরির সময় দোতলায় ঘর তুলিবার কেঁকে শ্যামা টাকা জমাইয়াছে, হাঙরমুখখা পুরোনো প্যাটার্নের বালা ভাঙিয়া আর একটু ভারি তারের বালা গড়ানো ছাড়া নূতন কোনো গহনা সে কখনো করে নাই। এক বছরে তাই ঘরের বিক্রয়যোগ্য আসবাবের সঙ্গে শ্যামার গহনাগুলিও গিয়াছে। থাকিবার মধ্যে আছে একটি আংটি আর দুহাতে দুগাছি চুড়ি।

বিধানকে বড়লোকের স্কুল হইতে ছাড়াইয়া কাশীপুরের সাধারণ স্কুলটিতে ভর্তি করিয়া দিয়াছিল, বিধান টিয়াই স্কুলে যাইত। ধোপার সঙ্গে শ্যামা কোনো সম্পর্ক রাখিত না, বাড়িতে সিদ্ধ করিয়া কাপড় জামা সাফ করিত- কাপড় জামা দুই-ই সে কিনিত কমদামি, মোটা, টিকিত অনেকদিন। খোকার জন্য দুধ কিনিত এক পোয়া, দু বছর বয়সের আগেই খোকা দিব্যি ভাত খাইতে শিখিয়াছিল, পেট ভরিয়া খাইয়া টিঙটিঙে পেটটি দুলাইয়া দুইয়া শ্যামার পিছু পিছু সে হাঁটিয়া বেড়াইত শ্যামা তাহাকে স্তন দিত সেই

অপরাহ্ণে, সারাদিন বুকে যে দুধটুকু জমিত বিকালে তাহাতেই খোকার পেট ভরিয়া যাইত। কত হিসাব ছিল শ্যামার, ব্যাপক ও বিস্ময়কর। ভাতের ফেনটুকু রাখিলে যে ভাতের পুষ্টি বাড়ে এটুকু পর্যন্ত সে খেয়াল রাখিত! তাঁহার এই আশ্চর্য হিসাবের জন্য ছোট খোকার পেটটা একটু বড় হওয়া ছাড়া ছেলেমেয়ের কারো শরীর তেমন খারাপ হয় নাই! রোগা হইয়াছে শুধু শ্যামা। শেষের দিকে শ্যামার যে মখমলের মতো, মসৃণ উজ্জ্বল চামড়াটি দেখা দিয়াছিল তাহা মলিন বিবর্ণ হইয়া গিয়াছে। এক বছরে কারো বয়স এক বছরের বেশি বাড়ে না, শ্যামারও বাড়ে নাই, কিন্তু তাহাকে দেখিয়া কে তাহা ভাবিতে পারে। গত যে বসন্ত ব্যর্থ গিয়াছে তার আগেরটি উতলা করিয়াছিল কেন শ্যামাকে? বনগাঁয়ে এই যে শীর্ণা নিষ্প্রভজ্যোতি শ্রান্ত নারীটি আসিয়াছে, শহরতলির সেই বাড়িটির দোতলার সমাপ্তপ্রায় নতুন ঘরটির ছায়ায় দাঁড়াইয়া বসন্তের বাতাসে ধানকলের ছাই উড়িতে দেখিয়া জেলের কয়েদি স্বামীর জন্য এরই যৌবন কি ক্ষোভ করিয়াছিল?

শেষের দিকে হারান ডাক্তার বার টাকা ভাড়ায় একতলাতে একটি ভাড়াটে জুটাইয়া দিয়াছিল, সরকারি অফিসের এক কেরানি, সম্প্রতি স্ত্রী ও শিশুপুত্র লইয়া দাদার সঙ্গে পৃথক হইয়া আসিয়াছে। কেরানি বটে কিন্তু বড়ই তাহারা বিলাসী। হাঁড়ি কলসী, পুরোনো লেপ-তোশক, ভাঙা রংচটা বাক্স প্রভৃতিতে শ্যামার ঘর ভরা থাকিত। ওরা আসিয়া ঝকঝকে সংসার পাতিয়া বসিল, জিনিসপত্র তাহাদের বেশি ছিল না, কিন্তু যা ছিল সব দামি ও সুদৃশ্য। বৌটি, শ্যামা শুনিল বড়লোকের মেয়ে, স্কুলেও নাকি পড়িয়াছিল, স্বাধীনভাবে একটু ফিটফাট থাকিতে ভালবাসে বড় ভাইয়ের সঙ্গে ওদের পৃথক হওয়ার কারণটাও তাই। পৃথক হইয়া বৌটি যেন বাঁচিয়াছে। নিজের সংসার পাতিতে কি তাহার উৎসাহ! পথের দিকে যে ঘরে শ্যামা আগে শুইত তার জানালায় জানালায় সে নতুন পর্দা দিল, চিকন কাজ করা দামি খাটটি, বোধহয় বিবাহের সময় পাইয়াছিল, দক্ষিণের জানালা ঘেষিয়া পাতিল, আয় বসানো টেবিলটি রাখিল ঘরে ঢুকিবার দরজার সোজা, অপর দিকের দেয়ালের কাছে। খাট টেবিল আর একটি চেয়ার তাহার সমগ্র আসবাব, তাই যেন তার ঢের। ভাড়ার তাকের উপর মসলাপাতি রাখিবার কয়েকটি নতুন চকচকে টিন, কাচের জার, স্টোভ, চায়ের বাসন আর দুটি-একটি টুকিটাকি জিনিস রাখিয়া, রাখিবার কিছুই তাহার রহিল না, সমস্ত ঘরে একটি রিক্ত পরিচ্ছন্নতা ঝকঝক করিতে লাগিল। সংসার করিতে করিতে একদিন হয়তো সে শ্যামার মতোই ঘরবাড়ি জঞ্জালে ভরিয়া ফেলিবে, শুরুতে আজ সবই তাহার আনকোরা ও সংক্ষিপ্ত। বাড়াবাড়ি ছিল শুধু তাহাদের প্রেমের। এমন

নির্লজ্জ নিবিড় প্রেম শ্যামা জীবনে আর দেখে নাই। বিবাহ তাহাদের হইয়াছিল চার-পাঁচ বছর আগে, এতকাল কে যেন তাহাদের প্রেমের উৎস-মুখটিতে ছিপি আঁটিয়া রাখিয়াছিল, এখানে মুক্তি পাইয়া তাহা উথলিয়া উঠিয়াছে। ভালো শ্যামার লাগিত না, নিরানন্দ বিমর্ষ তাহার জীবন, সন্তানের তাহার অন্নবস্ত্রের অভাব, তারই পায়ের তলে, তারই বাড়ির একতলায় এ কি বিসদৃশ প্রণয়রস-রঙ্গ? কই, বয়সকালে শ্যামা তো ওরকম ছিল না? স্বামীর সঙ্গে মেয়েমানুষের এত কি ছেলেমানুষি, হাসাহাসি, খেলা ও ছলকরা কলহ? একটি ছেলে হইয়াছে সম্মুখে অন্ধকার ভবিষ্যৎ, কত দুশ্চিন্তা কত দায়িত্ব ওদের, এমন হালকা ফাজলামিতে দিন কাটাইলে চলিবে কেন?

বৌটির নাম কনকলতা। শ্যামা জিজ্ঞাসা করিত, তোমার স্বামী কত মাইনে পান?

কনক বলিত, কত আর পাবে, মাছিমারা কেরানি তো, বেড়ে বেড়ে নব্বইয়ের মতো হয়েছে খরচ চলে না দিদি। একটা ছেলে পড়ালে আরো কিছু আসে, আমি বারণ করি–সারাদিন আপিস করে আবার ছেলে পড়াবে না কচু–কি হবে বেশি টাকা দিয়ে যা আছে তাই ঢের—নয়? মাসের শেষে বড়ড টানাটানি পড়ে দিদি, খরচ চলে না।

কনক এমনিভাবে কথা বলিত, উল্টাপাল্টা পুব-পশ্চিম। বলিত, একা স্বাধীনভাবে সে মহাস্ফূর্তিতে আছে, আবার বলিত, একা একা থাকতে ভালো লাগে না দিদি, আত্মীয়স্বজন দুচারটি কাছে না থাকলে বড় যেন ফঁকা ফাকা লাগে–নয়?

শ্যামা বুঝিত, আনন্দে আহলাদে সোহাগে সে ডগমগ, কথা সে বলে না, শুধু বকবক করে, ওর কথার কোনো অর্থ নাই। কনকের বয়স বোধহয় ছিল কুড়ি-বাইশ বছর, শ্যামা যে বয়সে প্রথম মা হইয়াছিল—এই বয়সে বৌটির অবিশ্বাস্য খুকিভাবে শ্যামা থ বনিয়া যাইত, কেমন রাগ হইত শ্যামার। মেয়েমানুষ এমন নির্ভয়, এমন নিশ্চিন্ত, এমন আহলাদী? এই বুদ্ধি-বিবেচনা লইয়া সংসারে ও টিকিবে কি করিয়া? বড়লোকের মেয়ে বুঝি এমনি অসার হয়?

তবু বিরুদ্ধ সমালোচনা-ভরা শ্যামার মন, কি দিয়া কনক যেন আকর্ষণ করিত। চৌবাচ্চার ধারে ওরা যখন পরস্পরের গায়ে জল ছিটাইয়া হাসিয়া লুটাইয়া পড়িত, কনকের স্বামী যখন তাহাকে শূন্যে তুলিয়া চৌবাচ্চায় একটা

চুবানি দিয়া, আবার বুকে করিয়া ঘরে লইয়া যাইত, খানিক পরে শুকনো কাপড় পরিয়া আসিয়া কনকের কাজের ছন্দে আবার অকাজের ছন্দ মিশিতে থাকিত, তখন শ্যামার–কে জানে কি হইত শ্যামার, চোখের জল গাল বাহিয়া তাহার মুখের হাসিতে গড়াইয়া আসিত।

কনকের স্বামী আপিস গেলে সে নিচে নামিয়া বলিত, সব দেখে ফেলেছি কনক!

কনকের লজ্জা নাই, সে হাসিয়া ফেলিত—জ্বালিয়ে মারে দিদি, আপিস গেলে যেন বাঁচি।

দোতলার ঘরখানা আর ছাদটুকু ছিল শ্যামার গৃহ, জিনিসপত্রসহ সে বাস করিত ঘরে, রাধিত ছাদে, একখানা করোগেটেড টিনের নিচে। পাশে শুধু নকুবাবুর ছাদ নয়, আশপাশের আরো কয়েক বাড়ির ছাদ হইতে উদয়াস্ত শ্যামার সংসারের গতিবিধি দেখা যাইত। প্রথম প্রথম অনেকগুলি। কৌতুহলী চোখ দেখিতেও ছাড়িত না। যখন তখন ছাদে উঠিয়া নকুবাবুর বৌ জিজ্ঞাসা করিত, কি। করছ বকুলের মা? শ্যামা বলিত, রাধছি দিদি বলিত, সংসারের কাজকর্ম করছি দিদি কি রাধলেন এবেলা? ৱাধিত এবং সংসারের কাজকর্ম করিত, শ্যামা আর কিছু করিত না? ধানকলের ধূমোদ্গারী চোঙটার দিকে চাহিয়া থাকিত না? রাত্রে ছেলেমেয়েরা ঘুমাইয়া পড়িলে জাগিয়া বসিয়া থাকি না, হিসাব করিত না দিন মাস সপ্তাহের, টাকা আনা পয়সার?

উদ্ভ্রান্ত চিন্তাও শ্যামা করিত, নিশ্বাস ফেলিত। জননীর জীবন কেমন যেন নীরস অর্থহীন মনে হইত শ্যামার কাছে। কোথায় ছিল এই চারিটি জীব, কি সম্পর্ক ওদের সঙ্গে তাহার, অসহায় স্ত্রীলোক সে, মেরুদণ্ড বাকানো এ ভার তার ঘাড়ে চাপিয়া বসিয়াছে কেন? কিসের এই অন্ধ মায়া? জগজ্জননী মহামায়া কিসের ধাধায় ফেলিয়া তাহাকে দিয়া এত দুঃখ বরণ করাইতেছেন? সুখ কাকে। বলে একদিনের জন্য সে তাহা জানিতে পারি না, তাহার একটা প্রাণ নিড়াইয়া চারটি প্রাণীকে সে বাচাইয়া রাখিয়াছে কেন? কি লাভ তাহার? চোখ বুজিয়া সে যদি আজ কোথাও চলিয়া যাইতে পারিত! ওরা দুঃখ পাইবে, না খাইয়া হয়তো মরিয়া যাইবে, কিন্তু তাহাতে

কি আসিয়া যায় তার? সে তো দেখিতে আসিবে না। পেটের সন্তানগুলির প্রতি শ্যামা যেন বিদ্বেষ অনুভব করিত সব তাহার শত্রু, জন্ম-জন্মান্তরের পাপ! কি দশা তাহার হইয়াছে ওদের জন্য।

শেষের দিকে শ্যামা আর চাইতে পারি না, মাসিক বার টাকায় এতগুলো মানুষের চলে। না। তাই কুড়ি টাকা ভাড়ায় সমস্ত বাড়িটা কনকলতাকে ছাড়িয়া দিয়া সে বনগাঁয়ে রাখালের আশ্রয়ে চলিয়া আসিয়াছে।

বড় রাস্তা ছাড়িয়া ছোট রাস্তা, পুকুরের ধারে বিঘা পরিমাণ ছোট একটি মাঠ, লাল ইটের একতলা একটি বাড়ি ও কলাবাগানের বেড়ার মধ্যবর্তী দুহাত চওড়া পথ, তারপর রাখালের পাকা ভিত, টিনের দেয়াল ও শণের ছাউনির বৈঠকখানা। তিনখানা তক্তপোষ একত্র করিয়া তার উপরে সতরঞ্চি বিছানো আছে। তিন জাতের মানুষের জন্য হুকা আছে তিনটি কাঠের একটা আলমারিতে। বিবর্ণ দপ্তর, কাঠের একটি বাক্সের সামনে শীর্ণকায় টিকিসমেত একজন মুহুরি। রাখালের মুহুরি? নিজে সে সামান্য চাকরি করে, মুহুরি দিয়া তাহার কিসের প্রয়োজন? বাহিরের ঘরখানা দেখিলেই সন্দেহ হয় রাখালের অবস্থা বুঝি খারাপ নয়, অনেকটা উকিল মোক্তারের কাছারি ঘরের মতো তাহার বৈঠকখানা। বৈঠকখানার পরেই বহিরাঙ্গন, সেখানে দুটা বড় বড় ধানের মরাই। তারপর রাখালের বাসগৃহ, আট-দশটি ছোট বড় টিনের ঘরের সমষ্টি, অধিবাসীদের সংখ্যাও বড় কম নয়।

কদিন এখানে বাস করিয়াই শ্যামা বুঝিতে পারিল রাখাল তাহাকে মিথ্যা বলিয়াছিল, সে দরিদ্র নয়! মধ্যবিত্তও নয়। সে ধনী। চাকরি রাখাল সামান্য মাহিনাতেই করে কিন্তু সে অনেক জমিজমা করিয়াছে, বহু টাকা তাহার সুদে খাটে! রাখালের সম্পত্তি ও নগদ টাকার পরিমাণটা অনুমান করা সম্ভব নয়, তবু সে যে উঁচুদরের বড়লোক চোখ কান বুজিয়া থাকিলেও তাহা বোঝ যায়। মোটরগাড়ি, দামি আসবাব, গৃহের রমণীবৃন্দের বিলাসিতার উপকরণ গ্রাম্য গৃহস্থের ধনবত্তার পরিচয় নয়, তাহাদের অবস্থাকে ঘোষণা করে পোষ্যের সংখ্যা, ধানের মরাই, খাতকের ভিড়। রাখালের তিনটি জোড়া তক্তপোষ সকালবেলা খাতকের ভিড়ে ভরিয়া যায়।

দেখিয়া শুনিয়া শ্যামা নিশ্বাস ফেলিল। রাগ ও বিদ্বেষ এবার যেন তাহাদের হইল না, অনেক অভিজ্ঞতা দিয়া শ্যামা এখন বুঝিতে পারিয়াছে রাখাল একা নয়, এমনি জগৎ। এমন করিয়া মিথ্যা বলিতে না জানিলে, ছল ও প্রবঞ্চনায় এমন দক্ষতা না জন্মিলে, সকালে উঠিয়া দশ-বিশটি খাতকের মুখ দেখিবার সৌভাগ্য মানুষের হয় না। রাখালের দোষ নাই। মানুষের মাঝে মানুষের মতো মাথা উঁচু করিবার একটিমাত্র যে পন্থা আছে তাই সে বাছিয়া নিয়াছে। রাখাল তো ধর্মযাজক নয়, বিবাগী সন্ন্যাসী নয়, সে সংসারী মানুষ, সংসারে দশজনে যেভাবে আত্মোন্নতি করে সেও তেমনিভাবে অর্থসম্পদ সঞ্চয় করিয়াছে!

শ্যামা সব জানে। বড়লোক হইবার সমস্ত কলাকৌশল! কেবল স্ত্রীলোক করিয়া ভগবান তাহাকে মারিয়া রাখিয়াছেন।

রাখালের দ্বিতীয় পক্ষের বৌ সুপ্রভাকে দেখিয়া প্রথমে শ্যামা চোখ ফিরাইতে পারে নাই। রাখালের দুবার বিবাহ করার কারণটাও তখন সে বুঝিতে পারিয়াছিল। এত রূপ দেখিলে মাথা ঠিক থাকে পুরুষমানুষের! একটি ছেলে আর একটি মেয়ে হইয়াছে সুপ্রভার, শ্যামা আসিবার আগে সে নাকি অনেকদিন অসুখেও ভুগিয়াছিল, তবু এখনো সে ছবির মতো, প্রতিমার মতো সুন্দরী। এমন সতীন থাকিতে মন্দা যে কেমন করিয়া এখানে গৃহিণীর পদটি অধিকার করিয়া আছে, চারিদিকে সকলকে হুকুম দিয়া বেড়াইতেছে–সুপ্রভাকে পর্যন্ত, ভাবিয়া প্রথমটা শ্যামা আশ্চর্য হইয়া গিয়াছিল। তারপর সে টের পাইয়াছে যতই রূপ থাক সুপ্রভার বুদ্ধি নাই, বড় সে বোকা। পুতুলের মতো সে পরের হাতে নড়েচড়ে, সাহস করিয়া যে তাহার উপর কর্তৃত্ব করিতে যায় তারই কর্তৃত্ব স্বীকার করে, একেবারে সে মাটির মানুষ, ঘোরপ্যাচ বোঝে না, নিজের পাওনা গণ্ডা বুঝিয়া লইতে জানে না। তবু রাখাল কিনা আজো ছোটবৌ বলিতে অজ্ঞান, মনে মনে সকলেই সুপ্রভাকে ভয় করে, এ বাড়িতে আদরের তাহার সীমা নাই। সুপ্রভা প্রভুত্ব করার চেয়ে নির্ভর করিতেই ভালবাসে। বেশি, আদর পাওয়াটাই তার জীবনে সবচেয়ে বড় প্রাপ্য। মন্দার গৃহিণীপনার ভিত্তিও ওইখানেই সুপ্রভাকে সে নয়নের মণি করিয়া রাখিয়াছে। কে বলিবে সুপ্রভা তাহার সতীন? স্নেহে-যত্নে সুপ্রভার দিনগুলিকে সে ভরাট করিয়া রাখে, নিজের হাতে সে সুপ্রভাকে সাজায়, সুপ্রভার ঘরখানা। সাজায়, সুপ্রভার শয্যা রচনা করিয়া দেয়, সতীনের প্রতি স্বামীর গভীর ভালবাসাকে হাসিমুখে গ্রহণ করে।

সতীনের সংসারেও তাই এখানে কলহ-বিবাদ মান-অভিমান মন-কষাকষি নাই। মন্দা ভুলিয়া গিয়াছে সে বধূ। এই মূল্য দিয়া সে হইয়াছে গৃহিণী।

কলিকাতার চেয়ে ঢের বেশি সুখেই শ্যামা এখানে বাস করিতে লাগিল। পরের বাড়ি পরের আশ্রয়ে থাকিবার একটু যা লজ্জা! এখানে আসিবার আগে শ্যামা ভাবিয়াছিল এমন নিরুপায় হইয়া আত্মীয়ের বাড়ি যাইতেছে, পদে পদে কত অপমান সেখানে না জানি তাহার জুটিবে, এখানে। কিছু দিন ভয়ে ভয়ে থাকিবার পর দেখিল গায়ে পড়িয়া অপমান কেহ করে না, সে যে এখানে। আশ্রিতা, সময়ে অসময়ে সেটা মনে করাইয়া দিবারও কেহ এখানে নাই, মানাইয়া চলিতে পারিলে এখানে বাস করা কঠিন নয়।

এখানকার গ্রাম্য আবহাওয়াটিও শ্যামার বেশ লাগিল। শহরতলির যে বাড়িতে বিবাহের পর। হইতে এতকাল সে বাস করিয়াছিল সেখানটা শহরের মতো ঘিঞ্জি নয়, তবু সেখানে তাহারা যেন বন্দি জীবনযাপন করিত, ইটের অরণ্যের মধ্যে প্রকৃতির যেটুকু প্রকাশ ছিল তা যেন শহরের পার্কের মতো ছেলেভুলানো ব্যাপার। তাছাড়া, সেখানে তারা ছিল কুনো, ঘরের কোণে নিজেদের লইয়া থাকিত, প্রতিবেশী থাকিয়াও ছিল না। এখানে জীবনের সঙ্গে জীবনের বড় নিবিড় মেশামিশি। মিতালি যেখানে নাই সেখানেও অজস্র মেলামেশা আছে, সহজ বাস্তব মেলামেশা, শহরের মেলামেশার মতো কোমল ও কৃত্রিম নয়, খাটি জিনিস! শ্যামার ছেলেমেয়েরা যেন হাঁপ ছাড়িয়া বাঁচিয়াছে। এখানে তাহারা প্রকাণ্ড অঙ্গন পাইয়াছে, বাগান পুকুর পাইয়াছে, ধূলামাটিতে খেলা করার। সুযোগ পাইয়াছে, আর পাইয়াছে সঙ্গী। বাড়িতেই শ্যামার প্রত্যেকটি ছেলেমেয়ের সাথী আছে, বিধানের জন্মের সময় মন্দা যে কোলের ছেলেটিকে লইয়া কলকাতায় গিয়াছিল তার নাম অজয়, সকলে অজু বলিয়া ডাকে, বিধানের সঙ্গে তাহার খুব ভাব হইয়া গেল। অজয় এক ক্লাস নিচে পড়ে। পড়াশোনায় বিধান বড় ভালো, মন্দার ছেলেদের মাস্টার একদিন বিধানকে জিজ্ঞাসাবাদ করিয়া এই রায় দিয়াছেন। মন্দা জানিয়া খুশি হইয়াছে, বিধান কলকাতার ছেলে বলিয়া অজয়ের সঙ্গে তাহার ঘনিষ্ঠতায় মন্দার যেটুকু ভয় ছিল, মাস্টারের মন্তব্য শোনার পর আর তাহা নাই।

সুপ্রভা বকুলকে ভালবাসিয়া ফেলিয়াছে।

বলে, কি মেয়ে আপনার বৌদিদি, দিয়ে দিন মেয়েটাকে আমাকে, দেবেন?

বলে, মেয়ে বলে ওকে কিছু শেখাচ্ছেন না, এ তো ভালো কথা নয়? আজকালকার দিনে লেখাপড়া গানটান না জানলে কে নেবে মেয়েকে? একটু একটু সবই শেখাতে হবে ঠাকুরঝি।

সুপ্রভাই উদ্যোগ করিয়া বকুলকে মেয়েস্কুলে ভর্তি করিয়া দিল, বলিল, স্কুলের মাহিনা সেই দিবে। গানটান শিখাইবার যখন উপায় নাই, লেখাপড়াই একটু শিখুক। বকুলকে সে যত্ন করে, লুকাইয়া ভালো জিনিস খাইতে দেয়, যে সব জিনিস শুধু মন্দা ও তার ছেলেমেয়ের জন্য বরাদ্দ। কিন্তু একা বকুল ওসব খাইতে চায় না, বলে, দাদাকে দাও, ভাইকে দাও? সুপ্রভা তাতে বড় খুশি হয়। কি নিঃস্বার্থপর মেয়েটার মন? যেমন দেখিতে সুন্দর, তেমনি মিষ্টি স্বভাব, ও যেন রাজরানী হয় ভগবান!

রাজরানী? এতবার সুপ্রভা এই আশীর্বাদের পুনরাবৃত্তি করে কেন, বকুলকে রাজরানী করিতে এত তাহার উৎসাহ কিসের? রাজরানী হওয়ার শখ ছিল নাকি সুপ্রভার, মনে সেই ক্ষোভ রহিয়া গিয়াছে? কিছু বুঝিবার উপায় নাই। সুপ্রভাকে অসুখী মনে হয় কদাচিৎ। চুপচাপ বসিয়া সে অনেক সময়ই থাকে, সেটা তার স্বভাব, মুখ তাহার সব সময় বিমর্ষ দেখায় না, চোখে তাহার সব সময় ঘনাইয়া আসে না উৎসুক দিবা-স্বপ্নাতুরার দৃষ্টি। তবু শ্যামা মাঝে মাঝে সন্দেহ করে। অত যার রূপ সে কি একেবারেই নিজের মূল্য জানে না, কুমারী জীবনে আশা কি সে করে নাই, কল্পনা কি তার ছিল না? বুড়া বয়সে রাখাল যখন তাহাকে বিবাহ করিয়া তিন পুত্রের জননী সতীনের সংসারে আনিয়াছিল গোপনে সে কি দু-একবিন্দু অশ্রুপাত করে নাই?

বাড়ি ভাড়ার কুড়িটা টাকা নিয়মিত আসে। দু মাস টাকা পাঠাইয়া কনক একবার শ্যামাকে একখানা পত্র লিখিল। পাশে কোন বাড়িতে বিদ্যুতের আলো নেওয়া হইতেছে, দেখিয়া কনকের শখ জাগিয়াছে তারও বিদ্যুতের আলো চাই। বাড়িটা তাদের পছন্দ হইয়াছে, স্থায়ীভাবে তারা ওখানে রহিয়া গেল, এক কাজ করলে হয় না দিদি? খরচপত্র করিয়া তারা বিদ্যুৎ আনাক, মাসে মাসে বাড়ি ভাড়ার টাকায় সেটা শোধ হইবে? এই পত্র পাইয়া শ্যামা বড় চিন্তায় পড়িয়া গেল। এখানে তাহার নানা রকম খরচ আছে, স্কুলে মাহিনা, জামাকাপড় এসব তাহাকেই দিতে হয়, এটা ওটা খুচরা খরচাও আছে অনেক, বাড়ি ভাড়ার টাকা না আসিলে সে করিবে কি? অথচ বিদ্যুৎ

আনিতে না দিলে ওরা যদি অন্য বাড়িতে উঠিয়া যায়? সঙ্গে সঙ্গে আবার কি ভাড়াটে মিলিবে? শেষে শ্যামা মিনতি করিয়া কনককে চিঠি লিখিল। লিখিল, ওই কুড়িটা টাকা তাহার সম্বল, ওই টাকা কটির জোরে সে পরের বাড়ি পড়িয়া আছে, বাড়িতে বিদ্যুৎ আনিবার তার ক্ষমতা কই? শ্যামা যে কি দুঃখে পড়িয়াছে। কনক যদি তাহা জানিত–

এ চিঠি ডাকে দিবারও প্রয়োজন হইল না, কনকলতার স্বামীর নিকট হইতে সবিনয় নিবেদন ভণিতার আর একখানা পত্র আসিল, শ্যামার বাড়ি হইতে আপিসে যাতায়াত করা বড়ই অসুবিধা, একটি ভালো বাড়ি পাওয়া গিয়াছে শহরের মধ্যে, ইংরাজি মাসটা কাবার হইলে তাহারা উঠিয়া যাইবে। কলিকাতার কেরানি ভাড়াটের বাসা-বদলানো রোগের খবর তো শ্যামা জানি না, তাহার মুখ শুকাইয়া গেল। কনকলতার উপর রাগ ও অভিমানের তাহার সীমা রহিল না। শ্যামার সঙ্গে না তাহার অত ভাব হইয়াছিল, দুঃখের কথা বলিতে বলিতে শ্যামার চোখে জল আসিলে সে না সান্ত্বনা দিয়া বলিত, ভেব না দিদি, ভগবান মুখ তুলে চাইবেন? ...শ্যামা কত নিরুপায় সে তাহা জানে, কলকাতার বাড়ি ভাড়া করিয়াই সে থাকিবে তবু শ্যামার বাড়িতে থাকিবে না। এতকাল অসুবিধা ছিল না, আজ হঠাৎ অসুবিধা হইয়া গেল?

রাখালকে চিঠিখানা দেখাইয়া শ্যামা বলিল, ঠাকুরজামাই এবার কি হবে? কুড়িটে করে টাকা পাচ্ছিলাম, ভগবান তাতেও বাদ সাধলেন।

রাখাল বলিল, আহা, কলকাতায় কি আর ভাড়াটে নেই। যাক না ওরা, ফের ভাড়াটে আসবে–ওপরে একখানা নিচে তিনখানা ঘর, কুড়ি টাকায় ও বাড়ি লুফে নেবে না? পাড়ার কাউকে চিঠি দাও না?

হারান ডাক্তারকে শ্যামা একখানা পত্র লিখিয়া দিল! হারান জবাব দিল, ভয় নাই, বাড়ি শ্যামার খালি থাকিবে না, দু-এক মাসের মধ্যে আবার অবশ্যই ভাড়াটে জুটিবে।

ইংরাজি মাসের পাঁচ ছয় তারিখে শ্যামা ভাড়ার টাকার মনিঅর্ডার পাইত এবার দশ তারিখ হইয়া গেল টাকা আসিল না। কনকলতারা কোথায় উঠিয়া গিয়াছে শ্যামা জানি না। নিজের বাড়ির ঠিকানাতেই সে তাগিদ দিয়া চিঠি লিখিল, ভাবিল পোস্টাপিসে ওরা কি আর ঠিকানা রাখিয়া যায় নাই?এ পত্রের কোনো জবাব শ্যামা পাইল না।

মন্দা বলিল, দিচ্ছে ভাড়া! এতকাল যে দিয়েছিল তাই ভাগ্যি বলে জেন বৌ! কলকাতার লোকে বাড়ি ভাড়া দেয় নাকি? একমাস দু মাস দেয় তারপর যদ্দিন পারে থেকে অন্য বাড়িতে উঠে যায়–ঘর ভাড়া আদায় মোকদ্দমা করে।

শ্যামা বিবর্ণ মুখে বলিল, আমার যে একটি পয়সা নেই ঠাকুরঝি? আমি যে ওই কটা টাকার ভরসা করছিলাম?

মন্দা বলিল, জলে তো পড় নি?

তারপর বলিল, বাড়িটা বেচে দিলেই পার তো বৌ? এত কষ্ট সয়ে ও বাড়ি রেখে করবে কি? থাকতেও তো পারছ না নিজে? টাকাটা হাতে এলে বরং লাগবে কাজে তারপর কপালে থাকে বাড়ি আবার হবে, না থাকে হবে না! দাদা বেরিয়ে এসে কিছু একটা করবে নিশ্চয়। নাও যদি করে বৌ, ছেলে তো উপযুক্ত হয়ে উঠবে তোমার বাড়ির টাকা শেষ হতে হতে–তখন আর তোমার দুঃখ কিসের?

মুখখানা মন্দা ম্লান করিয়া আনিল, দুঃখের সঙ্গে বলিল, ও বাড়ি বেচতে বলতে আমার ভালো লাগছে ভেব না বৌ—-আমার বাপের ভিটে তো। কিন্তু কি করবে বল? নিরুপায় হলে মানুষকে সব করতে হয়?

বাড়িটা বিক্রয় করিয়া ফেলার কথা শ্যামা ভাবিতেও পারে না। একটা বাড়ি না থাকিলে মানুষের থাকিল কি? দেশে একটা ভিটা থাকিলেও শহরতলির এই বাড়িটা সে বিক্রয় করিয়া ফেলিতে পারি, কিন্তু দেশ পর্যন্ত কি শ্যামার আছে। যে গ্রামে সে জন্মিয়াছিল তার কথা ভালো। করিয়া মনেও নাই। মামার ভিটেখানা নিজের মনে করিয়াছিল, বেচিয়া দিয়া মামা নিরুদ্দেশ হইয়া গেল। স্বামীর ওই একরত্তি বাড়িটুকু সে পাইয়াছে, বুকের রক্ত জল করা টাকায় বাড়ির সংস্কার করিয়াছে, আজ তাও সে বিক্রি করিয়া দিবে? ও-বাড়ির ঘরে ঘরে জমা হইয়া আছে তাহার বাইশ বছরের জীবন, ওইখানে সে ছিল বধূ, ছিল জননী, চারিটি সন্তানকে প্রসব করিয়া ওইখানে সে বড় করিয়াছে, ও বাড়ির প্রত্যেকটি ইট যে তার চেনা, দেয়ালের কোথায় কোন পেরেকের গর্তে কবে সে চুন লেপিয়া দিয়াছিল তাও যে তার স্মরণ আছে। পরের হাতে বাড়ি ছাড়িয়া দিয়া আসিতে তার মন যে কেমন করিয়াছিল, জগতে কে তাহা জানিবে! হায়, ও-বাড়ির প্রত্যেকটি ইটের জন্য শ্যামার যে অপত্যস্নেহ!

অথচ এদিকেও আর চলে না। নাই বলিয়া শ্যামার হাতে কিছুই যে নাই, অপরে তাহা বিশ্বাস করে না, শ্যামাও মুখ ফুটিয়া বলিতে পারে না, বকুলের জমানো একটি চকচকে আধুলি ছাড়া আর একটি তামার পয়সাও তাহার নাই। মাসকাবারে সুপ্রভা গোপনে বিধানের স্কুলের মাহিনাটা দিয়া দিল, চাহিলে সুপ্রভার কাছে আরো কিছু হয়তো পাওয়া যাইত, শ্যামার চাহিতে লজ্জা করিল। এবার বড় শীত পড়িয়াছে। বিধানের গরম জামা গতবার ছোট হইয়া গিয়াছিল, ছেলেটা হু হু করিয়া বড় হইয়া উঠিতেছে, এ-বছর নূতন একটা জামা কিনিয়া দিতে পারিলে ভালো হইত। আলোয়ানটাও তাহার ছিড়িয়া গিয়াছে। ওদের বেশ-ভূষা চাহিয়া দেখিতে শ্যামার চোখে জল আসে। বাড়িবার। মুখে বছর বছর ওদের পোশাক বদলানো দরকার, পুরোনো সেলাইকরা আঁটো জামা পরিয়া ওদের ভিখারির সন্তানের মতো দেখায়, শুধু সাবান দিয়া জামাকাপড়গুলি আর যেন সাফ হইতে চায় না, কেমন লালচে রং ধরিয়া যায়। পূজার সময় রাখাল ওদের একখানি তঁতের কাপড় দিয়াছিল, মানাইয়া পরা চলে এমন জামা নাই বলিয়া বিধান লজ্জায় সে কাপড় একদিনও পরে নাই।

মনটা শ্যামা ঠিক করিতে পারে না। মন্দার কথাগুলি মনের মধ্যে ঘুরিতে থাকে। রাখালের সঙ্গে একদিন সে এ বিষয়ে পরামর্শ করিল। রাখালও বাড়িটা বিক্রি করার পরামর্শই দিল। বলিল, বাড়ি ভাড়া দিবার হাঙ্গামা কি সহজ। অর্ধেক বছর বাড়ি হয়তো খালিই পড়িয়া থাকিবে, ভাড়াটে জুটিলেও ভাড়া যে নিয়মিত পাওয়া যাইবে তারও কোনো মানে নাই, একেবারে না পাওয়াও অসম্ভব নয়। তারপর বাড়ির পিছনে খরচ নাই? পুরোনো বাড়ি, মাঝে মাঝে মেরামত করিতে হইবে, বছর। বছর চুনকাম করিয়া না দিলে ভাড়াটে থাকিবে না, ড্রেন নেওয়া হইয়াছে শ্যামার বাড়িতে? এবার হয়তো ড্রেন না লইলে কর্পোরেশন ছাড়িবে না, সে অনেক খরচের কথা, শ্যামা কোথা হইতে খরচ করিবে?

বাড়ি পোষা, হাতি পোর সমান বৌঠান, বাড়ি তুমি ছেড়ে দাও।

বিধান রাত প্রায় এগারটা অবধি পড়ে, বকুল মণি ওরা ঘুমাইয়া পড়ে অনেক আগে। সেদিন। রাত্রে শ্যামা বিধানকে বলিল, খোকা, সবাই যে বাড়ি বিক্রি করে দিতে বলছে বাবা?

বিধানের সঙ্গে শ্যামা আজকাল নানা বিষয়ে পরামর্শ করে, ভবিষ্যতের কত জল্পনা-কল্পনা যে তাদের চলে তাহার অন্ত নাই! বিধান বলে, বড় হইয়া সে

সমস্ত চাকরি করিবে, তারপর শঙ্করের মতো একটা মোটর কিনিবে। শঙ্করের মোটর? শীতলের জেল হইবার পর শঙ্করের মোটরে তার যে স্কুলে যাওয়া বন্ধ হইয়াছিল...সে অপমান বিধান কি মনে করিয়া রাখিয়াছে? রাত জাগিয়া তাই এত ওর পড়াশোনা? শীতলের কথা বিধান কখনো বলে না। পড়া শেষ করিয়া ছেলে শুইতে আসিলে শ্যামা কতদিন প্রতীক্ষা করিয়াছে, চুপি চুপি বিধান হয়তো জিজ্ঞাসা করিবে, বাবা কবে ছাড়া পাবে মা? কিন্তু কোনোদিন বিধান এ প্রশ্ন করে না। যে তীব্র অভিমান ওর, হয়তো বাপের জেল হওয়ার লজ্জা ওকে মূক করিয়া রাখে, পরের বাড়ি তারা যে এভাবে পড়িয়া আছে, এজন্য বাপকে দোষী করিয়া মনে হয়তো ও নালিশ পুরিয়া রাখিয়াছে।

আলোটা নিবাইয়া শ্যামা বিধানের মাথার কাছে লেপের মধ্যে পা ঢুকাইয়া বসে। একপাশে ঘুমাইয়া আছে বকুল, মণি ও ফণী। এপাশে অবোধ বালক বুকে ক্ষোভ ও লজ্জা পুরিয়া এত রাত্রে জাগিয়া আছে। শ্যামা ছেলের বুকে একখানা হাত রাখে। বেড়ার ফুটা দিয়া জ্যোত্যার কতকগুলি রেখা ঘরের ভিতরে আসিয়া পড়িয়াছে। বাগানে শিয়ালগুলি ডাক দিয়া নীরব হইল। বেড়ার ব্যবধান পার হইয়া পাশের ঘরে রাখালের মামাতো বোন রাজবালার স্বামীর সঙ্গে ফিসফিস কথা শোনা যায়, রাজবালার স্বামী আদালতে পঁচিশ টাকায় চাকরি করে। পঁচিশ টাকায় অত ফিসফিস কথা? শ্যামার স্বামী মাসে তিন শ টাকাও রোজগার করিয়াছে, নিজের বাড়িতে নিজের পাকা শয়নঘরে স্বামীর সঙ্গে অত কথা শ্যামা বলে নাই। আর ওই চাপা হাসি? শ্যামা শিহরিয়া ওঠে।

কদিন পরে শ্যামার বাড়ি-বিক্রয়-সমস্যার মীমাংসা হইয়া গেল। হারান ডাক্তার মনিঅর্ডারে পঁচিশটা টাকা পাঠাইয়া লিখিলেন, বাড়িতে তিনি নূতন ভাড়াটে আনিয়াছেন, তার পরিচিত লোক। ভাড়া আদায় করিয়া মাসে মাসে তিনিই শ্যামাকে পাঠাইয়া দিবেন।

শ্যামার মুখে হাসি ফুটিল। পঁচিশ টাকা? পাঁচ টাকা ভাড়া বাড়িয়াছে? এখন তাহার রাজবালার স্বামীর সমান উপার্জন! কপাল হইতে কয়েকটা দুশ্চিন্তার চিহ্ন এবার মুছিয়া ফেলা চলে।

মাসখানেক পরে একদিন সকালে কোথা হইতে শঙ্কর আসিয়া হাজির। গায়ে রেজারের কোট, তলায় স্ট্রাইপ দেওয়া শার্ট, পরনে শান্তিপুরের ধুতি, পায়ে মোজা, কলিকাতায় বোঝা যাইত না, এখানে তাহাকে শ্যামার ভারি বাবু মনে হইল, রাখালের এই বাড়িতে। শ্যামা রধিতেছিল, পরনের কাপড়খানা তাহার ঘেঁড়া হলুদমাখা, হাতে দুটি শাখা ছাড়া কিছু নাই। কলিকাতা হইতে কে একটা। ছেলে তার সঙ্গে দেখা করতে আসিয়াছে শুনিয়া সে কি ভাবিতে পারিয়াছিল সে শঙ্কর! শঙ্কর কেন বনগাঁ আসিবে?

শ্যামাকে শঙ্কর প্রণাম করিল। শ্যামার গর্বের সীমা রহিল না। মোটা হলুদমাখা ঘেঁড়া কাপড় পরনে? কি হইয়াছে তাহাতে! সুপ্রভা, মন্দা, রাজবালা সকলের কৌতূহলী দৃষ্টির সামনে রাজপুত্র প্রণাম তো করিল তাহাকে। খুশি হইয়া শ্যামা বলিল, ষাট ষাট, বেঁচে থাক বাবা, বিদ্যাদিগ্গজ হও! কি আবেগ শ্যামার আশীর্বচনে! শঙ্করের মুখ লজ্জায় রাঙা হইয়া গেল।

তারপর শ্যামা জিজ্ঞাসা করিল, বনগাঁ এসেছ কেন শঙ্কর?

শঙ্কর বলিল, ক্রিকেট খেলতে এসেছি মাসিমা, এখানকার স্কুলের সঙ্গে আমাদের স্কুলের ম্যাচ!

শ্যামা, বিধান, মণি সকলেই শঙ্করকে দেখিয়া খুশি হইয়াছে। অভিমান করিয়াছে বকুল। পুজোর সময় আসব বলে এখন বাবু এলেন, বলিয়া সে মুখ ভার করিয়া আছে। কবে শঙ্কর বকুলের কাছে প্রতিজ্ঞা করিয়াছিল পুজোর সময় সে বনগাঁ আসিবে সে খবর কেহ রাখিত না, বকুলের কথায় বড়রা হাসে, শঙ্কর শ্যামার দিকে চাহিয়া সলজ্জভাবে কৈফিয়ত দিয়া বলে, পুজোর সময় মধুপুরে গেলাম যে আমরা!—তোকে চিঠি লিখি নি বিধান সেখানে থেকে?

বকুল অর্ধেক ক্ষমা করিয়া বলে, তোমার জিনিসপত্র কই?

শঙ্কর বলে, বোর্ডিঙে আমাদের থাকতে দিয়েছে, সেখানে রেখেছি।

বকুল বলে, বোর্ডিং কি জন্যে, আমাদের বাড়ি থাক না?

শঙ্কর মুখ নিচু করিয়া একটু হাসে। শ্যামা তাকায় মন্দার দিকে।

শঙ্করকে এখানে থাকার নিমন্ত্রণ জানায় কিন্তু সুপ্রভা। প্রথমে শঙ্কর রাজি হয় না, ভদ্রতার ফাকা ওজর করে, কলিকাতার ছেলে সে, ওসব কায়দা তার দুরস্ত। শেষে সুপ্রভার হাসি ও মিষ্টি কথার কাছে পরাজয় মানিয়া সে আতিথ্য স্বীকার করে। লজ্জার যে আবরণটি লইয়া সে এ-বাড়িতে ঢুকিয়াছিল ক্রমে ক্রমে তাহা খসিয়া যায়, কানু ও কালুর সঙ্গে তাহার ভাব হয়, বিধানের পড়ার ঘরে খানিক হৈচৈ করিয়া উঠানে তাহারা মার্বেল খেলে, তারপর স্কুলের বেলা হইলে স্নান করিতে যায় পুকুরে। শ্যামা বারণ করিয়া বলে, সাঁতার জান না, তুমি পুকুরে যেও না শঙ্কর। জল তুলে এনে দিক, তুমি ঘরে স্নান কর।

শঙ্কর বলিয়া যায়, বেশি জলে যাব না মাসিমা।

তবু শ্যামার বড় ভয় করে। বিধান, বকুল, মণি এরা সাঁতার শিখিয়াছে, কালু ও কানু তো পাকা সাঁতারু, পুকুরের জল তোলপাড় করিয়া ওরা স্নান করিবে, উৎসাহের মাথায় শঙ্করের কি খেয়াল থাকিবে সে সাঁতার জানে না? বাড়ির একজন চাকরকে সে পুকুরে পাঠাইয়া দেয়। খানিক পরে হৈচৈ করিতে করিতে সকলে ফিরিয়া আসে, শঙ্কর আসে বিধান ও চাকরটার গায়ে ভর দিয়া এক পায়ে খেড়াইতে খেড়াইতে। শামুকে না কিসে শঙ্করের পা কাটিয়া দরদর করিয়া রক্ত পড়িতেছে।

বকুল দুরন্ত দুঃসাহসী মেয়ে, বকিলে, মারিলে, ব্যথা পাইলে সে কাদে না কিন্তু রক্ত দেখিলে সে ভয় পায়, ধুলা-কাদা ধুইয়া শ্যামা যতক্ষণ শঙ্করের পা বাধিয়া দেয় সে হাউ হাউ করিয়া কাঁদিতে থাকে।

মন্দা ধমক দিয়া বলে, তোর পা কেটেছে নাকি, তুই অত কাঁদছিস কি জন্যে? কেঁদে মেয়ে একেবারে ভাসিয়ে দিলেন!

শঙ্কর বলে, কেঁদ না বুকু, বেশি কাটে নি তো!

আগে বিধান হয়তো শঙ্করের জন্য অনায়াসে সাতদিন স্কুল কামাই করিত, এখন পড়াশোনার চেয়ে বড় তার কাছে কিছু নাই, সে স্কুলে চলিয়া গেল! কানু ও কালু কোনো উপলক্ষে স্কুল কামাই। করিতে পারিলে বাঁচে, অতিথির তদ্বিরের জন্য বাড়িতে থাকিতে তারা রাজি ছিল, মন্দার জন্য পারিল না। স্কুলে গেল না শুধু বকুল। সারা দুপুর এক মুহূর্তের জন্যে সে শঙ্করের সঙ্গ ছাড়িল না। এ যেন তার বাড়িঘর, শঙ্কর যেন তারই অতিথি, সে ছাড়া

আর কে শঙ্করকে আপ্যায়িত করিবে! ফণীকে ঘুম পাড়াইয়া তাহার অবিশ্রাম বকুনি শুনিতে শুনিতে শ্যামার চোখও ঘুমে জড়াইয়া আসে, বকুলের মুখে যেন ঘুমপাড়ানি গান। বাড়ির কারোর সঙ্গে ও মেয়েটার স্নেহের আদান-প্রদান নাই, কারো সোহাগ মমতায় ও ধরাছোঁয়া দেয় না, অনুগ্রহের মতো করিয়া সুপ্রভার ভালবাসাকে একটু যা গ্রহণ করে, শঙ্করের সঙ্গে এত ওর ভাব হইল কিসে, পরের ছেলে শঙ্কর? এক তার পাগল ছেলে বিধান, আর এক পাগলী মেয়ে বকুল, মন ওদের বুঝিবার যো নাই। শ্যামা যে এত করে মেয়েটার জন্য, দু মিনিট ওর অদ্ভুত অনর্গল বাণী শুনিবার জন্য লুব্ধ হইয়া থাকে, কই শ্যামার সঙ্গে কথা তো বকুল বলে না? কাছে টানিয়া আদর করিতে গেলে মেয়ে ছটফট করে, জননীর দুটি স্নেহব্যাকুল বাহু যেন ওকে দড়ি দিয়া বাধে। জগতে কে কবে এমন মেয়ে দেখিয়াছে?

শ্যামা একটা হাই তোলে। জিজ্ঞাসা করে, হ্যাঁ, শঙ্কর। আমাদের বাড়ির দিকে কখনন যাও টাও বাবা? হারান ডাক্তার ভাড়াটে এনে দিলেন, তার নামটাও জানি নে।

শঙ্কর বলে, ভাড়াটে কই, কেউ আসে নি তো? সদর দরজায় তালা বন্ধ।

শ্যামা হাসিল, তুমি জান না শঙ্কর—এক মাসের ওপর ভাড়াটে এসেছে, পঁচিশ টাকা ভাড়া দিয়েছে, ওদিকে তুমি যাও নি কখনো।

শঙ্কর বলে, না মাসিমা, আপনাদের বাড়ি খালি পড়ে আছে, কেউ নেই বাড়িতে। জানালা কপাট বন্ধ, সামনে বাড়ি ভাড়ার নোটিশ ঝুলছে—আমি কদ্দিন দেখেছি।

শ্যামা অবাক হইয়া বলে, তবে কি ভাড়াটে উঠে গেল?

আপনি যাদের ভাড়া দিয়েছিলেন তারা যাবার পর কেউ আসে নি মাসিমা। আমি যাই যে। মাঝে মাঝে নকুবাবুর বাড়ি, আমি জানি নে?–শঙ্কর হাসে, ভাড়াটে এলে কি বাইরে তালা দিয়ে লুকিয়ে থাকত?।

হারান তবে ছুতা করিয়া তাহাকে অর্থ সাহায্য করিতেছে? হারানের কাছে কোনোদিন টাকা সে চাহে নাই, কেবল ভাড়াটে উঠিয়া যাওয়া উপলক্ষে হারানকে সেই যে সে চিঠি লিখিছিল, সেই চিঠিতে দুঃখের কাপুনি গাহিয়াছিল অনেক। তাই পড়িয়া হারান তাহাকে পঁচিশ টাকা পাঠাইয়া। দিয়াছে, যতদিন

বাড়িতে তাহার ভাড়াটে না আসে, মাসে মাসে নিজেই তাহাকে এই টাকাটা দেওয়া ঠিক করিয়াছে হারান? সংসারে আত্মীয় পর সত্যই চেনা যায় না। শ্যামা কে হারানের? শ্যামার মতে দুঃখিনীর সংস্রবে হারানকে সর্বদা আসিতে হয়, শ্যামার জন্য এত তার মমতা হইল। কেন?

তিন দিন পরে শঙ্কর কলিকাতা চলিয়া গেল। এই তিন দিন সে ভালো করিয়া হাঁটিতে পারে। নাই, ঘরের মধ্যে সে বন্দি হইয়া থাকিয়াছে। মজা হইয়াছে বকুলের। বাড়ির ছেলেরা বাহিরে চলিয়া গেলে একা সে শঙ্করকে দখল করিতে পারিয়াছে। শঙ্কর চলিয়া গেলে কদিন বকুল মনমরা হইয়া রহিল।

তিন–চারদিন পরে হারানের মনিঅর্ডার আসিল। সই করিয়া টাকা নেওয়ার সময় শ্যামার মনে হইল গভীর ও গোপন একটি মমতা দূর হইতে তাহার মঙ্গল কামনা করিতেছে, স্বার্থ ও বিদ্বেষ ভরা এই জগতে যার তুলনা নাই। দুঃখের দিনে কোথায় রহিল সেই বিষ্ণুপ্রিয়া, স্বামীর পাপের ছাপমারা সন্তান গর্ভে লইয়া একদিন যে ভিখারিনীর মতো জননী শ্যামার সখ্য চাহিয়াছিল? যার এক মাসের পেট্রোল খরচ পাইলে সন্তানসহ শ্যামা দু মাস বাঁচিয়া থাকিতে পারি?

টাকার প্রাপ্তি সংবাদ দিয়া হারানকে সে একখানা পত্র লিখিল। হারানের ছল সে যে ধরিতে পারিয়াছে সে সব কিছু লিখিল না, লিখিল আর জন্মে সে বোধহয় হারানের মেয়ে ছিল, হারান তার জন্য যা করিয়াছে এবং করিতেছে জীবনে কখনো কি শ্যামা তাহা ভুলিবে? এমনি আবেগপূর্ণ অনেক। কথাই শ্যামা লিখিল।

হারান জবাবও দিল না!

না দিক। শ্যামা তো তাহাকে চিনিয়াছে। শ্যামার দুঃখ নাই।

শীতলের সঙ্গে শ্যামার যোগসূত্র শীতলের কয়েদ হওয়ার গোড়াতেই ছিন্ন হইয়া গিয়াছিল, জেলে গিয়া কখনো সে শীতলের সঙ্গে দেখা করে নাই, চিঠিপত্রও লেখে নাই। কোথায় কোন জেলে শীতল আছে তাও শ্যামা জানে না। আগে জানিবার ইচ্ছাও হইত না! এখন শীতলের ছাড়া পাওয়ার সময় হইয়া আসিয়াছে। সে কোথায় আছে, কবে খালাস পাইবে মাঝে মাঝে

শ্যামার। জানিতে ইচ্ছা হয়। কিন্তু জানিবার চেষ্টা সে করে না। শীতলকে কাছে পাইবার বিশেষ আগ্রহ শ্যামার নাই। সব সময় সে যে স্বামীর উপর রাগ ও বিদ্বেষ অনুভব করে তাহা নয়, বরং কোথায় লোহার শিকের অন্তরালে পাথর ভাঙিয়া সে মরিতেছে ভাবিয়া সময় সময় মমতাই সে বোধ করে, তবু মনে তাহার কেমন একটা ভয় জন্মিয়া গিয়াছে। শীতল ফিরিয়া আসিলে আবার সে দারুণ কোনো বিপদে পড়িবে। তা ছাড়া ব্যস্ত হইয়া লাভ কি; ছাড়া পাইলে স্ত্রী-পুত্রকে শীতল খুঁজিয়া লইবে নাকি?

বেশ শান্তিতে আছে সে। নাইবা রহিল তাহার নিজের বাড়িতে থাকিবার আনন্দ, আর্থিক সচ্ছলতার সুখ? এখানে ছেলেমেয়েদের শরীর ভালো আছে, বিধানের অদ্ভুত পড়াশোনার ফল ফলিতেছে, স্কুলের হেডমাস্টার নিজে রাখালকে বলিয়াছেন বিধানের মতো ছেলে ক্লাসে দুটি নাই। শ্যামা আবার আশা করিতে পারে, ধূসর ভবিষ্যতে আবার রঙের ছাপ লাগিতে থাকে। নাইবা রহিল তাহার নিকট আশা ভরসা, একদিন ছেলে তাহাকে সুখী করিবে।

কেবল পড়িয়া পড়িয়া বিধান রোগা হইয়া যাইতেছে, এত ও রাত জাগিয়া পড়ে! যেমন। পরিশ্রম করে তেমনি থাওয়া ছেলেটা পায় না। পরের বাড়িতে কেইবা হিসাব করে যে একটা ছেলে দিবারাত্রি খাটিতেছে একটু ওর ভালোমতো থাওয়া পাওয়া দরকার, দুধ-ঘির প্রয়োজন ওর সবচেয়ে বেশি? শ্যামা কি করিবে? চাহিয়া চিন্তিয়া চুরি করিয়া যতটা পারে ভালো জিনিস বিধানকে খাওয়ায়, কিন্তু বেশি বাড়াবাড়ি করিতে সাহস পায় না। এ আশ্রয় ঘুচিয়া গেলে তার তো উপায়। থাকিবে না।

মন্দা যখন চেঁচামেচি করিতে থাকে : একি কাণ্ড বাবা এ বাড়ির, ভূতের বাড়ি নাকি এটা, সন্দেশ করে পাথরের বাটি ভরে রাখলাম বাটি অর্ধেক হল কি করে? এ কাজ মানুষের, বড় মানুষের, বিড়ালেও নেয় নি, ছেলেপিলেও থায় নি–নিয়ে দিব্যি আবার আপরে-থুপরে সমান করে রাখার বুদ্ধি ছেলেপিলের হবে না–শ্যামার বুকের মধ্যে তখন টিপটিপ করে। অর্ধেক? অর্ধেক তো সে নেয় নাই! যৎসামান্য নিয়াছে। মন্দা টের পাইল কেমন করিয়া?

সুপ্রভা বলে, অমন করে বোলো না দিদি, লক্ষ্মী যে নিয়েছে, থাবার জিনিস নিয়েছে তো, বড় লজ্জা পাবে দিদি।

মন্দা বলে, তুই অবাক কলি বোন, চোর লজ্জা পাবে বলে বলতে পারব না চুরির কথা?

সুপ্রভা মিনতি করিয়া বলে, বলে আর লাভ কি দিদি? এবার থেকে সাবধানে রেখ।

তবু শ্যামা পরিশ্রমী সন্তানের জন্য খাদ্য চুরি করে। দুধ জাল দিতে গিয়া সুযোগ পাইলেই দুধে সরে খানিকটা লুকাইয়া ফেলে, দুধ গরম করিলে সর তো যায় গলিয়া, টের পাইবে কে? ব্রাধিতে রাঁধিতে দুখানা মাছভাজা শ্যামা শালপাতায় জড়াইয়া কাপড়ের আড়ালে গোপন করে, ঘরে গিয়া কখন সে তাহা লুকাইয়া আসে কে জানিবে? এমনি সব ছোট ছোট চুরি শ্যামা করে, গোপনে চুরি করা খাবার বিধানকে খাওয়ায়। একবার খানিকটা গাওয়া ঘি যোগাড় করিয়া সে বড় মুশকিলে। পড়িয়ছিল। রাখালের ছেলেমেয়ে ছাড়া আর সকলকে একসঙ্গে বসিয়া খাইতে হয়, আগে অথবা পরে। একা খাইলেও রান্নাঘরে খাইতে হয় ভাত, দাওয়ায় খাইতে হয় জলখাবার, সকলের চোখের সামনে। কেমন করিয়া ঘিটুকু ছেলেকে খাওয়াইবে শ্যামা ভাবিয়া পায় নাই। বলিয়াছিল, এমনি একটু একটু খেয়ে ফেল না খোকা, পেটে গেলেই পুষ্টি হবে।

তাই কি মানুষ পারে, কাঁচা ঘি শুধু খাইতে?

শেষে মুড়ির সঙ্গে মাখিয়া দিয়া একটু একটু করিয়া শ্যামা ঘিটুকুর সদ্গতি করিয়াছিল।

খোকার তখন বাৎসরিক পরীক্ষা চলিতেছে, একদিন সকালে শ্যামাকে ডাকিয়া রাখাল বলিল, জান বৌঠান, শীতলবাবু তো খালাস পেয়েছেন আট-দশদিন হল। নকুবাবু পত্র লিখেছেন। তোমাদের কলকাতার বাড়িতে এসেই নাকি আছে, দিনরাত ঘরে বসে থাকে, কোথাও যায়টায় না–

পত্রখানা দেখি ঠাকুরজামাই?

নকুবাবু লিখিয়াছেন, শীতলের চেহারা কেমন পাগলের মতো হইয়া গিয়াছে, বোধহয় সে কোনো অসুখে ভুগিতেছে, এতদিন হইয়া গেল কেহ তাহার খোঁজখবর লইতে আসিল না দেখিয়া জ্ঞাতার্থে এই পত্র লিখিলাম।

রাখাল বলিল, তোমাদের বাড়িতে না ভাড়াটে আছে বৌঠান? শীতলবাবু ওখানে আছেন কি করে?

কি জানি ঠাকুরজামাই, কিছু বুঝতে পারছি না। আপনি একবার যান না কলকাতা?

কথাটা এখানে প্রকাশ করিতে শ্যামা রাখালকে বারণ করিয়া দিল। বিধান পরীক্ষা দিতেছে, এখন এই সংবাদ পাইলে হয়তো সে উত্তেজিত হইয়া উঠিবে, ভালো লিখিতে পারিবে না—বছরকার পরীক্ষা সহজ তো নয় ঠাকুরজামাই, এখন কি ওকে ব্যস্ত করা উচিত?

পাগলের মতো চেহারা হইয়া গিয়াছে? অসুখে ভুগিতেছে? বিধানের পরীক্ষা না থাকিলে শ্যামা নিজে দেখিতে যাইত। কিন্তু এখানে শীতল আসিল না কেন? লজ্জায়? কি অদৃষ্ট মানুষটার! দু বছর। জেল খাটিয়া বাহির হইয়া আসিল, ছেলেমেয়ের মুখ দেখিবে, স্ত্রীর সেবা পাইবে, তার বদলে খালি বাড়িতে মুখ লুকাইয়া একা অসুখে ভুগিতেছে। এত লজ্জাই-বা কিসের? আত্মীয়স্বজনকে মুখ কি দেখাইতে হইবে না?

শনিবারের আগে রাখালের কলিকাতা যাওয়ার উপায় ছিল না। দুদিন ধরিয়া শ্যামা তাহার দুর্ভাগা স্বামীর কথা ভাবিল। ভাবিতে ভাবিতে আসিল মমতা।

শ্যামা কি জানিত নকুবাবুর চিঠির কথাগুলি যে ছবি তাহার মনে আঁকিয়া দিয়াছিল পরীক্ষার ব্যস্ত সন্তানের মুখের দিকে চাহিয়া থাকিবার সময়ও তাহা সে ভুলিতে পারিবে না, এত সে গভীর বিষাদ বোধ করিবে? শনিবার রাখালের সঙ্গে সে কলিকাতা রওনা হইল। সঙ্গে লইল শুধু ফণীকে। বিধানকে বলিয়া গেল সে বাড়িটা দেখিয়া আসিতে যাইতেছে, কলি ফেরানোর ব্যবস্থা করিয়া আসিবে, যদি কোনো মেরামতের দরকার থাকে তাও করিয়া আসিবে।

—আমার কথা ভেব না বাবা, ভালো করে পরীক্ষা দিও, কেমন? ছোট পিসির কাছে খাবার চেয়ে খেও? আর বকুলকে যেন মের না খোকা।

বাড়ি পৌঁছিতে সন্ধ্যা পার হইয়া গেল। সদর দরজা বন্ধ, ভিতরে আলো জ্বলিতেছে কিনা বোঝা যায় না, শীতের রাত্রে সমস্ত পাড়াটাই স্তব্ধ হইয়া আছে, তার মধ্যে শ্যামার বাড়িটা যেন আরো নিঝুম। অনেকক্ষণ দরজা ঠেলাঠেলির পর শীতল আসিয়া দরজা খুলিল। রাস্তার আলোতে তাকে দেখিয়া শ্যামা কাঁদিয়া ফেলিল। চোখ মুছিয়া ভিতরে ঢুকিয়া সে দেখিল চারিদিকে অন্ধকার, একটা আলোও কি শীতল জ্বালায় না সন্ধ্যার পর? ফণী ভয়ে তাহাকে সবলে আঁকড়াইয়া ধরিয়াছিল, অন্ধকার বারান্দায় দাঁড়াইয়া শ্যামা শিহরিয়া উঠিল। এমনি সন্ধ্যাবেলা একদিন সে এখানে প্রথম স্বামীর ঘর করিতে আসিয়াছিল, সেদিনও এমনি ছাড়াছাড়ির আবহাওয়া তাহার নিশ্বাস রোধ করিয়া দিতেছিল, সেদিনও তাহার কান্না আসিতেছিল এমনিভাবে। শুধু, সেদিন বারান্দায় জ্বালানো ছিল টিমটিমে একটা লন্ঠন।

শীতল বিড়বিড় করিয়া বলিল, মোমবাতি ছিল, সব খরচ হয়ে গেছে।

রাখাল গিয়া মোড়ের দোকান হইতে কতকগুলি মোমবাতি কিনিয়া আনিল। এই অবসরে শ্যামা হাতড়াইয়া হাতড়াইয়া ঘরে গিয়া বসিয়াছে, বাহিরে বড় ঠাণ্ডা। শীতলকে দুটো-একটা কথাও সে জিজ্ঞাসা করিয়াছে, প্রায় অবান্তর কথা, জ্ঞাতব্য প্রশ্ন করিতে কি জানি শ্যামার কেন ভয় করিতেছিল। ভিতরে ঢুকিবার আগে রাস্তার আলোতে শীতলের পাগলের মতো মূর্তি দেখিয়া শ্যামা তো কাঁদিয়াছিল, অন্ধকার ঘরে সে বেদনা কি ভয়ে পরিণত হইয়াছে?

রাখাল ফিরিয়া আসিয়া একটা মোমবাতি জ্বালিয়া জানালায় বসাইয়া দিল। ঘরে কিছু নাই, তক্তপোষের উপর শুধু একটা মাদুর পাতা, আর ময়লা একটা বালিশ। মেঝেতে একরাশ পোড়া বিড়ি আর কতকগুলি শালপাতা ছড়ানো। যে জামাকাপড়ে দু বছর আগে শীতল রাতদুপুরে পুলিশের সঙ্গে চলিয়া গিয়াছিল তাই সে পরিয়া আছে, কাপড় বোধহয় তাহার ওই একখানা, কি যে ময়লা হইয়াছে বলিবার নয়, রাত্রে বোধহয় সে শুধু আলোয়ানটা মুড়ি দিয়া পড়িয়া থাকে, চৌকির বাহিরে অর্ধেকটা এখন মাটিতে লুটাইতেছে। এসব তবুও যেন চাহিয়া দেখা যায়, তাকানো যায় না শীতলের মুখের দিকে। চোখ উঠিয়া মুখ ফুলিয়া বীভৎস দেখাইতেছে তাহাকে, হাড় কখানা ছাড়া শরীরে আর বোধহয় কিছু নাই।

শীতল দাঁড়াইয়া থাকে, দাঁড়াইয়া দাঁড়াইয়া সে কাঁপে তারপর সহসা শ্যামার কি হয় কে জানে, ফণীকে জোর করিয়া নামাইয়া দিয়া জননীর মতো ব্যাকুল আবেগে শীতলকে জড়াইয়া ধরিয়া টানিয়া আনে, শিশুর মতো

আলগোছে শোয়াইয়া দেয় মাদুরে, বলে, এমন করে ভুগছ, আমাকে একটা খপরও তুমি দিলে না গো।

পরদিন সকালে সে হারান ডাক্তারকে ডাকিয়া পঠাইল। হারানকে খবর দিলে পঁচিশ টাকা বাড়ি ভাড়া পাঠানোর ছলনাটুকু যে ঘুচিয়া যাইবে শ্যামা কি তা ভাবিয়া দেখিল না। ভাবিল বৈকি। রাত্রে কথাটা মনে মনে নাড়াচাড়া করিয়া সে দেখিয়াছে, হারানের মহৎ ছলনাকে বাচাইয়া রাখার জন্য হারানকে তার ছলনা করা উচিত নয়। সে যে এখানে আসিয়া জানিতে পারিয়াছে বাড়িতে তাহার ভাড়াটে আসে নাই, হারান দয়া করিয়া মাসে মাসে তাকে টাকা পাঠায় এটা হারানকে। জানিতে দেওয়াই ভালো। পরে যদি হারান জানিতে পারে শ্যামা কলিকাতা আসিয়াছিল? তখন কি হইবে? হারান কি তখন মনে করিবে না যে সব জানিয়াও টাকার লোভে শ্যামা চুপ করিয়া আছে?

হারান আসিলে শ্যামা তাহাকে প্রণাম করিল। বলিল, ভালো আছেন বাবা আপনি? কাল। সন্ধ্যাবেলা এসে পৌছেছি আমি, আগে তো জানতে পারি নি কবে খালাস পেয়ে এখানে এসে পড়ে রয়েছে বিপদের ওপর কি যে আমার বিপদ আসছে বাবা, কোনোদিকে কূল-কিনারা দেখতে পাই নে। সমস্ত মুখ ফুলে গিয়েছে, শরীরে দারুণ জ্বর, ডাকলে ঢুকলে সাড়াও ভালো করে দেয় না। বাবা। শ্যামা চোখ মুছিতে লাগিল।

হারান যেন অপরিবর্তনীয়, মাথার চুলে পাক ধরিবে দেহে বার্ধক্য আসিবে তবু সে কণামাত্র বদলাইবে না, বিধানের প্রথম অসুখের সময় দেখিতে আসিয়া যেমন নির্মমভাবে শ্যামাকে সে কাঁদতে বারণ করিয়াছিল, আজো তেমনিভাবে বারণ করিল। শ্যামার জীবনে রহস্যময় দুর্বোধ্য মানুষের পদার্পণ আরো ঘটিয়াছে বৈকি, গোড়ায় ছিল রাখাল, তারপর আসিয়াছে মামা তারাশঙ্কর, কিন্তু এই লোকটির সঙ্গে তাদের তুলনা হয় না, একে একে তাদের রহস্যের আবরণ খসিয়া গিয়াছে, হারান শুধু চিরকাল যবনিকার আড়ালে রহিয়া গেল। শ্যামাকে যদি সে স্নেহ করে, স্নেহের পাত্রীকে দেখিয়া একবিন্দু খুশি কি তাহার হইতে নাই? আজ হারান ডাক্তার শুধু রোগী দেখিতে আসার মতো শ্যামার বাড়ি আসিবে, আত্মীয় বলিয়া ধরা দিবে না?

শীতলকে হারান অনেকক্ষণ পরীক্ষা করিল।

বাহিরে আসিয়া রাখাল ও শ্যামাকে বলিল, কদ্দিন জ্বরে ভুগছে জানি নে বাবু আমি জিজ্ঞাসা করলে বলতে চায় না। অনেকদিন থেকে না খেয়ে শুকোচ্ছে সেটা বুঝতে পারি। তারপর লাগিয়েছে। ঠাণ্ডা। সব জড়িয়ে অবস্থা যা দাঁড়িয়েছে সারতে সময় নেবে-বড় ডাক্তার ডাকতে চাও ডাক আমি বারণ করি নে, কিন্তু, ডাক্তার ফাক্তার ডাকা মিছে তাও বলে রাখছি—এর সবচেয়ে দরকার বেশি সেবাযত্নের।

বড় ডাক্তার? হারানের চেয়ে বড় ডাক্তার কে আছে শ্যামা লতা জানে না! শুনিয়া হারান খুশি হয়! বলে, দাও দিকি কাগজ কলম, ওষুধ লিখি। আর মন দিয়ে শোন যা যা বলে যাই, এতটুক এদিক ওদিক হলে চলবে না–টুকেই নাও না কথাগুলো আমার মনে যা থাকবে আমার জানা আছে।

একে একে হারান বলিয়া যায়–ওষুধ, পথ্য, সেবার নির্দেশ। ঘড়ির কাঁটা ধরিয়া সময় বাধিয়া দেয়। বার বার সাবধান করে, এতটুকু এদিক ওদিক নয়, আটটায় যে ওষুধ দেওয়ার কথা, দিতে যেন আটটা বাজিয়া পাঁচ মিনিটও না হয়, যখন দু চামচ ফুড দেওয়ার কথা, তিন চামচ যেন তখন না পড়ে।

শ্যামা ভয়ে ভয়ে বলে, কোনো ব্যবস্থাই তো নেই এখানে, খালি বাড়িতে এসে উঠেছি আমরা, বনগাঁ কি নিয়ে যাওয়া যাবে না?

হারান যেন আনমনেই বলে, বনগাঁ? তা চল, বনগাঁতেই নিয়ে যাই—একটা দিন আমার নষ্ট হবে, হলে আর উপায় কি? জ্বর করে, না খেয়ে, ঠাণ্ডা লাগিয়ে কি কাণ্ডই বাধিয়ে রেখেছে হতভাগা। কটায় গাড়ি? দেড়টায়? তবে সময় আছে ঢের, যাও দিকি তুমি রাখাল ওষুধপত্রগুলি নিয়ে এস কিনে, আমি রোগী দেখে আসছি ঘুরে এগারটার মধ্যে।–দুটো পান আমায় দিতে পার ঘেঁচে? দোক্তা থাকে তো দিও খানিকটা।

হারান বুড়া হইয়া গিয়াছে, পান চিবাইতে পারে না, হেঁচা পান খায়। কিন্তু হারান বদলায় নাই। বুড়া হইতে হইতে সে মরিয়া যাইবে, তবু বোধহয় বদলাইবে না। শ্যামা কি জানে না আত্মীয়তা করিয়া শীতলকে সে বনগাঁ পৌছাইয়া দিতে যাইতেছে না, যাইতেছে ডাক্তার হইয়া রোগীর সঙ্গেঃ শ্যামার বলার অপেক্ষা রাখে নাই। তা সে কোনো দিনই রাখে না। সেই প্রথমবার বিধানের অসুখের সময় জ্বরতপ্ত শিশুটিকে সে যে গামলার ঠাণ্ডা জলে ডুবাইয়াছিল সেদিনও সে শ্যামার বলার অপেক্ষা রাখে নাই। যা করা

উচিত হারান তাই করে। হারানের স্নেহ নাই, আত্মীয়তা নাই, কোমলতা নাই, কতবার ভুল করিয়া শ্যামা ভাবিয়াছে হারান তাহাকে মেয়ের মতো ভালবাসে! তাই যদি সে বাসিবে তবে বাড়ি ভাড়ার নাম করিয়া টাকা শ্যামাকে সে পাঠাইবে কেন? সোজাসুজি পাঠাইতে কে তাকে বারণ করিয়াছিল? পরের দান গ্রহণ করিতে অন্য সকলের কাছে শ্যামা লজ্জা পাইবে, এই জন্য? হারানের মধ্যে ওসব দুর্বলতা নাই! কে কোথায় কি কারণে লজ্জা পাইবে হারান কি কখনো তা ভাবে? স্নেহ মনে করিয়া শ্যামা পাছে কাছে ঘেঁষিতে চায়, শ্যামা পাছে। মনে করে অযাচিত দানের পেছনে হারানের মমতার উৎস লুকাইয়া আছে, আত্মীয়তা দাবি করার সুযোগ পাছে শ্যামাকে দেওয়া হয়, তাই না হারান তাহার দানকে শ্যামার প্রাপ্য বলিয়া ঘোষণা করিয়াছিল।

অভিমানে শ্যামার কান্না আসে। অভিমানে কান্না আসিবার বয়স তাহার নয়, তবু মনের মধ্যে আজো যে অবুঝ কাঁচা মেয়েটা লুকাইয়া আছে যে বাপের স্নেহ জানে নাই, অসময়ে মাকে হারাইয়াছে, ষোল বছর বয়স হইতে জগতে একমাত্র আপনার জন মামাকে খুঁজিয়া পায় নাই, স্বামীর ভয়ে দিশেহারা হইয়া থাকিয়াছে, সে যদি আজ কাঁদিতে চায় প্রৌঢ়া শ্যামা তাহাকে বারণ করিতে পারিবে কেন?

তাহারা বনগাঁয়ে পৌঁছিলে মন্দা শীতলকে দেখিয়া একটু কাঁদিল, তারপর তাড়াতাড়ি তার জন্য বিছানা পাতিয়া দিল, এদিক ওদিক ছোটাছুটি করিয়া ভারি ব্যস্ত হইয়া পড়িল সে, সেবাযত্নের ব্যবস্থা করিল, ছেলেমেয়েদের সরাইয়া দিল, শ্যামাকে বলিতে লাগিল, ভেব না তুমি বৌ, ভেব না—ফিরে যখন পেয়েছি দাদাকে ভালো করে আমি তুলবই।

বকুল বিস্ফারিত চোখে শীতলকে খানিকক্ষণ চাহিয়া দেখিল, তারপর সে যে কোথায় গেল। কেহ আর তাহাকে খুঁজিয়া পায় না। হারান ডাক্তারকেও নয়! কোথায় গেল দুজনে? শেষে সুপ্রভাই তাদের আবিষ্কার করিল বাড়ির পিছনে ঢেঁকিঘরে। ওঘরে বকুল খেলাঘর পাতিয়াছে? ঢেঁকিটার উপরে পাশাপাশি বসিয়া গম্ভীর মুখে কি যে তাহারা আলোচনা করিতেছিল তাহারাই জানে, সুপ্রভা দেখিয়া হাসিয়া বাঁচে না। ডাক্তার নাকি বুড়া? জগতে এত জায়গা থাকিতে, কথা বলিবার এত লোক থাকিতে, বুড়া ঢেঁকিঘরে বসিয়া আলাপ করিতেছে বকুলের সঙ্গে।

যা তো খোকা ডেকে আন ওদের। বুড়োকে বল মুখ-হাত ধুয়ে নিতে–খেতে-টেতে দিই। ততার বাবা কি খাবে তাও তত বলে দিলে না, ঢেঁকিঘরে গিয়ে বসে রয়েছে?

হারান আসে, মুখ-হাত ধোয়, সুপ্রভা ঘোমটা টানিয়া তাহাকে জলখাবার দেয়। বকুল কিন্তু ঢেঁকিঘরেই বসিয়া থাকে। সুপ্রভা গিয়া বলে, ও বুকু, খাবি নে তুই? ততার বাবা এল, তুই এখানে বসে আছিল?

ও আমার বাবা নয়।

শোন কথা মেয়ের?–সুপ্রভা হাসে, আয়, চলে আয় আমার সঙ্গে, একলাটি এখানে তোক বসে থাকতে হবে না।

রাত্রিটা এখানে থাকিয়া পরদিন সকালে হারান কলিকাতা চলিয়া গেল। শ্যামা সাবধান হইয়া। গিয়াছিল, হারানকে অতিরিক্ত আত্মীয়তা জানাইবার কোনো চেষ্টাই সে করিল না। যাওয়ার সময় শুধু ঘটা করিয়া প্রণাম করিয়া বলিল, মেয়েকে ভুলবেন না বাবা!।

খুব ধীরে ধীরে শীতল আরোগ্য লাভ করিতে লাগিল। সে নিঝুম নিশ্চুপ হইয়া গিয়াছে। আপন হইতে কথা সে একেবারেই বলে না, অপরে বলিলে কখনো দু-এক কথায় জবাব দেয়, কখনো কিছু বলে না। কেহ কথা বলিলে বুঝিতে যেন তাহার দেরি হয়। ক্ষুধা তৃষ্ণা বোধও যেন তাহার নাই, খাইতে দিলে খায়, না দিলে কখনো চায় না। চুপচাপ বিছানায় পড়িয়া থাকিয়া সে যে ভাবে তা তো নয়। এখানে আসিয়া কদিনের মধ্যে চোখ-ওঠা তাহার সারিয়া গিয়াছে, সব সময় সে শূন্য দৃষ্টিতে চাহিয়া থাকে। দু বছর জেল খাটিলে মানুষ কি এমনি হইয়া যায়? কবে ছাড়া পাইয়াছিল শীতল? কলিকাতার বাড়িতে আসিয়াই সে তো ছিল দশ-বার দিন, তার আগে? প্রথমে জিজ্ঞাসাবাদ করিয়া কিছু জানা যায় না। পরে অল্পে অল্পে জানা গিয়াছে, পনের-কুড়ি দিন কোথায় কোথায় ঘুরিয়া শীতল কলিকাতার বাড়িটাতে আশ্রয় লইয়াছিল। জানিয়া শ্যামার বড় অনুতাপ হইয়াছে। এই দারুণ শীতে একখানা আসোয়ান মাত্র সম্বল করিয়া স্বামী তাহার এক মাসের উপর কপর্দকহীন অবস্থায় যেখানে সেখানে কাটাইয়াছে। জেলে থাকিবার সময় শীতলের সঙ্গে সে যোগসূত্র রাখে নাই কেন? তবে তো

সময়মতো খবর পাইয়া ওকে সে জেলের দেউড়ি হইতে সোজা বাড়ি লইয়া আসিতে পারি?

প্রাণ দিয়া শ্যামা শীতলের সেবা করে। শ্রান্তি নাই, শৈথিল্য নাই, অবহেলা নাই। চারিটি সন্তান শ্যামার? আর একটি বাড়িয়াছে। শীতল তো এখনো শিশু।

পরীক্ষার ফল বাহির হইলে জানা গিয়াছে বিধান ক্লাসে উঠিয়াছে প্রথম হইয়া।

০৮. আরো চার বছর কাটিয়া গেল

বনগাঁয়ে শ্যামার একে একে আরো চার বছর কাটিয়া গেল।

কলিকাতার বাড়িটা তাহাকে বিক্রয় করিয়া দিতে হইয়াছে। ম্যাট্রিকুলেশন পাস করিয়া বিধান যখন কলিকাতায় পড়িতে গেল–শীতলের প্রত্যাবর্তনের এক বছর পর।

শীতলের অসুখের জন্য অনেক টাকা খরচ করিতে না হইলে রাখাল হয়তো শেষ পর্যন্ত বিধানের পড়ার খরচ দিতে রাজি হইত। বড় খারাপ অসুখ হইয়াছিল শীতলের। বেশি জ্বর, অনাহার, দারুণ শীতে উপযুক্ত আবরণের অভাব, মানসিক পীড়া এই সব মিলিয়া শীতলের স্নায়ুরোগ জন্মাইয়া গিয়াছিল, দেহের সমস্ত স্নায়ু তাহার উঠিয়াছিল ফুলিয়া। চিকিৎসার জন্য তাহাকে কলিকাতা লইয়া যাইতে হইয়াছিল। তিন মাস সে পড়িয়া ছিল হাসপাতালে। তারপর শ্যামার কাদা-কাটায় রাখাল আরো তিন মাস তাহার বৈদ্যুতিক চিকিৎসা চালাইয়াছিল। তার ফলে যতদূর সুস্থ হওয়া সম্ভব শীতল ত হইয়াছে। কিন্তু জীবনে সে যে কাজকর্ম কিছু করিতে পারিবে সে ভরসা আর নাই। যতখানি তাহার অক্ষমতা নয়, ভান করে সে তার চেয়ে বেশি। শুইয়া বসিয়া অলস অকর্মণ্য দায়িত্বহীন জীবনযাপনের সুখটা টের পাইয়া হয়তো সে মুগ্ধ হইয়াছে। হয়তো সে সত্যই বিশ্বাস করে দারুণ সে অসুস্থ, কর্মজীবনের তাহার অবসান হইয়াছে। হয়তো সে হিষ্টিরিয়াগ্রস্ত অসুখের অজুহাতে সকলের দয়া ও সহানুভূতি, মমতা ও সেবা লাভ করার চেয়ে বড় আর তার কাছে কিছুই নাই। তবে সবটা শীতলের ফাঁকি নয়, শরীরে তাহার গোলমাল আছে, মাথাটা তোঁতা হইয়া যাওয়াও কাল্পনিক নয়, অসুখের যে বাড়াবাড়ি ভানটুকু সে করে তার ভিত্তিও তো মানসিক রোগ।

তবু ছেলের পড়া চালানোর জন্য বাড়িটা শ্যামার হয়তো বিক্রয় করিতে হইত না, যদি বাঁচিয়া থাকিত হারান ডাক্তার। বিধানকে হারানের বাড়ি পাঠাইয়া সে লিখিত, বাবা, জীবনপাত করে ওর স্কুলের পড়া সাঙ্গ করেছি, আর তো আমার সাধ্য নেই, এবার দিন বাবা ওর আপনি কলেজে পড়ার একটা ব্যবস্থা করে। হারান তা দিত। শ্যামার সন্দেহ ছিল না। কিন্তু হারানের অনেক বয়স হইয়াছিল, বিধানের স্কুলের পড়া শেষ হওয়া পর্যন্ত সে বাঁচিয়া থাকিতে পারিল কই?

হারান মরিয়াছে। মরিবে না? কপাল যে শ্যামার মন্দ! হারান বাঁচিয়া থাকিলে শ্যামার ভাবনা কি ছিল? বাড়িতে শ্যামার ভাড়াটে আসিয়াছিল, তারা কুড়ি টাকা পাঠাইত শ্যামাকে, আর হারান পাঠাইত পঁচিশ! হারানের মনিঅর্ডারের কুপনে কোনো অজুহাতের কথা লেখা থাকিত না, শুধু অপাঠ্য হাতের লেখার স্বাক্ষর থাকিত–হারানচন্দ্র দে। শ্যামা তো তখন ছিল বড়লোক। কয়েক মাসে শ দেড়েক টাকাও জমাইয়া ফেলিয়াছিল। কেন মরিল হারান? কত মানুষ সত্তর-আশি বছর বাঁচিয়া থাকে, পয়ষট্টি পার হইতে না হইতে হারানের মরিবার কি হইয়াছিল?

শ্যামা কি করিবে? ভগবান যার প্রতি এমন বিরূপ, বাড়ি বিক্রি করিয়া না দিয়া তার উপায় কি?

শহরতলির বাড়ি, তাও বড় রাস্তার উপরে নয়, দক্ষিণ খোলা নয়। একতলা পুরোনো। বাড়ি বেচিয়া শ্যামা হাজার পাঁচেক টাকা পাইয়াছিল।

টাকা থাকিলে খরচ কেন বাড়িয়া যায় কে জানে। আগে ছোট-বড় অনেক খরচ মন্দার উপর দিয়া চালানো যাইত, কিন্তু পুঁজি যার পাঁচ হাজার টাকা সে কেন তা পারিবে? মন্দাই-বা দিবে কেন? দুধের কথা ধরা যাক। দুধ অবশ্য কেনা হয় না, বাড়িতে পাঁচ-ছয়টা গরু আছে। কিন্তু গরুর পিছনে খরচ তো আছে? শ্যামার ছেলেমেয়েরা দুধ তো খায়? শ্যামা পাঁচ হাজার টাকা পাওয়ার মাসখানেক পরে মন্দা বলে, পয়সাকড়ি হাতে নেই বৌ, এ-মাসের খোল-কুড়োর দামটা দিয়ে দাও না, সামনের মাসে আনাবখন আমি।

কুঁড়ো কেনা হইবে কেন? সেদিন যে দু মন চালু করা হইল তার কুঁড়ো গেল কোথায়? এবার মন্দা ধান ভানার মজুরি নগদ দেয় নাই। ধান যে ভানিয়াছে কুঁড়ো পাইয়াছে সে। মন্দা তাহা হইলে শ্যামার টাকাগুলি খরচ করাইয়া দিবার মতলব করিয়াছে? ঘরের ধানের কুঁড়ো পরকে দিয়া শ্যামাকে দিয়া কুঁড়ো কিনাইবে।

মাসের শেষে মুদি তাহার সঁইত্রিশ টাকা পাওনা লইতে আসিয়াছে, মন্দা তিনখানা দশটাকার নোট গুনিয়া দেয়, একটু ইতস্তত করিয়া নগদ টাকাও দেয় একটা, তারপর শ্যামাকে বলে, ছটা টাকা কম পড়ল, দাও না বৌ টাকাটা দিয়ে।

বর্ষাকালে জল পড়িতে আরম্ভ হইয়াছে শ্যামার ঘর দিয়া, দুখানা টিন বদলানো দরকার, কে বদলাইবে টিন? বাড়ি মন্দার, ঘরখানা মন্দার, শ্যামা তো শুধু আশ্রিত অতিথি, মন্দারই তো উচিত ঘরখানা সারাইয়া দেওয়া। বলিলে মন্দা চুপ করিয়া থাকে। একটু পরেই সংসার খরচের দুটি-একটি টাকা বাহির করিয়া দিবার সময় মন্দা এমন করিয়া বলিতে থাকে যে আর সে পারিয়া উঠিল না, এ যেন রাজার বাড়ি ঠাওরাইয়াছে সকলে। খরচ খরচ খরচ, চারিদিকে শুধু খরচ ছাড়া আর কথা নাই মনে হয় সে বুঝি শ্যামার ঘর সারাইয়া দিবার অনুরোধেরই জবাব দিতেছে এতক্ষণ পরে।

বাড়ি বেচিয়া এমনি কত খরচ যে শ্যামার বাড়িয়াছে বলিবার নয়।

বিধানের কলিকাতার খরচ, মণি স্কুলে যাইতেছে তার খরচ, শীতলের জন্য খরচ, অসুখ- বিসুখের খরচ– শ্যামার তো মনে হইত মন্দার নয়, খরচ খরচ খরচ, চারিদিকে শুধু খরচ, তার।

আর বকুল? বকুলের জন্য শ্যামার খরচ হয় নাই?

গত বৈশাখে তের শ টাকা খরচ করিয়া বকুলের শ্যামা বিবাহ দিয়াছে। কমিতে কমিতে পাঁচ হাজারের যা অবশিষ্ট ছিল, বকুল একাই প্রায় তা শেষ করিয়া দিয়াছে।

বকুলের বিবাহ হইয়াছে, আমাদের সেই বকুলের? কার সঙ্গে বিবাহ হইয়াছে বকুলের, শঙ্করের সঙ্গে নাকি? পাগল! শঙ্করের সঙ্গে বকুলের বিবাহ হয় না।

যে বৈশাখে আমাদের বকুলের বিবাহ হইল, তার আগের ফাল্গুনে বিবাহ হইয়াছিল সুপ্রভার মেয়েটির, বিবাহের তিন-চারদিন আগে কলিকাতা হইতে বিধানের সঙ্গে শঙ্করও আসিয়াছিল। বয়সের আন্দাজে বকুল মস্ত হইয়া উঠিয়াছিল, শঙ্কর ভাবিতে পারে নাই বকুল এত বড় হইয়াছে, আর এত লজ্জা হইয়াছে বকুলের, আর এত সুন্দর হইয়াছে সে! মেয়ের সম্বন্ধে শ্যামা যে এত সাবধান হইয়াছে তাও কি শঙ্কর জানিত? বিবাহের পরদিন দুপুরবেলা বকুলকে আর শ্যামা দেখিতে পায় না। কোথায় গেল বকুল? বাড়িতে পুরুষ গিজগিজ করিতেছে, যেখানে যেখানে মেয়েরা একত্র হইয়াছে বকুল তো সেখানে নাই? হাতের কাজ ফেলিয়া রাখিয়া শ্যামা এখানে খোজে ওখানে খোজে, একে তাকে জিজ্ঞাসা করে। একজন বলিল, এই তো দেখলাম এখানে খানিক আগে, দেখ না কলাবাগানে গেছে নাকি?

বাড়ির পিছনে কলাবাগান, কলাবাগানে সেই ঢেকিঘর। তাই বটে, ঢেঁকিঘরে পেঁকিটার উপর বসিয়া শঙ্কর আর বকুল কথা বলিতেছে বটে। ঘরের কোণে এখানে বকুল আর এখন পুতুল খেলা। করে না, খেলাঘর তার ভাঙিয়া গেছে, শুধু আছে চিহ্ন, কতবার ঘর লেপা হইয়াছে। আজো চারিদিকে উঁচু আলের চিহ্ন, পুকুরের গর্ত মিলাইয়া যায় নাই, বেড়ায় যে শিউলিবোঁটার রঙে ছোপানো ন্যাকড়াটি গোঁজা আছে সে তো বকুলের পুতুলেরই জামা। পুতুল খেলার ঘরে কি। ছেলেখেলা আজ করিতেছে বকুল? একটু বাড়াবাড়ি রকম কাছাকাছি বসিয়া আছে ওরা, আর কিছু নয়। না, বকুলের হাতটিও শঙ্করের হাতে ধরা নাই। শ্যামা বলিয়াছিল, ও বকুল, এখানে বসে আছিস তুই? মেয়ে-জামাই যাবে যে এখন, আয়, চলে আয়।

বকুল তো আসিল, কিন্তু মেয়ের মুখ রাঙা কেন, চোখ কেন ছলো ছলো?— শঙ্কর আসিয়াছে। চার-পাঁচদিন, সকলের সামনে শঙ্করের সঙ্গে কত কথা বকুল বলিয়াছে, দু-চার মিনিট একা কথা বলিবার সময়ও কতবার শ্যামা হঠাৎ আসিয়াছে ওদের দেখিয়াছে, শ্যামাকে দেখিয়াও কথা শঙ্কর বন্ধ করে নাই, বকুল হাসি থামায় নাই। সেঁকিঘরে আজ ওরা কোন্ নিষিদ্ধ বাণীর আদান-প্রদান করিতেছিল, বকুলের মুখে যা রং আনিয়াছে, চোখে আনিয়াছে জল? কি বলিতেছিল শঙ্কর বকুলকে?

শ্যামা একবার ভাবিয়াছিল বকুলকে জিজ্ঞাসা করিবে! শেষে কিছু না বলাই ভালো মনে করিয়াছিল। কিছুই হয়তো নয়। হয়তো নির্জন ভেঁকিঘরে শঙ্করের কাছে বসিয়া থাকার জন্যই বকুল লজ্জা পাইয়াছিল, ওখানে ওভাবে বসিয়া থাকা যে তার উচিত হয় নাই, বকুল কি আর তা বোঝে না।

তারপর যে কদিন শঙ্কর এখানে ছিল, আর তিনটি দিন মাত্র, বকুলকে শ্যামা একদণ্ডের জন্য। চোখের আড়াল করে নাই।

বকুল রাগ করিয়া বলিয়াছিল, সারাদিন পেছন পেছন ঘুরছ কেন বল তো?

বকুলের বোধহয় অপমান বোধ হইয়াছিল।

শ্যামা বলিয়াছিল, পেছন পেছন আবার তোর ঘুরলাম কখন?

তারপর বকুল কাঁদিয়া ফেলিয়াছিল, গিয়া বসিয়াছিল শীতলের কাছে, সারাটা দিন।

দু মাস পরে বৈশাখ মাসে বকুলের বিবাহ হইয়াছিল। ছেলের নাম মোহিনী, ছেলের বাপের নাম বিভূতি, নিবাস কৃষ্ণনগর। বিভূতি ছিল পোস্টমাস্টার, এখন অবসর লইয়াছে। মোহিনী পঞ্চাশ টাকায় ঢুকিয়াছে পোস্টাপিসে, আশা আছে বাপের মতো সেও পোস্টমাস্টার হইয়া অবসর লইতে পারিবে। মোহিনী কাজ করে কলিকাতায়, থাকে কাকার বাড়ি, যার নাম শ্রীপতি এবং যিনি মার্চেন্ট আপিসের কেরানি।

ছেলেটি ভালো, আমাদের বকুলের বর মোহিনী। শান্ত নম্র স্বভাব, পঞ্চাশ টাকার চাকরি করে বলিয়া এতটুকু গর্ব নাই, প্রায় শঙ্করের মতোই লাজুক। দেখিতে মন্দ নয়, রং একটু ময়লা কিন্তু কি চোখ! বকুলের চোখের মতোই বড় হইবে।

জামাই দেখিয়া শ্যামা খুশি হইয়াছে, সকলেই হইয়াছে। জামাইয়ের বাপ-খুড়ার ব্যবহারেও কারো অসুখী হওয়ার কারণ ঘটে নাই, শ্বশুরবাড়ি হইতে বকুল ফিরিয়া আসিলে তাকে জিজ্ঞাসাবাদ করিয়া জানা গিয়াছে, শাশুড়ি-ননদেরাও বকুলের মন্দ নয়, বকুলকে তারা পছন্দও করিয়াছে, আদর যত্ন মিষ্টি কথারও কমতি রাখে নাই, কেবল এক পিশাশুড়ি আছে বকুলের সেই যা রূঢ় কথা বলিয়াছে দু-একটা বলিয়াছে, ধেড়ে মাগী, বলিয়াছে তালগাছ! ধোঁয়া পাকা মেঝেতে পা পিছলাইয়া পড়িয়া গিয়া বকুল যখন ডান হাতের শাখাটি ভাঙিয়া ফেলিয়াছিল বিশেষ কিছু কেহ তখন তাহাকে বলে নাই, কেবল ওই পিশাশুড়ি অনেকক্ষণ বকাকি করিয়াছিল, বলিয়াছিল অলক্ষ্মী, বলিয়াছিল বজ্জাত।

বলুক, পিশাশুড়ি কে? শাশুড়ি-নন্দই আসল, তারা ভালো হইলেই হইল।

বকুল বলিয়াছিল, না মা, পিশাশুড়ির প্রতাপ ওখানে সবার চেয়ে বেশি, সবাই তার কথায় ওঠে-বসে। ঘরদোর তার কিনা সব, নগদ টাকা আর সম্পত্তি নাকি অনেক আছে শুনলাম, তাইতে সবাই তাকে মেনে চলে। বুড়ির ভয়ে কেউ জোরে কথাটিও কয় নামা।

তাহা হইলে ভাবনার কথা বটে। শ্যামা অসন্তুষ্ট হইয়া বলিয়াছিল, কদিন ছিলি তার মধ্যে শাঁখা ভেঙে বুড়ির বিষনজরে পড়লি! বৌ-মানুষ তুই, সেখানে একটু সাবধানে চলাফেরা করতে হয়।

বকুল বলিয়াছিল, পা পিছলে গেল, আমি কি করব? আমি তো ইচ্ছে করে পড়ি নি!

সুপ্রভা বলিয়াছিল, মরুক পিশাশুড়ি, জামাই ভালো হইলেই হইল। সব তো আর মনের মতো হয় না।

তা বটে। স্বামীই তো স্ত্রীলোকের সব, স্বামী যদি ভালো হয়, স্বামী যদি ভালবাসে, হাজার দজ্জাল পিসশাশুড়ি থাক, কি আসিয়া যায় মেয়েমানুষের?

মোহিনী ভালবাসে না বকুলকে?

মোটা মোটা চিঠি তো আসে সপ্তাহে দুখানা! ভালবাসার কথা ছাড়া কি আর লেখে মোহিনী অত সব? আর কি লিখবার আছে তাহার?

সুপ্রভার মেয়েকে বকুল বরের চিঠি পড়িতে দেয়। শ্যামা, সুপ্রভা, মন্দা সকলে আগ্রহের সঙ্গে একবার তাকে প্রশ্ন করিয়াছিল, সে হাসিয়া বলিয়াছিল, ভেব না মামি ভেব না, যা কবিত্ব করে চিঠিতে, জামাই তোমার ভেড়া বনে গেছে।

তবু লুকাইয়া মেয়ের একখানা চিঠিতে শ্যামা চোখ বুলাইতে ছাড়ে নাই। টাঙানো লেপের বস্তার কোথায় কোন ফাঁকে চিঠিখানা আপাতত গোপন করিয়া বকুল স্নান করিতে গিয়াছিল, শ্যামার কি না নজর এড়াইয়াছে! চোরের মতো চিঠিখানা পড়িয়া শ্যামা তো অবাক। এসব কি লিখিয়াছে মোহিনী? সব কথার মানেও যে শ্যামা বুঝিতে পারি না?

কে জানে, হয়তো ভালবাসার চিঠি এমনি হয়। শীতল তো কোনোদিন তাকে প্রেমপত্র লেখে নাই, সে কি জানে প্রেমপত্রের?

না জানুক, জামাই যে মেয়েকে পছন্দ করিয়াছে, তাই শ্যামার ঢের। একটি শুধু ভাবনা তাহার আছে। বকুল তো পছন্দ করিয়াছে মোহিনীকে? কে জানে কি পোড়া মন তাহার, ঢেঁকিঘরে সেই যে বকুল আর শঙ্করকে সে একসঙ্গে দেখিয়াছিল, বার বার সে কথা তাহার মনে পড়িয়া যায়। বকুলের সে রাঙা মুখ আর ছলছল চোখ সর্বদা চোখের সামনে ভাসিয়া আসে।

পূজার সময় বকুলকে নেওয়ার কথা ছিল। পূজার ছুটির সঙ্গে আরো কয়েকদিনের ছুটি লইয়া মোহিনী ষষ্ঠীর দিন বনগাঁ আসিল। বিধানের কলেজ অনেক আগে বন্ধ হইয়াছিল, কিন্তু সে শঙ্করের সঙ্গে কাশী গিয়াছে। শঙ্করের কে এক আত্মীয় থাকেন কাশীতে, সেখানে পূজা কাটাইয়া বিধান বাড়ি আসিবে।

মোহিনী থাকিতে চায় না। অষ্টমীর দিনই বকুলকে লইয়া বাড়ি যাইবে বলে। সকলে যত বলে, তা কি হয়? এসেছ, পূজার কদিন থাকবে না? লাজুক মোহিনী ততই সলজ্জভাবে একট হাসিয়া বলে, না, তার যাওয়াই চাই।

কেন, যাওয়াই চাই কেন!—সকলে জিজ্ঞাসা করে।—পনের দিনের ছুটি তো নিয়েছ, দুদিন এখানে থেকে গেলে ছুটি তো তোমার ফুরিয়ে যাবে না?

শেষে মোহিনী স্বীকার করে, এটা তার ইচ্ছা-অনিচ্ছার ব্যাপার নয়, পিসিমার হুকুম অষ্টমীর দিন রওনা হওয়া চাই।

সুপ্রভা অসন্তুষ্ট হইয়া বলে, এ কি রকম হুকুম বাছা তোমার পিসির? বেয়াই বর্তমান পিসিইবা হুকুম দেবার কে? বেয়াইকে টেলিগ্রাম করে আমরা অনুমতি আনিয়ে নিচ্ছি, লক্ষ্মীপুজো পর্যন্ত তুমি থাকবে এখানে।

মোহিনী ভয় পাইয়া বলে, টেলিগ্রাম যদি করতে হয়, পিসিকে করুন। কিন্তু তাতে কিছু লাভ হবে না, অনুমতি পিসি দেবে না, মাঝ থেকে শুধু চটবে।

কেহ আর কিছু বলে না, মনে মনে সকলে অসন্তুষ্ট হইয়া থাকে। বুঝিতে পারিয়া মোহিনী বড় অস্বস্তি বোধ করে। সুপ্রভার মেয়েকে সে বুঝাইবার চেষ্টা করে যে, এ ব্যাপারে তার কোনো দোষ নাই, পিসি তিনখানা চিঠিতে লিখিয়াছে অষ্টমীর দিন সে যেন অবশ্য অবশ্য রওনা হয়, কোনো কারণে যেন অন্যথা না ঘটে, কথা না শুনিলে পিসি বড় রাগ করে। সুপ্রভার মেয়ে শুনিয়া বলে, বোঝা তো ভাই, আসার মতো আসা এই তো তোমার প্রথম, দুদিন না থাকলে কেমন লাগে আমাদের।

মোহিনী কয়েক ঘন্টা ভাবে, তারপর সুপ্রভার মেয়েকে ডাকিয়া বলে, আচ্ছা দশমী পর্যন্ত থাকব।

শুনিয়া শ্যামা আসিয়া বলে, থাকলে পিসি রাগ করবে বলছিলে?

গিয়ে বুঝিয়ে বলবখন।–মোহিনী বলে।

শ্যামা তবু ইতস্তত করে।–জোর করে ধরে রেখেছি বলে পিসি তো শেষে ...?

মনটা শ্যামার খুঁতখুঁত করে। কি যে জবরদস্তি সকলের! যাইতে দিলেই হইত অষ্টমীর দিন। তার মেয়ে-জামাই, পিসির নাম শুনিয়া সে চুপ করিয়া গেল, সকলের এত মাথাব্যথা কেন? ওরা কি যাইবে পিসির রাগের ফল ভোগ করিতে? ভুগিবে তার মেয়ে। সুপ্রভার মেয়ে একসময় তাহাকে একটা খবর দিয়া যায়। বলে, জান মামি, জামাই তোমার তার পাঠালে পিসির কাছে। কি লিখেছে জান, এখানে এক গণৎকার বলেছে পুজোর কদিন ওর যাত্রা নিষেধ।।

শ্যামা নিশ্বাস ফেলিয়া বলে, কি সব কাণ্ড মা, আমার ভালো লাগছে না খুকি, এমন করে

কাউকে রাখতে আছে!

আমরা রেখেছি নাকি? জামাই নিজেই তো বললে থাকবে।

তখন শ্যামা হাসিয়া সুপ্রভার মেয়ের চিবুক ধরিয়া বলে, আরেকটি জামাই তো আমার এল না।

মা?

সে লক্ষ্মীপূজার পরেই আসিবে, শ্যামা তাই হাসিয়া এ কথা বলে, ব্যথার সঙ্গে বলিবার প্রয়োজন হয় না।

পূজা উপলক্ষে মন্দা সাধারণভাবে খাওয়াদাওয়ার ভালো ব্যবস্থা করিয়াছে, শ্যামা খরচপত্র করিয়া আরো বেশি আয়োজন করিল, আসার মতো আসা এই তো জামাইয়ের প্রথম। মোহিনীকে সে একপ্রস্থ ধুতি-চাদর-জামা-জুতা কিনিয়া দিল, দিল দামি জিনিস, জামাই যে পঞ্চাশ টাকার চাকুরে। শ্যামার টাকা ফুরাইয়া আসিয়াছে, কিন্তু কি করিবে, এসব তো না করিলে নয়।

কাজ করিতে করিতে শ্যামা বকুলের ভাবভঙ্গি লক্ষ্য করে। মোহিনী আসিয়াছে বলিয়া খুশি হয় নাই বকুল? এমন চাপা মেয়েটা তার, মুখ দেখিয়া

কিছু কি বুঝিবার যো আছে। খাওয়াদাওয়া শেষ হইতে অনেক রাত্রি হয়, বকুল আসিয়া মার বিছানায় শুইয়া পড়ে, শ্যামা বলে, রাত অনেক হল, আর এখানে কেন মা? ঘরে যাও।

এখানে শুই না আমি?—বকুল বলে।

শ্যামা ভয় পাইয়া সুপ্রভার মেয়েকে ডাকিয়া আনে। সে টানাটানি করে, বকুল যাইতে চায় না, শ্যামার বুকের মধ্যে ঢিপঢিপ করিতে থাকে। শেষে ধৈর্য হারাইয়া শ্যামা দাতে দাঁত ঘষিয়া বলে, পোড়ারমুখী কেলেঙ্কারি করে সকলের মুখে তুই চুনকালি দিবি? যা বলছি যা, মেরে ছেঁচে ফেলব তোকে আমি।

সুপ্রভার মেয়ে বলে, আহা মামি, বোকো না গো, যাচ্ছে।

তারপর বকুল উঠিয়া যায়। শ্যামা চুপ করিয়া তক্তপোষে বসিয়া ভাবে। নানা কারণে সে বড় বিষাদ বোধ করে। কে জানে কি আছে মেয়েটার মনে। পূজার সময় চারিদিকে আনন্দ উৎসব, বিধানও কাছে নাই যে ছেলের মুখ দেখিয়া মনটা একটু শান্ত হয়। ছেলে বড় হইয়াছে, তাই আর কলেজ ছুটি হইলে ছুটিয়া মার কাছে আসে না, বন্ধুর সঙ্গে বেড়াইতে যায়।

শীতল বোধহয় বাহিরে তাসের আড়ায় বসিয়া আছে, শ্যামার বারণ না মানিয়া সে আজ সিদ্ধি গিলিয়াছে একরাশি। কে আছে শ্যামারঃ সারাদিনের খাটুনির পর শরীর শ্রান্ত অবসন্ন হইয়া আসিয়াছে, মনের মধ্যে একটা দুঃসহ ভার চাপিয়া আছে, কত যে একা আর অসহায় মনে হইতেছে। নিজেকে, সেই শুধু তা জানে, এতটুকু সান্ত্বনা দিবারও কেহ নাই।

ভালো করিয়া আলো হওয়ার আগে উঠিয়া শ্যামা বকুলের ঘরের দরজায় চোখ পাতিয়া দাওয়ায় বসিয়া রহিল। বকুল বাহির হইলে একবার সে তাহার মুখখানা দেখিবে। খানিক বসিয়া থাকিয়া শ্যামার লজ্জা করিতে লাগিল, এদিক ওদিক সে একটু ঘুরিয়া আসিল, পুকুর ঘাটে গিয়া মুখে-চোখে জল দিল। এও এক শরৎকাল, শ্যামার জীবনে এমন কত শরৎ আসিয়া গিয়াছে। পুকুরের শীতল জল, ঘাসের কোমল শিশির শ্যামার মুখে আর চরণে কত কি নিবেদন জানায়। সে কি একদিন বকুলের মতো ছিল? কবে?

তারপর ভিতরে গিয়া শ্যামা দেখিল, বকুলের ঘরের দরজা খোলা। কিন্তু বকুল কোথায়? শ্যামা এদিক ওদিক তাকায়, সম্মুখ দিয়া পার হইয়া যাওয়ার

সময় ভিতরে চাহিয়া দেখে মশারি তোলা, বিছানা খালি, বকুল বা মোহিনী কেউ ঘরে নাই। এত ভোরে কোথায় গেল ওরা? শ্যামা গালে হাত দিয়া সিঁড়িতে বসিয়া রহিল।

রান্নাঘরের পাশ দিয়া চোরের মতো বাড়িতে ঢুকিয়া শ্যামাকে বসিয়া থাকিতে দেখিয়া দুজনেই তাহারা লজ্জা পাইল। মোহিনী ঘরে চলিয়া গেল। বকুল শ্লথ পদে মার কাছে আসিল।

কোথা গিয়েছিলি বকুল?

বকুল কথা বলে না। পাশে বসাইয়া শ্যামা একটা হাতে তাহাকে বেষ্টন করিয়া থাকে। তাই বটে, তেমনি রাঙা বটে বকুলের মুখ, ভেঁকিঘরে সেদিন শ্যামা যেমন দেখিয়াছিল। শুধু আজ ওর চোখ দুটি ছলছল নয়।

দশমীর দিন বেলা দশটার সময় অপ্রত্যাশিতভাবে বিধান আসিল। শ্যামা আনন্দে অধীর হইয়া বলিল, তুই যে চলে এলি খোকা? মন টিকিল না বুঝি সেখানে তোর?

হঠাৎ শ্যামার মন হালকা হইয়া গিয়াছে। সেদিন মোহিনীর সঙ্গে বেড়াইয়া আসিয়া বকুলের মুখ যে রাঙা হইয়াছিল তা দেখিবার পরে শ্যামার মন কি ভার হইয়াছিল? হইয়াছিল বৈকি। শ্যামার ভাবনা কি বকুলের জন্য? এমনি শরৎকালে যাকে শ্যামা কোলে পাইয়াছিল, সোনার টুকরার সঙ্গে লোকে যাকে তুলনা করে, তাকে না দেখিলে শ্যামার ভালো লাগে না। মোহনীর জন্য মাছ মাংস রাঁধিতে রাঁধিতে উন্মনা হইয়া চোখের জল সে ফেলিয়াছিল কার জন্য?

বিধান আসিয়াছে। আর শ্যামার দুঃখ নাই। পৃথিবীতে শরৎ আসিয়াছে হাসির মতো, এতদিন শ্যামা হাসিতে পারে নাই। এবার শ্যামার মুখের হাসি ফুটিয়াছে।

পরদিন বকুলকে বিদায় দিয়াও শ্যামার মুখ তাই বেশিক্ষণ স্লান রহিল না। রান্নাঘরে গিয়া তার কাছে পিঁড়ি পাতিয়া বিধান বসিতে না বসিতে কখন যে সে ভুলিয়া গেল মেয়ের বিরহ।

০৯. আর্থিক দুর্ভাবনা

শ্যামার মনে আবার নিবিড় হইয়া আর্থিক দুর্ভাবনা ঘনাইয়া আসিয়াছে।

এবার আর কোনোদিকে সে উপায় দেখিতে পায় না। আগে দুরবস্থায় পড়িয়া একটা ভরসা সে করিতে পারি, বাড়িটা বিক্রয় করিয়া দিলে মোটা কিছু টাকা পাওয়া যাইবে। এখন সে ভরসা। নাই। বাড়ি বিক্রির অতগুলি টাকা কেমন করিয়া নিঃশেষ হইয়া গেল? অপচয় করিয়াছে নাকি সে? হয়তো আরো হিসাব করিয়া খরচ করা উচিত ছিল। একসঙ্গে অনেকগুলি টাকা হাতে পাইয়া নিজেকে হয়তো সে বড়লোক ঠাওরাইয়াই বসিয়াছিল।

তবে এ কথা সত্য যে এ কবছর একটি পয়সাও ঘরে আসে নাই। ফোঁটা ফোঁটা করিয়া। ঢালিলেও কলসীর জল একদিন শেষ হইয়া যায়। বিধানের পড়ার খরচও কি সহজ। বকুলের বিবাহেও ঢের টাকা লাগিয়াছে।

কিন্তু এখন উপায়?

শ্যামা এবার একটু মন দিয়া শীতলের ভাবভঙ্গি লক্ষ্য করিতে লাগিল। খায় দায় তামাক টানিয়া তাস-পাশা খেলিয়া দিন কাটায়, হাটে একটু খেড়াইয়া, বদহজমে ভোগে, রাত্রে ভালো ঘুম হয় না। তবু কিছু কি শীতল করিতে পারে না? ঘরে বসিয়া থাকিয়াই হয়তো সে একেবারে সারিয়া উঠিতে পারিতেছে না, কাজকর্মে মন দিলে হয়তো সুস্থ হইবে!

চুলে শীতলের পাক ধরিয়াছে। বিবর্ণ কপালের ঠিক উপরে একগোছা চুল একেবারে সাদা হইয়া গিয়াছে। না, বয়স শীতলের কম হয় নাই। বিবাহ সে বেশি বয়সেই করিয়াছিল, বয়স এখন ওর পঞ্চাশের কাছে গিয়াছে বৈকি। তবু, পঞ্চাশ বছর বয়সে পুরুষ মানুষ কি রোজগার করে না? হারান পয়ষট্টি বছর পর্যন্ত কত টাকা উপার্জন করিয়াছে, শীতল কি কিছু ঘরে আনিতে পারে না, যৎসামান্য? পঞ্চাশ টাকা অন্তত? আর কিছু হোক বা না হোক, বিধানের পড়ার খরচ তো দিতে হইবে।

মৃদু মৃদু শীত পড়িয়াছে। কোঁচার খুঁট গায়ে জড়াইয়া বাহিরের অঙ্গনের জামগাছটার গোড়ায় বেতের মোড়াতে বসিয়া শীতল তামাক টানে। বাড়ির পোষা কুকুরটা পায়ের কাছে মুখ জিয়া চুপচাপ শুইয়া থাকে, মাঝে মাঝে

শীতলের পা চাটিয়া দেয়। কুকুরটার সঙ্গে শীতলের বড় ভাব। কুকুরটাও তার বড় বাধ্য। শ্যামা কাছে আসিয়া মানুষ ও পশুর চোখ-বোজা নিবিড় তৃপ্তির আলস্য চাহিয়া দেখে।

কিন্তু উপায় কি? শ্যামার আর কে আছে, কে তার জন্য বাহির হইবে উপার্জন করিতে?

ধীরে ধীরে মিষ্টি করিয়াই কথাগুলি সে বলে, ভীত বিস্মিত চোখে তার মুখের দিকে চাহিয়া শীতল শুনিয়া যায়। কিছু সে যেন বুঝিতে পারে না, সংসার, কর্তব্য, টাকার অভাব, খোকার পড়া –সব জড়াইয়া শ্যামা যেন তাকে ভয়াবহ শাসনের ভয় দেখাইতেছে।

শীতল মাথা নাড়ে, সন্দিগ্ধভাবে। সে কি করিবে? কি করিবার ক্ষমতা তার আছে? শিশুর মতো আহত কণ্ঠে সে বলে, আমার যে অসুখ গো?

অসুখ তা জানি, সেরে তো উঠেছ খানিকটা, ঠাকুরজামাইকে বলে কম খাটুনির একটা কাজ-টাজ তুমি করতে পারবে। আমি আর কতকাল চালাব?

বাড়ির টাকা পেলে, বাড়িটা কার?–শীতল বলে।

বটে! তাই তবে শীতল মনে করিয়াছে, তার বাড়ির টাকায় এতকাল চলিয়াছে আর তাহার কিছু ভাবিয়া রাখিয়াছে শীতল? এবার তাই তাহার বসিয়া থাকার অধিকার জন্মিয়াছে।

এসব জ্ঞান তো টনটনে আছে দেখি বেশ?–শ্যামা বলে।

কুকুরটা উঠিয়া যায়। শীতলের দৃষ্টি তাহাকে অনুসরণ করে। তারপর আবার কাতর কণ্ঠে সে বলে, আমার অসুখ যে গো?

একদিনে হাল ছাড়িবার পাত্রী শ্যামা নয়। বার বার শীতলকে সে তাহাদের অবস্থাটা বুঝাইবার চেষ্টা করে। কড়া কথা সে বলে না, লজ্জা দেয় না, অপমান করে না। আবার বাহির হইয়া ঘরে টাকা আনা শীতলের পক্ষে এখন কত কঠিন সে তা বোঝে, পারুক না পারুক গা-ঝাড়া দিয়া উঠিয়া শীতল একবার চেষ্টা করুক, এইটুকু শুধু তার ইচ্ছা।

রাখালকে শ্যামা একদিন বলিয়াছিল, ঠাকুরজামাই, আবার তো আমি নিরুপায় হলাম?

কেন? অত টাকা কি করলে বৌঠান? বলেছিলাম টাকা তুমি রাখতে পারবে না—

ঠাকুরজামাই, ছেলেকে আমার বিএটা আপনি পাস করিয়ে দিন।

পড়ার খরচ দেবার কথা বলছ বৌঠান?

হ্যাঁ, রাখাল এবার রাগ করিয়াছিল। সে কি রাজা না জমিদার? কত টাকা মাহিনা পায় সে শ্যামা জানে না? একি অন্যায় কথা যে শ্যামা ভুলিয়া যায় ক্ষমতার মানুষের একটা সীমা আছে, আজ। কত বছর শ্যামা সকলকে লইয়া এখানে আছে, কত অসুবিধা হইয়াছে রাখালের, কত টানাটানি গিয়াছে তাহার, কিন্তু কিছু সে বলে নাই এই ভাবিয়া যে যতদিন তার দুমুঠা ভাত জুটিবে, শ্যামার ছেলেমেয়েকে একমুঠা তাকে দিতে হইবে, সেটা তার কর্তব্য। তাই কি শ্যামা যথেষ্ট মনে করে না। একটা ছাপোষা মানুষের পক্ষে।

ঠাকুরজামাই, একবছর আমিও তো কিছু কিছু সংসার খরচ দিয়েছি?

বলিয়া শ্যামা সঙ্গে সঙ্গে অনুতাপ করে। অনুগ্রহ চাহিতে আসিয়া এমন কথা বলিতে আছে। মুখখানা তাহার শুকাইয়া যায়। রাখাল বলে, তা জানি বৌঠান, আজ বলে নয় গোড়া থেকে জানি। কৃতজ্ঞতা বলে তোমার কিছু নেই। যাক, আমার কর্তব্য আমি করেছি, নিন্দা প্রশংসার কথা তো আর ভাবি নি, এখানে থাকতেও তোমাদের আমি বারণ করি নে, তার বেশি আমি কিছু পারব না বৌঠান, আমায় মাফ কর—এই হাতজোড় করলাম তোমার কাছে।

শীতলের একটা ব্যবস্থা? বিধানের পড়ার খরচ না দিক, শীতলের জন্য রাখাল কিছু করতে পারে না?

শীতল? রাখাল অবাক হইয়া থাকে। শীতল চাকরি করিবে, ওই অসুস্থ আধপাগলা মানুষটা! কি বলছ বৌঠান তুমি, তোমার কি মাথাটাথা খারাপ হয়ে গেছে?

আমার যে উপায় নেই ঠাকুরজামাই?

শেষে রাখাল বলে, আচ্ছা দেখি।

রাখাল সত্যই চেষ্টা করিল। শীতল বহুকাল কলিকাতার প্রেসে বড় চাকরি করিয়াছে, এই সব বলিয়া কহিয়া বোধহয় স্থানীয় একটা ক্ষুদ্র ছাপাখানায় একটা কাজ সে যোগাড় করিয়া ফেলিল শীতলের জন্য। বেতন পনের টাকা। কাজকর্ম দেখিবে, খাতাপত্র লিখিবে, মফস্বলের ছোট ছাপাখানা কাজ সামান্যই হয়, শীতল পারিবে হয়তো।

খবর শুনিয়া শীতল বিবর্ণ হইয়া বলিল, অসুখ যে আমার, আমি পারব কেন? কলম ধরলে আমার যে হাত কাঁপে, আমি যে লিখতে পারি নে রাখাল?

শ্যামা বলিল, আগে থেকে ভড়কাচ্ছ কেন বল তো? গিয়েই দ্যাখ না পার কিনা, দুদিন যেতে আরম্ভ করলে সব ঠিক হয়ে যাবে।

কোথায় পঞ্চাশ, কোথায় পনের। পঞ্চাশই বা কেন? ছাপাখানার কাজ করিয়া তিন শ টাকাও তো শীতল একদিন মাসে মাসে ঘরে আনিয়াছে। তবে আজ সে কথা ভাবা মিছে। সেদিন আর ফিরিবে না, সে শীতল নাই, সে শ্যামাও নাই। পঞ্চাশ টাকার আশা করিয়া পনের টাকাতেই শ্যামা এখন খুশি হইতে জানে।

শীতল অফিসে যায়। ছাপাখানা প্রায় আধ মাইল দূরে। স্নান করিয়া খাইয়া শীতল ঘেঁড়া কোটটি গায়ে চাপায়, বিষণ্ণ সকাতর মুখে হুকায় কয়েকটা শেষটান দিয়া মোটা লাঠিটা বাগাইয়া ধরে। বড় দুর্বল পা দুটি শীতলের, লাঠিতে ভর দিয়া সে গুটিগুটি হাঁটিতে আরম্ভ করে। পোষা কুকুরটি তখন উঠিয়া দাঁড়ায়, লেজ নাড়িতে নাড়িতে সে শীতলের সঙ্গে যায়। পুকুর ঘুরিয়া গলি পথ পার হইয়া বড় সদর রাস্তা পর্যন্ত শীতলকে আগাইয়া দিয়া আসে।

বকুল চিঠি লিখিয়াছে, সে ভালো আছে। বিধান চিঠি লিখিয়াছে সেও ভালো আছে। সকলে ভালো আছে।

শরীরটা শ্যামারও বহুকাল ভালোই আছে। দুবেলা রাধে, সংসারের কাজকর্ম করে, অবিশ্রাম খাটুনি শ্যামার, শক্ত সবল দেহ না থাকিলে কবে শ্যামা ক্ষয় হইয়া যাইত। এত খাটিতে হয় কেন। শ্যামাকে? আশ্রিতার সমস্ত অবসর

মুহূর্তগুলি কেমন করিয়া কর্তব্যে ভরিয়া ওঠে কেহ টেরও পায় না। একদিন দেখা যায় ভোর পাঁচটা হইতে রাত এগারটা অবধি যত কাজ তার পক্ষে করা সম্ভব সব সে করিতেছে একা।

কস্তাপাড় মোটা একখানা শাড়ি পরিয়া শ্যামা কাজ করে, দেখিয়া কে বলিবে সে এ বাড়ির দাসী নয়। হাতের চামড়া তাহার কর্কশ হইয়াছে, থাবা হইয়াছে বড়, আধমন জলের বালতি সে অবলীলাক্রমে তুলিয়া নেয়, গায়ে এত জোর। ছেলেমেয়েরা বড় হইয়াছে, রাত্রে তাহাকে বার বার উঠিতে হয় না, বিধানও এখানে নাই যে জাগিয়া বসিয়া সে তাহার পাঠরত পুত্রের দিকে চাহিয়া আকাশ পাতাল ভাবিবে, কাজকর্ম শেষ করিয়া শোয়ামাত্র শ্যামা ঘুমাইয়া পড়ে, কোথা দিয়া রাত কাটিয়া যায় সে টেরই পায় না। টাকার চিন্তা করে না শ্যামা? শীতলের পনের টাকার চাকরিতেই সে নির্ভাবনা হইয়া গিয়াছে নাকি! চিন্তার তাহার শেষ নেই। তবে রাত জাগিয়া কোনো ভাবনাই সে ভাবিতে পারে না। সারাদিন সহস্র কাজের সঙ্গে ভাবনার কাজটাও সে করিয়া যায়, অনেকটা। কলের মতে, পাঠাভ্যাসের মতো। এমনি হইয়াছে আজকাল। আজীবন শ্যামা যে একা, কারো সঙ্গে মিলিয়া মিশিয়া ভাবিবার সুযোগ সে কোনোদিন পায় নাই, অতীতের স্মৃতিতে, বর্তমানের সম্পদে বিপদে, ভবিষ্যতের জল্পনা-কল্পনায় চিত্ত তাহার নিঃসঙ্গ, নির্ভরহীন।

ফণী একবার নিউমোনিয়ায় মরমর হইয়া বাঁচিয়া উঠিল, মন্দার যমজ ছেলে দুটির একজন, সে কালু, মরিল জ্বর-বিকারে। পড়াশোনা ভাই দুটি বেশি দূর করে নাই, পাটের ব্যবসা আরম্ভ করিয়াছিল। গত বছর একদিনে এক লগ্নে দুই ভাইয়ের বিবাহ দিয়া মন্দা আনিয়াছিল দুটি বৌ। শ্যামার জীবনে ওদের বিশেষ কোনো স্থান ছিল না, কালুর মরণ শ্যামার কাছে বিশেষ কিছু শোচনীয় ব্যাপার নয়, তবু সেও যেন গভীর শোক পাইল। মন খারাপ হইয়া যাওয়া আশ্চর্য ছিল না। আমি বলিয়া কোনোদিন খাতির না করুক, আশ্রিতা বলিয়া মাঝে মাঝে অপমানজনক ব্যবহার করুক, যত্ন করিয়া ওকে তো দুবেলা সে ভাত বাড়িয়া দিয়াছে। কিন্তু এমন শোক কেন পুত্রশোকের মতো? কালুকে মনে করিয়া, কচি বৌটার বিধবার বেশ দেখিয়া, শ্যামার বুকের ভিতরটা পাক দিয়া যেন ভাঙিয়া যাইতে লাগিল, উন্মাদিনী মন্দাকে দুটি সবল বাহু দিয়া বুকে জড়াইয়া ধরিয়া অসহ্য বেদনায় শ্যামাও অজস্র চোখের জল ফেলিল। কেন তার এই অস্বাভাবিক ব্যথা?

পরে, মন্দার শোকও যখন শান্ত হইয়া আসিয়াছে, তখনো শ্যামা যেন অশান্ত হইয়া রহিল মনে মনে। রহস্যময় মনোবেদনা নয়, সাময়িক মনোবিকার নয়,

একটা দিনও যে হাসিয়া কথা বলে নাই সেই কালুর জন্য স্পষ্ট দুরন্ত জ্বালা। শ্যামার মতো কালুর বৌও অল্প বয়সে বাপ-মাকে হারাইয়াছিল, হঠাৎ শ্যামা যেন তার জন্য পাগল হইয়া উঠিল, নিজের মেয়েকেও সে বুঝি এত ভালো কখনো বাসে নাই। বৌয়ের বিধবা বেশ মন্দা দেখতে পারে না, নিজের শোক লইয়াই সে বিব্রত, বৌ সামনে গেলে কখনো সে শাপিতে আরম্ভ করে, বৌকে বলে মানুষখেকো রাক্ষুসী, আবার কখনো বুকে জড়াইয়া হা হা করিয়া কাঁদে, তার পরেই দূর দূর করিয়া তাড়াইয়া দেয়–চোখের সামনে থেকে সরে যা তুই, সরে যা অলক্ষ্মী। শ্যামার মমতায় কালুর বৌ বড় একটি আশ্রয় পাইল। শ্যামার প্রশস্ত বুকে মাথা রাখিয়া সজল চোখে সে ঘুমায়, জাগিয়া ওঠে শ্যামারই বুকে, সারারাত ঠায় একভাবে কাটাইয়া শ্যামার পিঠের মাংসপেশী খিচিয়া ধরিয়াছে, তবু সে নড়ে নাই, কর্ণ যেভাবে বজ্রকীটের কামড় সহিয়াছিল তেমনিভাবে দেহের যাতনা সহিয়াছে–নড়িতে গেলে ঘুম ভাঙিয়া বৌ যদি আবার কাদে?

কালুর জন্য শ্যামার শোক কেন বুঝিতে না পারা যাক, কালুর বৌয়ের জন্য তার ভালবাসা নিশ্চয় বকুলের বিরহ? কিন্তু তা যদি হয় তবে কালুর জন্য শ্যামার এই শোক বিধানের বিরহ হইতে পারে তো!

ওসব নয়। আসলে শ্যামার মনটাই আলগা হইয়া আসিতেছে, পচিয়া যাইতেছে। গোড়াতে সাত বছর একদিকে পাগলা শীতলের সঙ্গে বাস করিতে করিতে কাঁচা বয়সের মনটা তাহার কুঁকড়াইয়া গিয়াছিল, অন্যদিকে ছিল মাতৃত্বলাভের প্রাণপণ প্রয়াসের ব্যর্থতা–দুটি-একটি সঙ্গী অথবা আত্মীয়স্বজন থাকিলে যাহা তাহার এতটুকু ক্ষতি করিতে পারি না, কিন্তু একা পাইয়া সাত বছরে যাহা তাহাকে প্রায় কাবু করিয়া আনিয়াছিল–এতকাল পরে এখন, জীবনযুদ্ধে পরিশ্রান্ত মনটাতে যখন তাহার আর তেমন তেজ নাই, সেই অস্বাভাবিকতা, সেই বিকার আবার অধিকার বিস্তার করিতেছে।

মানুষ নয় শ্যামা? জীবনের তিনভাগ কাটিয়া গেল, এর মধ্যে একদিন সে বিশ্রাম পাইয়াছে? দেহের বিশ্রাম নয়। দেহ তার ভালোই আছে, গর্ভের নবাগতা সন্তানকে বহিয়া সে কাতর নয়। বিশ্রাম পায় নাই তার মন। এখন তাহার একটু সুখ, শান্তি ও স্বাধীনতার প্রয়োজন আছে বৈকি। প্রসবের তিনদিন আগেও শ্যামা একা এক শ জনের ভোজ রাধিয়া দিবে, শুধু পরের আশ্রয় হইতে এবার তাকে লইয়া চল, ভবিষ্যতকে একটু নিরাপদ করিয়া দাও, আর ওষুধের মত পথ্যের মতো একটু স্নেহ দাও শ্যামাকে। একটু নিঃস্বার্থ অকারণ মমতা।

স্বামী আর আত্মীয়স্বজন শ্যামার সেবা লইয়াছে। সন্তান লইয়াছে সেবা ও স্নেহ। প্রতিদানে। সেবা শ্যামা চায় না। আজ শ্যামাকে কেহ একটু স্নেহ দাও?

বড়দিনের সময় বিধান আসিলে সুপ্রভা বলিল, বড় হয়েছ তুমি, তোমার সব বোঝা উচিত বাবা, বাপ তো তোমার সাতেও নেই পাঁচেও নেই–মার দিকে একটু তাকাও? কি রকম হয়ে যাচ্ছে দেখতে পাও না? চাউনি দেখলে বুকের মধ্যে কেমন করতে থাকে, সেদিন দেখি বিড়বিড় করে কি সব বকছে আপন মনে, ভালো তো মনে হয় না।

বিধানের দুচোখ ভরা রোষ, বলিল, তবু তো খাটিয়ে মারছেন।

সুপ্রভা আহত হইয়া বলিল, আমাকে তুমি এমন কথা বললে বিধান, কত বলেছি আমি তুমি। তার কি জানবে? মাকে তোমার একদণ্ড বসিয়ে রাখার সাধ্যি আছে কারো? নইলে এত লোক বাড়িতে, তোমার মা কিছু না করলে কাজ কি এ বাড়ির আটকে থাকবে?–সুপ্রভা অভিমান করিল, বেশ, আমরা না হয় পর, তুমি তো এসেছ এবার, পার যদি রাখ না মাকে তোমার বসিয়ে?

বিধান কারো অভিমানকে গ্রাহ্য করে না, বলিল, না ছোটপিসি, মাকে আর এখানে আমি রাখব না, আমি নিতে এসেছি মাকে।

ওমা, কোথায়? কোথায় নিয়ে যাবে?

খবর রটিবামাত্র সুপ্রভার মুখের এই প্রশ্ন সকলের মুখে গুঞ্জরিত হইতে থাকে বিধান শ্যামাকে। লইতে আসিয়াছে? মাকে আর এখানে সে রাখিবে না? কোথায় লইবে? কার কাছে? অতটুকু ছেলে, এখনো বিএটা পর্যন্ত পাস দেয় নাই, এসব কি মতলব সে করিয়াছে?

পড়া ছেড়ে দিয়েছিস খোকা? চাকরি নিয়েছি? আমাকে না বলে এমন কাজ কেন করতে গেলি বাবা–বলিয়া শ্যামা কাঁদিতে আরম্ভ করে।

বিধান বলে, কাঁদছ কেন, এ্যাঁ? ভালো খবর আনলাম কোথায় আহলাদ করবে তা নয় তুমি কান্না জুড়ে দিলে? পাস তো দিতাম চাকরির জন্যে? ভালো চাকরি পেয়ে গেলাম আর পাস দিয়ে কি করব? ব্যাংকে লোক নেবার জন্যে পরীক্ষা হল, শঙ্কর আমাকে পরীক্ষা দিতে বললে, পাস-টাস করব ভাবি নি

মা, তিন শ ছেলের মধ্যে থার্ড হয়ে গেলাম। প্রথম সাতজনকে নিলে—নব্বই টাকায় শুরু।

নব্বই? বিশ-পঁচিশ টাকার কেরানি বিধান তবে হয় নাই? শ্যামা একটু শান্ত হয়, বলে, আমায় কিছু লিখিস নি যে?

এটা বোঝানো একটু কঠিন শ্যামাকে। পড়াশোনা করিয়া বিধান একদিন বড় হইবে, এত বড় হইবে যে, চারিদিকে রব উঠিবে ধন্য ধন্য—শ্যামার এ স্বপ্নের খবর বিধানের চেয়ে কে ভালো। করিয়া রাখে। তাই পড়া ছাড়িয়া চাকরি লইয়াছে চিঠিতে শ্যামাকে এ কথা লিখিতে বিধানের ভয় হইয়াছিল। শুধু তাই নয়। বিধান ভাবিয়াছিল সে দুশ চারশ টাকার চাকরি করিবে এই প্রত্যাশায়। শ্যামা দিন গুনিতেছে, নব্বই টাকার চাকরি শুনিয়া সে যদি ক্ষেপিয়া যায়?

পরীক্ষা পর্যন্ত আরো একটা বছর ছেলের পড়ার খরচ দিতে পারিবে না ভাবিয়াই শ্যামা যে ক্ষেপিয়া যাইতে বসিয়াছিল বিধান তো তাহা জানি না, চাকরিটা তাহার নব্বই টাকার শুনিয়াই শ্যামা এমনভাবের কৃতার্থ হইয়া গেল যে বিধান অবাক হইয়া রহিল। সন্দিগ্ধভাবে সে জিজ্ঞাসা করিল, খুশি হও নি মা তুমি?

খুশি হয় নাই!—খুশিতে শ্যামা আবোল-তাবোল বকিতে আরম্ভ করে, এতকাল শ্যামাকে যারা অবহেলা অপমান করিয়াছে তাহাদের টিটকারি দেয়, কলিকাতায় মস্ত বাড়ি ভাড়া নেয়, বকুলকে আনে, বিধানের বিবাহ দেয়, দাস-দাসীতে ঘরবাড়ি ভরিয়া ফেলে। তারপর হাসিমুখে সকলকে ডাকিয়া বিধানের চাকরির কথা শোনায়, তার দুধের ছেলে নব্বই টাকার চাকরি যোগাড় করিয়াছে, কারো সাহায্য চায় নাই, কারো তোষামোদ করে নাই—বল তো বাছা এবার ভাদের মুখ রইল কোথায় ছেলেকে আমার পড়ার খরচটুকু পর্যন্ত যারা দিতে চায় নি? কথাবার্তা শুনিয়া মনে। হয় শ্যামা সভ্যই বড় অকৃতজ্ঞ। এতগুলি বছর যার আশ্রয়ে সে থাকিয়াছে এখন ছেলের চাকরি হওয়ামাত্র নিন্দা আরম্ভ করিয়াছে তার। এরা যে কত করিয়াছে তার জন্য সব সে ভুলিয়া গিয়াছে, মনে রাখিয়াছে শুধু ক্রটিবিচ্যুতি, অপমান, অবহেলা!

মন্দা রাগিয়া বলে, ধন্যি তুমি বৌ, এতও ছিল তোমার পেটে-পেটে। এত যদি কষ্ট পেয়েছ তুমি এখেনে থেকে, থাকলে কেন? নিজের রাজ্যপাটে গিয়ে বসলে না কেন রাজরানী হয়ে? আজ পাঁচ বছর তোমাদের পাঁচটি প্রাণীকে

আমি পুষলাম, ছেলে পড়ালাম, মেয়ের বিয়ে দিলাম তোমার, আজ দিন পেয়ে আমাদের তুমি শাপছ!

অবাক হইয়া শুনিয়া শ্যামা কাঁদিতে কাঁদতে বলে, না ঠাকুরঝি, তোমাদের কিছু বলি নি তো আমি, কেন বলব তোমাদের? কম করেছ আমার জন্য তোমরা! আমাকে কিনে রেখেছ ঠাকুরঝি, তোমাদের ঋণ আমি সাত-জন্মে শোধ দিতে পারব না। তোমাদের নিন্দে করে একটি কথা কইলে মুখ আমার খসে যাবে না, কুষ্ঠ হবে না আমার জিভে!–বলে আর হাউ হাউ করিয়া কাঁদিয়া শ্যামা ভাসাইয়া দেয়।

শ্যামা কি পাগল হইয়া গিয়াছে? এতদিনে তার আবার সুখের দিন শুরু হইল, এমন সময় মাথাটা গেল তার খারাপ হইয়া? অনেক বলিয়া বিধান তাহাকে শোয়াইয়া রাখিল, বার বার জিজ্ঞাসা করিল, তোমার কি হয়েছে মা?–তারপর শ্যামা অসময়ে আজ ঘুমাইয়া পড়িল। অনেকক্ষণ ঘুমাইয়া সে যখন জাগিল আর তাকে অশান্ত মনে হইল না। সে শান্ত নীরব হইয়া রহিল।

কত কথা শ্যামার বলিবার ছিল, কত হিসাব কত পরামর্শ কিন্তু এক অসাধারণ নীরবতায় সব চাপা পড়িয়া রহিল। বিধান বলিল, কলিকাতায় সে বাড়ি ভাড়া করিয়া আসিয়াছে, শ্যামা জিজ্ঞাসাও করিল না কেমন বাড়ি, কখানা ঘর, কত ভাড়া। এতকাল এখানে থাকিয়া তার চাকরি হওয়ামাত্র। একটা মাসও অপেক্ষা না করিয়া সকলের চলিয়া যাওয়াটা বোধহয় ভালো দেখাইবে না, বিধান এই কথা বলিলে শ্যামা সায় দিয়া গেল। কিন্তু কেঁকের মাথায় বাড়িটাড়ি যখন সে ঠিক করিয়াই আসিয়াছে দু-চার দিন পরে চলিয়া তাদের যাইতে হইবে, বিধান এই কথা বলিলে শ্যামা তাতেও সায় দিল। ছেলের সব কথাতেই সে সায় দিয়া গেল।

শেষে বিধান বলিল, পড়া ছেড়েছি বলে তুমি নিশ্চয়ই রাগ করেছ মা!

শ্যামা একটু হাসিল, না খোকা রাগ করি নি, বড় হয়েছ এখন তুমি বুঝেশুনে যা করবে তাই হবে বাবা, তোমার চেয়ে আমি তো ভালো বুঝি নে, আমার বুদ্ধি কতটুকু?

কাজে যোগ দিতে বিধানের দিনদশেক দেরি ছিল, যাই যাই করিয়াও দিন সাতেক এখানে। তাহারা রহিয়া গেল। শীতল চাকরি ছাড়িয়া দিয়া নিশ্চিন্ত

মনে জামগাছের তলে বসিয়া তামাক টানিতে লাগিল, পোষা কুকুরটি শুইয়া রহিল তাহার পায়ের মধ্যে মুখ গুঁজিয়া। শীতলের ইচ্ছা আছে কুকুরটিকেও সঙ্গে লইয়া যাইবে কলিকাতায়, কিন্তু মনের ইচ্ছা প্রকাশ করিতে তার সাহস হইল না।

পাগল হওয়ার আর কোনো লক্ষণ শ্যামার দেখা গেল না, সেদিন ঘুমাইয়া উঠিয়া তার যে অসাধারণ নীরবতা আসিয়াছিল তাই শুধু কায়েমি হইয়া রহিল। আর যেন তাহার কোনো বিষয়ে দায়িত্ব নাই, মতামত নাই, সে মুক্তি পাইয়াছে! জীবনযুদ্ধ তাহার শেষ হইয়া গিয়াছে, এবার বিধান লড়াই চালাক, বিধান সব ব্যবস্থা করুক, সংসারের ভালোমন্দের দায়িত্ব থাক বিধানের, শ্যামা কিছু জানে না, জানিতে চাহে না—ঘরের মধ্যে অন্তঃপুরের গোপনতায় তার যা কাজ এবার তাই শুধু সে করিবে; উপকরণ থাকিলে র্রাধিয়া দিবে পোলাও, না থাকিলে দিবে শাক ভাত। বিধান তাহাকে এখানে রাখিলে এখানেই সে থাকিবে, কলিকাতা লইয়া গেলে কলিকাতা যাইবে, সব সমান শ্যামার কাছে। বিধানের চাকরি-লাভও শ্যামার কাছে যেন আর উল্লাসের ব্যাপার নয়, খুবই। সাধারণ ঘটনা। এই তো নিয়ম সংসারের? স্বামী-পুত্র উপার্জন করে, স্ত্রী ও জননী ভাত রাধে। আর ভালবাসে। আর সেবাযত্ন করে। আর নির্ভয় নিশ্চিন্ত হইয়া থাকে অক্ষয় অমর একটি নির্ভরে।

শহরতলিতে নয়, এবার খাস কলিকাতায় নূতন বাড়িতে শ্যামা নূতন সংসার পাতিল। বাড়িটা নূতন সন্দেহ নাই, এখনো রঙের গন্ধ মেলে। দোতলা বাড়ি, একতলাতে বাড়িওয়ালা থাকে। দোতলার মাঝামাঝি কাঠের ব্যবধান, প্রত্যেক ভাগে দুখানা ঘর। রান্নার জন্য ছাদে দুটি ঘোট ছোট টিনের চালা। শ্যামারা থাকে দোতলার সামনের অংশটিতে, রাস্তার উপরে ছোট একটু বারান্দা আছে। একটি স্বামী ও দুটি কন্যাসহ অপর অংশে বাস করে শ্রীমতী সরযূবালা দে, পাসকরা ধাত্রী।

সরযূ যেমন বেঁটে তেমনি মোটা, ফুটবলের মতো দেখিতে। দেহের ভারেই সে যেন সব সময় হাঁপায়। কাজে যাওয়ার সময় সে যখন সাদা কাপড ঢাকা রিকশায় চাপে শীর্ণকায় কুলিটি রিকশা টানিয়া লইয়া যায়, উপর হইতে দেখিয়া শ্যামা হাসি চাপিতে পারে না।

সরযূর মেয়ে দুটি সুন্দরী। বড় মেয়েটির নাম বিভা, বিধানের সে সমবয়সীই হইবে, মেয়েস্কুলে গান শেখায়। ছোট মেয়েটির নাম শামু, বিধানের বৌ হইলে মানায় এমনি বয়স, পড়ে স্কুলে। সরযূর সাধ শামুকে মেডিকেল

কলেজ হইতে পাস করাইয়া একেবারে ডাক্তার করিয়া ছাড়িবে—পাসকরা ধাত্রী নয়, লেডি ডাক্তার। লেডি ডাক্তাররা বড় অবজ্ঞার চোখে দেখে সরযূকে, এতটুকু নিজের বুদ্ধি খাটাইতে গেলেই বকে। মেয়েকে এম. বি. করিতে পারিলে গায়ের জ্বালা সরযূর হয়তো একটু কমিবে অন্তত তাই আশা।

ওমা, সে কি, মেয়েদের বিয়ে দেবেন না দিদি?—-শ্যামা বলে।

করুক না বিয়ে? আমি কি ধরে রেখেছি?—বলিয়া সরযূ হাসে।

ওদের ব্যাপারটা শ্যামা ভালো বুঝিতে পারে না। সরযূর স্বামী নৃত্যলাল কিছু করে না, বসিয়া বসিয়া খায় শীতলের মতো, তবু গরিব ওরা নয়। সরযূ নিজে মন্দ রোজগার করে না, বিভাও পঞ্চাশ টাকা করিয়া পায়। কানা খোড়া কুৎসিতও নয় মেয়ে দুটি সরযূর। বিবাহ দেয় না কেন ওদের? বাধা কিসের? বিভার মতো বয়স পর্যন্ত বকুলকে অবিবাহিত রাখিলে শ্যামা তো ক্ষেপিয়াই যাইত। ভাবনা হয় না সরযূর?

কি আনন্দেই ওরা দিন কাটায়! সাজিয়া-গুজিয়া ফিটফাট হইয়া থাকে, গান করে, গ্রামোফোন বাজায়, দিবারাত্র শ্যামার কানে ভাসিয়া আসে ওদের হাসির শব্দ। মেয়ে দুটি শুধু নয়, মোটা সরযূ পর্যন্ত যেন উল্লাসে একটা হালকা হিল্লোলে ভাসিয়া বেড়ায়। বাপ-মা আর মেয়েরা যেন বন্ধু, সমানভাবে তাহারা হাসি-তামাশা করে, তাস খেলে চারজনে মিশিয়া, একসঙ্গে সিনেমা দেখিতে যায়। বাড়িতে লোকজনও কি আসে কম। সকলে তাহারা ধাত্রী ডাকিতে আসে না। অনেক বন্ধুবান্ধব আছে ওদের স্ত্রী ও পুরুষ! তাদের মধ্যে কয়েকটি যুবক যে প্রায়ই কেন আসে শ্যামা তাহা বেশ বুঝিতে পারে। কাঠের বেড়ার একটি ফোকরে চোখ রাখিয়া ও-বাড়িতে পুরুষ ও নারীর। নিঃসঙ্কোচ মেলামেশা দেখিয়া শ্যামা থ বনিয়া যায়, গান শুনিতে শুনিতে তাহার ভাত পোড় লাগে।

বিভা এ-বাড়িতে বেশি আসে না, সে একটু অহঙ্কারী। শামু হরদম আসা-যাওয়া করে। শামুর প্রকৃতিটা শ্যামার একটু অদ্ভুত মনে হয়, একদিকে যেমন সে সরল অন্যদিকে আবার তেমনি পাকা। পোকায় কাটা ফুলের মতো সে, খানিক অসাধারণ ভালো খানিক অসাধারণ মন্দ। এমনি বয়সে বিবাহ হইয়া বকুল শ্বশুরবাড়ি গিয়াছে, মেয়েটাকে শ্যামার একটু ভালবাসিতে ইচ্ছা হয়, শিশুর মতো সরল আগ্রহের সঙ্গে শামু তাহার ভালবাসাকে গ্রহণ করে, শ্যামা হয় খুশি। কিন্তু বিধানের সঙ্গে শামুর আলাপ করিবার ভঙ্গিটা

শ্যামার ভালো লাগে না। কেমন সব হেঁয়ালিভরা ঠাট্টা শামু করে, কেমন দুষ্ট দুষ্ট মুচকি হাসি হাসে, আড়চোখে কেমন করিয়া সে যেন বিধানের দিকে তাকায়—সকলের সামনে কি একটা অদ্ভুত কৌশলে সে যেন গোপন একটা ভাবতরঙ্গ তার আর বিধানের মধ্যে প্রবাহিত করিয়া রাখে। অতিশয় দুর্বোধ্য, সূক্ষ্ম ও গভীর একটা লুকোচুরি খেলা। শ্যামা কিছু বুঝিতে পারে না, তবু ভালোও তাহার লাগে না। একটু সে সতর্ক হইয়া থাকে। শামু বিধানের ঘরে গেলে মাঝে মাঝে নানা ছলে দেখিয়া আসে ওরা কি করিতেছে। কোনোদিন শামুকে বিধান পড়া বলিয়া দেয়, সেদিন শামুর শ্রদ্ধাপূর্ণ নিরীহ ভাবটি শ্যামার ভালো লাগে। কোনোদিন বিধান জ্ঞানবিজ্ঞানের কথা বলে, বুঝিতে না পারিয়া শামু ফ্যালফ্যাল করিয়া তাকায়, আর থাকিয়া থাকিয়া ঢোক গেলে, সেদিনও শ্যামার মন্দ লাগে না। সে অসন্তুষ্ট হয় সেদিন, যেদিন শামু করে দুষ্টামি। দরজার বাহিরে শ্যামা থমকিয়া দাঁড়ায়। চোখ ঘুরাইয়া মুখভঙ্গি করিয়া শামু কথা বলে, বিধানের মুখের কাছে তর্জনী তুলিয়া শাসায়, তারপর হাসিয়া যেন গলিয়া পড়ে—দেখিয়া রাগে শ্যামার গারি রি করিতে থাকে। একি নির্লজ্জ ব্যবহার অত বড় আইবুড়ড়া মেয়ের! এত কিসের অন্তরঙ্গতাঃ বিধান ওকে এত প্রশ্রয় দেয় কেন?

ঘরে ঢুকিয়া শ্যামা বলে, কি হচ্ছে তাদের!—খুব সাবধানে বলে। বিধান না টের পায় সে অসন্তুষ্ট হইয়াছে।

শামু বলে, মাসিমা, আপনার ছেলে বাজি হেরে দিচ্ছে না—দিন তো শাসন করে?

কিসের বাজি বাছা?—শ্যামা বলে।

বললে জিভ দিয়ে আমি যদি নাক ছুঁতে পারি দু টাকার সন্দেশ খাওয়াবে। নাক ছুঁলাম, এখন দিচ্ছে না টাকা।

জিভ দিয়া নাক ছোঁয়া? এই ছেলেমানুষি ব্যাপার লইয়া ওদের হাসাহাসি? ছি, কি সব ভাবিতেছিল সে। তার সোনার টুকরো ছেলে, তার সম্বন্ধে ও কথা মনে আনাও উচিত হয় নাই। শ্যামা অপ্রতিভ হইয়া যায়।

বিভা আসিলে বসে না, দাঁড়াইয়া দু চারটি কথা বলিয়া চলিয়া যায়। আঁচল লুটানো শিথিল কবরী বিলাসী বাবু মেয়ে সে, উদাসী আনমনা তার ভাব, এ

বাড়ির সকলের কত গভীর অপরাধ সে যেন ক্ষমা করিয়াছে এমনি উদার ও নম্র তাহার গর্ব। রাজরানী যে শখ করিয়া দরিদ্র প্রজার গৃহে আসিয়াছে, স্মিত একটু হাসি, ছেঁড়া লেপ তোশক ভাঙা বাক্স প্যাঁটরা ময়লা জামাকাপড় দেখিয়াও নাক না সিঁটকানোর মহৎ উদারতা, এই সব উপহার দিয়া সে চলিয়া যায়। বসিতে বলিলে বলে, এই যে, বসি, বসার জন্য কি, বসেই তো আছি সারাদিন! এদিক-ওদিক তাকায় বিভা। শ্যামার হাঁড়ি কলসী, লোহার চায়ের কাপ, ড়ো চটের আসন, গোবরলেপা ন্যা সব লক্ষ্য করে কিন্তু না, বিভার স্বপন লাগা চোখে সমালোচনা নাই। কৃত্রিম না থাকা নয়, সত্যই নাই। শ্যামা গামছা পরিয়া গা ধোয় বলিয়া বিভা তাকে অসভ্য মনে করে না, হাসে না মনে মনে। সে শুধু দুঃখ পায়। তার দয়া হয়। খ্রীটি সমবেদনার সঙ্গেই সে মনে করে যে আহা, একটু শিক্ষাদীক্ষা পাইলে এমনটা হইত না, সকলের সামনে গামছা পরিতে শ্যামা লজ্জা পাইত।

হাসি যদি কখনো পায় বিভার, সে বিধানের জন্য। হঠাৎ ঘর হইতে বাহির হইয়া বিভাকে দেখিলে আবার সে ঘরে ঢুকিয়া যায়, বিভা যেন অসূর্যম্পশা অন্তঃপুরচারিণী, নিচের বাড়িওয়ালার মেয়ে-বৌয়ের মতো লজ্জাশীলা। বিধান নিজে লজ্জা পাইয়া সরিয়া গেলে কথা ছিল না, বিভার লজ্জা বাঁচানোর জন্য ভদ্রতা করিয়া সে সরিয়া যায় বলিয়াই বিভার হাসি পায়।

আপনার বড় ছেলে বুঝি? সে জিজ্ঞাসা করে।

শ্যামা বলে, হ্যাঁ।

এত অল্প বয়সে পড়া ছেড়ে চাকরিতে ঢুকেছেন?

দুঃখের সংসার মা, উপায় কি! নইলে ছেলে আমার বড় ভালো ছিল পড়াশোনায়, ওর কি এ সামান্য চাকরি করার কথা?—বলিয়া শ্যামা নিশ্বাস ফেলে, কি পরীক্ষা দিয়ে ডেপুটি হয় না তাই দেবার জন্য তৈরি হচ্ছিল, ভগবান বিরূপ হলেন।

বিভা বলে, ও।

শ্যামার একদিকের প্রতিবেশীরা এমনি। নিচের তলার মতোই ঘরোয়া গৃহস্থ মানুষ, সরযুদের মতো উড়ু উড়ু পাখি নয়। শ্যামার মতো তাদেরও ছোট ছেলের গন্ধ ভরা হেঁড়া লেপ তোশক! কর্তা ছিলেন আদালতের পেস্কার, পেনশন লইয়া এখন হোমিওপ্যাথি চিকিৎসা করেন। প্রতি মাসের দুই

তারিখে সকালবেলা ভাড়ার রসিদ হাতে সিঁড়ির শেষ ধাপে উঠিয়া ডাকেন, বিধানবাবু! নেত্যবাবু! আছেন নাকি?

বাড়িওয়ালার ছেলেমেয়ে বৌ নাতিনাতনি একতলাটা বোঝাই হইয়া থাকে–কখানা মাত্র ঘর, কি করিয়া ওদের কুলায় কে জানে! তিনটি বিবাহিত পুত্রকে তিনখানা ঘর ছাড়িয়া দিলে বাকি সকলে থাকে কোথায়? বাকি ঘর তো থাকে মোটে একখানি। কর্তা গিনি, একটি বিধবা মেয়ে, ছোট মেয়ে আর মেয়ের জামাইও এখানে থাকে তারা, পেটেন্ট ওষুধের ক্যানভাসার ভাইপোটি, সকলে ওই একখানা ঘরে থাকে নাকি? প্রথমটা শ্যামার বড় দুর্ভাবনা হইত। তারপর একদিন রাত্রে রাধিয়া বাড়িয়া বাড়িওলা গিনির সঙ্গে খানিক আলাপ করিতে গিয়া সে ব্যাপার বুঝিয়া আসিয়াছে। বড় দুখানা ঘরের প্রত্যেকটির মাঝামাঝি এদেয়াল হইতে ওদেয়াল পর্যন্ত তার টাঙানো আছে, তাতে ঝুলানো আছে ছিটের পর্দা। দিনের বেলা পর্দা গুটানো থাকে, রাত্রে পর্দা টানিয়া দুখানা ঘরকে চারখানা করিয়া তিন ছেলে আর মেয়ে-জামাই শয়ন করে। পর্দার উপরে একটি বিদ্যুতের বাতি জ্বালিয়া দুদিকের দম্পতিকে আলো দেয়।

সিঁড়ির নিচে যে স্থানটুকু আছে ক্যানভাসার ভাইপোটি সেখানে থাকে। নাম তাহার বনবিহারী। সিঁড়ির উপরে রেলিং ঘেঁষিয়া সঁড়াইলে নিচে বনবিহারীকে দেখিতে পাওয়া যায়। সারাদিন বাহিরে বাহিরে ঘুরিয়া রাত্রি আটটা নটার সময় সে ফিরিয়া আসে। ওষুধের সুটকেসটি চৌকির নিচে ঢুকাইয়া জামাটি খুলিয়া সে পেরেকে টাঙাইয়া দেয়, কাপড় গায়ে দিয়া চৌকিতে বসিয়া জুতার ফিতা খোলে। তারপর চৌকিতে পা তুলিয়া নিজের পা টিপিতে আরম্ভ করে নিজেই। হঠাৎ বাড়িওলা গিনি ডাক দেয়, বনু এলি, বনু? পাউরুটি আনা হয় নি, ভোলা ভুলে এসেছে, যা তো বাবা মোড়ের দোকান থেকে চট করে একটা রুটি নিয়ে আয়–সকালে উঠে খাই খাই করে সবাই তো খাবে আমায়। কোনোদিন বড় বৌ কোলের ছেলেটিকে দিয়া যায়, বলে, দেখ তো ভাই পার নাকি ঘুম পাড়াতে, হেঁটে হেঁটে? ডানা আমার ছিঁড়ে গেল। কোনোদিন বাড়িওলা স্বয়ং আসেন দাবার ছক লইয়া, বলেন, আয় বনু বসি একদান।-বনুর ভাত ঢাকা দিয়ে রাখ বৌমা, দুধ থাকে। তো দিও দিকি বনুকে একটু, দু হাতাই দিও ক্ষীর করে রাখ বাকিটা। কালকের মতো ঘন। কোরো না বাছা ক্ষীর, ঘন ক্ষীর খেয়ে আজ পেট কামড়েছে–পাতলাই রেখ আর চিনি দিও একটু। ভানু, ও ভানু, তামাক দে দিকি মা–বড় কলকেতে দিস বেশি তামাক দিয়ে।

এসব দেখিয়া শুনিয়া শ্যামার চোখে যদি জল আসিত, সে জল সোজা গিয়া পড়িত বনবিহারীর মাথায় পথের ধুলায় ধূসর রুক্ষ চুলে। এক একদিন বিভা আসিয়া দাঁড়ায়। ঝুঁকিয়া দেখিয়া ফিসফিস করিয়া বলে, অনেক মানুষ দেখেছি, এমন বোকা কখনো দেখি নি মাসিমা। এমন করে এখানে তোর পড়ে থাকা কেন? মেসে গিয়ে থাকলেই হয়!

রোজগারপাতি বুঝি নেই।–শ্যামা বলে।

কুড়ি পঁচিশ ও যা পায় মাসিমা একজনের পক্ষে তাই ঢের। তাছাড়া এমন করে থাকার চেয়ে না খেয়ে মরাও ভালো।–পুরুষমানুষ নয় ও!

রাগে বিভা গরগর করে। শ্যামা একটু অবাক হয়, এত রাগ কেন বিভার? কোথায় কোন কাপুরুষ যুবক ক্রীতদাসের জীবনযাপন করে খেয়াল করিয়া বিচলিত হওয়ার স্বভাব তো বিভার নয়! হঠাৎ বিভা করে কি, ঝুঁকিয়া ডাক দেয়, বনুবাবু মা আপনাকে ডাকছেন, উপরে আসবেন একবার?

বনবিহারী মুখ তুলিয়া তাকায়, বলে, যাই।

সে উঠিয়া আসিলে শ্যামাকে অবাক করিয়া দিয়া বিভা তাহাকে বকে। রীতিমতো ধমকায়। বলে, কি যে প্রবৃত্তি আপনার বুঝি নে কিছু, একেবারে আপনার ব্যাবোন নেই, সারাদিন ঘুরে এত রাত্রে ফিরে এলেন, এখনো আপনাকে সংসারের কাজ করতে হবে? কেন করেন আপনি? আমি হলে তো সবাইকে চুলোয় যেতে বলে চাদর মুড়ি দিয়ে শুয়ে পড়তাম, এত কি আহলাদ সকলের। বিনে মাইনের চাকর নাকি আপনি!–এমনি ভাবে কত কথাই যে বিভা তাহাকে বলে। বলে, সংসারে এমন নিরীহ হইয়া থাকিলে চলে না। একটু শক্ত হইতে হয়। অপদার্থ জেলিফিশ তো নয় বনবিহারী!

বলিতে বলিতে এত রাগিয়া ওঠে বিভা যে হঠাৎ মুখ ঘুরাইয়া গটগট করিয়া সে ভিতরে চলিয়া যায়। মুখ নিচু করিয়া বনবিহারী নামে নিচে। শ্যামা দাঁড়াইয়া ভাবিতে থাকে যে বিভা অনেকদিন এখানে আছে, বনবিহারীর সঙ্গে পরিচয় তাহার অনেক দিনের, বিভার গায়ে পড়িয়া বাবকি করাটা যেমন বিসদৃশ শোনাইল আসলে হয়তো তা তেমন থাপছাড়া নয়।

এখানে আসিয়া অল্পে অল্পে শ্যামার মন কিছু সুস্থ হইয়াছে।

তবে শ্যামা আর সে শ্যামা নাই। বনগাঁয়ে হঠাৎ সে যেরকম শান্ত ও নির্বাক হইয়া গিয়াছিল, এখানেও সে প্রায় তেমনি হইয়া আছে, শুধু তার এই পরিবর্তন এখন আর অস্বাভাবিক মনে হয় না! আসন্ন সন্তান সম্ভাবনার সঙ্গে পরিবর্তনটুকু খাপ খাইয়া গিয়াছে। চলাফেরা কাজকর্ম সমস্তই তার ধীর মন্থর, সংসারটাকে ঠেলিয়া তুলিবার জন্য তার ধৈর্যহীন উৎসাহ আর নাই, নিজের সংসারে থাকিবার সময় সে একদিন ছেলেমেয়ের জামার ছাটটি পর্যন্ত ক্রমাগত উন্নততর করিতে না পারিলে স্বস্তি পাইত না, সংসারের তুচ্ছতম খুঁটিনাটি ব্যাপারগুলি পর্যন্ত তার কাছে ছিল গুরুতর, এখন সে শুধু মোটামুটি সংসারটা চালাইয়া যায়, ছোটখাটো ক্রটি ও ফঁকি সে অবহেলা করে। সংসারের যেখানে বোতাম ছিড়িয়া ফাঁক বাহির হয় সেখানে সেফটিপিন পুঁজিয়া কাজ চালাইতে তাহার বাধে না। ছেলেদের জীবনের প্রত্যেকটি মিনিটের হিসাব রাখা আর হইয়া ওঠে না, বিধান দেরি করিয়া বাড়ি ফিরিলে কারণ জিজ্ঞাসা করিতে সে ভুলিয়া যায়, শীতের সন্ধ্যায় ফণীর পায়ে মোজা না উঠিলেও তার চলে। ঘরের আনাচে কানাচে ধুলাবালি, জামাকাপড়ে ময়লা, চৌবাচ্চায় শ্যাওলা জমিতে পারে।

নূতন যারা শ্যামাকে দেখিল তারা কিছু বুঝিতে পারে না, আগে যারা তাহাকে দেখিয়াছে। তারাই শুধু টের পায় বনগাঁ তাহাকে কি ভাবে বদলাইয়া দিয়াছে।

আবার শীত শেষ হইয়া আসিল। ফাল্গুন মাসে একটি কন্যা জন্মিল শ্যামার। বকুল বুঝি আবার শুরু হইল গোড়া হইতে। কিন্তু বকুলের কি সুন্দর দুটি ডাগর চোখ ছিল। এ মেয়ের চোখ কোথায়? হায়, শ্যামার মেয়ে জন্মিয়াছে অন্ধ হইয়া। গর্ভের অনাদিকালের অন্ধকার তাকে ঘিরিয়া রহিল, এ জগতের আলো সে চিনিবে না কোনোদিন।

জন্মান্ধ? কার পাপের ফল ভোগ করিতে তুই পৃথিবীতে আসিলি খুকি! দৃষ্টি তোর হরণ করিল কে? ভাবিতে ভাবিতে শ্যামা স্মরণ করে, বনগাঁয় একদিন সন্ধ্যার সময় কলাবাগানে ছায়ার মতো কি যেন দেখিয়া তার গা ছমছ করিয়াছিল, স্নানের আগে এলোচুলে তেল মাখিবার সময় আর একদিন পাগলা হাবুর বুড়ি দিদিমা তাহাকে দেখিয়া ফেলিয়াছিল, অজ্ঞাতসারে আরো কবে কি ঘটিয়াছিল কে জানে!

কি আর করা যায়, অন্ধ মেয়েকে শ্যামা সমান আদরেই মানুষ করে, যেমন সে করিয়াছিল বকুলকে, যার ডাগর দুটি চোখ শ্যামাকে অবিরত অবাক

করিয়া রাখিত। দু মাস বয়স হইতে না হইতে শীতল মেয়েকে বড় ভালবাসিল! বিধান একটা ঠাকুর আনিয়াছিল, তাহাকে ছাড়াইয়া দিয়া শ্যামা আবার রান্না আরম্ভ করিলে মেয়ে কোলে করিয়া বসিয়া থাকার কাজটা পাইয়া শীতল ভারি খুশি। এখানে আসিয়া বনগাঁর পোষা কুকুরটির জন্য শীতলের মন কেমন করিত, খুকিকে কোলে পাইয়া কুকুরের শোক সে ভুলিয়া গেল। শীতলের বা পায়ের বেদনাটা আবার চাড়া দিয়া উঠিয়াছে। এ জন্য দোষী করে সে শ্যামাকে। শ্যামার জন্যই তো চাকরি করিতে দুর্বল পা লইয়া দুবেলা তাহাকে হাঁটাহাঁটি করিতে হইত বনগাঁয়!

অবসর সময়টা শ্যামা তার পায়ে তর্পিন তেল মালিশ করিয়া দেয়। অসুস্থ স্বামীকে চাকরি করিতে পাঠাইয়া অপরাধ যদি তার হইয়া থাকে, এ তার অযোগ্য প্রায়শ্চিত্ত নয়।

মোহিনী কলিকাতায় চাকরি করে কিন্তু শ্বশুরবাড়ি বেশি সে আসে না, বোধহয় পিসির বারণ আছে। শ্যামা তাকে দুদিন নিমন্ত্রণ করিয়াছিল, দুদিন আসিয়া সে খাইয়া গিয়াছে, নিজে হইতে একদিনও খোঁজখবর নেয় নাই। বিধান প্রথম প্রথম কাকার বাড়ি গিয়া মোহিনীর সঙ্গে সর্বদা দেখা সাক্ষাৎ করিত এখন সেও আর যায় না। রাগ করিয়া শ্যামাকে সে বলে, এমনি লাজুক হলে কি হবে, মোহিনী বড় অহঙ্কারী মা–কতবার গিয়েছি আমি, কত বলেছি আসতে, এল একবার? নেমন্তন্ন না করলে বাবুর আসা হয় না, ভারি জামাই আমার!–এদিকে তো মাছিমারা কেরানি পোস্টাপিসের!

কিন্তু মোহনী একদিন বিনা আহ্বানেই আসিল। লজ্জায় মুখ রাঙা করিয়া বিধানের কাছে সে স্বীকার করিল যে বকুলের চিঠি পাইয়া সে আসিয়াছে। বকুলকে এখন একবার আনা দরকার। পনের দিনের ছুটি লইয়া সে বাড়ি যাইতেছে, ইতিমধ্যে শ্যামা যদি তাহার পিসিকে একখানা চিঠি লিখিয়া দেয় আর চিঠির জবাব আসার আগেই বিধান যদি সেখানে গিয়া পড়ে, বকুলকে পাঠানোর একটা ব্যবস্থা মোহিনী তবে করিতে পারে।

মোহিনীর কথাবার্তা বিধানের কাছে হেঁয়ালির মতো লাগে, সে বলে, বোসো তুমি, মাকে বলি।

মোহিনী বলে, না না, আমি গেলে বলবেন।

কিন্তু তা হয় না, শ্যামাকে না বলিলে এসব সাংসারিক ঘোরপ্যাচ কে বুঝিতে পারিবে?

বিধান শ্যামাকে সব শোনায়। শুনিবামাত্র ব্যাপার আঁচ করিয়া শান্ত নির্বাক শ্যামার সহসা আজ দেখা দেয় অসাধারণ ব্যস্ততা।

কই মোহিনী? ডাক খোকা, মোহিনীকে ডাক।

শ্যামার চোখ ছলছল করে। আসিবার জন্য তাই বকুল ইদানীং এত করিয়া লিখিতেছিল। তারা আনিবার ব্যবস্থা করতে পারে নাই বলিয়া মেয়ে তার জামাইকে এমন চিঠি লিখিয়াছে যে, বিনা নিমন্ত্রণে যে কখনো আসে না সে যাচিয়া আসিয়াছে বকুলকে আনানোর ষড়যন্ত্র করিতে, ছুটি লইয়া। যাইতেছে বাড়ি! মোহিনীকে কত জোরই যে শ্যামা করে! সজল চোখে কতবার যে সে মোহিনীকে মনে করাইয়া দেয় তার হাতে যেদিন মেয়েকে সঁপিয়া দিয়াছিল সেইদিন হইতে শ্যামার ছেলের সঙ্গে তার কোনো পার্থক্য নাই, বিধান যেমন মোহিনীও তেমনি শ্যামার কাছে। অনুযোগ দিয়া বলে, তোমার বাড়ির কারুর কি উচিত ছিল না বাবা এ কথাটা আমায় লিখে জানায়! আমি তার মা, আমি জানতে পেলাম না কমাস কি বৃত্তান্ত? পিসি না বুঝুক, তুমি তো বোঝ বাবা মার দুঃখু?

মোহিনীকে সে-বেলা এখানেই খাইয়া যাইতে হয়। জামাই কোনোদিন পর নয়, তবু আজ মোহিনী যেন বিশেষ করিয়া আপন হইয়া যায়। মনটা ভালো মোহিনীর, বকুলের জন্য টান আছে। মোহিনীর, না আসুক সে নিমন্ত্রণ না করিলে, অবুঝ গোয়ার সে নয়, মধুর স্বভাব তার।

চার-পাচদিন পরে বিধান গিয়া বকুলকে লইয়া আসিল। বলিল, উঃ মাগো, কি গালটা পিসি আমাকে দিলে। বাড়িতে পা দেয়া থেকে সেই যে বুড়ি মুখ ছুটাল মা, থামল গিয়ে একেবারে বিদায় দেবার সময়, অমঙ্গল হবে ভেবে তখন বোধহয় কিছু বলতে সাহস হল না, মুখ গোমড়া করে দাঁড়িয়ে রইল। আমি আর যাচ্ছিনে বাবু খুকির শত্রবাড়ি এ জন্মে।

বকুল তো আসিল, এ কোন বকুল? একি রোগা শরীর বকুলের, নিস্প্রভ কপোল, ভীরু চোখ, কান্তিবিহীন মুখ, লাবণ্যহীন বর্ণ? মেয়েকে তার এমন করিয়া দিয়াছে ওরা!—পেট ভরে খেতেও ওরা দিত না বুঝি খুকি? খাটিয়ে মারত বুঝি দিনরাত? আমি কি জানতাম মা এত ততাকে কষ্ট দিচ্ছে!

আনবার জন্যে লিখতিস, ভাবতাম আসবার জন্যে মন কেমন করছে তাই ব্যাকুল হয়েছিস–পোড়া কপাল আমার।

শ্যামার মুখে হঠাৎ যে খিল পড়িয়াছিল, বকুল আসিয়া যেন তা খুলিয়া দিয়াছে। সেটা আশ্চর্য নয়। মনের অবস্থা অস্বাভাবিক হইয়া আসিলে এই তো তার সবার বড় চিকিৎসা, এমনিভাবে মশগুল হইতে পারা জীবনের স্বাভাবিক বিপদে সম্পদে, যার মহাসমন্বয় সংসার ধর্ম। বহু দিনের দুর্ভাবনায় বনগাঁর পরাশ্রিত জীবনযাপনে, শ্যামার মনে যদি বৈকল্য আসিয়া থাকে, ছেলের চাকরি, অন্ধ মেয়ের জন্ম, বকুলের এভাবে আসিয়া পড়া, এততেও সেটুকু কি শোধরাইবে না? আগের মতো হওয়া শ্যামার পক্ষে আর সম্ভব নয়, তবু পরিবর্তিত, পরিশ্রান্ত ক্ষয় পাওয়া শ্যামার মধ্যে একটু শক্তি ও উৎসাহ, একটু চাঞ্চল্য ও মুখরতা এখন আসিতে পারে, আসিতে পারে জীবনের হাসিকান্নার আরো তেজী মোহ, সুখের নিবিড়তার স্বাদ।

মহোৎসাহে শ্যামা বকুলের সেবা আরম্ভ করিল।

বনগাঁয়ে চুরি করিয়া বিধানকে সে ভালো জিনিস খাওয়াইত, এখানে নিজের মুখের খাবারটুকু সে মেয়ের মুখে তুলিয়া দিতে লাগিল। নব্বই টাকা আয়ে ততা কলিকাতা শহরে রাজার হালে থাকা যায় না, নিজেকে বঞ্চিত না করিয়া মেয়েকে দিবার দুধটুকু ঘিটুকু ফলটুকু কোথায় পাইবে সে? কচি মেয়ে মাই খায়, শ্যামার নিজেরও দারুণ ক্ষুধা, পাতের মাছটি তবু সে বকুলের থালায় তুলিয়া দেয়, মণিকে দিয়া চিনিপাতা দই আনায় দু পয়সার, দই মুখে রুচবে লো, ভাতকটা। সব মেখে খেয়ে নে চেঁছেপছে, লক্ষ্মী খা। দই খেলে আমার বমি আসে, তুই খা তো। ও মণি, দে বাবা, একটু আচার এনে দে দিদিকে।

বকুলকে সে বসাইয়া রাখে, কাজ করিতে দেয় না।

দেখিতে দেখিতে বকুলের চেহারার উন্নতি হয়।

কিন্তু মুশকিল বাধায় সরযূ। বলে, মেয়েকে কাজকর্ম করতে দিচ্ছ না, এ কিন্তু ভালো নয় ভাই।

শ্যামা বলে, খেটে খেটে সারা হয়ে এল, ওকে আর কাজ করতে দিতে কি মন সরে দিদি? অল্পবিস্তর কাজ ধরতে গেলে করে বৈকি মেয়ে, বিছানা

টিছানা পাতে। বিকেলে খানিকক্ষণ হেঁটেও বেড়ায় ছাতে, তা তো দেখতেই পাও?

মনে হয় সরযূর অনধিকার চর্চায় শ্যামা রাগ করে। পাসকরা ধাত্রী। পাঁচটি সন্তানের জননী সে, মেয়ের কিসে ভালো কিসে মন্দ সে তা বোঝে না, পাসকরা ধাত্রী তাহাকে শিখাইতে আসিয়াছে।

শ্যামা প্রাণপণে মেয়েকে এটা ওটা খাওয়াইবার চেষ্টা করে, বকুলের কিন্তু অত খাওয়ার শখ নাই, তার সবচেয়ে জোরালো শখটি দেখা যায় বিধানের বিবাহ সম্বন্ধে। শ্যামাকে সে ব্যতিব্যস্ত করিয়া তোলে। বলে, কি করছ মা তুমি? চাকরি বাকরি করছে, এবার দাদার বিয়ে দাও? শামুর সঙ্গে দাদার অত মাখামাখি দেখে ভয়ও কি হয় না তোমার?

কিসের মাখামাখি লো?—শ্যামা সভয়ে বলে।

নয়? বিয়ের যুগ্যি মেয়ে, ও কেন রোজ পড়া জানতে আসবে দাদার কাছে? পড়া জানবার। দরকার হয় মাস্টার রাখুক না। না মা, দাদার তুমি বিয়ে দাও এবার।

শামুর আসা যাওয়া শ্যামার চেয়েও বকুল বেশি অপছন্দ করে। কি পাকা গিন্নিই বকুল হইয়াছে। সাংসারিক জ্ঞান বুদ্ধিতে কচি মনটি যেন তার টইটম্বুর, আঁটিতে চায় না। শামুর কাপড়পরা, বেণিপাকানো, পাউডার মাখার ঢং দেখিয়া গা যে তার জ্বলিয়া যায় শ্যামা ভিন্ন কার সাধ্য আছে তা টের পাইবে, মনে হয় শামুর সঙ্গে সখিত্বই বুঝি তার গড়িয়া উঠিল। বনগাঁয় সেই ঢেঁকিঘরখানার চালায় ইতিমধ্যে বুঝি নূতন খড়ও ওঠে নাই এক আঁটি, শঙ্করের গায়ের সেই জামাটি বুঝি আজো হেঁড়ে নাই, অশ্রুমুখী সেই অবোধ বালিকা বকুল আজ এই বকুল হইয়াছে, দুটি ছেলেমানুষ ছেলেমেয়ের সহজ বন্ধুত্বে সে আঁশটে গন্ধ পায় এবং বেমালুম তাহা গোপন রাখিয়া ওদের দেখায় হাসিমুখ, নাক সিটকায় মার কাছে আর করে ষড়যন্ত্র। শ্বশুরবাড়ির লোকেরা গড়িয়া পিটিয়া বকুলকে মানুষ করিয়া দিয়াছে সন্দেহ নাই।

ষড়যন্ত্রে শ্যামার সায় আছে। মিথ্যা নয়, বিধানের এবার বিবাহ দেওয়া দরকার বটে।

বিধান শুনিয়া হাসে। বলে, পিসির গাল সয়ে নিয়ে এলাম কিনা, মাকে বুঝি তাই এসব কুপরামর্শ দিচ্ছিস খুকি? তারপর গম্ভীর হইয়া বলে, এদিকে খরচ

চলে না সে খবর রাখিস তুই? ট্রামের টিকিট না কিনে মণির স্কুলের মাইনে দিয়েছি এবার, তুই আছিস কোন তালে!

বকুল বলে, আমাকে এনে তোমার খরচ বাড়ল দাদা।

তবু ততা আছিস আমায় ডুবিয়ে যাবার ফিকিরে।

বকুল অভিমান করে। সে আসিয়া খরচ বাড়াইয়াছে বিধান একবার প্রতিবাদ করিলে সে খুশি হইত। কারো মন বুঝিয়া একটা কথা যদি বিধান কোনোদিন বলতে পারে। খানিক পরে আবার উল্টা কথা ভাবিয়া বকুলের অভিমান কমিয়া যায়। তাই বটে দাদা কি পর যে তোষামোদ করিয়া কথা কহিবে তার সঙ্গে? আবার সে প্যান প্যান শুরু করিয়া দেয়। যুক্তি দেখায় যে ওসব বাজে ওজোর বিধানের, এই যে সে আসিয়াছে, সংসার অচল হইয়াছে কি? একটা বৌ আসিলেও স্বচ্ছন্দে সংসার চলিবে। তারচেয়ে বেশি ভাত বৌ খাইবে না নিশ্চয়।

সংসারের ভার গ্রহণ করার আনন্দ বিধানের এদিকে কয়েক মাসের মধ্যেই তিতো হইয়া গিয়াছিল। এই বয়সে ভাইয়ের স্কুলের মাহিনা দিতে রোজ হাঁটিয়া আপিস করা যদিবা সহ্য হয়, একেবারে নব্বই নব্বইটা টাকাতেও যে মাসের খরচ কুলায় না এটুকু মাথা গরম করিয়া দেয় তরুণ মানুষের। বকুলকে একদিন বিধান ভয়ানক ধমকাইয়া দিল। বলিল, বিয়ে! একটা টুসনি খুঁজে পাচ্ছি না, বিয়ে বিয়ে করে পাগল করে দিলি আমায়। ফের ও কথা বললে চড় খাবি খুকি।

বলিয়া সে আপিস গেল। বকুল নাইল না, খাইল না, গোসা করিয়া শুইয়া রহিল। বিকালে বাড়ি ফিরিয়া বিধান শুনিল শ্যামার বকুনি, তারপর সে বকুলকে তুলিয়া খাওয়াইতে গেল।

আজ বিভা বসিয়াছিল বকুলের কাছে।

বিধানের সঙ্গে আগে সে কোনোদিন কথা বলে নাই, আজ দয়া করিয়া বলিল, পালাচ্ছেন। কেন, আসুন না? কি বলেছেন বোনকে, বোন আজ রাগ করে সারাদিন খায় নি?

তারপর বিভা বলিল, শামু খুব প্রশংসা করে বিধানের জগতে নাকি এমন বিষয় নাই বিধান যা জানে না? পড়াটড়া জানিতে আসিয়া শামু বোধহয়

খুব বিরক্ত করে বিধানকে? আশ্চর্য মেয়ে, মানুষকে এমন জ্বালাতন করিতে পারে ও!–বিভা এই সব বলে, বিধান মুখ লাল করিয়া আড়ষ্টভাবে শোনে! শ্যামাও তো পিছু পিছু আসিয়াছিল বিধানের, সে আর বকুল ভাবে শামুর কথা ওঠায় বিধানের মুখ লাল হইয়াছে। তারা তো বুঝিতে পারে না জীবনে যে কখনো মেয়েদের। ধারেকাছে ঘেঁষে নাই, বিভার মতো গান-জানা মন-টানা আধুনিক মেয়ের কাছে কি তার দারুণ অস্তিত্ব।

গভীর বিষাদে শ্যামার মন ভরিয়া যায়। এইবার বুঝি তার একেবারে হাল ছাড়িয়া দিবার দিন আসিয়াছে। অন্ধ মেয়ে দিয়া ভগবানের সাধ মিটিল না, ছেলে কাড়িয়া নেওয়ার ব্যবস্থা করিয়াছেন। এবার। বিধানের স্নেহের স্রোত আর কি তার দিকে বহিবে? তার কড়া হাতের সেবা আর কি ভালো লাগিবে বিধানের জননীকে আর তো বিধানের প্রয়োজন নাই। নিজের জীবন এবার নিজেই সে গড়িয়া তুলিবে, যে অধিকার এতদিন শ্যামার ছিল নিজস্ব। শ্যামা বুঝিতে পারে, জগতে এই পুরস্কার মা পায়। বকুলকে বড় করিয়া দান করিয়াছে পরের বাড়ি, তার চোখের সামনে বিধানের নিজের স্বতন্ত্র জগৎ গড়িয়া উঠিতেছে, যেখানে তার ঠাঁই নাই এতটুকু। মণির বেলা ফণীর বেলাও হইবে এমনি। আপন হইয়া কেহ যদি চিরদিন থাকে শ্যামার, থাকিবে এই অন্ধ শিশুটি, যার নিমীলিত আঁখি দুটির জন্য শ্যামার আঁখি সজল হইয়া থাকিবে আজীবন।

এক বাড়িতে বাস করিলে পরের জীবনের গোপন ও গভীর জটিলতাগুলি, কেহ বলিয়া না। দিলেও, ক্রমে ক্রমে সকলেই টের পাইয়া যায়। বিভা ও বনবিহারীর ব্যাপারটা বুঝিতে পারিয়া শ্যামা ও বকুল হাসাহাসি করে নিজেদের মধ্যে। বিভার জন্য ভেড়া বনিয়া এখানে পড়িয়া আছে। বনবিহারী, একটু চোখের দেখা, একটু গান শোনা, বিভার যদি দয়া হয় কখনো দুটি কথা বলা এইটুকু সম্বল বনবিহারীর মাগো মা কি অপদার্থ পুরুষ! না জানিস ভালোরকম লেখাপড়া, করিস ক্যানভাসারি, থাকিস পরের বাড়ি দাস হইয়া, তোর একি দুরাশা! সিঁড়ির নিচে ভাঙা চৌকিতে যার বাস তার কেন আকাশের চাদ ধরার সাধ? বনবিহারীর পাগলামি বিশেষ অস্পষ্ট নয়, সকলেই জানে: সে নিজেই শুধু তা জানে না, ভাবে গোপন কথাটি তার গোপন হইয়াই আছে, ছড়াইয়া পড়ে নাই বাহিরে। টের পাওয়া অবশ্য কারো উচিত হয় নাই, কারণ বনবিহারী কিছুই করে না। প্রেমিকের মতো, বিভা সিঁড়ি দিয়া নামিলে শুধু চাহিয়া থাকে, বিভা গান ধরিলে যদি আশপাশে কেহ না থাকে তবেই সে সিঁড়ি দিয়া গুটি গুটি উপরে উঠিয়া দাঁড়াইয়া থাকে, আর যা কিছু সে করে সব চুরি করিয়া, কারো তা

দেখিবার কথা নয়। ক্যানভাস করিতে বাহির হইয়া বিভার স্কুলের কাছাকাছি কোথাও সে রোজই দাঁড়াইয়া থাকে ছুটির সময়, কোনোদিন সাহস করিয়া সামনে গিয়া বলে, ছুটি হয়ে গেল আপনার কোনোদিন দূর হইতেই সরিয়া পড়ে। এইটুকু যে সকলে জানিয়া ফেলিয়াছে। টের পাইলে লজ্জায় বনবিহারী মরিয়া যাইবে। তারপর বিভার কাজ করিয়া দিতেও সে ভালবাসে বটে। লন্ড্রিতে কাপড় দিয়া লইয়া আসে, ফর্দমাফিক মার্কেট হইতে জিনিসপত্র কিনিয়া আনে, যে দুটি ছোট ছোট মেয়ে সকালবেলায় গান শিখিতে আসে বিভার কাছে, দরকার হইলে তাদের বাড়ি পৌছাইয়া দেয়। এখন, এসব ছোটাখাটো উপকার কে না কার করে জগতে? বাড়ির কাজও তো সে কম করে না। বিভার দুটি-একটি কাজ করিয়া দেওয়ার মধ্যে তার গোপন মনের প্রতিচ্ছবি যে। সকলে দেখিয়া ফেলিবে কেমন করিয়া সেটুকু অনুমান করিবে বনবিহারী? বিভার যে ফটোখানা সে চুরি করিয়াছে সেখানা সে লুকাইয়া রাখিয়াছে ক্যানভাসিঙে যাওয়ার সুটকেসটির মধ্যে আর পুরোনো ব্লাউজটি রাখিয়াছে তার ট্রাঙ্কে তালা-চাবি দিয়া। চুপি চুপি লুকাইয়া এগুলি সকলে যে আবিষ্কার করিয়াছে তাই-বা সে জানিবে কিরূপে?

বিভা বিব্রত হইয়া থাকে। বনবিহারী এমন নিরীহ, যত স্পষ্টই হোক এমন মূক ও নিষ্ক্রিয়তার প্রেম, তার বিরুদ্ধে নালিশ খাড়া করিবার তুচ্ছতম প্রমাণটির এমন অভাব যে এ বিষয়ে সকলের যেমন তারও তেমনি কিছু বলিবার অথবা করিবার উপায় নাই। মনে মনে সে কখনো রাগে কখনো বোধ করে মমতা, সিঁড়ি দিয়া নামার সময় কোনোদিন তাকায় ক্রুদ্ধ ভৎসনার চোখে কোনোদিন দুটি-একটি স্নিগ্ধ কথা বলে। ভালো যে লাগে না একেবারে তা নয়। একটা কুকুরও কুকুরের মতো পোষ মানিলে মানুষের তাতে কত গর্ব কত আনন্দ, এতো একটা মানুষ। অথচ এরকম পূজা গ্রহণ করিবার উপায় না থাকিলে কি বিশ্রীই যে লাগে মানুষের মনে যার একফোঁটা দয়ামায়া থাকে।

বকুলের সঙ্গে হাসাহাসি করে বটে মনে শ্যামা কিন্তু ব্যথা পায়। শক্ত সমর্থ যুবক, একি ব্যাধি তার মনের। মেরুদণ্ডটা পর্যন্ত যে ওর গলিয়া গেল, সুযোগ পাইয়া কি ব্যবহারটাই বাড়ির লোকে করে ওর সঙ্গে, নিজের মনুষ্যত্ব যে বিসর্জন দিয়াছে কে তাকে মানুষ জ্ঞান করিবে, দোষ নাই।

আচ্ছা, শামুর জন্য বিধানও যদি অমনি হইয়া যায়? অমনি উন্মাদ? ও ভগবান, শ্যামা তবে নিজেই পাগল হইয়া যাইবে

অনেক ভাবিয়া শ্যামা শেষে একদিন বকুলকে বলে, শোন খুকি বলি, দ্যাখ শামুকে যদি খোকার পছন্দ হয়ে থাকে, ওর সঙ্গেই না হয় দিই খোকার বিয়ে? স্বঘর তো, দোষ কি?

বকুল স্তম্ভিত হইয়া যায়, বলে, ক্ষেপেছ নাকি তুমি মা, কি বলছ তার ঠিক-ঠিকানা নেই, ওই মেয়ের সঙ্গে তুমি বিয়ে দিতে চাও দাদার! শামু ভালো নয় মা–শয়তানের একশেষ। এমন মনেও ঠাঁই দিও না।

কি হইবে তবে? একদিন শামু না আসিলে বিধান যে উসখুস করিতে থাকে। শামুর হাসির হিল্লোলে সংসার যে শ্যামার ভাসিয়া যাইতে বসিয়াছে!

ভগবান মুখ তুলিলেন।

অনেক দুঃখ শ্যামা পাইয়াছে, আর কি তিনি তাকে কষ্ট দিতে পারেন। একদিন বিধান বলিল, শঙ্করের সঙ্গে দেখা করতে গিয়েছিলাম মা, আমাদের বাড়িটা দেখে আসতে ইচ্ছে হল, গিয়ে দেখি। ভাড়ার নোটিশ ঝুলছে। যাবে ও বাড়িতে?

আমাদের বাড়ি! আজো সেবাড়ির কথা বলিতে ইহারা বলে আমাদের বাড়ি!

শ্যামা সাগ্রহে বলিল, সত্যি খোকা?–যাব, চল সামনের মাসেই আমরা চলে যাই, পয়লা তারিখে।

সামনের মাসে পয়লা তারিখে ঘোড়ার গাড়ি ভাড়া করিয়া তাহারা বাড়ি বদলাইয়া ফেলিল। বিধান ছুটি লইল একদিনের। সকালে একা গিয়া জিনিসপত্র রাখিয়া আসিতে বেলা তার বারটা বাজিয়া গেল। শামু আর বিভা দুজনেই তখন স্কুলে গিয়াছে, বাড়িওলার ছেলেরা গিয়াছে আপিসে, বনবিহারী গিয়াছে ওসুধ ক্যানভাস করিতে। দুপুরে এখানেই পাতা পাতিয়া তাহারা ভাত খাইল। তারপর বাকি জিনিসপত্রসমেত রওনা হইয়া গেল শহরতলির সেই বাড়ির উদ্দেশ্যে, শ্যামার জীবনের দুটি যুগ যেখানে কাটিয়াছিল।

তেমনি আছে ঘরবাড়ি শ্যামার। এ বাড়ি হইতে সে যখন বিদায় লইয়াছিল তখন বাড়িটা শুধু ছিল একটু বিবর্ণ, বাড়ির মালিক এখন আগাগোড়া চুনকাম করিয়াছে, রং দিয়াছে। শ্যামা সোজা উঠিয়া গেল উপরে। উপরের ঘরখানাকে আর নূতন বলিয়া চেনা যায় না, বাড়ির বাকি অংশের সঙ্গে

মিশ খাইয়া গিয়াছে। নতুবাবু দোতলায় ঘর তুলিয়াছে একখানা। রেলের বাঁধটার খানিকটা আড়াল পড়িয়া গিয়াছে। আর কিছুই বদলায় নাই। ধানকলের বিস্তৃত অঙ্গনে তেমনি ধান মেলা আছে, পায়রার ঝক তেমনি খাইতেছে ধান, উঁচু চোঙাটা দিয়া তেমনি অল্প অল্প ধোঁয়া বাহির হইয়া উড়িয়া যাইতেছে বাতাসে।

১০. শ্যামার কোলে স্পন্দিত হইতে লাগিল জীবন

বকুলের একটি মেয়ে হইয়াছে।

প্রথমবারেই মেয়ে? তা হোক। শ্যামার শেষবারের মেয়ের মতো ও তো অন্ধ হইয়া জন্মায় নাই, বকুলের চেয়েও ওর বুঝি চোখ দুটি ডাগর। কাজল দিতে দিতে ওই চোখ যখন গভীর কালো হইয়া আসিবে দেখিয়া অবাক মানিবে মানুষ। কি আসিয়া যায় প্রথমবার মেয়ে হইলে, মেয়ে যদি এমন ফুটফুটে হয়, এমন অপরূপ চোখ যদি তার থাকে?

শ্যামার একটু ঈর্ষা হইয়াছিল বৈকি! বকুলের মেয়ের চোখ আশ্চর্য সুন্দর হোক শ্যামার তাতে আনন্দ, আহা তার মেয়েটির চোখ দুটি যদি অন্ধ না হইত।

বকুলের মেয়ে মানুষ করে শ্যামা, প্রসবের পর বকুলের শরীরটা ভালো যাইতেছে না, তাছাড়া সন্তান পরিচর্যার সে কি জানে? নিজের মেয়ে, বকুল আর বকুলের মেয়ে, শ্যামা তিনজনেরই সেবা করে। বকুলের মেয়ে আর নিজের মেয়েকে হয়তো সে কোনোদিন কাছাকাছি শোয়াইয়া রাখে, বকুলের মেয়ে তাকায় বড় বড় চোখ মেলিয়া, শ্যামার মেয়ের অন্ধ আঁখি দুটিতে পলকও পড়ে না।–পলক পড়িবে কিসে চোখের পাতা যে মেয়েটার জড়ানো। শ্যামার মনে পড়ে বাদুর কথা–মন্দার সেই হাবা মেয়েটা, দিনরাত যে শুধু লালা ফেলিত। এমন সন্তান কেন হয় মানুষের অন্ধ, বোবা, অঙ্গহীন বিকল? কেন এই অভিশাপ মানুষের? এক একবার শ্যামার মনে হয়, হয়তো বকুলের মেয়ে তার মেয়ের চোখ দুটি হরণ করিয়াছিল তাই ওর ডবল চোখের মতত অত বড় চোখ হইয়াছে। তারপর সবিষাদে শ্যামা মাথা নাড়ে। না, এসব অন্যায় কথা মনে আনা উচিত নয়। কিসে কি হইয়াছে কে তা জানে, সত্য মিথ্যা কিছু তো জানিবার উপায় নাই, আবোল-তাবোল যা তা ভাবিলে বকুলের মেয়ের চোখ দুটির যদি কিছু হয়। প্রথম সন্তান বকুলের, বড় সে আঘাত পাইবে।

মেয়ের দু মাস বয়স করিয়া বকুল শ্বশুরবাড়ি গেল। যাওয়ার আগে কি কান্নাই যে বকুল কাঁদিল। বলিল, চেহারা তোমার বডড খারাপ হয়েছে মা, এবার তাকাও একটু শরীরের দিকে, এখনো এত খাটুনি তোমার সইবে কেন

এ শরীরে? বিয়ে দিয়ে বৌ আন এবার দাদার, সারা জীবন তো প্রাণ দিয়ে করলে সকলের জন্য এবার যদি না একটু সুখ করে নেবে ...

বলিল, আমার যেমন কপাল! সেবা নিয়েই চল্লাম, তোমার কাছে থেকে একটু যে যত্ন করব তা কপালে নেই?

কি গিন্নিই বকুল হইয়াছে। ছাঁচে ঢালা হইয়া আসিতেছে তাহার চালচলন, কথার ধরন! যেন দ্বিতীয় শ্যামা।

শীতকাল। বকুল শ্বশুরবাড়ি গেল শীতকালে। শীতে সংসারের কাজ করিতে এ বছর শ্যামার সত্যই যেন কষ্ট হইতে লাগিল! ছেলেকে আপিসের ভাত দিতে হয়, শীতের সকাল দেখিতে দেখিতে বেলা হইয়া যায়, খুব ভোরে উঠিতে হয় শ্যামার। আগুনের আঁচে রান্না করিয়া আসিয়া রাত্রে লেপের নিচে গা যেন শ্যামার গরম হইতে চায় না, যত সে জড়োসড়ো হইয়া শোয় হাতেপায়ে কেমন একটা মোচড় দেওয়া ব্যথা জাগে, কেমন একটা কষ্ট হয় তাহার। ভোরে এই কষ্ট দেহ লইয়া সে লেপের বাহিরে আসে, আঁচল গায়ে জড়াইয়া হি-হি করিয়া কাঁপিতে কাঁপিতে নিচে যায়। ঠিকা ঝি আসিবে বেলায়, তার আগে কিছু কিছু কাজ শ্যামাকে আগাইয়া রাখিতে হয়। বিধান বাহিরের ঘরে শোয়! ঝি আসিয়া ডাকাডাকি করিলে তাহার ঘুম ভাঙিয়া যায়–শ্যামা তাই আগে সন্তর্পণে সদর দরজাটা খুলিয়া রাখিয়া আসে! ঘুম সে ভাঙায় মণির। মণির পরীক্ষা আসিতেছে, নিচের যে ঘরে আগে শ্যামা সকলকে লইয়া থাকিত, সেই ঘরে মণি একা থাকে–পড়াশোনা করে, ঘুমায়। ভোর ভোর ছেলেকে ডাকিয়া তুলিতে বড় মমতা হয় শ্যামার কিন্তু আজো তো তার কাছে ভবিষ্যতের চেয়ে বড় কিছু নাই, জোর করিয়া মণিকে সে তুলিয়া দেয়। বলে, ওঠ বাবা ওঠ, না পড়লে পরীক্ষায় যে ভালো নম্বর পাবি নে?

মণি কাতর কণ্ঠে বলে, আর একটু ঘুমোই মা, কত রাত পর্যন্ত পড়েছি জান?

জানে না! শ্যামা জানে না তার ছেলে কত রাত অবধি পড়িয়াছে! দোতলা একতলার ব্যবধান কি ফাঁকি দিতে পারে শ্যামাকে!–কতবার উঠিয়া আসিয়া সে উঁকি দিয়া গিয়াছে মণি তার কি জানে!

একটু চা বরঞ্চ তোকে করে দি চুপি চুপি, খেয়ে চাঙ্গা হয়ে পড়তে শুরু কর। পড়েশুনে মানুষ হয়ে কত ঘুমোবি তখন–ঘুম কি পালিয়ে যাবে!

কনকনে হাড়—কাঁপানো শীত, বকুলকে সঙ্গে করিয়া শীতল যেবার পালাইয়া গিয়াছিল সেবার ছাড়া শীত শ্যামাকে কোনোবার এমন কাবু করিতে পারে নাই। উনানে আঁচ দিয়া ডালের হাঁড়িটা মাজিতে বসিয়া হাত-পা শ্যামার যেন অবশ হইয়া আসে। কি হইয়াছে দেহটার? এই ভালো থাকে এই আবার খারাপ হইয়া যায়? মাঝে মাঝে এক একদিন তো শীত লাগে না, ঝরঝরে হাল্কা মনে হয় শরীরটা, আবছা ভোরে ঘুমন্ত-পুরীতে মনের আনন্দে কাজে হাত দেয়? কোনোদিন মনে হয়। বয়সটা আজো পঁচিশের কোঠায় আছে, কোনোদিন মনে হয় এক শ বছরের সে বুড়ি! এমন অদ্ভুত অবস্থা হইল কেন তাহার?

রোদের সঙ্গে বিধান ওঠে। এখুনি সে ছেলে পড়াইতে বাহির হইয়া যাইবে কিন্তু তাহার হৈচৈ হাঁকডাক নাই। নিঃশব্দে মুখ-হাত ধুইয়া জামা গায়ে দেয়, নীরবে গিয়া রান্নাঘরে বসে, শ্যামা যদি বলে, ডালটা হয়ে এল, নামিয়ে রুটি সেঁকে দি? সে বলে, না দেরি হইয়া যাইবে, আগে রুটি চাই। দুটো-একটা কথা সে বলে, বেশিরভাগ সময় চুপ করিয়া ভোরবেলায়ই শ্যামার শ্রান্ত মুখখানার দিকে চাহিয়া থাকে। সে বুঝিতে পারে শ্যামার শরীর ভালো নয়, ভোরে উঠিয়া সংসারের কাজ করিতে শ্যামার কষ্ট হয়, কিন্তু কিছুই সে বলে না। মুখের কথায় যার প্রতিকার নাই সে বিষয়ে কথা বলিতে বিধানের ভালো লাগে না। ভোরে উঠিতে বারণ করিলে শ্যামা কি শুনিবে?

বিধান চলিয়া গেলে খানিক পরে শ্যামা দোতলায় যায়, এতক্ষণে ছাদে রোদ আসিয়াছে। জানালা খুলিয়া দিতে শীতলের গায়ে রোদ আসিয়া পড়ে। শীতল ক্ষীণকণ্ঠে বলে, কটা বাজল গা?

শ্যামা বলে, আটটা বাজে।–শীতলকে শ্যামা ধরিয়া তোলে, জানালার কাছে বালিশ সাজাইয়া তাহাকে রোদে ঠেস দিয়া বসায়, লেপ দিয়া ঢাকিয়াও দেয় গলা পর্যন্ত। শরীরটা শীতলের ভাঙিয়া গিয়াছে। দুর্বল পা-টি তাহার ক্রমে ক্রমে একেবারে অবশ হইয়া গিয়াছে, আর সারিবে না। দেহের অন্যান্য অঙ্গপ্রত্যঙ্গগুলিও দুর্বল হইয়া আসিতেছে, ক্রমে ক্রমে তারাও নাকি অবশ হইয়া যাইবে–যাইবেই। কে জানে সে কতদিনে? শ্যামা ভাবিবারও চেষ্টা করে না। জীবনের অধিকাংশ পথ সেও তো অতিক্রম করিয়া আসিয়াছে, ভাবিবার বিষয়বস্তু খানিক খানিক বাছিয়া লইবার শক্তি তাহার জন্মিয়াছে

কত অভিজ্ঞতা শ্যামার, কত জ্ঞান! সধবা থাকিবার জন্য এ বয়সে আর নিরর্থক লড়াই করিতে নাই। এ তো নিয়মের মতো অপরিহার্য। আশা যদি থাকিত, শ্যামা কোমর বাধিয়া লাগিত শীতলের পিছনে, অবশ পা-টিকে সবল করিয়া তাহাকে খাড়া করিয়া দিত।

মিছামিছি হল্লা শ্যামা আর করিতে চায় না। ক্ষমতাও নাই শ্যামার—অর্থহীন উদ্বেগ, ব্যর্থ প্রয়াসে ব্যয় করিবার মতো জীবনীশক্তি আর কই? কতকাল পরে সে সুখের মুখ দেখিয়াছে। এবার। সংসারের বাধা নিয়মে যতখানি আনন্দ ও শান্তি তাহার পাওয়ার কথা সে শুধু তাই খুঁজিবে, যেদিকে দুঃখ ও পীড়ন চোখ বুজিয়া সেদিকটাকে করিবে অস্বীকার।

ভালো কথা। শ্যামার এতটুকু প্রার্থনা অনুমোদন করিবে কে? স্বামীর আগামী মৃত্যুকে অগ্রাহ্য করুক, ক্ষমা সে পাইবে সকলের। কিন্তু সন্তানের কথা এত সে ভাবিবে কেন? বড়ঝাপ্টা আসিলে ওদের আড়াল করিবার জন্য আজো সে থাকিবে কেন উদ্যত হইয়া? পঙ্গু স্বামীর কাছে বসিয়া খুকির অন্ধ চোখ দুটি দেখিতে দেখিতে কেন সে হিংসা করিবে বকুলের মেয়ের পদ্মপলাশ আঁখি দুটিকে? একি অন্যায় শ্যামার! জননী হিসাবে শ্যামা তো দেবীর চেয়েও বড়, এত সে মন্দ স্ত্রী কেন? শ্যামার এ পক্ষপাতিত্ব সমর্থনের যোগ্য নয়।

শীতলের অবস্থার জন্য শ্যামার মনে সর্বদা আকুল বেদনা না থাকাটা হয়তো দোষের, তবে সেবাযত্নে শীতলকে সে খুব আরামে রাখে, শীতলের কাছে থাকিবার সময় এত সে শান্ত এত তার সন্তোষ যে রোগযন্ত্রণার মধ্যে শীতল একটু শান্তি পায়। আদর্শ পত্নীর মতো স্বামীর অসুখে শ্যামা যে উতলা নয়, এইটুকু তার সুফল।

খুকিকে দুধ দিয়া শ্যামা নিচে যায়। পথ্য আনে শীতলের। ঘটিভরা জল দেয়, গামলা আগাইয়া ধরে, বিছানায় বসিয়া মুখ ধোয় শীতল। মুখ মোছে শ্যামার আঁচলে! সঁচা-পাকা দাড়ি গোঁফে শীতলের মুখ ঢাকিয়া গিয়াছে, ঋষির মতো দেখায় তাহাকে। দীর্ঘ তপস্যা যেন সাঙ্গ হইয়াছে, এবার মহামৃত্যুর সমাধি আসিবে।

কখন? কেহ জানে না। শ্যামা কাজের ফাঁকে ফাঁকে শতবার উপরে আসে, ডাক্তার বলিয়াছে। শেষ মুহূর্ত আসিবে হঠাৎ সে সময়টা কাছে থাকিবার ইচ্ছা শ্যামার!

মোহিনী মাঝে মাঝে আসে। ওরা ভালো আছে বাবা? বকুল আর খুকি? চিঠি পান নি মা?—মোহিনী জিজ্ঞাসা করে।

শ্যামা একগাল হাসিয়া বলে, হা বাবা, চিঠি তো পেয়েছি—পরশু পেয়েছি যে চিঠি। লিখেছে বটে ভালোই আছে—এমনি দশা হয়েছে বাবা আমার, সব ভুলে যাই। কখন কোথায় কি রাখি আর খুঁজে পাইনে, খুঁজে খুঁজে মরি সারা বাড়িতে।

বিধানবাবুর বিয়ে দেবেন না মা?—মোহিনী এক সময় জিজ্ঞাসা করে। বকুল বুঝি চিঠি লিখিয়াছে তাগিদ দিতে। এই কথা বলিতেই হয়তো আসিয়াছে মোহিনী।

শ্যামা বলে, ছেলে যে বিয়ের কথা কানে তোলে না বাবা? বলে মাইনে বাড়ুক। ছেলের মত নাই, বিয়ে দেব কার?

এ বাড়িতে আসিয়া বিবাহের জন্য ছেলেকে শ্যামা যে পীড়াপীড়ি করিয়াছে তা নয়, ভয়ে সে চুপ করিয়া আছে, ধরিয়া লইয়াছে বিবাহ বিধান এখন করিবে না। এর মধ্যে শামুকে বিধান কি আর ভুলিতে পারিয়াছে? যে মায়াজাল ছেলের চারিদিকে কুহকী মেয়েটা বিস্তার করিয়াছিল কয়েক মাসে তাহা ছিন্ন হইবার নয়। শামুর অজস্র হাসি আজো শ্যামার কানে লাগিয়া আছে। এখন ছেলেকে বিবাহের কথা বলতে গিয়া কি হিতে বিপরীত হইবে। যে রহস্যময় প্রকৃতি তাহার পাগল ছেলের, কিছুদিন এখন চুপচাপ থাকাই ভালো।

মোহিনী বলে, বিধানবাবুর অমত হবে না মা, আপনি মেয়ে দেখুন।

মোহিনীর বলার ভঙ্গিতে শ্যামা অবাক হইয়া যায়। এত জোর গলায় মোহিনী কি করিয়া ঘোষণা করিতেছে বিধানের অমত হইবে না? বিধানের মন সে জানিল কিসে?

তারপর মোহিনী কথাটা পরিষ্কার করিয়া দেয়। বলে যে কদিন আগে বিধান গিয়াছিল তাহার কাছে, বিবাহের ইচ্ছা জানাইয়া আসিয়াছে।

যেচে বিয়ে করতে চান শুনে প্রথমটা অবাক হয়ে গিয়েছিলাম মা, তারপর ভেবে দেখলাম কি জানেন–আপনার শরীর ভালো নয়, কাজকর্ম করতে কষ্ট হয় আপনার। ভেবেচিন্তে তাই সম্মত হয়েছেন। ওসব কিছু বলবেন না অবিশ্যি, বলবার মানুষ তো নন।

শ্যামা জানে না! পড়া ছাড়িয়া বিধান একদিন হঠাৎ চাকরি গ্রহণ করিয়াছিল, আজ বিবাহে মত দিয়াছে। সেদিন অভাবে অনটনে শ্যামা পাগল হইতে বসিয়াছিল, আজ সংসারে কাজ করতে

তাহার কষ্ট হইতেছে। সেবার বিধান ত্যাগ করিয়াছিল বড় হওয়ার কামনা, এবার ত্যাগ করিয়াছে। মত। শুধু মত হয়তো নয়। মত আর শামুর স্মৃতি হয়তো আজো একাকার হইয়া আছে ছেলের মনে।

তা হোক, ছেলেরা এমনিভাবেই বিবাহে মত দিয়া থাকে, মায়ের জন্য। নহিলে স্বপন। দেখিবার বয়সে কেহ কি সাধ করিয়া বিবাহের ফাঁদে পড়িতে চায়। তারপর সব ঠিক হইয়া যায়। বৌয়ের দিকে টান পড়িলে তখন আর মনেও থাকে না কিসের উপলক্ষে বৌ আসিয়াছে, কার জন্য। চোখের জলের মধ্যে শ্যামা হাসে। খুঁজিয়া পাতিয়া ছেলের জন্য বৌ সে আনিবে পরীর মতো রূপসী, মার জন্যে বিবাহ করিতে হইয়াছিল বলিয়া দুদিন পরে আর আফসোস থাকিবে না ছেলের–মনে থাকিবে না শামুকে।

শ্যামার মনে আবার উৎসাহ ভরিয়া আসিল। জীবনে কাজ তো এখনো তার কম নয়। আনন্দ উৎসবের পথ তো খোলা কম নয়! এত সে শান্ত হইয়া গিয়াছিল কেন? কত বড় সংসার গড়িয়া উঠিবে তাহার। এখনি হইয়াছে কি! বিধানের বৌ আসিবে, মণির বৌ আসিবে, ফণীর বৌ আসিবে–যে ঘরে ওদের সে প্রসব করিয়াছিল সেই ঘরে এক একটি শুভদিনে আসিতে থাকিবে নাতিনাতনির দল। দোতলায় সে আরো ঘর তুলিবে, পিছন দিকের উঠানে দালান তুলিয়া আরো বড় করিবে বাড়ি! অত বড় বাড়ি হার ভরিয়া যাইবে নবীন নরনারীতে–ও-বাড়ির নকুবাবুর শাশুড়ির মতো মাথায় শণের নুড়ি ঝুলাইয়া কুঁজো হইয়া সে দাঁড়াইয়া থাকিবে জীবনের সেই বিচিত্র উজ্জ্বল আবর্তের মাঝখানে।

সবই তো এখনো তাহার বাকি?

কেবল একটা দুঃখ তাহাকে আজীবন দহন করিবে। তার অন্ধ মেয়েটা। ওর জন্য অনেক চোখের জল ফেলিতে হইবে তাহাকে।

শ্যামা মেয়ে খুঁজিতে লাগিল। সুন্দরী, সদ্বংশজাত, স্বাস্থ্যবতী, গৃহকর্মনিপুণা, কিছু কিছু গান বাজনা লেখাপড়া সেলাইয়ের কাজ জানা, চৌদ্দ-পনের বয়সের একটি মেয়ে। খানিকটা শামুর মতে, খানিকটা শ্যামার ভাড়াটে সেই কনকের মতো আর খানিকটা শ্যামার কল্পনার মতো হইলেই ভালো হয়। টাকা শ্যামা বেশি চায় না, অসম্ভব দাবি তার নাই।

কয়েকটি মেয়ে দেখা হইল, পছন্দ হইল না। তারপর পাড়ার একবাড়ির গৃহিণী, শ্যামার সঙ্গে তার মোটামুটি আলাপ ছিল, একটি খুব ভালো মেয়ের সন্ধান দিলেন। শহরের অপর প্রান্তে গিয়া মেয়েটিকে দেখিবামাত্র শ্যামা পছন্দ করিয়া ফেলিল। বড় সুন্দরী মেয়েটি, যেমন রং তেমনি নিখুঁত মুখ চোখ। আর কোমল আর ক্ষীণ আর ভীরু। শ্যামাকে যখন সে প্রণাম করিল মনে হইল দেহের ভার তুলিয়া সে উঠিয়া দাঁড়াইতে পারিবে না, এমন নরম সে মেয়ে, এত তার কোমলতা।

মেয়ে পছন্দ করিয়া শ্যামা বাড়ি ফিরিল। সে বড় খুশি হইয়াছে। এমন মেয়ে যে খুজিলেও মেলে না। কি রূপ, কি নম্রতা। ওর কাছে কোথায় লাগে শামু?

মোহিনীর সঙ্গে বিধানকে সে একদিন জোর করিয়া মেয়ে দেখিতে পঠাইয়া দিল। ফিরিয়া আসিয়া মোহিনী বলিল, না মা, পছন্দ হল না মেয়ে।

শ্যামা যেন আকাশ হইতে পড়িল।

কার পছন্দ হল না, তোমার?

আমার পছন্দ হয়েছে। বিধানবাবুর পছন্দ নয়।

পছন্দ নয়? ওই মেয়ে পছন্দ নয় বিধানের? বাংলাদেশ খুঁজিলে আর অমন মেয়ে পাওয়া যাইবে? বিধান বলে কি?

কেন পছন্দ হল না খোকা?

বিধান বলিল, দূর, ওটা মানুষ নাকি? ফুঁ দিলে মটকে যাবে।

না, শামুকে ছেলে আজো ভোলে নাই। শামুর নিটোল গড়ন, শামুর চপল চঞ্চল চলাফেরা, শামুর নির্লজ্জ দুরন্তপনা আজো ছেলের দৃষ্টিকে ঘিরিয়া রহিয়াছে, আর কোনো মেয়েকে তার পছন্দ হইবে না। শ্যামার মুখে বিষাদ নামিয়া আসে। ফুঁ দিলে মটকাইয়া যাইবে? মেয়েমানুষ আবার ফুঁ দিলে মটকায় নাকি। শামুর মতো সবল দেহ থাকে কটা মেয়ের? থাকা ভালোও নয়। কাঠ কাঠ দেখায়, পাকা পাকা দেখায়, অসময়ে সর্বাঙ্গে যৌবন আসিলে কি বিসদৃশ দেখায় মেয়েমানুষকে বিধান তার কি জানে? ও যে ধ্যান করিতেছে শামুর, শামুর পুরন্ত সুঠাম দেহটা যে চোখের সামনে ভাসিয়া বেড়াইতেছে ওর।

লজ্জায় দুঃখে ছেলের মুখের দিকে শ্যামা চাহিতে পারে না। রূপ ও সুষমাই যথেষ্ট নয়, ছেলে তার যৌবন চায়। দেহ অপরিপুষ্ট হইলে ছবির মতো সুন্দরী মেয়েও ওর পছন্দ হইবে না। ছি, একি রুচি বিধানের?

ওরকম বৌ আসিলে শ্যামা তো তাকে ভালবাসিতে পারিবে না।

আবার মেয়ে খোজা হইতে লাগিল। মেয়ে খুঁজিতে খুঁজিতে কাবার হইয়া গেল মাঘ মাস।

ফাল্গুনের গোড়ায় শীত কমিয়া গেল। সঙ্গে সঙ্গে শ্যামা সতেজ সুস্থ হইয়া উঠিল!

ফাল্গুনের শেষের দিকে বাগবাজারের উকিল হারাধনবাবুর মা-হারা মেয়েটার সঙ্গে বিধানের বিবাহ হইয়া গেল। মেয়ের নাম সুবর্ণলতা।

শ্যামা যা ভাবিয়াছিল তাই। মস্ত ধাড়ি মেয়ে, যৌবনের জোয়ার নয় একেবারে বান। ডাকিয়াছে। রং মন্দ নয়, মুখ চোখ মন্দ নয়, কিন্তু শ্যামার চোখে ওসব পড়িল না, সে সভয়ে শুধু বৌয়ের সুস্থ ও সুন্দর শরীর দেখিয়া মনে মনে সকাতর হইয়া রহিল।

বাড়ন্ত বৌ এনেছ, না গো?–বলিল সকলে।

হ্যাঁ বাছা, জেনেশুনেই এনেছি, ছোট মেয়ে ছেলেরও পছন্দ নয়, আমারও নয়। একা আর পেরে উঠিনে মা সংসারের ঘানি টানতে, বড়সড় বৌটি এল, শেখাতে হবে না কিছু, নিজেই সব পারবে।—বলিয়া শ্যামা কষ্টে একটু হাসিল।

তা, মন্দ কি বৌ? প্রিতিমের মতো মুখখানা।–সকলে বলিল।

তাই নাকি? শ্যামা ভালো করিয়া সুবর্ণের মুখের দিকে চাহিল। তা হইবে।

বিবাহ উপলক্ষে বকুল আসিয়াছিল, রাখালের সঙ্গে মন্দাও আসিয়াছিল। বকুল আসিয়াছিল তিন দিনের জন্য, বিবাহের হৈচৈ থামিবার আগেই সে চলিয়া গেল। বৌকে ভালো লাগিয়াছে। বকুলের। যাওয়ার সময় এই কথা সে শ্যামাকে বলিয়া গেল।

শ্যামা বলিল, তোর কি পছন্দ বুঝি নে বাপু, এত কি ভালো যে একেবারে গদগদ হয়ে। গেলি?

বকুল বলিল, দেখ, ও বৌ যদি ভালো না হয় কান কেটে নিও আমার, মা-মরা মেয়ে। একটু আদর যত্ন পাবে যার কাছে প্রাণ দেবে তার জন্যে। কি বলছিল জান? বলছিল তুমি নাকি ওর মার মতো।

তাই নাকি? তা হইবে।

বকুল চলিয়া গেল, বৌ চলিয়া গেল, বিবাহ বাড়ি নিঝুম হইয়া আসিল, রহিয়া গেল মন্দা। এই তো সেদিন শ্যামা মন্দার আশ্রয় ছাড়িয়া আসিয়াছে, দাসীর মতো খাটিয়াছে মন্দার সংসারে, অহোরাত্র মন যুগাইয়া চলিয়াছে, সে স্মৃতি ভুলিবার নয়। একবিন্দু কৃতজ্ঞতা নাই শ্যামার, মন্দা রহিয়া গেল বলিয়া সে এতটুকু কৃতার্থ হইয়া গেল না! কয়েক বছর আশ্রয় দিয়াছিল বলিয়া শ্যামার কাছে কি সমাদর মন্দা আশা করিয়াছিল সে-ই জানে, বোধহয় ভাবিয়াছিল আজো শ্যামার উপর কর্তৃত্ব করিতে পারিবে। কিন্তু সে না পাইল মনের মতো সমাদর, না পারিল কোনোদিকে কর্তৃত্ব করিতে। শ্যামার সংসারে কি কর্তৃত্ব আর সে করিতে চাহিবে, ভালো করিয়া আবার শীতলের চিকিৎসা করানোর জন্যেই তাহার উৎসাহ দেখা গেল সবচেয়ে বেশি। বলিল, রয়ে কি গেলাম সাধে? কি করে রেখেছ আমার দাদাকে। দাদাকে ভালো না করে আমি এখান থেকে নড়ছি নে বৌ।

কত সে দরদী বোন, কত তার ভাবনা। কে জানে, হইতেও পারে। আজ তো সপুত্র সকন্যা শ্যামার ভবিষ্যৎ অন্ধকার নয়, কিছুই তো ওদের জন্য আর তাহাকে করিতে হইবে না, শীতলের জন্য হয়তো তাই আন্তরিক ব্যাকুলতাই মন্দার জাগিয়াছে। শ্যামাকে সে ব্যতিব্যস্ত করিয়া তুলিল।

শ্যামা বলিল, ওর আর চিকিচ্ছে নেই ঠাকুরঝি, ওর চিকিচ্ছে এখন সেবাযত্ন।

মন্দা স্তম্ভিত হইয়া বলিল, মুখ ফুটে এমন কথা তুমি বলতে পারলে বৌ। তুমি কি গো, এ্যাঁ?

শ্যামা বলিল, কি বলতে হবে তুমিই না হয় তবে বলে দাও?

মন্দা রাগিয়া উঠিল, কাঁদিয়াও ফেলিল। কে জানে অকৃত্রিম বেদনায় মন্দা কাতর হইয়াছে। কিনা! এ তো অর্থ সাহায্যের কথা নয়, ভারবহনের কথা নয়, ভাইয়ের জীবন তাহার। চিকিৎসা নাই, ভাই তাহার বাঁচিবে না? মন্দার হয়তো ছেলেবেলার কথা মনে পড়ে। শীতলের অসংখ্য পাগলামি আর অজস্র স্নেহ–বড় ভালবাসিত শীতল তাহাকে। সেই দিনগুলি কোথায় হারাইয়া গিয়াছে, কিন্তু এই বাড়িতেই সে সব ঘটিয়াছিল। এখানে বসিয়া অনায়াসে কল্পনা করা চলে সে সব। ইতিহাস। হয়তো তাই মন্দার কান্না আসে।

বলে, দাদার জন্যে কিছুই করবে না তুমি? ডাক্তার কবরেজ দেখাবে না?

শ্যামা বলে, ডাক্তার কি দেখানো হয় নি ঠাকুরঝি? ডাক্তার না দেখিয়ে চুপ করে বসে আছি আমি? ষোল টাকা ভিজিট দিয়ে ডাক্তার এনেছি, কলকাতার সেরা কবরেজকে দেখিয়েছি–জবাব দিয়েছে সবাই। আমি আর কি করব?

তবে আর কি, কর্তব্য করেছ, এবার টান দিয়ে ফেলে দাও দাদাকে রাস্তায়। আজ বুঝতে পারছি বৌ দাদা কেন বিবাগী হয়ে গিয়েছিল।

এতকাল পরে মন্দা তবে শ্যামাকে চিনিতে পারিয়াছে?

শীতলের পায়ের কাছে বসিয়া মন্দা দীর্ঘনিশ্বাস ফেলে। চমকাইয়া উঠিয়া বড় ভয় পায় শীতল। দাড়ির ফাঁকে একটু হাসিয়া জিজ্ঞাসা করে, আমার সেই কুকুরটা আছে মন্দা?

দাদা গো।–বলিয়া মন্দা হাউ হাউ করিয়া কাঁদিয়া ওঠে।

শীতল থরথর করিয়া কপিতে থাকে। মনে হয় আর কিছুদিন যদিবা সে বাঁচিত মন্দার বুকফাটা কান্নায় এখুনি মরিয়া যাইবে। বড় কষ্ট হয় শীতলের, বড় ভয় করে। বড় বড় কালো লোমশ পা ফেলিয়া নিজের

মরণকে সে যেন আগাইয়া আসিতে দেখিতে পায়। বিহ্বল দৃষ্টিতে সে চাহিয়া থাকে মন্দার দিকে।

দরজার কাছে দাঁড়াইয়া শ্যামা বলে, ঠাকুরঝি, শোন, বাইরে এস একবার—

সকলেই বুঝিতে পারে মরণাপন্ন মানুষের কাছে এভাবে কাঁদিতে নাই এই কথা বলিতে চায় শ্যামা। মন্দা চোখ মুছিয়া উদ্ধত ভঙ্গিতে সোজা হইয়া বসে। বেশ করিয়াছে কাঁদয়া। শীতলও বুঝি তাই মনে করে। মন্দার আকস্মিক কান্নায় আঁতকাইয়া উঠিয়া তাহার দম বন্ধ হইয়া আসিয়াছিল, তবু শ্যামার বিবেচনার চেয়ে যে দরদের কান্না মারিয়া ফেলার উপক্রম করে তাই বুঝি ভালো শীতলের কাছে। কি উৎসুক চোখে সে মন্দার অশ্রুসিক্ত মুখের দিকে চাহিয়া থাকে। ছেলেবেলা বকুল আর বনগাঁয় মন্দার সেই কুকুরটা ছাড়া এ জগতে সকলে ফাঁকি দিয়াছে শীতলকে।

দিন কুড়ি থাকিয়া মন্দা চলিয়া গেল। আসিল নববর্ষ আর গ্রীষ্ম। শীতের শেষে শ্যামার শরীরটা ভালো হইয়াছিল, গরমে আবার যেন সে দুর্বল হইয়া পড়িল। কাজ করিতে শ্রান্তি বোধ হয়। সন্ধ্যার সময় হাত-পা চিবাইতে থাকে। কিন্তু কাহাকেও সে তাহা বুঝিতে দেয় না, চুপ করিয়া থাকে। কেন, দুর্বল শরীরে খাটিয়া মরে কেন শ্যামা? তার সেবা করার জন্য ছেলে না তার বিবাহ করিয়াছে? বৌকে আনাইয়া লইলেই তো এবার সে অনায়াসে বসিয়া বসিয়া আয়াস করিতে পারে। কিন্তু কেন যেন বৌকে আনিবার ইচ্ছা শ্যামার হয় না। না আনিলে অবশ্য চলিবে না, ছেলের বৌকে কি বাপের বাড়ি ফেলিয়া রাখা যায় চিরদিন? যাক, দুদিন যাক।

একদিন বিধান আপিস গিয়াছে, কোথা হইতে রঙিন খাম আসিল একখানা, আকাশের মতো নীল রঙের। শ্যামা অবাক হইয়া গেল! এর মধ্যে চিঠি লিখিতে শুরু করিয়াছে বৌ? ওদের ভাব হইল কবে? কদিনেরই বা দেখাশোনা। বিধান লুকাইয়া যায় না তো শ্বশুরবাড়ি? নিজের মনে শ্যামা হাসে। লুকাইয়া শ্বশুরবাড়ি যাওয়ার ছেলেই বটে তার। কি লিখিয়াছে বৌ। চিঠিখানা সে বিধানের মশারির উপর রাখিয়া দিল।

বিধান আসিলে বলিল, তোর একখানা চিঠি এসেছে খোকা রেখে দিয়েছি মশারির ওপর।

বিধান চিঠি পড়িয়া পকেটে রাখিয়া দিল।

–বাগবাজারের চিঠি বুঝি? ওরা ভালো আছে?–শ্যামা জিজ্ঞাসা করিল।

বিধান বলিল, আছে।

ছেলের সংক্ষিপ্ত জবাবে শ্যামা যেন একটু রাগ করিয়াই সরিয়া গেল।

কয়েকদিন পরে একটা ছুটির দিনে শ্যামা একটু বিশেষ আয়োজন করিয়াছিল রান্নার। রাঁধিতে রধিতে অনেক বেলা হইয়া গেল। রান্নাঘরের ভিতরটা অসহ্য গরম, শ্যামা যেই বাহিরে আসিয়া। দাঁড়াইয়াছে অমনি মাথা ঘুরিয়া পড়িয়া গেল। সামান্য ব্যাপার, মূর্চ্ছাও নয়, সন্ন্যাস-রোগও নয়, মাথায় একটু জলটল দিতেই শ্যামা সুস্থ হইয়া উঠিয়া বসিল। বিধান কিন্তু তাহাকে সেদিন আর উঠিতে দিল না, শোয়াইয়া রাখিল। বিকালে বিধান বাহির হইয়া গেল। রাত্রি আটটার সময় ফিরিয়া আসিল সুবর্ণকে সঙ্গে করিয়া।

বিধানের নিষেধ অমান্য করিয়া শ্যামা তখন রাঁধিতে গিয়াছে। সুবর্ণ প্রণাম করিতে সে একেবারে উত্তেজিত হইয়া উঠিল।

–একি রে খোকাঃ বলা নেই কওয়া নেই বৌমাকে নিয়ে এলি যে তুই? জিজ্ঞেস করা দরকার মনে করলি নে বুঝি একবার?

এরকম অভ্যর্থনার জন্য বিধান প্রস্তুত ছিল না। সে চুপ করিয়া রহিল। সুবর্ণকে দেখিয়া শ্যামা খুশি হয় নাই? তার সেবা করার জন্য সে যে হঠাৎ বৌকে লইয়া আসিয়াছে এটা সে খেয়াল করিল না? বিধান দুঃখিত হইয়া দাঁড়াইয়া রহিল। সুবর্ণের কি হইল বোঝা গেল না।

শ্যামা মণিকে বলিল, যা তো মণি, তোর বৌদিকে ঘরে নিয়ে গিয়ে বসা গে।...কি সব কাণ্ড বাবা এদের, রাতদুপুরে হুট করে নতুন বৌকে এনে হাজির–কিসে কি ব্যবস্থা হবে এখন?

বিধান ভয়ে ভয়ে বলিল, বাইরে তোমার বেয়াই বসে আছেন মা।

তাকেও এনেছি? আমি পারব না বাবু রাতদুপুরে রাজ্যের লোকের আদর আপ্যেন করতে, মাথা বলে ছিঁড়ে যাচ্ছে–কি বলে ওদের তুই নিয়ে এলি খোকা? এক ফোঁটা বুদ্ধি কি তোর নেই?

কি রাগ শ্যামার! ছেলেবেলায় যাকে সে ধমক দিতে ভয় পাইত সেই ছেলেকে কি তার শাসন! গা-ঝাড়া দিয়া উঠিয়াই সে রাঁধিতে আসিয়াছিল। সুবর্ণকে দেখিয়াই তার মাথা ধরিয়া গেল, বেশ গা-হাত চিবাইতে আরম্ভ করিল, শ্যামার অন্ত পাওয়া ভার। কি শোচনীয়ভাবে তার মনের জোর কমিয়া গিয়াছে। তারই সেবার্থে পরিণীতা পত্নীকে তারই সেবার জন্য অসময়ে বিধান টানিয়া লইয়া আসিয়াছে–শুধু অনুমতি নেয় নাই, আগে ছেলের এই কাণ্ডে শ্যামা কত কৌতুক বোধ করিত, কত খুশি হইত, আজ শুধু বিরক্ত হওয়া নয়, বিরক্তিটুকু চাপা পর্যন্ত রাখতে পারিতেছে না। এ আবার কি রোগ ধরিল শ্যামাকে?

ছেলে একটি যৌবনোচ্ছলা মেয়েকে বাছিয়া বিবাহ করিয়াছে বলিয়া জননীর কি এমন অবুঝ হওয়া সাজে।

ছেলে তো এখনো পর হইয়া যায় নাই? মেনকা উর্বশী তিলোত্তমার মোহিনী মায়াতেও পর হইয়া যাওয়ার ছেলে তো সে নয়? শ্যামা কি তা জানে না? এমন অন্ধ জ্বালাবোধ কেন তার?

বোধহয় হঠাৎ বলিয়া, ওরা খবর দিয়া আসিলে এতটা হয়তো হইত না। ক্রমে ক্রমে শ্যামা শান্ত হইল। একবার পরনের কাপড়খানার দিকে চাহিল– না, হলুদ-কালি-মাখা এ কাপড়ে কুটুমের সামনে যাওয়া যায় না।—যা তো খোকা চট করে ওপোর থেকে একটা সাফ কাপড় এনে দে তো আমায়। কাপড় বদলাইয়া শ্যামা বাহিরের ঘরে গেল। হারাধন বিধানের বিছানায়। বসিয়াছিল, শীর্ণদেহ লম্বাকৃতি লোক, হাতের ছাতিটার মতো জরাজীর্ণ, দেখিতে অনেকটা সেই পরান ডাক্তারের মতো।

শ্যামাকে দেখিয়া হারাধন বুঝি একটু অবাক হইল। বলিল, আহা আপনি কেন উঠে এলেন? কেমন আছেন এখন?

শ্যামা বলিল, খোকা বুঝি বলেছে আমার খুব অসুখ?

হারাধন বলিল, তাই তো বললে, গিয়ে একদণ্ড বসলে না, তাড়াহুড়ো করে সবাইকে নিয়ে বেরিয়ে পড়ল–কাপড় কখানা গুছিয়ে আনার সময়ও মেয়েটা পায় নি। মেয়ের মাসি কেঁদে মরছে, এমন করে কেউ মেয়ে পাঠাতে পারে বেয়ান?

বোঝা গেল, শ্যামাকে সুস্থ দেখিয়া হারাধন অসন্তুষ্ট হইয়াছে। হারাধনের অসন্তোষে শ্যামা কিন্তু খুশি হইল। মধুর কণ্ঠে বলিল, অমনি পাগল ছেলে আমার বেয়াই, আমার একটু কিছু হলে কি করবে দিশে পায় না। সকালে উনুনের ধার থেকে বাইরে এসে মাথাটা কেমন ঘুরে উঠল, পড়ে গেলাম উঠানে, তাইতে ভড়কে গেছে ছেলে।—বড় তো কষ্ট হল আপনাদের?

শ্যামা মিষ্টি আনাইল, খাইতে পীড়াপীড়ি করিল, হারাধন কিছু খাইল না। খাইতে নাই। বলিয়া গেল, নাতি হইলে যাচিয়া আসিয়া পাতা পাড়িবে। হারাধনকে বিদায় করিয়া শ্যামা সুবর্ণের খোজে গেল।

কোথায় গেল সুবর্ণ? সে তো একতলায় নাই!

সিঁড়ি ভাঙিয়া শ্যামা উপরে গেল। শীতলের পায়ের কাছে মাথা নত করিয়া সুবর্ণ বসিয়া আছে, তার কোলে শ্যামার অন্ধ মেয়েটি। থাবা পাতিয়া বসিয়া ফণী হাঁ করিয়া বৌদিদির মুখখানা। দেখিতেছে, আহ্লাদে গদগদ হইয়া মণি কথা কহিতে গিয়া টোক গিলিতেছে। ধীরে ধীরে শীতল কি যেন জিজ্ঞাসা করিতেছে সুবর্ণকে। সুবর্ণের মুখখানা ঈষৎ আরক্ত, কপালে বিন্দু বিন্দু ঘাম, চন্দনের স্বচ্ছ ফোটার মতো।

ঘরের মেয়ে? তাই তো বটে। তার স্বামী-পুত্রের মাঝখানে ওকে তো অনভ্যস্ত, আকস্মিক আগন্তুক মনে হয় না। ঘরের মেয়ের মতোই যে দেখাইতেছে সুবর্ণকে?

শ্যামা আগাইয়া গেল, বলিল, বৌমা, কিছু খাও নি বিকেলে, এস তোমায় খেতে দিই।

নতুন বৌয়ের আর ভালোমন্দ কি; সে তো শুধু এতকাল লজ্জা, ভয়, নম্রতা, তবুও ওর মধ্যেই মনটা বোঝা যায়, সরল না কুটিল, কুঁড়ে না কাজের লোক। মা-হারা মেয়ে? কথাটা শ্যামার মনে থাকে না—তুমিই আমার হারানো মা, বলিয়া শ্যামার স্নেহের ভাণ্ডারে ডাকাতি করিবার মেয়েও সুবর্ণ নয়, সে সরল কিন্তু বুদ্ধিমতী, কাজের মানুষ কিন্তু কুরমণী নয়। দরকার মতো একখানা দুখানা বাসন সে বাসন মাজার মতোই মাজিয়া আনে, কাজটুকু করিতে পাইয়া এমন উৎফুল্ল হইয়া। ওঠে না যে মনে হইবে পুষ্প-চয়ন করিতে পাইয়াছে। শাশুড়ির হাতের কাজ কাড়িয়া যে বৌ কাজ। করে কোনো শাশুড়িই তাকে দেখিতে পারে না, সুবর্ণ সে চেষ্টা করে না, স্বাভাবিক

নিয়মে যে সব কাজ শ্যামার হাত হইতে খসিয়া তাহার হাতে আসে মন দিয়া সেইগুলিই সে করিয়া যায়, আর একটি সজাগ দৃষ্টি পাতিয়া রাখে শ্যামার মুখে, আলো নিভিয়া মেঘ ঘনাইয়া আসিবার উপক্রমেই চালাক মেয়েটা ত্রুটি সংশোধন করিয়া ফেলে।

নেহাত দোষ করিয়া ফেলিলে প্রয়োগ করে একেবারে চরম অস্ত্র। চোখ দুটা জলে টাবুটুবু ভর্তি করিয়া শ্যামার সামনে মেলিয়া ধরে। ভালো করিয়া শুরু করার আগেই শ্যামার মুখের কথাগুলি জমিয়া যায়।

শ্যামা হঠাৎ সুর বদলাইয়া সস্নেহে হাসিয়া বলে, আ আবাগীর বেটি, এই কথাতে চোখে জল এল। কি আর বলেছি মা তোক এ্যাঁ?

চোখ! অশ্রুসজল চোখকে শ্যামা বড় ডরায়। মানুষের চোখের সম্বন্ধে সে বড় সচেতন। চোখ ছিল তার বকুলের আর চোখ হইয়াছে বকুলের মেয়েটার! শ্যামার মেয়েটি অন্ধ, এত যে আলো জগতে একটি রেখাও তার খুকির চেতনায় পৌছায় না। সজল চোখে চাহিয়া যে কোনো দৃষ্টিলতী শ্যামাকে সম্মোহন করিতে পারে।

বড় দোটানায় পড়িয়াছে শ্যামা।

ছেলের বৌটাকে ভালবাসিবে কি বাসিবে না।

এমনি মন্দ লাগে না, মায়া করিতে ইচ্ছা হয়, বকুল যে ফাকটা রাখিয়া গিয়াছে সুবর্ণকে দিয়া তাহা ভরিয়া তুলিবার কল্পনা প্রায়ই মনে হয় শ্যামার। কিন্তু হঠাৎ তাহার চমক ভাঙে, উঃ একি হিল্লোল তুলিয়া সামনে দিয়া হাটিয়া গেল বৌ, একি আগুন ওর দেহময়? এমন করিয়া কে ওকে গড়িয়াছিল, রক্ত-মাংসের এই মোহিনীকে? সুবর্ণ স্নান করে, চাহিয়া দেখিয়া শ্যামার বুকের রক্ত যেন শুকাইয়া যায়। বড় ভয় করে শ্যামার। কে জানে ওর ওই ভয়ানক সুন্দর দেহের আকর্ষণে কোথা দিয়া অমঙ্গল ঢুকিবে সংসারে।

কড়া শীতে যেমন হইয়াছিল, চড়া গরম পড়িতে শ্যামার শরীর আবার তেমনি খারাপ হইয়া গেল। এবার একটা অতিরিক্ত উপসর্গ দেখা দিল– তিরিক্ষে মেজাজ। অল্পে অল্পে আরম্ভ করিয়া। জ্যৈষ্ঠের শেষে বকুনি ছাড়া কথা বলাই যেন সে বন্ধ করিয়া দিল। থাকে থাকে তেলে-বেগুনে জ্বলিয়া ওঠে, যাকেই পায় তাকেই যত পারে বকে, তারপর অদৃষ্টের নিন্দা করিতে

করিতে কাঁদিয়া ফেলে। শ্যামার ভয়ে বাড়িসুদ্ধ সকলের মুখ সর্বদা শুকনো দেখায়। সবচেয়ে মুশকিল হয় সুবর্ণের। অন্য সকলে শ্যামার সম্মুখ হইতে পলাইয়া বাঁচে, তার তো পালানোর উপায় নেই। তার উপর বিধান আবার তাহাকে হুকুম দিয়া রাখিয়াছে, সব সময় কাছে কাছে থাকবে মার, যা বলেন শুনবে, আগুনের আঁচে বেশি যেতে দেবে না, ওপোর-নিচ করতে দেবে না, সেবাযত্ন করবে মার শরীর ভালো নয় জান তো? বিধান বলিয়াই খালাস, সকালে উঠিয়া ছেলে পড়াইতে যায়, বাড়ি ফিরিয়াই ছোটে আপিসে, ফেরে সন্ধ্যার পর, সারাদিন শ্যামা কি কাণ্ড করে সে তো দেখিতে আসে না, সুবর্ণের অবস্থা সে কি বুঝিবে কিছু বলিবার উপায়ও সুবর্ণের নাই। কি বুলিবে? যদি বলিতে যায়, বিধান যে ভাবিয়া বসিবে—দ্যাখ এর মধ্যে নালিশ করা শুরু হইয়াছে।

কিন্তু বিধান সব বোঝে। চিরকাল বুঝিয়া আসিয়াছে। সুবর্ণ এখনো জানে না যে বুঝিয়াও বিধান কোনোদিন কিছু বলে না, চুপচাপ নিজের কাজ করিয়া যায়, চুপচাপ উপায় ঠাওরায়। বনগাঁয় শ্যামা একবার পাগল হইতে বসিয়াছিল এবারো সেই রকম আরম্ভ হইয়াছে দেখিয়া বিধান কম ভয় পায় নাই, প্রতিবিধানের কোনো উপায় শুধু সে খুঁজিয়া পাইতেছে না। ব্যাপারটা সম্পূর্ণ স্বাস্থ্যঘটিত, শ্যামাকে লইয়া কোথাও চেঞ্জে যাইতে পারিলে ভালো হইত, কোনো ঠাণ্ডা দেশে দার্জিলিং অথবা সিমলা। সে অনেক টাকার কথা। অত টাকা কোথায় পাইবে সে?

সংসার চালানোর ভাবনাতেই এই বয়সে সে বুড়ো হইয়া গেল। এ বাড়িতে সে ছাড়া আর সকলেই বোধহয় ভুলিয়া গিয়াছে বাড়িটা পর্যন্ত তাদের নয়, মাসে মাসে ভাড়া নিতে হয় বিধানকে।

সত্যই কি শ্যামার আবার সেইরকম হইতেছে, বনগাঁয়ে যেমন হইয়াছিল, যেজন্য পড়া ছাড়িয়া চাকরি লইতে হইয়াছিল বিধানকে? শ্যামার চোখের দিকে তাকাও, বাহিরে দুরন্ত রোদের যেমন তেজ তেমনি জ্বালা শ্যামার চোখে। এ বুঝি জীবনব্যাপী দুঃখের অভিশাপ। আজীবন শান্ত আবেষ্টনীর মধ্যে সুরক্ষিত আশ্রয়ের আড়ালে বাস করিতে না পারলে এমনি বুঝি হইয়া যায় অসহায়া নারী, আজীবন দুঃখ দুর্দশার পীড়ন সহিয়া শেষে যখন সুখী হওয়ার সময় আসে তখন তুচ্ছ আবহাওয়ার উত্তাপেই গলিয়া যায়। আঁচল গায়ে জড়াইয়া শ্যামা কত শীত কাটাইয়া দিয়াছে, তিনটি উনানের আঁচে বসিয়া পার করিয়া দিয়াছে কত গ্রীষ্ম। এবার সে এত কাবু হইয়া গেল!

তারপর একদিন আকাশে ঘনঘটা আসিল। মাটি জুড়াইল, জুড়াইল মানুষ। বিকারের শেষের দিকে ধীরে ধীরে চুপ করিয়া মানুষ যে ভাবে ঘুমাইয়া পড়ে শ্যামাও তেমনিভাবে ক্রমে ক্রমে শান্ত

ও বিষ হইয়া আসিল।

সকলে হাঁফ ছাড়িয়া বাঁচিল।

তবু সুবর্ণকে শ্যামা পুরাপুরি সুনজরে দেখতে পারি না। একটা বিদ্বেষের ভাব রহিয়াই গেল। বিধান কত আদরের ছেলে শ্যামার, সাত বছর বন্ধ্যা থাকিয়া, প্রথম সন্তানকে বিসর্জন দিয়া ওকে শ্যামা কোলে পাইয়াছিল–সুবর্ণ তার বৌ! তবুও সুবর্ণকে বুকের মধ্যে গ্রহণ করিতে পারিল না, কি দুর্ভাগ্য শ্যামার।

শীতল তেমনি অবস্থায় এখনো বাঁচিয়া আছে, ডাক্তারের ভবিষ্যদ্বাণী বুঝি ব্যর্থ হইয়া যায়। এতদিনে তার মরিয়া যাওয়ার কথা। মৃত্যু কিন্তু দুটি একটি অঙ্গ গ্রাস করিয়া, সর্বাঙ্গের প্রায় সবটুকু শক্তি শুষিয়া তৃপ্ত হইয়া আছে, হঠাৎ কবে আবার ক্ষুধা জাগিবে এখনো কেহ তাহা বলিতে পারে না।

শ্যামা বলে, হ্যাঁ গা, বড় কি কষ্ট হচ্ছে? কি করবে বল দেখিঃ বৌমা বসবে একটু কাছে? গায়ে হাত বুলিয়ে দেবে? কোনে কষ্ট তোমার? ও মণি ডাক তো তোর বৌদিকে, ওষুধ মালিশ করে দিয়ে যাক!—কোথায় যে যায়, ফাঁক পেয়েই কি ছেলের সঙ্গে ফসফস গুজাজ করতে চলল

–কি মন্ত্র দিচ্ছে কানে কে জানে!

সুবর্ণ ওষুধ মালিশ করতে যগে।

শ্যামা বলে, দেখ তো মণি ও-বাড়ির ছাদে কে? নকুড়বাবুর বাঁশি বাজানো ভাইটে বুঝি? দে। তো দরজাটা ভেজিয়ে, বৌমা, আরেকটু সামলে সুমলেই না হয় বসতে বাছা, একটু বেশি লজ্জা থাকলে ক্ষেতি নেই কারো।

সুবর্ণ জড়োসড়ো হইয়া যায়, রাঙা মুখ নত করে। শ্যামা যখন এমনিভাবে বলে কোনো উপায়ে মিশাইয়া যাওয়া যায় না শূন্যে?

ভালো লাগে না, বলিয়া শ্যামারও ভালো লাগে না! সুবর্ণের ম্লান মুখখানা দেখিয়া কত কি সে ভাবে! ভাবে, সে যদি আজ অমনি বৌ হইত এবং আর কেহ যদি অমনি করিয়া তাকে বলিত, কেমন লাগিত তার? বিধানের কানে গেলে কত ব্যথা পাইবে সে। মণি বড় হইতেছে, কথাগুলি তার মনে না-জানি কিভাবে কাজ করে। একি স্বভাব, একি জিহ্বা হইয়াছে তার? কেন সে না বলিয়া থাকিতে পারে না? শ্যামা বাহিরে যায়। বর্ষার মেঘলা দিন। ধানকলের অঙ্গনে আর ধান মেলিয়া দেয় না, অত বড় অঙ্গনটা জনহীন, কুলিরমণী নাই, পায়রার ঝক নাই। খুকিকে শ্যামা বুকের কাছে আরো উঁচুতে তুলিয়া ধরে। বিধানের বৌকে কি কটু কথা শ্যামা বলিয়াছে, কি বিষাদ শ্যামার মনে–দিদিগন্ত চোখের জলে ঝাপসা হইয়া গেল।

আশ্বিনের গোড়ায় হারাধন মেয়েকে লইয়া গেল।

যাওয়ার সময় সুবর্ণ অবিকল মা-হারা মেয়ের মতোই ব্যবহার করিয়া গেল। শ্যামা ভালবাসে না, শ্যামা কটু কথা বলে, তবু মনে হইল সুবর্ণ যাইতে চায় না, এখানে থাকিতে পারিলেই খুশি হইত। শ্যামা নির্ব্বিবাদে ভাবিয়া বসিল, এ টান বিধানের জন্য–সে যা ব্যবহার করিয়াছে তার জন্য সুবর্ণের কিসের মাথাব্যথা?

পূজার পরেই আমায় আনাবেন মা।–সুবর্ণ সজল চোখে বলিয়া গেল।

শ্যামা শুধু বলিল, আনব।

বিধানের বৌ! সে বাপের বাড়ি যাইতেছে। বুকে জড়াইয়া একটু তো শ্যামা দিতে পারি? কিন্তু কি করিবে শ্যামা, যাওয়ার জন্য সুবর্ণ তখন সাজগোজ করিয়াছে, বৌয়ের চোখ ঝলসানো মূর্তির দিকে শ্যামা চাহিতে পারিতেছিল না, মনে হইতেছিল, যাক, ও চলিয়া যাক, দুদিন চোখ দুটা একটু জুড়াক শ্যামার।

পূজার সময় মন্দা আসিয়া কয়েকদিন রহিল। শীতলকে দেখিতে আসিয়াছে। মন্দার জন্য সুবর্ণকেও দুদিন আনিয়া রাখা হইল। সুবর্ণ ফিরিয়া গেলে, একদিন মন্দা বলিল, া বৌ, একটা কথা বলি তোমায়, ভালো করে তাকিয়ে দেখেছ বৌমার দিকে? আমার যেন সন্দেহ হল বৌ।

শ্যামা চমকাইয়া উঠিল। তারপর হাসিয়া বলিল, না, ঠাকুঝি, ও তোমার চোখের ভুল।

মন্দার চোখের ভুলকে শ্যামা কিন্তু ভুলিতে পারি না, দিবারাত্রি মনে পড়িতে লাগিল সুবর্ণকে আর মন্দার ইঙ্গিত। কি বলিয়া গেল মন্দা? সত্য হইলে শ্যামা কি অন্ধ, তার চোখে পড়িত না? শ্যামা বড় অন্যমনস্ক হইয়া গেল। সংসারের কাজে বড় ভুল হইতে লাগিল শ্যামার। কি মন্ত্র মন্দা বলিয়া গিয়াছে, সুবর্ণকে দেখিবার জন্য শ্যামার মন ছটফট করে, সে ধৈর্য ধরিয়া থাকিতে পারে না। একদিন মণিকে সঙ্গে করিয়া সে চলিয়া গেল বাগবাজারে। মন্দার মন্ত্র কি শ্যামার চোখে অঞ্জনও পরাইয়া দিয়াছিল? কই, সুবর্ণের দিকে চাহিয়া এবার তো শ্যামার চোখ পীড়িত হইয়া উঠিল না?

শ্যামা বলিয়া আসিল, সামনের রবিবার দিন ভালো আছে, ওইদিন বিধান আসিয়া সুবর্ণকে লইয়া যাইবে। না, তাকে বলা মিছে, বৌকে সে আর বাপের বাড়ি ফেলিয়া রাখিতে পারিবে না।

সুবর্ণের মাসি বলিল, এই তো সেদিন এল, এর মধ্যে এত তাড়া কেন? আরেকটা মাস থেকে যাক।

শ্যামা বলিল, না, বাছা : না, তুমি বোঝ না–যার ছেলের বৌ সে ছাড়া কারো বুঝবার কথা নয়–ঘর আমার আঁধার হয়ে আছে।

একে একে দিন গেল। ঋতু পরিবর্তন হইল জগতে। শীত আসিল, শীতল পরলোকে গেল, শ্যামা ধরিল বিধবার বেশ, তারপর শীতও আর রহিল না। সুবর্ণকে শ্যামা যেন বুকের মধ্যে লুকাইয়া রাখিয়া একটি দিনের প্রতীক্ষা করিতে লাগিল, কোথায় গেল ক্ষুদ্র বিদ্বেষ, তুচ্ছ শত্রুতা! সুবর্ণের জীবন লইয়া শ্যামা যেন বাঁচিয়া রহিল। তারপর এক চৈত্র নিশায় এ বাড়ির যে ঘরে শ্যামা একদিন বিধানকে প্রসব করিয়াছিল সেই ঘরে সুবর্ণ অচৈতন্য হইয়া গেল, ঘরে রহিল কাঠকয়লা পুড়িবার গন্ধ, দেয়ালে রহিল শায়িত মানুষের ছায়া, জানালার অল্প একটু ফাঁক দিয়া আকাশের কয়েকটা তারা দেখা গেল আর শ্যামার কোলে স্পন্দিত হইতে লাগিল জীবন।

জননী

মানিক বন্দ্যোপাধ্যায়